U0513922

先秦文学与文化

第七辑

赵逵夫　主编

甘肃省先秦文学与文化研究中心主办

上海古籍出版社

图书在版编目(CIP)数据

先秦文学与文化. 第七辑 / 赵逵夫主编. —上海：
上海古籍出版社，2018.11
ISBN 978-7-5325-9036-0

Ⅰ.①先… Ⅱ.①赵… Ⅲ.①中国文学—古典文学研
究—先秦时代—文集②文化史—中国—先秦时代—文集
Ⅳ.①I206.2-53②K220.3-53

中国版本图书馆 CIP 数据核字(2018)第 254483 号

先秦文学与文化(第七辑)
赵逵夫　主编
上海古籍出版社出版发行
(上海瑞金二路 272 号　邮政编码 200020)
(1) 网址：www.guji.com.cn
(2) E-mail：guji1@guji.com.cn
(3) 易文网网址：www.ewen.co
上海惠敦印务科技有限公司印刷
开本 890×1240　1/32　印张 11.125　插页 2　字数 320,000
2018 年 11 月第 1 版　2018 年 11 月第 1 次印刷
ISBN 978-7-5325-9036-0
Ⅰ·3336　定价：48.00 元
如有质量问题,请与承印公司联系

顾　问　李学勤　裘锡圭　谭家健
　　　　崔富章　宋兆麟

编　委　（以姓氏笔画为序）

王长华　王　辉　王　锷　王震中
方　勇　方　铭　过常宝　伏俊琏
刘跃进　刘毓庆　池万兴　杜泽逊
李炳海　李清凌　汪受宽　张文轩
张崇琛　张新科　林庆彰　罗家湘
周玉秀　周建忠　郑杰文　赵生群
赵逵夫　赵　辉　祝中熹　贾海生
晁福林　钱宗武　徐正英　徐志啸
郭建勋　黄怀信　彭　林　韩高年
傅道彬

主　编　赵逵夫
执行编辑　董芬芬

目　　录

古声变考 / 郭晋稀　（1）

重审"孔子删诗"案 / 沈心芜　（23）

屈原与楚辞新论 / 赵逵夫　（48）

说《诗》三则 / 郭令原　（112）

"齐桓公时代《诗》的结集"说驳议 / 赵茂林　（124）

论先秦雅乐神性品格的生成 / 张艳芳　（136）

郭晋稀先生"匣纽变心纽说"论析 / 周玉秀　（149）

熔古铸今开新篇

　　——钱宗武先生近年来《尚书》诠释理论与实践探赜 / 秦　力　（162）

试论商代的王位继承制度 / 张艳萍　（173）

毛公鼎铭文本性质考辨

　　——兼论西周中晚期一类册命文的文本形态及其

　　　生成机制 / 李冠兰　（206）

1

论清华简《子仪》的艺术价值 / 魏代富　（231）

《大学》：大人之学和常人之学 / 郗文倩　（243）

《庄子》中"圣人"平议 / 来森华　（255）

论《逍遥游》/ 郭德茂　（266）

《中庸》大义 / 周奉真　（280）

古声变考*

郭晋稀

内容提要 上古汉语十九纽之喉、牙、舌、齿、唇五声，经界清楚，不能混淆。但从谐声系统的后世读音看，则有明纽变晓、来纽变见、匣纽变心者，其变化皆有音理上之依据，反映了上古汉语声母变化的规律。章太炎先生《古双声说》以为“喉牙足以衍百音，百音亦终钊复喉牙”，则把变化规律与流转特例相混淆，特千虑一失、通人之蔽耳。

关键词 上古声母 明纽变晓 来纽变见 匣纽变心

明纽变晓、来纽变见、匣纽变心说

明纽属于唇音，自与牙音晓纽不同，不能混淆，这是通例。但是，明纽有时读作晓纽，这是变例。来纽属于半舌音，自与牙音不同，不能混淆，这是通例。但是来纽字有时读入见纽，也是变例。匣（包括于母）纽属于牙音，心纽属于齿音，牙、齿不应混淆，这是通例。但是匣纽字有时转入心纽，这是变例。

不考通例，就要混喉牙舌齿唇之界限，便会乱古声十九纽的条贯。钱大昕《古无轻唇音》、《舌音类隔之说不可信》，章太炎《古音娘日二纽归泥说》，曾星笠《喻母古读考》，以及拙作《邪母古读考》，都是考证古声

---

* 本文为郭晋稀先生遗稿，由赵逵夫先生整理。内容提要、关键词和作者简介为整理者所加。为便于说明音韵问题，所引文字适当保留繁体。

通例的，对于证明今声古读，说明周秦古声条贯，是信而有征的。但是声音变例总是有的，而且存在大量客观事实。不谈变例，就不能尽声纽变化的规律，也将对周秦古声十九纽产生疑惑。

我们说的变例，是指声纽变化的规律，并非指各纽之间个别流转的现象，即少数特例。如果把特例当作规律，那就不单是在声纽上纽纽相通，而且在韵部中也韵韵相转，一切界限都要打破，一切规律也都没有了。

章太炎氏作《古双声说》，以为"喉牙足以衍百音，百音亦终轫复喉牙"，这是探讨古声变例的。他的这种说法，就不免泛滥，把变化规律和流转特例相混淆，反而错乱五声的经界。又，所举例多未得当，不合古声的条贯，下文将有论述，这里便不重复。

本文所谓牙音，指见、溪、群（古无群，读见、溪）、晓、匣、于（即喻三，古读匣）、疑七纽而言，影母则为喉音，不属元音也。

明纽变作晓纽说

1. 明纽变作晓纽举证

从昏（或体作昬）得声之字，分为两系：一类读唇音微母或明母，古无轻唇，读微即读明也。如：鼳、捪、緡、鍲、敃、齅，皆武巾切，属微母；嬞（嬞，古文婚字），眉殒切，顝，莫奔切，皆属明母；此一类也。一类读牙音晓母，如：昏、婚、殙、闇，呼坤切，皆入晓母；嬞，乌浑切，影母字，则晓母之略变。考此两类之字，微、明自为本音，晓母则其变声也。

从母得声之字，分为两系：一类读微、明两纽，如：母、晦、鹛、梅，莫厚切；梅、罳、鋂、脢、苺，莫栖切；姆，莫候切；坶，莫六切；敏，眉殒切；皆读明母。每，武罪切，微母，古亦明母。是从母得声字古读明母也。另有少数字读晓母，如：毎、晦、誨、悔，荒内切；海，呼改切；皆晓母，应皆明母之变声，此明母变晓母之证也。

从亡得声之字，亦分两系：其最大多数读微母或明母，如：亡、芒、邙、莔、宋、忘、荒，皆武方切；妄，巫放切；皆微母字，古读明母。盲、衁，皆武庚切，武字虽在微母，此用类隔，实明母字。氓、甿，莫耕切，亦明母字。此一类字，为声纽之正，古声之未变者也。其他少数字，如：肓、衁，呼光切，晓母字。此一类字，古音自当读入明母，是后世变入晓母的。至于从亡得声之字，亡虽从亡得声，由于明母变晓，亡字又离亡自成声系(详《谐声声母考》)，故亡、荒、諕、巟、巟、巟，皆呼光切；只一鮷字，仍读武亘切，仍读微母，古读明母；又《尔雅·释天》"大荒落"，《历书》作"大芒落"；此皆明纽与晓纽交通之证也。

从無得声之字，绝大多数读微、明两母，如：無、璑、膴、膴、憮、鷡、鷡、鷡，皆武夫切，微母字，古读明母；舞、廡、潕、嫵，皆文甫切，亦微母字，古读明母。此皆声音之正，未越唇牙经界的字。惟鄦，虚吕切，幠，荒乌切，今读晓母，两字应该是由明母变入晓母的。

从麻得声之字，几乎皆读明母。如：麻，莫霞切；䴢、摩，莫婆切；靡、糜、縻、糜、麋、麛为切；塺，模卧切；靡，文彼切；皆读微、明两母，古音都在明母。惟一麾字，许为切，晓母。可证晓母是明母之变声。

各家《说文谐声谱》，或以威从戌声，列入戌类。今以为威离戌自成声系，说详《谐声声母考》。威，许劣切，晓母。从威得声之字，滅、搣，亡列切，微母，古读明母。可证威读晓母，盖由明母声变，一也。《诗·正月》："褒姒威之。"《释文》："威，呼悦反，《字林》武劣反，本或作滅。"一字两读，兼入晓、微(明)母；一字两作，兼作威滅两形。即就威之一字，亦可证威读晓母，本由明母声变，二也。

瞢，武登、莫中、莫凤切，今分微、明两母，古读明母。从瞢得声之字，如：甍，莫耕切；夢，莫中、莫凤、武仲、亡中切；懜，武亘、莫红、莫中切；瘮，莫凤切，今读微、明两母，古读明母。惟薨儚两字，读呼肱切，晓母。谓薨、儚两字，离瞢自成声系，可也；谓薨、儚两字本明母之变声，用以证明明母变晓亦可也。

勿，文弗切，微母，古读明母。从勿得声字有物，文弗切；吻，武粉切；皆微母，古读明母。又有昒，莫拨、莫佩、莫拜切；刎，莫勃切；皆读明母。惟一昒字，呼骨切、文弗切，兼读晓、微两母，可证昒字有时由明变晓也。更有忽、颮二字，呼骨切，晓母；谓此二字自成声系可也，谓为由明转晓亦无不可也。

其他如釁,许觐切,晓母;从釁得声字皆读明母。娓,许伟切,晓母;娓从尾声,而尾与从尾得声的其他字,皆读微、明两母。徽、微,许规切,晓母;徽、微皆从微得声,而微与从微得声的其他字,皆读微、明两母。耗,呼到切,晓母;耗从毛声,毛与从毛得声的其他字,皆读微、明两母。萬、邁、勱、勘、讗,皆读微、明两母,唯勵作许介切,晓母。许慎以为勵从蠆省声,非也。以上皆可为明母变晓之证据者。

2. 晓母亦有时变作微、明举证

微、明两母变晓,既如前证;晓母亦有时变微、明,但为例不多。

耄,莫报切,明母。耄从蒿省声,蒿,呼毛切;从蒿得声之字,又有薨,呼毛切,晓母;蒿,又高声,从高得声之字,皆读牙声。可知耄读明母,晓母之变也。

从瞏得声之字,趨、譞、翾、儇、嬛、蠉,许缘切,六字皆读晓母。轘、環、還,户關切;轘*、繯、擐,胡惯切,五字皆读匣母。晓、匣仅清浊之分,匣母为晓母之浊声。瞏,渠营切,群母;儇、獧、繯*,古县切,见母;此数字亦牙声,与晓、匣相近。惟睘,方兔、帮兔切,读非、帮两母,与明母相近,可知此由晓母变明者,不过声纽小有移易而已。

爮,蒲角切,並母;駮,北角切,帮母;两字虽非明母,乃与明母相近之唇音。爮、駮皆从交声,交为见母,从交得声之字,茭、这、齩、效、鵁、骹、筊、校、窔、皎、佼、姣、狡、烄、絞、恔、洨、鮫、蛟,无出牙音范围者,可证爮、駮两字,由牙变唇也。推其根源,本晓母变明,移易至于其他各母者也。

3. 明母变晓母在音理上之依据

周秦时代无轻唇音,自然无微母,惟有明母。汉魏以来,唇音分为轻重,故明母衍为微、明两组。明母之中所以衍出微母,因为明母属双唇音,微母属唇齿音。音自喉出,如果双唇相阻,密合无间,爆破而出,遂成明母。如果发声时,双唇未能密合,唇齿相黏,摩擦而出,则成微母。

唇音在喉、牙、舌、齿、唇五声之中,为最后一声,微母在非、敷、奉、微中为最后一组,读微母时本应唇齿相黏,而发音时最易齿与唇隔。齿既离唇,则微母之字读成与元音(即喉音)最近之晓母矣。此微之所以常变为晓母,推其始,即明母常变为晓母也。

4

必须说明,晓母与明母本为两母,不容混淆。微、明变晓,此等字类,推其本音,仍读微、明,不过后世变读晓而已。

清末以来,谈切音改革者制定字母,于轻唇皆分别为"匚、万"两母,"万"即微母也。今日拼音字母有"F"无"V",即有"匚"无"万",不复为微母制定字母矣。凡微纽之字,拼音时皆写作"W",即旧注音字母"ㄨ"。长期以来,微母发音,有唇齿相接仍作微母者,有唇齿相离变作晓母者,时代向后发展,微母变晓之字更多,今日普通话中,则已经"V"母"W"化,故不须再有"V",可以用"W"包括"V"了。知今音之以"W"包括"V",则知秦汉以来,明微变晓在音理上之依据矣。

晓母中有少数字变作微、明者,原因则相反。晓母发音,声自喉出,阻于上颚而成。晓母字中,其等呼属于合口与撮口者,读音时两唇与唇齿最相接近,偶一不慎,唇齿相黏,则误读为唇音矣。

呼、乎、虎、嘑、湖等字,本属晓、匣两母,各地方音中则有读若"夫""扶"者,变晓、匣为非、奉两母矣。知方音之以晓、匣读作非、奉,则知秦汉以后,晓、匣之或变为微、明矣。

查《说文》"读若",以及韵书反切,牙唇相变,固以明母变晓为最多,其他各纽之间,变化亦复有之。何以不云牙唇相变,而独谓明母变晓?窃以为牙唇各纽相变,终以明母变晓为最多,其他各纽相变之故,又皆由于明母变晓之移易,故不云牙唇相变,而独谓明母变晓,一也。要知各韵之变,以规律言,不过阴阳对转;若以少数之例为依据,则韵韵相通。声纽之变,也有其规律;若以少数之例为依据,则不仅牙唇各纽相变,几乎纽纽相通矣。若云韵韵相转,纽纽相通,则韵部之界限,声纽之分别,完全可以取消;若云牙声唇声各母相通,则牙唇的划分也将泯灭;又何必枉费精神,苦心研究!此所以独云明母变晓,不云牙唇相通,二也。

来纽变作见纽说

1. 来纽变作见纽举证

龍,力锺切,来纽字。从龍得声者,亦多归来纽,如:蘢,力锺切;

5

瓏、龓*（重见）、嚨、槞、襱、籠、䃀、襱、礲、瀧、罐、聾、蠪，并卢红切；壟、隴，并力锺切；皆来纽字也。惟龔、䕫，并俱用切，今入见纽，可知其本为来纽，声变为见也。瀧既卢红切矣，又口江、所江切，是一字而兼来、溪、心三纽也。溪纽与见纽仅送气与发声之分，亦来纽变见之证。瀧字又读所江切者，盖来纽变见又移易而变为心纽也。详下文《匣纽变心纽说》。可知瀧以卢红一切为基本音，溪纽为其变音，心纽又其变音之再变者也。

京，举卿切，见纽。然从京得声字，多入来纽。如惊、掠、瘬、凉、飈、輬、醸，并吕张切；惊*、瘬*、飈*、谅、倞，并力让切；皆来纽字也。惟京*，举卿切；景，居影切；憬，俱京切；并读见纽。倞既读来纽，又读居庆切，见纽。黥、勍，渠京切，群纽，群亦见之南音浊声。可见诸字本声为来纽，变声为见耳。

各，古落切，见纽。然从各得声之字，多数为来纽，其次为见纽，少数为与见相近之其他牙音。如：格、鞈、略、雒、鵅、咨、洛、駱、零、鮥、絡、鉻，并卢各切；略*、略，并离灼切；赂，洛故切；十四字十五音皆读来纽。从路得声之字，虽离各自成声系，仍读来纽，可谓不离其宗。是从各得声诸字之读来纽者，其本音也。其次，从各得声之部分字，读为见纽，如：各、略*、格，并古落切；茖、骼、秸、鮥、格*，并古伯切；七字八音皆读见纽。而且其中略字，卢各、离灼、古落三切；格字卢各、古伯两切。两字并读来见两纽。可见诸字为来纽变入见纽，若略、格两字，每字兼读二纽，更是来纽变见之遗迹。至于少数字，读入牙声其他各纽，如：客，苦格切，窓，苦各切，并入溪纽；頟、骼，下各切，并入匣纽；詻，胡格、五伯切，兼入匣、疑两纽；此少数字，声纽虽非见母，同入牙声，此不足以乱来纽变见之正例，且足以证成来纽变见之说也。

龠与从龠得声之字，如：龠、嬾、亂，并郎段切；亊，力演切，皆读来纽，此其本音也。惟蕰，五患切，读入疑纽，疑与见同为牙声，亦来纽变见之证也。

吕与从吕得声之字，如：吕、梠，力举切；闾，力居切；皆来纽字也。惟筥、莒，并居许切，读见母，可知读见纽者来纽之变声也。

令与从令得声之字，如：令、玲、苓、笭、柃、囹、伶、泠、冷、零、鯪、瓴、蛉、鈴、軨，皆郎丁切；領，良忍切；冷*、笭，又力鼎切；令，又吕郑切；皆读来纽。惟矜（《说文》从今，非），居陵切，今读见纽，可知今读见纽亦来纽之变也。

从监得声之字，大半读来纽，如：藍、灆、籃、幰、襤、鬛，并鲁甘切；灆，卢瞰切。亦有少半读见纽，如：监、瞰、鑑，格忏切；监*、鑑*又古衔切，惟一檻字，胡黤切，入匣母；灆*字又读呼灆切，入晓母；晓匣亦牙声，知见、晓、匣诸字皆由来纽变入者也。

其他如兼以及从兼得声之字，入见纽或其他牙声。廉（从兼得声）及从廉得声或从廉省声（《说文》多误作兼声）诸字，皆读来纽。此等处，谓廉自成声系可也，谓来见两组交通亦可也。

2. 来纽变见旁证

匣纽变心，说详下文。来纽字既变作见，见、匣同为牙声，最易转移，故来纽又再变作心。此不足以乱来纽变见之例，更足以证成来纽变见也，作为旁证，举例于次：

麗与从麗得声之字，如：丽、麗、蘿、瘲、觀，郎计切；麗*、蘿*、酈、矙、驪，吕支切；矙*、鱺，卢启切；邐，力纸切；瘲*，力智切；酈*，郎击切；十字十五音皆读来纽，可证从丽得声之字，本音在来纽也。然躙、灑（又所员、所计切）、纚、釃，并所绮切；籬、醨*，并所宜切；五字七音并心纽。此少数字不读见纽而读心纽者，盖由来纽变见，见移易为匣，而后匣纽入心纽，此不足以乱来纽变见之例，反足以旁证来纽变见者也。

立与从立得声之字，分为三类：立、鴗、粒，并力入切；柆、岦、拉，并卢合切；皆入来纽，为本音，此一类也。惟一泣字，去急切，溪母字，此来纽变见，移易为溪，此又一类也。又一颯字，苏合切，心母；乃来母变见，见移易为匣，匣变作心耳，此三类也。虽分三类，不足以乱来母变见之例，且足以旁证来纽变见者也。至于昱、唈、煜，余六切；翊（当从昱省声），与职切；皆在喻四，古读定母。昱虽从立声，昱又离立自成声系者也。

僉与从僉得声之字，声纽亦分三系；一入来纽，居半数。如：厱，鲁甘切；霋，力验切；獫，力盐、力剑、力验切；撿，良冉切；皆入来纽。斂虽自成声系，敛、籢，亦读来纽。二入见纽或其他牙声，如：劍，居欠切；

檢，居奄切；儉，居检切；皆见纽。顩、嬐，鱼检切；験，鱼窆切；并疑纽字。譣、隒、獫*，虚检切，并晓纽字。廞*，又丘严切；溪母。诸字虽不尽入见纽，并与见纽相近。今虽不能谓僉声之字本音在来纽，然来见交通，则明白可知矣。其他少数之字。读入齿音：僉、鹼、憸、譣*，七廉切，清母字；裔*，又子廉切，精母字。此则见纽移易为匣，匣纽变心，又移易为其他齿声也。

明母变晓，说已见前。来纽变入见纽，见纽移易为晓，晓母复变为明，故来有变作明母者，此亦不足以乱来纽变见之例，更足以证成来纽变见者也。作为旁证，举例于次：

从里得声之字，分为三类：一为来纽，为数最多，此其本音也。如：里、理、郢、俚、裏、鲤、悝，并良士切；狸，里之切；皆入来纽。菫，耻力、丑六切，彻母，盖来纽之小变。二为牙音，如：起，户来切，匣母；悝*，苦回切，溪母；菫*，许竹切，晓母；此三切虽非见纽，谓为见纽之移易可也。是为来纽变见之证，明白可知。三为唇音，大抵入明母，如：薶、霾，并读莫皆切，明母字。盖由来纽变为见，见移易为晓，故再变为明也。

从翏得声之字，亦分三类：一为来纽，此其本音也。如：翏、雡、鹠、僇、勠，力救切；翏*、熮、漻、缪、摎、廫、憀，落萧切；蓼、鹨，卢鸟切；蓼*、勠*、戮，力竹切；憀*、勠*、闍、飂、嘐、鏐，力求切；嫽，郎到切；鏐*、螑，力幽切；勠*，力逐切；醪，鲁刀切；皆入来纽。獠，奴巧切，泥纽；瘳，丑鸠切，彻纽；乃来纽之小变。二入牙音，多为见纽，如：螑*，居幽切；摎*、漻*、膠，古肴切；璆、獟*，公巧切；皆见母，此来纽变见之正例也。璆*、獟*，又下巧切，见母兼读匣母，此见母移易为匣之例也。膠*，又口交切，见母兼读溪母，此见母移易为溪之例也。惟一嘐字，许交切，晓母，当为见母之移易。其中螑、摎、漻诸字，来见两纽并读，盖足为来纽变见之证。三入唇声，明母最多，如：鹠*、缪，武彪切，又莫浮切；谬、缪，靡幼切；古读皆在明母，而鹠更来明两读，可证本来纽变见，见移易为晓，再变入明也。惟僇*，匹交切，来滂两读，亦可证本读来母，再变为明，移易入滂也。

从䜌得声之字，分为四类：一为来纽，为数最多，此其本音也。如：䜌、孪、挛，吕员切；鸾、鸾、鸾、銮、曫、纞、孪、变、銮，落官切；孪*、孪，力兖切；孌*、變*，力卷切；闌，落干切；并读来纽，二入见纽，攣，俱愿切。
惟一弯字，乌关切，影母，见纽之小变也。三入心纽，惟一挛，所眷、生官
二切，今音仍有读来纽者，此正来纽变见，见移易为匣，匣又变为心耳。
此亦不足以乱来纽变见之证，更足以证成来纽变见者也。四入唇声，且
多明母，如：矕，武板切；蠻，莫还切；古皆明母。惟變，彼眷切，帮母；
攣*，又芳万切，敷母；虽非明母，谓为明母之移易可也。推其源，盖由
来纽变见，移易为晓，晓又变为明耳。亦足以为来纽变见之旁证也。

3. 见纽字亦有时变入来纽

既知来纽变见矣，相反，读见纽时，偶或舌头翘卷，声变为来，亦理
之必然者也。举证如次：

从縠得声之字，皆读见纽，如：礉、擊、墼、毃，并古历切；觳*、縠、繫
（又读入匣）、繫，并古诣切；䴉，古覈切；皆见母字，縠，苦擊切，溪母，与
见母仅送气与发声之分；可知縠类字读见本音也。惟墼，郎擊切，一字
来纽，可知此一字本见纽声变也。

从鬲得声之字，绝大多数读见纽，如：鬲、槅、搚、隔、膈，并读古核
切，见母。翮、䃘、蒿，下革切，匣母；礫，楷革切，溪母；亦见母同类字也。
惟鬲*、膈*、醨，郎擊切；蒿*，又力的切；四字来纽，而其中三字兼读见
纽，可知读来纽，并见纽之变声也。

从咎得声之字，皆牙声，且以见纽为主。如：咎，其九切，又古牢
切；俗、馨、楷、曩，古劳切；替，大徐本古老切；皆见母。磨、慫、鲹，其九
切；皆群母，群为见之浊声。歙，大徐本於（应作于）纠切，《广韵》平表
切，实亦见母之移易变入唇音也。惟一俗字，力久切，来母，可知来母见
纽之声变也。

4. 来纽变见，在音理上之依据

来纽变作牙声，虽然以见纽为最多，其中转入其他牙音各纽，亦间
或有之，不云来纽变牙，而独云来纽变见者何也？

盖声纽之分，有发、送、收之别，来见两纽，同为发声，声位相同。音
自喉出，经过口腔，由于舌尖翘卷，抵及齿本，阻住气流，遂成来纽。如
果舌尖未及齿本，气流阻于上颚，发为牙声，遂成与来纽声位相同之
见母。

来纽变作见纽,既有此音理上之依据,因此例证特多,而变入牙声其他各纽则为例极少,故曰来纽变见。假若由于来纽变入其他牙纽亦间或有之,遂曰来纽变牙;喉、牙、舌、齿、唇五声之间,偶或往来,亦时复有之,则当云纽纽相通矣。今既不云纽纽相通,故亦不当云来纽变牙也。

匣纽变作心纽说

1. 匣纽变作心纽举证

形声字声母读心纽,所以得声之字则读匣纽,或大多数读匣纽,可证谐声声母本读匣纽,后来变入心纽也。举证于次:

亘,须缘切,心母。除宣亦须缘切以外,从亘得声诸字,大抵入匣母,少数则入与匣纽相近之牙声。如:桓、狟、峘、洹、絙,并胡官切;趄、垣,并雨元切;七字皆匣母。咺、絙、狟,并况袁切,皆读晓母,晓为匣之清声。惟愃,古邓切,见母,亦在牙声。可证亘、宣读心纽者,匣纽之变声也。

离,古文作䍜,私列切,读与傻同;傻,先结切;皆心纽也。䤾,从䍜省声,鞻、璿、蠡,并胡瞎切;遾,黄外切;皆入匣母。可知离读心纽者,匣纽之变声也。

薛,私列切,心纽字也。从薛得声之字,除薛、孹仍私列切以外,余皆读入与匣母相近之牙声。辥为薛之谐声声母,辥,鱼列、艺哲、五结三切,皆牙声疑母,与匣相近,从薛得声之字:辥,古辖切,见母;蠥、孹、糱,鱼列切;薛,五割、五结切;四字皆入疑纽。见、疑两组皆牙声,与匣母相近。辥、薛、孹三字本当作牙声匣纽也,读心纽乃变声也。

戌,辛聿切,心母。从戌得声之字,除蔵读相锐切,亦心母外,余皆入牙音。如:𤷾、諴、𧮎,并呼会切;𩰇、𣸈、瀎,并呼括切;六字皆晓母,匣之清声也。𦼫、𩞋,并於废切,影母;於实当作于,古亦匣母也。惟劌,居卫切,见母,盖匣母之稍有移易。可证戌蔵今读心纽者,匣母之声变也。

谐声字声母虽不在心纽,而在齿音其他各纽,但从得声之字,仍在匣纽,或与匣纽相近之牙声。可知此等谐声字之声母,乃心纽之移易,本声仍应读心。可为匣纽变心之证也。

自(白),疾二切,从母。从、心二母最近,自盖心母之移易,故从自得声之字,多读匣母。如:詯,胡对切;郋,胡鸡切,皆匣母字;臮,许介切,晓母,匣之清音也。至于垍、臮、㵽,其冀切,皆群母;洎,几利切,见母;见、群两母亦牙声,不过匣母之小有移易。可知自今虽入从纽,亦可为匣母变心之证也。

𪓐(甾),祖才、侧(照二,本同精母)持切,精母,精、心两母相近,常相移易。从由得声之字:畁、綼(綦)、綦、瀄,并读渠之切,皆群母;群与匣相近,亦相移易,由此可以推知,由读精母,亦可为匣母变心之证也。

劋,此芮、楚(穿二,古同清母)锐切,清母。清心两母相近,常相移易,从劋得声之字,有:蕝、劂、灟、纗,居例切,皆见母。见、匣两纽相近,亦相移易。故知劋读清母,亦可为匣母变心之证也。

谐声字之声母,今读匣纽,或其他牙声。所从得声之字,亦大多数读匣,或其他牙声;惟少数读入心纽,或其他齿声。可以此等齿声之字,证明匣母变心也。

員,王分切,喻三,即匣母。从員得声之字,如:䪋、鄖、塤、愪,皆王分切;員*、圓,王权、云连切;䙝,为赘切;賰、隕、磒、塤*、愪*,于敏切;員*、癗、䚋,王问切,皆读喻三,古为匣母。惟損、膭,苏本切,心纽。可知膭、損皆匣母变心也。此匣母变心最纯之例也。

血,呼决切,晓母,晓为匣之清声。从血得声之字:衊,呼决切;衁、洫,况逼切;皆晓母,亦匣之清声。惟卹、恤,辛律切;心母,可知卹、恤读心母,匣母之变声也。此亦匣母变心之确证也。

惠,胡桂切,匣母。从惠得声之字,如:橞、繐、濊,亦胡桂切,匣母;惟憓,此芮切,清母,又徐醉切,邪母;清心极相近,邪母古读定,此读邪母则心母之混入者,说详《邪母古读考》,足以证明憓为匣母变心之小有移易者。繐*,又相锐切,一字而兼心匣两组,尤足证明匣母变心之说。

五,疑古切,疑母。从五得声之字,伍五同音,語、敔、齬、鋙、衙、圄,鱼巨切;齬*、鋙*、衙*,又语居切;吾、䓝、齬*、梧、郚、浯,五乎切;語、又牛据切；晤、寤、悟、悟，五故切；皆疑母。疑母字最易"W"化，故与匣、晓两母，常相移易也。惟一鲁字，悉姐切，心母。鲁字读入心纽，亦匣母变心之证矣。

原，愚袁切，疑母。从原得声之字，如：嫄、谖、蒝，亦愚袁切；愿、傆，鱼怨切；疑匣两母常相移易，说见上条。獂，胡官切，仍在匣母。惟一源字，读七绢、七全切，入清母，清心两母亦相近。此亦足证匣母变心者也。

矣，于纪切，喻三，古即匣母。从矣得声之字，如：誒、娭，许其切，晓母，匣之清声。埃、唉、欸，乌开切；挨、欸*，於改切；唉*，於其切；皆影母，影虽喉音，发声稍触软腭，则成晓匣。惟俟、涘、竢、騃，床史切，床母二等，即从母字，从母与心纽最相近。此皆足以证匣母变心，不足以乱匣母变心之例也。

及，其立切，群母，于匣母颇有移易。从及得声之字，圾、极，其辄切，群母；芨、汲、彶、伋、岋、汲、级，居立切，见母；见群两母于匣母皆略有移易，然极相近，吸，许及切；疲，呼合切；并为晓母，乃匣母之清声。靸、趿、馺、鈒，苏合切，四字皆心母，扱，楚恰切，穿二，即清母，惟一字于心母略有移易。此又足以证匣母变心，不足以乱匣母变心之例也。

虡，居御切，见纽；又强鱼切，群母；皆与匣母略有移易。从虡得声之字，如：蘆、醵、籧、蕖，并强鱼切；蒢*，其吕切；遽、醵*、勮，其據切；噱、醵*，其虡切；并群母字。簴，居许切，據，居御切，皆见母字。见群虽于匣母略有移易，然与匣极相近。惟一𧆛字，昨语切，从母，从与心亦极相近。此则匣与其他牙声相移易，心与其齿音相移易，尚可证匣纽变为心纽者也。

2. 匣纽变作心纽旁证

心邪两纽，古音悬隔，邪母古音读定，心纽古音皆读齿音。心邪今音则极相近，故今音不免有少数字由心入邪，此少数字由今考之，古当读匣。此足以旁证匣母变心纽之说，不足以乱邪母读定之界限也。举证于次：

瞏，渠营切，群母，与匣母相近。从瞏得声之字，如：還、環、譞、圜（又王权切，喻三，古匣母）、闤、轘，户关切；獧，胡县切；擐、繯、镮，胡惯切；十字皆读匣纽；而且譞字兼读晓匣两纽，晓本匣之清音，两母声最近也。嬛*，又於缘切，影母，然本读晓母。懁、繯，古县切；擐*，又古還切；皆见母。见匣本相近，擐兼读见匣两母亦可证。从睘得声之字，惟有矋，方免切，非母，此晓母转明之例，读音略有移易者。又有檈、還*、櫰，似宣切，邪母，邪母古读定母，此读邪母非是也。今以为三字本读心母，后世移易入邪，足为匣母变心之旁证，不足以乱匣母变心之例也。其中還字兼读匣邪两纽，尤足为证。

旬、洵，祥遵切；侚，辞闰切；三字邪纽。从旬得声之字，多入匣、心两纽，如：珣、郇、恂、洵、姰、橁、栒、帞，相伦切；蕁（憳）、筍，思旬切；都入心母。此可证旬、洵、侚三字今读邪纽，乃心纽移易而入者。又：郇，户关切；姰，黄练切；匣母。絢，许县切，晓母，匣之清声。帞*，又渠营切，群母，与匣母亦相近。考之古书异读，从旬得声字，亦多读匣母，详《邪母古读考》。可知从旬得声字，读心纽，又匣母之变也。

肙，乌缘、乌县切，影母。从肙得声之字，如：削、弲、蜎，乌玄切；鋗，乌县切，捐、蜎，於缘切；都是影母。影为喉音，匣母亦称浅喉，两母本相近。鋗*、駽，火玄切；駽*，又许县切；弲，又许缘切；并入晓母，晓乃匣之清声。鞙、梋、焆、涓，古玄切；睊、酮，古县切；絹，吉掾切；捐，姑泫切；都读见母。见、匣同为牙声。惟一圓字，辞沿、似宣切，邪母；又读火玄切，晓母；可知圓读邪母，乃心母之移易，足为匣母变心之旁证者也。至于捐字，《广韵》又作与尊切，当为误音，宜读羽专切也。

旋、淀（漩）、嫙、鏇，似宣、辞恋切；縼，辞恋切；五字皆读邪母。如以旋从㫃声，从㫃得声的其他字，皆入喉牙两类，因谓旋等五字乃心纽之移易入邪者可也。若以为旋虽从㫃声，离㫃自成声系，则旋等五字，古或读定。今以毛《诗》"子之还兮"，韩《诗》还作嫙言之，并以其他古书异读考之，旋等五字，古读似当在匣，说详《邪母古读考》。

邪纽字中，既有少数字，乃由心纽移入；相反，心纽字中，亦有少数字，乃由邪纽移入者，故今心纽字中，亦有少数古音当读定纽。此不足乱匣纽变心之例，且足以证邪纽之古读定者也。作为旁证，举例如次：

需，相俞切，今入心纽。从需得声之字，如：臑、儒、襦、懦、䰭、濡、嬬、繻、醹，人朱切；擩、孺，而遇切；十一字并读日纽，古音日纽归泥，泥与定相近。可知需乃邪纽之移入心纽者也。

犀、屖，先稽切，心纽。从犀得声之字，如：徲、遅、墀，直尼切，澄母，古读定母。庠，杜奚切；今音仍读定。可知犀屖两字乃邪纽之移入心纽者也。

他如：从羍得声字皆读舌声，惟髓，息委切；今入心纽；埶，本应依《周礼》注读世，从埶得声字皆读舌声，惟暬、褻，私列切，今入心纽；从豕得声字，皆入舌声（包括邪母字），惟檖、邃，虽遂切，今入心纽；从眔得声字，皆入舌声，惟襄、驤、纕，息良切，今入心纽；从攸得声字，皆入舌声，惟筱，先了切，滫、修，息流切，滫，息有切，今入心纽；从枼得声字，皆入舌声，惟屟，苏协切，渫、蝶，私列切，今入心纽；从占得声字，皆入舌声，惟枯，息廉切，今入心纽，至于箈，昨盐切，今入从纽，从亦与心相近。可知凡此类读心纽者，皆由邪纽移入也。

3. 匣纽变心纽，在音理上之依据

匣心两纽，在发、送、收的位置上，是相同的，即劳乃宣所谓戛、透、轹、捺，湘人孙文昱所谓周、出、疏、入，在位置上是相同的，匣、心两纽同属轹（疏）类也。

周秦古音有见、溪、晓、匣、疑的洪音，而无细音，以旧的注音字母言之，即有ㄍ、ㄎ、ㄏ、兀，而无ㄐ、ㄑ、ㄒ、广也。颚音既分洪细，细音有复齿化，故颚音有变作齿音者矣，此犹今音之团音尖音：每相移易耳。

凡牙声以内或齿音以内，音有移易，戴震谓之同位正转。一为牙音，一为他音，由于戛、透、轹、捺之位置相同而相转，戴氏谓之位同变转。见纽转精、溪纽转清，皆所谓位同变转也。此种位同变转，各纽皆有之，不独匣纽与心纽也。

今独标匣纽变心纽者，以此类转变古固有之，而汉魏以来尤多，非若其他位同变转可比，不可不知也。故作"匣纽变心纽说"。

论"喉、牙足以衍百音，
百音亦终轫复喉牙"不尽可信

章太炎作《古双声说》，以为"喉、牙二音，互有蜕化"。章氏所谓喉音，指见溪群疑四母；所谓牙音，指晓匣影喻四母。今以影母为元音，乃喉音。晓匣及喻三（或称为母，亦称于母）为软腭音，见溪群疑为硬颚音，七纽可称为牙音。至于喻四，非其族类，古当读定。牙音七母，自可互相移易。章氏之说，斯为可信者也。

至于章氏又谓“喉牙足以衍百音，百音亦终轫复喉音”，以今考之，似未尽然；虽例举繁多，亦多不可为据。章氏百世大师，声音之学最为闳深，然盛名之下，最足以滋后世之疑惑，故不揣愚陋，逐条拨辨。

《古双声说》云：“攸声有條，由声有笛，睪声有鐸，厂声有虒，亦声有狄，也声有地，目声有台、有能，弋声有代、有忒，舀声有稻、有韬，向声有當，劵声有騰，毒声有毒，余声有荼，俞声有偷，庚声有唐，台声有兑，炎声有谈，鹹声有覃，昜声有湯，甬声有通，貴声有穨，堇声有難，[illegible]（籀文婚）声有巎（乃回切），尧声有娆，九声有内（篆文作蹂，音人久切，古泥纽，今日纽），予声有芧，此喉牙发舒为舌音也。”

今案：攸、由，以用切；睪，羊至切；厂，弋支切；亦，羊益切；也，羊者切*；目，羊已切；弋，与职切；舀，羊朱、以周、以沼切；劵，一证切；余，以诸切；俞，羊朱切；台，以舛切；炎，余（《广韵》作于，误）廉切；昜，与章切；甬，余陇切；予，以诸、余佇切；凡此诸字皆喻母四等，既非喉音，亦非牙音，古音自读舌声定纽，曾星笠先生证之详矣，见曾氏《喻母古读考》。

向，许亮切，晓母；鹹，胡谗切，匣母；章氏之所谓牙声。庚，古行切，章氏之所谓喉音，當从尚声，尚从商声；覃从鹹声；唐从庚声，故章氏以为喉牙发舒为舌之证也。今案：向、珦虽切许亮在晓母，尚虽从向得声，实离向另为声母自成声系，从尚得声之字无不读舌音者。如尚，时亮切；敞、堂，昌两切；棠，徒郎切；鄌，多郎切；常，市羊切；掌，诸两切；賞，丁浪切；进而从嘗之嘗、鱨，从賞之賞、償，从黨之黨、攩、曭*，从堂之堂、鼞、樘、闛、鏜、鄌，从當之當、蟷、鐺，无有例外，不读舌声者，惟一餉字，式亮切，盖字本作饟，《后汉书·章帝纪》可证也，今作餉，从尚省声耳。覃虽鹹省声，覃亦离鹹自成声系，覃、禫、蕈、嘾、瞫、簟、橝、鄿、糟、驔、燂、潭、鱏、撢、嫜、蟫、鐔、醰皆是也，古音皆读舌头；与鹹之从咸，以咸为声系，古音读牙（章氏谓喉音）者截然不同。唐虽从庚省声，唐亦离庚自成声系，唐、鎕是也，古音亦读舌头；与其他从庚得声之字皆在颚音，截然不同。難，亦离堇自成声系，如：戁、儺、灘、儺、戁，皆读舌头，与僅、墐、瑾、堇、谨、殣、饉、鄞、瘽、觐、廑、撞、蟪、勤等字异部异声，更不当合二为一，详予之《谐声声母考证》。

《说文》：毒从中，毐声。毐，乌代切，故章氏举为以喉牙发舒为舌之例。今案：毐在哈部，毒在屋部，声既不同，韵亦异部，毒不得为从毐形声，朱骏声以为会意，是也。《说文》：幦，从巾，嬰声，读若水温幦也。章依段氏校嬰为，是也。至于幦字读音，许氏仅云读若水温幦，未云读若幦也。至大徐本据《唐韵》作乃昆切，章氏据韦昭作乃回切，非许氏原意也。《庄子释文》引《汉书音义》音温（一本作混），庶几近乎许氏读若温幦之温的原意。

章氏例证中，唯从贵得声之字，大多数读颚音外，确有遗、隤、積三字，古读舌头；从尧得声之字，确有少数字读日纽，古应归泥。然不可以此少数之例，遂谓喉牙发舒为舌也。至于内字，是否从九得声，尚待商榷，然仅一字，存而不论可也。

《古双声说》云："天音如显（《释名》），地训为易（《春秋元命苞》），弟读为圛（《诗》笺），田读为引（田本作畇），卤（读若调）声为卣（读若攸），多声为宜、为移，自声为归，壬（他鼎切）声为巠，彖声为缘，罘声为鰥、为襃，兑声为阅，殳（古音如投）声为股、为殺，内声为裔、为襢，竹声为籥，蟲声为融，姚、銚（大吊切）同声，黏（以冉切）、恬同声，此舌音迺敛为喉牙也。"

今案：易，圛，羊益切；引，余忍切；卣，以周切；移，弋支切；缘，与专，以绢切；阅，以雪切；裔，余制切；融，余忠切；姚，余昭切；黏，以冉切；皆喻母四等字，喻四古读定，本非喉牙，不足以证舌音迺敛为喉牙也，说详《喻母古读考》。

歸，虽从自声，仅取叠韵，不取双声，歸与蘱、嬰等字离自自成声系，都读颚音。当与自、追、縋、槌等字之读舌声，分作两类。巠虽从壬（他鼎切）声，然巠、莖、羥、輕、徑、脛等凡二十三字，皆离壬自成声系都读颚音；惟一牼字，或体作頳与靬，乃依或体读丑贞切入舌声。至于壬、呈等三十余字（包括从毀之字）皆读舌声，当与巠等之字另为声系也。罘、遝、樱、謉等为同一声系之字，邑摄舌声。《说文》以为"鰥从罘声"，罘鳏不独异声,亦且异部,鳏不得为眔声,李阳冰以为从罟省声是矣。《说文》"裛,从眔声",眔亦非声也。裛当会意字,裛、懷、灢、壞、穀,另一声系也。襑,《说文》以为从冏声,冏、襑声韵亦不相同,襑、講、鞲等十余字韵部声类当分开,皆详《说文谐声考证》。章氏以此等字证明舌声遁敛为喉牙,误矣。

惟股、祋两字,自古在乌部颚音,殳类字自读讴部舌音,两不相关。《说文》以为股、祋从殳得声,古今疑之。又天音如显,此举《释名》声训,声训有单取叠韵者,未必同音也。章氏举此为例,恐亦不足取信。

章氏所举"舌音遁敛为喉牙"诸证,既无一例足以取信,则"舌音遁敛为喉牙"之说,亦不足取信矣。

《古双声说》云:"鲁读若写,午声有卸,卸复有御,鱼声有稣,户声有所,羊声有详,易声有傷,乙声有失,失复有佚,肎声有屑,血声有恤,亘声有宣,肎声有圓(似沈切),弋声有式,乐声有铄,音声有戠,殷声有聲,公声有松,谷声有俗,匀声有旬,牙声有邪,彦声有产,也声有施,屰声有朔,契声有偰,埶声有褻,告声有造,库读如舍(《释名》),车读如尺奢反,此喉牙发舒为齿音也。"

今案:写、稣、所、屑、恤、宣、偰诸齿音字,无一而非心纽。旬、圓字今读邪母,心纽之移易耳。鲁、鱼、户、肎、血、亘(古应读匣)、肎、匀(羊伦切,应作于伦切)、契,大抵晓匣母,少数字略有移易而已。故章氏所谓:"鲁读若写"、"鱼声有稣,户声有所"、"肎声有圓,弋声有式,乐声有铄,音声有戠,殷声有聲,公声有松,谷声有俗,匀声有旬"、"契声有偰",适足以为余匣纽变心纽之证,不足以为谓"喉牙发舒为齿音"也。至于"埶声有褻",若如章说,埶切鱼祭为疑母,褻切私列为心母,亦与余说相符,不过埶字略有移易,褻仍读心纽也。然埶当依《周礼》注读世,褻乃邪纽之误入心纽者。以上诸例,皆详见前文。又如"午(疑古切,疑母)声有卸(司夜切,心母),卸复有御(牛据切)",大徐本卸、御二字皆作会意,本非形声,既如章氏据段校改形声,亦余之所谓匣母(移易为疑)变心而已。

羊、易,与章切;佚,夷质切;弋,与职切;谷,古禄切(见母),又余蜀切;也,羊者切;除谷一读见纽外,皆喻四字,古读定纽。详,似羊切;俗,似足切；皆邪母字，古亦读定。傷，式羊切；式，赏职切；失，式质切；施，式支切；铄，书药切；皆审三字，古读透母，弋，之翼、之弋切，照三，古亦舌头。是知章氏所谓"羊声有详"、"易声有傷"、"失复有佚"、"弋声有式"、"谷声有俗"、"也声有施"，皆不足以言"喉牙发舒为齿音"也。

又失虽从乙声，仅取叠韵不取双声，失类之字离乙自成声系，如：失、芺、迭、跌、詄、昳、駚、佚、佚（袭）、佚、魅、駚、跌、泆、抶、欪、紩、軼、胅、秩，古皆读定，岂能与乙、氙、呹、餡、陀合二而一哉？邪虽从牙声，亦离牙自成声系，邪、荓、钘（鎁），以遮切，喻母；邪喻两母古皆读定。从邪之字，岂能与牙、芽合二而一哉。产虽从彦省声，产、犙、滻、鏟，离彦自成声系，不能与彦、谚、颜合二而一也。朔虽从屰声，朔、訴（愬、谢）、泝（溯）自成声系，不能与屰、逆、鸶等字合二而一也。造虽从告声，造、蓮自成声系，亦不能与告、浩、靠等字合二而一也。故章氏所谓"乙声有失"、"牙声有邪"、"彦声有产"、"屰声有朔"、"告声有造"，引以为"喉牙发舒为齿音"，失其据矣。

又音与弋，声韵皆无关，弋非音声也。松之或体作榕，讼之古文作誻，颂之籀文为额，是所谓从公声者，皆容之省声也。容，余封切，喻四；松，祥容切，邪母；邪与喻四，古皆读定。章氏不能以"音声有弋"、"公声有松"作为"喉牙发舒为齿音"论据也。

所谓"彀（苦定切，溪母）声有聲（书盈切，审三）"，"库（苦故切，溪母）声如舍（书冶切，审三）"，"车（九鱼切，见母）读如尺奢切（穿三）"，审三穿三古读舌头，章氏举以为"喉牙发舒为齿"之例，恐亦未当。然而此种喉牙与舌声相转变，亦声纽转化之特例，则不可不知也。

《古双声说》又云："出声为屈，叀声为袁、为罤，彗（详岁切）声为慧，岁声为薉，世声为勖，戉声为威，佳声为唯，自声为洎、为臬、为臭，支声为芰、为跂，旨声为詣、为稽、为耆，只声为俖（以豉切），氏声为祇，矢声为疑，耳声为楫，丞声为氶，金声为剑、为险，川声为训，井声为刑，收声为莜，舟声为貃，以疋为雅，以所为许，以声为馨，此齿音遒敛为喉牙也。"

今案：叀，于薉、于濊切，喻三，古读匣，又祥岁切，邪母，本心纽移易入邪者，一字三切，即匣晓变心之例。袁，雨元切，匣母；罤，渠营切，群母,乃匣母之移易。章云"叀声为袁、为睘",正匣纽变心纽之例。又:岁,相锐切;戌,辛聿切;疋,所菹、所助切;所,疏举切;并为心母字。自,疾二切,从母;咠,七入切;佥,七廉切,并在清母;井,子郢切,精母字;虽不在心纽,皆齿音,与心相近。彗,徐醉、囚内切,邪母,则心纽之移易入邪者。章云:"彗声为慧,岁声为薉"、"戌声为威"、"自声为臬、为臭"、"咠声为楫"、"佥声为剑、为验"、"井声为刑"、"以疋为雅,以所为许",亦匣母变为心母之例,在前已有证明。章氏扩之以为"齿音遄敛为喉牙",则漫无控制矣。

又:屈虽从出声,屈、萭、鷡、刷、崛、淈、掘、堀,离出自成声系;蚏、朏、疝、詘、趉,则皆从屈省声,与屈同一声系,故读颚音;不同于出、茁、咄之从出声自读舌声(章氏以照三等字为齿音,盖误)也。章氏举"出声为屈"以证"齿音遄敛为喉牙",不免左右失据。

世,舒制切,审三;佳,职追切,只,诸氏切,并照三;古音皆读舌头,非齿音也。勩,余制切;唯,以追切;伿,以豉切;皆在喻四,古音读定,亦非喉牙也。则"世声为勩"、"佳声为唯"、"只声为伿",亦不足为"齿音遄敛为喉牙"之证也。

疑,《说文》虽从矢声;貈,《说文》虽从舟声;然疑与矢、貈与舟声韵毫无关系。卺,虽从丞声,许谓读若《诗》云"赤舄几几",声韵亦无关系。大抵三字皆《说文》今本有脱误,或者许君之疏略。段玉裁以为疑从子声,是也。予以为貈当是灉之省声,卺当"从己,从丞,己亦声"。章氏举以为例,岂足为信。即如章说,矢、舟、丞三字古亦舌声,非齿声也。

惟从支、从旨、从氏得声之字,古音或入舌或入牙;收,式州切,蚑,渠遥切,或舌或牙。虽章氏举出以为齿音遄敛为牙,未可剧信;但属声变特例,亦不可不知也。

《古双声说》云:"宫亦为亨(今作烹),为声有皮,囦(读若犷)声有朚、菌、蒿声有薹,允声有玧(瑞之或字),巳(乎感切)声有氾,黑声有默,昏声有播、有脂(今按:《说文》无脂,疑当作䐈,手民之误),开声有幷,久声有畝,交声有駁,此喉牙发舒为唇音也。"

今案:宫,许两、许庚切;蒿,呼毛切;黑,呼北切;昏,呼昆切;皆晓母字。为,蓬支、王伪切;巳,乎感切;古皆匣母,即晓之浊声。明,武兵切；茵，武庚切；揩、脂（緇）、玩，武巾切；蔓，莫报切；默，莫北切；畝，莫厚切；古皆读明母。章氏云"蒿声有蔓"，"黑声有默，昏声有揩、有脂（緇）"，即予之"明母变晓母"之正例也。亯（烹），抚庚切，敷母，古读滂母；皮，符羁切；氾，扶万切，奉母，古读并母；皆与明母相近。章云"亯亦为亯（烹），为声有皮"，"巳声有氾"，亦予云"明母变作晓母"之旁证也。囧，俱永、古猛切；久，举又切；皆见母，与晓母仅软腭与硬腭之分。章云"囧声有䁜、茵"，"久声有畝"，又予之"明母变晓母"之旁证也。开，古贤切；交，古肴切；见母。并，府盈切，非母；駮，北角切，帮母；章氏所谓"开声有并"、"交声有駮"，谓为"位同变转"（戴东原说）可也；亦未尝不可谓"明母变作晓纽"之旁证也。所引诸例中，以明母与晓母字为最多，而章氏扩之以为"喉牙发舒为唇"之例，虽未为大误，亦不免过当。

至于允，余準切，喻四，古读定，本非喉牙，章氏举以为例，则误矣。

《古双声说》云："丙声为更，采声为卷，帝（母官切）声为茧，冒声为勖，勿声为忽，母声为悔，网声为冈，亡声为㠩，品声为嵒，分声为𡶒，𡶒复音门，文声为虔，未声为沬（即頮字），散声为岂，豹约同声，父巨音训，此唇音遒敛为喉牙也。"

今案：帝，母官切；冒，莫报切；勿，文弗切；母，莫厚切；未，无沸切；散，无非切；今虽分微明两母，古皆明母也。勖，许玉切；忽，呼骨切；悔，荒内切；㠩，呼光切；沬，荒内切；古皆晓母也。凡此两类字相转，即明纽变作晓母也。章云"冒声为勖，勿声为忽，母声为悔"、"亡声为㠩"、"𡶒复音门"、"未声为沬"，皆予"明母变晓纽"或"晓母变明母"之正例也。

至于更从丙声，卷从采声，岂从散声，豹（从肑省声，肑豹自成声系）约（与篗自成声系）同勺声，皆离原始声母，自成声系。帝之于茧，文之于虔（段谓声字衍），品之于嵒，大徐皆不以为声也。父巨音训，只取叠韵，不取双声，故此诸例，皆不足为"唇音遒敛为喉牙"之确证也。即如章说，亦不过明母与晓母交通之旁证而已。

《古双声说》云："各声有路，京声有凉，咎声有绺（读若柳），柬声有阑，果声有裸，兼声有廉，监声有滥，乐声有㯍，聿声有津，邘声有柳，㬶声有量，鱼声有鲁，可声有砢（来可切），《诗》以'僢革'为'鋚勒'。《考工记》以'两乐'为'两㯚'，此喉牙发舒为半舌也。"

廉,力监切;灆,卢瞰切;爍,力照切;律,吕恤切;柳,力久切;量,力
张、力向切;魯,郎古切;砢,来可切;勒,卢则切;欒,落官切;皆读来母,
章氏之所谓半舌音也。各,古洛切;京,举卿切;柬,古限切;果,古火切;
兼,古甜切;監,古衔、格忏切;革,古核切;皆见母。章氏云"各声有路,
京声有凉"、"《诗》以'摓革'为'鍪勒'",正余之所谓来纽变作见纽也。
罟,其九切,群母,见之浊音;可,枯我切,溪母,见之送气;魚,语居切,见
之收声;皛,许亮切,晓母,与见亦仅软腭、硬腭之分,亦来母变见之旁
证,不可以此少数字遂谓喉牙发舒为半舌也。

此处两欒字,依章氏当读以灼切;聿,余律切;丣,与久切;三字喻
四,古读定纽。章云"欒声有爍,聿声有律,丣声有柳"、"《考工记》以'两
欒'为'两爍'",用以证明"喉牙发舒为半舌",误矣。

《古双声说》云:"羸声有赢,里声为悝(苦回切)、为赸(读若孩),蓼
声为膠,鬲(郎击切)声为隔,吕声为莒,令声为矜,末声为頼(读若喝),
剑敛同声,蛾罗一名;总角廿分,《地官·廿人》,廿读若贯;有略其梠,略
读如智(智即籀文劉字);古文《春秋》以即立为即位,此半舌遒敛为喉
牙也。"

今案:赢,郎果切;里,良士切;蓼,力救、落萧切;鬲,郎击切;吕,力
举切;令,郎丁、吕郑切;末,卢对切;敛,力验切;羅,鲁何切;廿(章以为
卯),卢管切;略,离灼切;立,力入切;皆来母字。膠,古肴切;隔,古核
切;莒,居许切;矜,居陵切;劍,居欠切;貫,古玩切;皆见母字。章云"蓼
声为膠,鬲声为隔,吕声为莒,令声为矜"、"劍敛同声"、"总角廿分;《地
官·廿人》,廿读若贯",皆予"来纽变作见纽"之正例也。悝,苦回切,溪
母,赸,户来切,匣母;頼,五结切;蛾,五何切;位,于位切;五字皆与见纽
相近,以为"来纽变作见母"之旁证则可也。以此少数之特例而遂谓"半
舌遒敛为喉牙",则泛矣。

至于赢,以成切,喻母四等,古读定。章氏以为"半舌遒敛为喉牙"
之证,则乖于事实矣。

综上章氏之误:一误于不知照三诸母与照二诸母字截然两类,照
三诸母本为舌声,照二诸母则为齿音也;二误于不知喻四读定,喻三读
匣也;三误于不知邪母古亦读定,其有读匣,则心母之移入者也;四误于

不知形声体例,有离原始声母而自成体系者也;五误于以特例为通例,谓各纽皆通也。虽然,此实通人之蔽,不必横加指责。

■ 作者简介

郭晋稀(1916—1998),字君重,湖南湘潭人。生前为西北师范大学文学院教授,著名音韵学家、古代文论专家、古代文学专家。

重审"孔子删诗"案

沈心芜 *

内容提要　"孔子删诗"之说源自司马迁,后来学者疑其真伪,众说纷纭,然诸家之作均未说透。试就《史记》所载、《诗经》文本、《诗经·郑风》中的淫诗以及《左传》中"季札适鲁观乐"的记载进行详细分析,知司马迁所主张"孔子删诗"之说未可全然成立。考之史实,可知"孔子殷人而生于鲁",正如朱子所言,"夫子有所讳而削之",故删《宋风》,添《商颂》;删《鲁风》,改《鲁颂》。

关键词　孔子《诗经》"删诗"《商颂》《鲁颂》

一、重审缘起

"孔子删诗"一案,自司马迁在《史记·孔子世家》里提出之后。到现在已经两千多年,不知多少专家学者被卷进这一公案,分析、研究、讨论、驳辩,有的说删过,有的说没有,众说纷纭,莫衷一是。经历时间之长,参加论辨者之多,到现在还是一个"未了案",这真堪称是一个老大难的问题。

---

*　本文为沈心芜先生遗稿,由赵逵夫先生整理。内容、引文及注释格式皆遵循原稿,内容提要、关键词及作者简介为整理者所加,"篇末赘语"原稿有两个版本,整理者合二为一。原稿第一个"篇末赘语"后记为:"一九八一年十二月,始草。一九八二年二月,初稿完成。"

作为后生的我们，对于这一问题，应持什么态度呢？置之不理、还是继续研究呢？有人持第一种态度，这可以以清末经学家皮锡瑞为代表。他在《经学通论》里说：

> 案《诗》三百五篇，已不能尽通其义，更何暇求三百五篇之外！删诗之说，逸诗之名，学者宜姑置之，但求通其所能通者可也。①

但是有人认为做学问不应该持这种态度，既然前人未能得到解决，我们后来人就应该继续前进，求其解决，纵然仍不能解决，也许能达到近于解决。这可以以宋代欧阳修为代表，他在《答宋咸书》里说：

> 世无孔子久矣！六经之旨失其传，其有不可得而正者，自非孔子复出，无以得其真也。儒者之于学，博矣，而又苦心劳神于残编朽简之中，以求千岁失传之缪，茫乎前望已远之圣人而不可见，杳乎后顾无穷之来者，欲为未悟决难解之惑，是真所谓"劳而少功"者哉！然而六经非一世之书也，其传之缪非一日之失也。其所以刊正补缉亦非一人之能也。使学者各极其所见而明者择焉，十取其一，百取其十，虽未能复六经于无失而卓如日月之明，然聚众人之善以补缉之，庶几不至于大缪，可以俟圣人之复生也。然则学者之于经，其可已乎！②

这是欧阳修答复宋咸的第一书。宋咸写有《周易补注》一书，自己虽有些新见解，但认为前人注《周易》者甚多，似无必要再作补注，以此来征询欧阳修的意见。欧阳答复第一书之后，觉得意犹未尽，于是又有第二书：

> 天日之高，以其下临于人者不远，而自古至今，积千万人之智

---

① 见《经学通论》二《诗经》第三十八题。
② 见《居士集》卷第四十七。

测验之,得其如此,故时亦有差者,由不得其真也。圣人之言,在人情不远,然自战国及今,述者多矣,所以吾侪犹不能默者,以前人未得其真也。然亦当积千万人之见,庶几得者多而近是,此所以学者不可以止也。①

从欧阳修这两书里,一方面可以看到他对后进的爱护与奖励,另一方面又可以看到他的治学精神。那就是既要"使学者各极其所见",又要"积千万人之见",这样才能够"庶几得者多而近是","此所以学者不可以止也"。欧阳修的话并不是专对研究《周易》说的,研究《周易》当然包括在内;更不是针对着"孔子删诗"问题说的,而"孔子删诗"的问题当然也包括在内。我认为欧阳修的治学态度是积极的、前进的、科学的,这种实事求是、集众人之智慧的识见与方法,在当时确是难能可贵,直到现在,仍然值得我们认真学习。

我想清理一下"孔子删诗"的问题,最初的动力是五十年前在大学听了郭绍虞先生讲授中国文学史及中国文学批评史之后,产生了自不量力的"勇敢"精神,现在想起来,感到太幼稚可笑了。一九三五年回大学任教,曾分别向绍虞先生、颉刚先生及刘盼遂教授、董鲁安教授请益,四位先生的意见并不完全一致,却给了我许多宝贵的指示。一九七三年在系里作过一次批判孔子思想的报告,自然也扯到"孔子删诗"的问题。本系毕业生李如惠同志曾参加听讲,并索阅讲稿,来函谬称"与众不同,有新的见解"。我因内容不充实、理由不充足,却感到愧赧。去年暑假后给中三讲授历代文论选,又接触到这一问题。今年十月间拟写篇短文发给同学,以补课堂讲授之不足,并准备参加本校科学讨论会,借以征求师友及广大学者之意见,于是就从积集的笔记、卡片里捡拾些片言碎语,又搜罗了一些新资料(其实都是旧资料,但就我来说是新资料,因为我以前没有见到),东拼西凑,组成这篇《重审"孔子删诗"案》。

---

① 见《居士外集》卷第十九。

二、历代学者对孔子删诗的意见

孔子删诗之说,倡自司马迁,两汉、魏晋南北朝的学者"莫敢异议"①。到了唐代,孔颖达提出"未可信也"的意见②,这可以说是一股新风。新风一吹,众说继之纷起,宛似春秋之后学术界的局面,"战国纵衡,真伪纷争,诸子之言,纷然淆乱"③。在争论孔子删诗的论坛上,约可分为四派:有赞成司马迁的意见的,有反对司马迁的说法的,有的认为孔子对于古诗只是编定而没有删削,有的认为孔子只是正乐而没有删诗。现将四派分列于下,并举其代表人物,简述其有代表性的言论,借以窥见各派主张之一斑。

1. 赞同司马迁的删诗说

赞同司马迁删诗说的有孔安国(伪古文《尚书序》)、班固(《汉书·艺文志》)、赵岐(《孟子题辞》)、陆玑(《毛诗草木鸟兽虫鱼疏》)、《隋书·经籍志》、陆德明(《经典释文》)、欧阳修(《毛诗本义》)、马端临(《文献通考》)、吕祖谦(《吕氏家塾读诗记》)、焦竑(《焦氏笔乘》)、徐澄宇(《诗经学纂要》)等,郭沫若的删诗说(《奴隶制时代》),亦可附于此类。今择其有代表性的言论录之于下:

> 夏殷已上,诗多不存。周氏始自后稷,而公刘克笃前烈,太王肇基王迹,文王光昭前绪,武王克平殷乱,成王、周公化至太平,诵美盛德,踵武相继。幽厉板荡,怨刺并兴。其后王泽竭而诗亡,鲁太师挚次而录之。孔子删诗,上采商,下取鲁,凡三百篇。(《隋书·经籍志》)迁说然也。今书传所载逸诗,何可数也?以郑康成《诗谱图》推之,有更十君而取一篇者,又有二十余君而取一篇者,

---

① 见朱彝尊《经义考》。
② 见《毛诗正义·诗谱序》。
③ 见《汉书·艺文志》。

26

由是言之,何啻三千?① (《文献通考》引欧阳修语)

徐澄宇说:

疑孔子未删诗者云,孔子未尝自言删诗,即删诗亦未容十分去九,既删诗亦不当存郑、卫淫诗。又谓当时千八百国,《国风》不应只存九国。然予考《史记》,成王之世,七十余国,春秋之世,三十余国。周之太史巡行天下,五百年间,采诗三千非不可能,即不及此数,亦当在千篇以外。专取九国者,就当时存诗而定耳。十去其九,非孔子所去,孔子就现存者去其半耳。且孔子明云"自卫反鲁,然后乐正,《雅》《颂》各得其所",正者,去其不正之谓也,安得谓孔子未尝自言删诗乎?盖自王者之迹熄,而《诗》之谬乱繁复不可胜数,孔子始定,著为三百五篇,而以一言蔽之,曰"思无邪",则史公所谓"取可施于礼义"者是也。②

郭沫若说:

《诗经》虽是搜集既成的作品而成的集子,但它却不是把既成的作品原样地保存了下来。它无疑是经过搜集者们整理润色过的。《风》《雅》《颂》的年代绵延了五六百年。《国风》所采的国家有十五国,主要虽是黄河流域,但也远及于长江流域。在这样长的年代里面,在这样宽的区域里面,而表现在诗里面的变异性却很小,形式主要是用四言。而尤其值得注意的,是音韵差不多一律。音韵的一律就在今天都很难办到,南北东西有各地的方言,音韵有时相差甚远,但在《诗经》里面却呈现着一个统一性。这正说明《诗经》是经过一道加工。古人说孔子删诗,虽然不一定就是孔子,也不一定就是孔子一个人。但《诗》是经过删改的东西,这形式音韵

---

① 见《文献通考》卷一百七十八《经籍考》五。
② 见《诗经学纂要》。

的统一就是它的内证。此外,如《诗经》以外的逸诗,散见于诸子百家书里的,便没有这么整齐谐适,又可算是一个重要的外证了。①

《隋书·经籍志》的作者及欧阳修、徐澄宇都是拥护司马迁的孔子删诗说的,唯徐氏谓孔子曾自言删诗,且以正乐即正诗。郭沫若从诗篇的形式音韵之统一,断定《诗经》是经过删改的东西,但删改的人不一定就是孔子,也不一定就是孔子一个人。郭氏虽没有明言赞同司马迁之说,但认为《诗经》是经过删改的,所以就把他附在这一派。

2. 反对司马迁的孔子删诗说

首先怀疑孔子删诗的是唐代的孔颖达,其后叶适(《经义考》引)、王柏(《诗疑》)、苏天爵(《经义考》引)、江永(《乡党图考》)、赵翼(《陔余丛考》)、崔述(《洙泗考信录》)等,也都不相信司马迁的孔子删诗说。孔颖达说:

> 《史记·孔子世家》云:"古者诗本三千余篇,去其重,取其可施于礼义者,三百五篇。"是《诗三百》者,孔子定之。如《史记》之言,则孔子之前,诗篇多矣。案:书传所引之诗,见在者多,亡逸者少,则孔子所录,不容十分去九,马迁言古诗三千余篇,未可信也。②

叶适说:

> 《史记》"古诗三千余篇,孔子取三百五篇",孔安国亦言"删诗为三百篇"。按《诗》,周及诸侯用为乐章,今载于《左氏》者,皆史官先所采定,就有逸诗殊少矣,疑不待孔子而后删十取一也,又《论语》称"诗三百"本谓古人已具之诗,不应指其自删者言之也。③

---

① 见《奴隶制时代·简单地谈谈诗经》。
② 见《毛诗正义·诗谱序》。
③ 见《习学记言》卷第六《毛诗》。

王柏说：

> 夫子生于鲁襄公二十有二年，吴季札观乐于襄之二十有九年，夫子方八岁，《雅》《颂》正当庞杂之时。《左氏》载季札之辞，皆与今《诗》合，止举《国风》微有先后尔。使夫子未删之时，诗果如季札之所称，正不必夫子之删，已如今日之《诗》矣。①

江永说：

> 夫子未尝删《诗》，《诗》亦自有淫诗。而《世家》云：“古者诗三千余篇，孔子去其重，取可施于礼义……三百五篇。孔子皆弦歌之，以求合《韶》《武》《雅》《颂》之音。”此史迁之妄说。②

崔述说：

> 子曰：“诵《诗》三百，授之以政，不达；使于四方，不能专对，虽多，亦奚以为？”子曰：“《诗》三百，一言以蔽之曰，思无邪。”玩其词意，乃当孔子之时已止此数，非自孔子删之而后为三百也。③

又说：

> 孔子删诗，孰言之？孔子未尝自言之也，《史记》言之耳。孔子曰：“郑声淫”，是郑多淫诗也。孔子曰：“诵《诗》三百”，是《诗》止有三百，孔子未尝删也。学者不信孔子所自言，而信他人之言，甚矣其可怪也！④

---

① 见《宋元学案补遗》卷八十二。
② 见《乡党图考》。
③ 见《洙泗考信录》。
④ 见《读风偶识》。

以上诸说都是反对司马迁的孔子删诗说的,认为孔子没有删诗。其理由有五:一是现存逸诗很少,证明孔子没有从三千古诗删为三百篇。二是孔子八岁时,吴季札适鲁观乐,《诗经》就是现在这个样子。三是现存《诗经》自有淫诗,证明说孔子以"取可施于礼义"而删诗是妄说。四是《论语》屡称《诗》三百",证明孔子之前《诗经》就这么多。五是孔子自己没有说过删诗。究竟孔子删过诗没有,又是怎样删诗的,留在第五节再谈。

3. 编定

这一派的人少一些,有班固、郑樵、朱熹等。班固是赞同司马迁的意见的,已列入第一派,不过他在《礼乐志》里说的话与《艺文志》的话有些出入。《艺文志》说:"孔子纯取周诗,上采殷,下取鲁,凡三百五篇。"而在《礼乐志》里却说:"孔子论而定之。"所以这里再把《礼乐志》的话抄录于下:

> 周衰,王官失业。《雅》《颂》相错,孔子论而定之。故曰:"吾自卫反鲁,然后乐正,《雅》《颂》各得其所。"

郑樵说:

> 上下千余年,《诗》才三百五篇,有更十君而取一篇者,皆商周人所作。夫子并得之于鲁太师,编而录之,非有意于删也。删诗之说,汉儒倡之。①

朱熹说:

> 人言夫子删诗,看来只是采得许多诗,夫子不曾删去,只是刊定而已。②

---

① 见《诗辨妄》。
② 见《朱子语类》卷第二十三。

又曰：

> 当时史官收诗时,已各有编次,但到孔子时已经散失,孔子重新整理一番,未见得删与不删。①

班固的"论而定之"之说,当是由孔子的"然后乐正,《雅》《颂》各得其所"产生出来的。到了宋代,孔子删诗的问题争论不定,郑、朱二人的意见,则是对删与不删两派的调和。

4. 正乐

"正乐"之说,见于《论语·子罕》篇,原系孔子自道之语。历代典籍亦多有记载。在孔子删诗的争论中,引之作证者亦不乏人。其代表人物,有黄淳耀(《经义考》引)、汪琬(《尧峰文钞》)、王士禛(《池北偶谈》)、朱彝尊(《经义考》)、魏源(《诗古微》)、方玉润(《诗经原始》)及梁启超(《古书真伪及其年代》《要籍解题及其读法》)等。黄淳耀说：

> 孔子有正乐之功,而无删诗之事。盖删诗者,汉儒之说。②

汪琬曰：

> 问者曰："孔子何诗之删也?"曰："孔子盖尝正乐矣,而未尝删诗。"删诗之说昉于史迁,其言不可以据依也。孔颖达谓："经传所引诸《诗》,见存者多,亡失者少,不容孔子十去其九。"此说是也。问者曰："删诗与正乐不同乎?"曰："删之云者,削而弃之也;正之云者,校其音节,整齐其次序,如所谓无相夺伦者也。"③

方玉润说：

---

① 见《朱子语类》卷第三十四。
② 见《经义考》引。
③ 见《尧峰文集》之《经解诗问》。

夫子反鲁在周敬王三十六年，鲁哀公十一年，丁巳，时年已六十有九，若云删诗，当在此时。乃何以前此言《诗》，皆曰"三百"，不闻有三千说耶？此盖史迁误读正乐为删诗耳。夫曰"正乐"，必《雅》《颂》各有其所在，不幸岁久年湮，残阙失次，夫子从而正之，俾复旧观，故曰"各得其所"，非有增删于其际也。奈何后人不察，相沿以至于今，莫不以"正乐"为删诗，何不即《论语》诸文而一细读之也！①

梁启超说：

汉儒本来没有说孔子删诗的。司马迁作《史记》，看见《论语》有"孔子自卫反鲁，然后乐正，《雅》《颂》各得其所"，所以才生出"孔子删诗"之说。其实《论语》这段话正可证明从前的诗词乐谱不好，孔子自卫反鲁才改良它，却不能证明曾经删诗。②（按：《要籍解题及其读法》讲到《诗经》时，有类似的说法。）

此派坚信"自卫反鲁""乐正""得所"之言，而谓孔子只是"正乐"，没有"删诗"。对史迁"删诗"之说，认为是"误读正乐"，以致"后人不察，相沿以至于今"。

孔子删诗说之四派，已略述如上。主张孔子删诗者，既不能解答现存"淫诗"之问，又不能祛除"十取其一"之疑。主张未删诗者，既不能解鲁宋无风之故，又不能释《鲁颂》似《风》之惑。主张"编定"者，可称之为"左右为难派"，面对现实，无法解决"删与不删"的对立矛盾，只得骑在墙上作左顾右盼之蝙蝠。至于主张"正乐"而未删诗者，死死抱住"然后乐正，《雅》《颂》各得其所"之圣语，不敢作进一步之探讨，所以也就不能"百尺竿头，更进一步"。

---

① 见《诗经原始》卷首下《诗旨》。
② 见《古书真伪及其年代》第三章《诗》第三问题。

三、驳司马迁的孔子删诗说

关于孔子删诗的问题,司马迁在《史记·孔子世家》里是这样说的:

> 古者诗三千余篇,及至孔子,去其重,取可施于礼义……三百
> 五篇,孔子皆弦歌之,以求合《韶》《武》《雅》《颂》之音。

在这一段话里,关系到孔子删诗的有重要的两点:一点是古诗三千余篇,孔子删削为三百篇;另一点是关于孔子删诗的标准问题,即"去其重"及"取可施于礼义"者。这两点都是很有问题的,我们应该进一步仔细研究。现在先谈第一点。

司马迁说"古诗三千余篇",这个"三千"是实数呢,还是虚数?自来一般的用法,是概数而不是实数。《尚书》上说:"予有臣三千唯一心。"①《诗经》上说的"骍牡三千"②、"其车三千"③。而《庄子》说的"鹏之徙于南冥也,水击三千里,抟扶摇而上者九万里"④,更是我们大家所熟悉的。就《史记》本书来说,除"古诗三千余篇"之外,用"三千"的地方还很多。如《孔子世家》"弟子盖三千焉",《孟尝君列传》"其食客三千人",《平原君列传》"得敢死之士三千人",《春申君列传》"客三千余人",《魏公子列传》"致食客三千人",以及《东方朔传》之"至公车上书,凡用三千奏牍",也都不是实数。清代汪中有一篇《释三九》⑤,把三九是虚数的道理讲得很清楚,这里就不再赘述了。

司马迁并没有把"三千"一词用错,错在他说孔子把古诗三千篇删为三百篇。如果孔子真是这样删过诗,那么逸诗一定是很多的。所以

---

① 见《尚书·泰誓》。
② 见《诗经·鄘风·定之方中》。
③ 见《诗经·小雅·采芑》。
④ 见《庄子·逍遥游》。
⑤ 见《述学》内篇。

有不少学者就从查考逸诗下手,来证明孔子是否删过诗。王应麟、焦竑、魏源、赵翼等人,在这方面是下过苦功的,甚至把一些格言、谚语也都算在里面。查考的结果,"逸诗仅是删存诗二十之一"①。这就证明孔子没有删过诗。所以孔颖达说:"书传所引之诗,见在者多,亡逸者少,则孔子所录,不容十分去九。马迁言三千余篇,未可信也。"梁启超在讲授《古书真伪及其年代》及《要籍解题及其读法》时,两次引用孔颖达的话,来证明孔子没有删诗。

梁启超还说:孔子四十五岁已讲学,他向来教人都用《诗》。他"自卫反鲁"以前,用三千篇教人呢,还是用三百篇?孔子常说"《诗》三百篇""诵《诗》三百",玩其词意,在"反鲁"之前就是用三百篇,并不是"反鲁"以后才从三千古诗里选出三百篇②。这是证明孔子没有删诗的又一个证据。

下面再谈第二点,就是孔子删诗的标准——"去其重,取可施于礼义"者。

说到"去其重",不知是指诗歌的全部相重,还是诗歌的部分相重。若是指全部相重,两篇完全一样,当然要"去",用不着特别提出作为删诗的标准;若是指部分相重,那就有商量的余地了。《诗经》分《风》《雅》《颂》三部,而《风》诗占了一半。《风》是民歌,反复、重沓是民歌的特殊表现方式③。《二南》二十五篇,几乎每篇都是如此,其他《国风》,大多数也是一样。现举《鄘风·柏舟》《鄘风·墙有茨》二诗为例,我们可以看看民歌的反复重沓是怎样的情况:

柏 舟

泛彼柏舟,在彼中河。髧彼两髦,实维我仪。之死矢靡他。母也天只,不谅人只!

---

①　见赵翼《陔余丛考》卷二。

②　见《古书真伪及其年代》第三章《诗》第三问题。

③　可参阅魏建功的《歌谣表现法之最要紧者——重奏复沓》,载《歌谣周刊》第四十一号,转载于《古史辨》第三册下编。

泛彼柏舟,在彼河侧。髧彼两髦,实维我特。之死矢靡慝。母也天只,不谅人只!

《柏舟》一诗共两章,每章二十九字,一章与二章只换了三个字。

墙有茨

墙有茨,不可扫也。中冓之言,不可道也。所可道也,言之丑也。

墙有茨,不可襄也。中冓之言,不可详也。所可详也,言之长也。

墙有茨,不可束也。中冓之言,不可读也。所可读也,言之辱也。

《墙有茨》一诗三章,名章均为二十三字,每章只换了四字。像这样的重沓,《国风》里是很多很多的;《雅》《颂》(《鲁颂》)里也有。

还有一种纯属文字上的相重,与民歌的重沓不同,如《邶风·谷风》的第三章:

泾以渭浊,湜湜其沚。宴尔新婚,不我屑以。毋逝我梁,毋发我笱。我躬不阅,遑恤我后。

这一章的后四句,又见于《小雅·小弁》之卒章。王柏谓当是错简。还有《召南·草虫》的第一章:

喓喓草虫,趯趯阜螽。未见君子,忧心忡忡。亦既见止,亦既觏止,我心则降。

这一章又见于《小雅·出车》之第五章,惟后四句作"既见君子,我心则降。赫赫南仲,薄伐西戎",稍有不同。又如《邶风·泉水》:

毖彼泉水，亦流于淇。有怀于卫，靡日不思。娈彼诸姬，聊与之谋。

出宿于泲，饮饯于祢，女子有行，远父母兄弟。问我诸姑，遂及伯姊。

出宿于干，饮饯于言。载脂载辖，还车言迈。遄臻于卫，不瑕有害？

我思肥泉，兹之永叹。思须与漕，我心悠悠。驾言出游，以写我忧。

与《卫风·竹竿》：

籊籊竹竿，以钓于淇。岂不尔思？远莫致之。
泉源在左，淇水在右。女子有行，远兄弟父母。
淇水在右，泉源在左。巧笑之瑳，佩玉之傩。
淇水滺滺，桧楫松舟。驾言出游，以写我忧。

有这两首诗里，许多相同的句子，《雅》《颂》诗里，也有句子相同的。这些相同句子的存在，说明孔子并没有以"去其重"作为标准而删诗。

最后再说"取可施于礼义"者。孔子答复颜渊"为邦"之问时①，主张"放郑声"，又讲到"放郑声"的原因，一则是"郑声淫"，再则是"恶郑声之乱雅乐"。可是《诗经》里依然存在着"郑卫之诗"。所以李惇说：

卫郑齐陈，皆有淫诗，夫子不删，所删者何等诗耶？②

《诗经》里存在着郑卫之诗，那就是孔子并没有以"取可施于礼义"者为标准而删诗的明证。

司马迁是汉初人，去古未远，掌握着许多先秦史料，又跟董仲舒学

---

① 见《论语·卫灵公》。
② 见《群经识小》卷三。

过《春秋》。他可能听到孔子删诗的事,于是就在没有深思熟虑的情况下,顺手往《孔子世家》里写进几句"删诗"的话。这一来,使许多专家学者,在两千多年里一直弄不清这个问题。假如司马迁能够知道这一事实,我想他一定要后悔当时有点太粗心了。

四、对《左传》吴季札适鲁观乐的分析
——此事是六国时人所追述

《左传》襄公二十九年(公元前 544 年)载有吴季札适鲁观乐之事,所歌之诗,与今《诗》皆合,惟《国风》次第微有不同。孔子生于鲁襄公二十二年,至二十九年方八岁。主张孔子不曾删诗的人,以此事为铁证,说孔子那时哪有删诗的能力。这一件事,关系至为重要,而且其中问题很多,所以有必要将全文抄录下来,作一详细的分析研究:

> 吴公子札来聘,见叔孙穆子,说之,谓穆子曰:"子其不得死乎?好善而不能择人,吾闻君子务在择人,吾子为鲁宗卿而任其大政,不慎举,何以堪之? 祸必及子。"
>
> 请观于周乐,使工为之歌《周南》《召南》。曰:"美哉! 始基之矣,犹未也,然勤而不怨矣。"为之歌《邶》《鄘》《卫》。曰:"美哉! 渊乎! 忧而不困者也,吾闻卫康叔、武公之德如是。是其《卫风》乎?"为之歌《王》曰:"美哉! 思而不惧,其周之东乎?"为之歌《郑》。曰:"美哉! 其细已甚,民弗堪也,是其先亡乎?"为之歌《齐》。曰:"美哉! 泱泱乎大风也哉。表东海者,其大公乎? 国未可量也。"为之歌《豳》。曰:"美哉! 荡乎! 乐而不淫,其周公之东乎?"为之歌《秦》。曰:"此之谓夏声,夫能夏则大,大之至也,其周之旧乎?"为之歌《魏》。曰:"美哉! 沨沨乎,大而婉,险而易,行以德辅,此则明主也。"为之歌《唐》。曰:"思深哉! 其有陶唐氏之遗风乎? 不然,何忧之远也! 非令德之后,谁能若是?"为之歌《陈》。曰:"国无主,其能久乎?"自《桧》以下,无讥焉。为之歌《小雅》。曰:"美哉! 思

而不贰，怨而不言，其周德之衰乎？犹有先王之遗民焉。"为之歌
《大雅》。曰："广哉！熙熙乎，曲而有直体，其文王之德乎？"为之歌
《颂》。曰："至矣哉！直而不倨，曲而不屈，迩而不逼，远而不携，迁
而不淫，复而不厌，哀而不愁，乐而不荒，用而不匮，广而不宣，施而
不费，取而不贪，处而不底，行而不流。五声和，八风平，节有度，守
有序，盛德之所同也。"见舞《象箾》《南籥》者，曰："美哉！犹有憾。"
见舞《大武》者，曰："美哉！周之盛也，其若此乎？"见舞《韶濩》者，
曰："圣人之弘也，而犹有惭德，圣人之难也。"见舞《大夏》者，曰：
"美哉！勤而不德，非禹其谁能修之？"见舞《韶箾》者，曰："德至矣
哉！大矣，如天之无不帱也，如地之无不载也，虽甚盛德，其蔑以加
于此矣，观止矣！若有他乐，吾不敢请已。"

观乐之事，记叙止此，以下继述季札适齐、郑、卫、晋四国之事，本与
乐无关，为了详窥季札此行之全豹，也抄录在下边：

> 其出聘也，通嗣君也，故遂聘于齐。说晏平仲，谓之曰："子速
> 纳邑与政。无邑无政，乃免于难。齐国之政，将有所归；未获所归，
> 难未歇也。"故晏子因陈桓子以纳政与邑，是以免于栾、高之难。
> 聘于郑，见子产，如旧相识，与之缟带。子产献纻衣焉。谓子
> 产曰："郑之执政侈，难将至矣，政必及子。子为政，慎之以礼。不
> 然，郑国将败。"
> 适卫，说蘧瑗、史狗、史䲡、公子荆、公叔发、公子朝，曰："卫多
> 君子，未有患也。"
> 自卫如晋。将宿于戚，闻钟声焉，曰："异哉，吾闻之也！辩而
> 不德，必加于戮。夫子获罪于君以在此，惧犹不足，而又何乐？夫
> 子之在此也，犹燕之巢于幕上。君又在殡，而可以乐乎？"遂去之，
> 文子闻之，终身不好琴瑟。
> 适晋，说赵文子、韩宣子、魏献子，曰："晋国其萃于三族乎？"说
> 叔向，将行，谓叔向曰："吾子勉之，君侈而多良，大夫皆富，政将在
> 家。吾子多直，必思自免于难。"

在这一大段记载里,作者大展其"浮夸"的手法①,知雨知风,一蛇一龙,预断祸福,一一皆应。今举其荦荦大者于下:

(1) 为之歌郑。曰:"美哉!其细已甚,民弗堪也。是其先亡乎?"

(2) 为之歌秦。曰:"此之谓夏声。夫能夏则大,大之至也,其周之旧乎?"

(3) 为之歌陈。曰:"国无主,其能久乎?"

(4) 适晋,说赵文子、韩宣子、魏献子,曰:"晋国其萃于三族乎?"

韩灭郑,在韩哀侯二年,即前 375 年;秦之强大,当是指秦孝公用商鞅变法,国富兵强,与六国相抗衡,事在纪元前 340 年左右;楚灭陈,在孔子之卒年,即前 479 年;魏、韩、赵三国称侯在前 403 年,三国分晋在前 376 年。这几件事都在吴季札观乐之后,有的相距几十年,有的相距几百年,而预断的结果,都十分准确。《左传》作者的神通,比《三国演义》里的诸葛亮还要高明广大,因为诸葛亮也还有失算的时候,这是怎么回事呢?《四库全书提要》揭穿了这一秘密。经部《春秋》类《春秋左传正义》下云:

《左传》载预断祸福,无不征验,盖不免从后傅合之。

原来如此,吴季札聘鲁观乐,事载《春秋》,那是历史上的史事,是千真万确的,而观乐的具体内容,也就是观乐的具体过程。却是后人(疑为六国时人②)"从后傅合"而成,如果不是"从后傅合"而成,作者有什么本领能够预断祸福,无不征验呢?这"无不征验"四个字,就粉碎了吴季札观乐这段记载的真实性,自己暴露了真相,说明是"从后傅合"而不是

---

① 韩愈《进学解》有"左氏浮夸"之语。

② 《四库全书提要》经部《春秋》类《春秋左传正义》下云:"叶梦得谓纪事终于智伯,当为六国时人,似为近理。"

"事前预断"。既是"从后傅合",我们怎能拿后来编造的故事做证据,来证明孔子没有删诗呢?孔子删不删诗是另一问题,但不能以《左传》记载的季札观乐来证明孔子没有删诗。

再说《左传》的作者以及在解经方面都存在着问题,崔述《洙泗考信录》说:

> 《史记》但以《传》为左丘明所作,不言为何时人,而亦未有亲见孔子之文。不知二人姓名之偶同邪?抑相传为《左氏春秋》而司马氏遂億料之以为《论语》之左丘明邪?说《论语》者以左丘为复姓,与公羊、榖梁正同。乃传经云《公羊氏春秋》《榖梁氏春秋》,而此独云《左氏春秋》,不云左丘氏,又似作《传》者左氏而非左丘氏也者。然则传《春秋》者其姓名果为左丘明与否,固未可定。①

这是说作《左传》的人,其姓名尚不能肯定。至于《左传》解《经》的问题,罗璧在《识遗》里说:

> 《左传》《春秋》,初各一书。后刘歆治《左传》,始取《传》文解《经》。晋杜预注《左传》,复分《经》之年与《传》之年相附,于是《春秋》及《左传》二书合为一。

《左传》作者的姓名和时代都不能肯定,《左传》原也不传《春秋》,吴季札观乐事又是"从后傅合"而成的。总结一句话:
我们怎能以这样一段记载来证明孔子没有删诗呢?

五、孔子到底删过诗没有?

我们前面已经谈过司马迁的孔子删诗说是谬误的,吴季札适鲁观

---

① 见《洙泗考信录·余录》卷三。

乐是六国时人追述的,有关孔子删诗的各方面材料大致也都重新作了审查:就删诗这一案件来说,现在已经到了最后一步重新判决的时候——那么,孔子到底删过诗没有?

我的回答是:孔子删过诗,而且孔子自己也亲口说过这件事。但是我所说的孔子删诗,与司马迁说的绝然不同。

下面就摆事实,讲道理,希望能够使这件两千多年来纠缠不清的公案,得到一个合情合理的判决。

《诗经》是我国最古的一部诗歌总集,包括《风》《雅》《颂》三部分。《雅》又分《小雅》《大雅》,《颂》分《周颂》《鲁颂》《商颂》(即《宋颂》,下面随行文之便,可能互见),《风》分十五(或十三、十一、九)《国风》。这十五《国风》,就是十五个地方的土风歌谣,这十五个地方,占有现在的陕西、河南、山西、山东、河北、湖北等省全部或一部分,甘肃东部及安徽西北的边缘上也可能占上一点点,差不多就是当时周朝的整个疆土。奇怪的是,在周朝全部疆土上,几乎各地的风谣都有,唯独没有《鲁风》《宋风》,而有《鲁颂》《宋颂》。是原来就没有《鲁风》《宋风》而有《鲁颂》《宋颂》呢? 还是有人删削了《鲁风》《宋风》而添上了《鲁颂》《宋颂》呢? 这是一个值得我们认真研究的大问题。这个问题解决了,孔子删诗的问题也就迎刃而解。

关于《诗经》里没有《鲁风》《宋风》而有《鲁颂》、《宋颂》,早就有人怀疑,而且怀疑的不止一人而是许多人,孔颖达《毛诗正义》中说:

> 此(按:指《鲁颂》第一篇《駉》)虽借名为颂,而体实《国风》,非告神之歌。

欧阳修《鲁颂解》说:

> 或问:"诸侯无正风,而鲁有《颂》何也?"曰:"非《颂》也,不得已而名之也。四篇之体,不免变风之例,何《颂》乎!"①

------

① 见《居士外集》卷十《经旨》。

魏源《鲁颂韩诗发微》也说：

> 《周颂》《商颂》，皆述祖宗之功德，祭祀之礼乐。如果行父、史克（《䮹·小序》云："季孙行父请命于周，而史克作是颂。"）作为庙乐，自当上溯先公，下陈祀事。今自《閟宫》一篇以外，尤无祀先之词。《䮹》马"无邪"何异"骐牝""塞渊"①；《泮宫》"苃止"何异"楚丘""营室"②！名为《鲁颂》，实则《鲁风》。③

在《诗序集义》"鲁颂"条又说：

> 《鲁颂》，颂之变也，无宗庙告神之乐歌，皆谀颂祝愿之泛词。且皆不颂先君而颂生存之君，名颂实风也。④

以上孔颖达、欧阳修、魏源三人，都是从文体上怀疑《鲁颂》。另有从制度上怀疑《鲁颂》的。舒瑗说：

> 鲁不合作颂，故每篇言颂，以名生于不足故也。⑤

鲁为侯国，不应作颂。作《诗小序》的人，大概看到了这是个漏洞，所以就设法来弥补，于是说"季孙行父请命于周，而史克作是颂"。郑氏《鲁颂谱》用问答的方式，竭力为《小序》圆谎，他说：

> 问者曰："列国作诗，未有请于周者，行父请之，何也？"曰："周尊鲁，巡守述职，不陈其诗。至于臣颂君功，乐周室之闻，是以行父请焉。"

---

① 见《诗经·鄘风·定之方中》。
② 见《诗经·鄘风·定之方中》。
③ 见《诗古微》六。
④ 见《诗古微》十七。
⑤ 见《毛诗正义》卷二十之一。

孔颖达对此也作了解释：

> 今周尊鲁若王者，巡守述职，不陈其诗，虽鲁人有作，周室不
> 采。《商谱》云："巡守述职，不陈其诗，示无贬黜客之义。"然则不陈
> 鲁诗，亦示无贬黜鲁之义也。①

郑氏《商颂谱》对于《诗经》无《宋风》有同样的说法，他说：

> 问者曰："列国政衰则变风作，宋何独无乎？"曰："有焉，乃不录
> 之。王者之后，时王所客也，巡守述职，不陈其诗，亦示无黜客之
> 义也。"

这明明说《宋风》是有的，只是"不录"罢了。后来宋代朱熹，对鲁宋无风
作了进一步的分析，《鲁颂》集传说：

> 或曰：鲁之无风何也？ 先儒以为时王褒周公之后，比于先代，
> 故巡守不陈其诗，而其篇第不列于太师之职，是以宋鲁无风。其或
> 然欤？ 或谓夫子有所讳而削之，则《左氏》所记当时列国大夫赋诗，
> 及吴季子观周乐，皆无曰《鲁风》者，其说不得通矣。

鲁宋无风，郑氏说是由于"王者之后，不陈其诗"。朱子对这种说法并不
完全赞同，"其或然欤"四个字就是半信半疑的明证。继之他又有了进
一步的想法——"或谓夫子有所讳而削之"。"或"是谁？ 如果真有其
人，自然要直举其名，这里用了一个"或"字，我以为就是他个人的代词。
这个假设，在当时来说，是够大胆的，是难能可贵的。可惜朱子不能识
破《左传》记载吴季札观乐事的真伪，致使这一极其可贵的假设，终究
只是个假设而已。

朱子之后有个王柏。王柏是朱子的三传弟子，他继承了朱子的精

① 见《毛诗正义》卷二十之一。

神,不信毛郑的传笺,不信卫宏的《诗序》,甚至连朱熹的话也不服从①。朱熹对于"鲁宋无风"是由于"王者之后,不陈其诗"的说法,持半信半疑的态度;王柏用事实一针见血地把这种说法戳穿了,使朱熹的"其或然软"变成了"其实不然":"夫鲁宋之无风,说者以为'王者之后,不陈其国之诗。'此亦因其无诗而强为之说,而不计其理之未通也。曰曹,曰唐,曰卫,于鲁为兄弟之国也;曰陈,与宋俱帝王之后也。夫陈、卫、唐、曹,何不得与宋、鲁并而独陈其诗乎? 其说穷矣。"②(《诗疑》卷二《风序辨》)至于那一种极其可贵的"夫子有所讳而削之"的推测,却被孔子的大弟子子夏给证实了。《礼记·乐记》篇记载:

> 魏文侯问于子夏曰:"吾端冕而听古乐则惟恐卧,听郑卫之音则不知倦。敢问古乐之如彼何也? 新乐之如此何也?"……子夏对曰:"……今君之所好者,其溺音乎?"文侯曰:"敢问溺音何从出也?"子夏对曰:"郑音好滥淫志,宋音燕女溺志,卫音趋数烦志,齐音敖辟乔志,此四者,皆淫于色而害于德,是以祭祀弗用也。"

子夏答复魏文侯的话,说明宋国原有《宋风》。这不正是朱子所说的"夫子有所讳而削之"的注脚吗? 现在,郑、卫、齐三国之《风》仍存在《诗经》里,《宋风》哪里去了呢?

根据以上的历史记载,证人、证事,对于"鲁宋无风"的问题,使我的脑子里自然而然地会产生这样一种想法:

有人把《宋风》删去了,添加了《商颂》;把《鲁风》删去了,留下四篇改成了《鲁颂》。

这绝不是"信口雌黄""无中生有"吧? 那删改的人是谁呢? 不用说,除了孔子再没有第二个人了。其实,关于删诗的事,孔子自己早已说过了。他说:

---

① 用顾颉刚先生的话,见《重刻诗疑序》。
② 所引王柏这段文字系整理者据作者原稿篇末附 1982 年 3 月 6 日校后补记所加。

吾自卫反鲁，然后乐正，《雅》《颂》各得其所。①

孔子的话，本来说得很明白，"乐正"和"《雅》《颂》各得其所"是平列的两件事，而不是有因果关系的一件事。历代许多学者所以不能清楚地看到这一点，是被《诗经》里的郑卫"淫诗"遮住了眼睛的缘故。"自卫反鲁"，那是说明时间；"乐正"，那是说明孔子曾经"正乐"；"《雅》《颂》各得其所"，那是说明孔子曾经"正诗"。既是"正诗"，那就对《诗》免不了有所删削改编增补。现存的《诗经》，没有《鲁风》《宋风》；《鲁颂》本是风体，强要列入颂类；《商颂》托言正考父校于周太师，而作者是孔子之祖。这一切不都是删削、改编、增补后留下的明明白白的痕迹吗？

　　至于孔子为什么删诗，依据孔子的家世、思想及各方面的有关记载，并吸取历代学者的意见，我认为主要原因有二：一是"有所讳"。孔子是殷商的后代，祖居宋国，其曾祖孔防叔畏华氏之逼而奔鲁②，故为鲁人。朱熹说"夫子有所讳而削之"，这是很可能的。二是孔子怀念祖国，企图恢复殷商的奴隶制度。《诗经原始·商颂》有云："或谓孔子殷人而生于鲁，存鲁与商二《颂》，不忘其所生之意。"这个假设是很有道理的。关于这第二原因，可参考苏轼的《武王论》③、魏源的《商颂答问》和《诗序集义》"商颂"条④，皮锡瑞的《论先鲁后殷新周改宋见乐纬三颂有春秋存三统之义》⑤，以及《论语》《孔子世家》中的有关记录⑥，为避免烦琐累赘，就不再繁征博引。因孔子"有所讳"，所以才删削了《鲁风》和《宋风》，因为孔子"有所图"，所以才加添了五篇《商颂》。并改《鲁风》四篇为《鲁颂》。

---

① 《论语·子罕》。
② 宋太宰华督杀大司马孔父嘉而娶其妻。
③ 见《东坡志林》。
④ 见《诗古微》十六、十七。
⑤ 见《经学通论》《诗经》第二十七题。
⑥ 《论语·卫灵公》"颜渊问为邦"一节，《阳货》"如有用我者，吾其为东周乎"一节及《微子》"殷有三仁焉"一节。《孔子世家》"乃因史记作《春秋》"一节，"弟子受《春秋》"一节及"予始殷人也"一节等。

45

六、篇 末 赘 语

　　重审孔子删诗案这篇小文到此结束了,大多是抄录前贤的现成言论,自己的心得体会却是微乎其微。我认为:"孔子删诗"这一问题之所以两千多年来纠缠不清,一方面是由于找不到孔子删诗的根本原因,另一方面是由于这一问题中有几个难以解开的死疙瘩。探索根本原因还比较容易,要解开这几个死疙瘩,确是要费点力气的。

　　我在清理孔子删诗过程中,遇到三个死疙瘩:第一个死疙瘩,是司马迁的孔子删诗说。司马迁的时代离孔子近,他掌握着大量先秦史料,又是第一个提出孔子删诗的人,历代很多学者相信他的说法。其实,他提出的三件事(去其重、取可施于礼义者、把古诗三千余篇删为三百余篇),都是在编定三百篇以前的事,而孔子删诗却是在编定三百篇之后。第二个死疙瘩,是吴季札适鲁观乐。这件事见《左传》鲁襄公二十九年,那时孔子才八岁。主张孔子没有删诗的人,都拿这件事作为不可动摇的有力证据。其实,这段记载是"从后傅合"的。第三个死疙瘩,是孔子说自己删诗正乐的情形的,即"吾自卫反鲁,然后乐正,《雅》《颂》各得其所"。这几句话本来说得很明白,按说不应该发生误解,可是由于司马迁的孔子删诗说及《左传》记载的吴季札观乐事遮住了历代研究者的眼睛,孔子的话得不到正确的理解,以致有的说孔子没有删诗,有的说孔子只是正乐而没有删诗,甚至如杨慎、陈启源等,竟说"郑声淫而郑诗不淫"[①],这未免"歪曲古人,迁就自己"太甚。

　　在这篇小文中,我试图找出孔子删诗的根本原因,并解开孔子删诗问题中的三个死疙瘩,进而比较合情合理地理清这一案件。但问题复杂,矛盾交错,顾此失彼,支左诎右,正如欧阳修所说的,"刊正补缉,非一人之能也"[②]。这篇小文,仅仅是我清理这一案件的一个初步小结,

---

①　杨慎《丹铅总录》卷十四,陈启源《毛诗稽古编》卷十五。
②　见本文第一节欧阳修《答宋咸书》第一书。

而不是这一案件的定谳。学识简陋,错误难免,翘企贤达 多赐匡正。

学术研究,谈何容易。在封建专制时代,文化学术也是统治阶级的私产,笼络、镇压广大学者的工具。所以唐代韩愈有"曾经圣人手,议论安敢到"之叹①。清代朱彝尊也有"孔子删诗之说,倡自司马迁,历代儒生莫敢异议"之感②。在十月革命的影响下,五四运动兴起,打倒了孔家老店,"科学""民主"之风一时劲吹。比一九四九年全国解放,在毛主席"双百"方针指导之下,对古代文化遗产进行"批判地继承"。这是中国古代文化的幸运,也是广大学术研究者的幸运。

我降生于五四运动之前,苗壮于五四运动之后,在这五六十年里,终日"苦心劳神于残编朽简之中,以求千岁失传之缪"③。断篇零简,断续有作。一九七九年草成一篇《说康》(康即最初之"矿"字),今又凑成一篇《重审"孔子删诗"案》。问题复杂,理清殊难。焚膏继晷,徒耗费许多宝贵时间,"是真所谓'劳而少功'者哉"!④ "刊正补缉,非一人之能也"⑤,达者是正,企予望之。

一九八二年二月初稿

一九八二年十月改定稿

■ 作者简介

沈心芜(1907—1987),男,河北南和人。1932年燕京大学毕业后在北平、郑州等地任中学教师。1935年开始先后在燕京大学、保定师专等校任讲师、副教授。1945年至1946年期间曾在国民党主办的报纸任编辑。1951年到国立西北师范学院国文系任副教授、教授,直至退休。

---

① 见《荐士诗》。
② 见《经义考》。
③ 见欧阳修《答宋咸书》第一书。
④ 见欧阳修《答宋咸书》第一书。
⑤ 见欧阳修《答宋咸书》第一书。

屈原与楚辞新论

赵逵夫

（西北师范大学文学院　甘肃兰州　730070）

内容提要　因《史记》等历史文献中关于屈原生平的记载十分简单,学者们对屈原生卒年的看法分歧很大。自梁启超、陆侃如以来,百年中论屈原生平之专著、论文无数,仅1953年以来,以《屈原》为书名的学术性著作就有7部,还有《屈原传》《屈原新传》《屈原评传》《诗人屈原》《屈原年谱》等数部。前人之说多未联系战国中晚期历史,未联系楚国社会历史及与周边国家、地区的关系,也未联系屈原所有的作品进行深入细致的研究。这里就本人近四十年来发现的几种有关屈原生平的重要文献加以论述。其中,论说了庄蹻暴郢事件与屈原被从汉北招回和屈原被放后两次南行的关系,考述了《橘颂》作于屈原行冠礼时。另外,本文澄清了学界对宋玉、唐勒、景瑳等作家生平与著作方面的一些混乱看法。

关键词　屈原生平　楚国史　屈氏人物　楚辞

唐代伟大的诗人李白《江上吟》一诗中说:

> 屈平辞赋悬日月,楚王台榭空山丘。

宋代杰出的文学家苏轼说:"楚辞前无古,后无今。"并说:

> 吾文终其身企慕而不能及万一者,惟屈子一人耳。①

---

①　参李诚、熊良智主编:《楚辞评论集览》,湖北教育出版社,2003年版,第128页。

金代杰出诗人王若虚说：

> 《楚辞》自是文章一绝，后人固难追攀。然得其近似可矣。①

这正应验了我国伟大的文学理论家刘勰在其《文心雕龙·辨骚》中所说：

> 自《风》《雅》寝声，莫或抽绪，奇文郁起，其《离骚》哉！……故能气往轹古，辞来切今，惊采绝艳，难与并能矣。②

可以说，汉、魏、六朝、唐、宋、元、明、清一代一代杰出的诗人作家，没有不读《楚辞》的，没有一个未受到屈原的影响。现代文学史上最杰出的文学家也同样都受到《楚辞》中《离骚》等作品的浸润，对屈原极为钦仰，给予很高评价。鲁迅论《离骚》说：

> 逸响伟辞，卓绝一世。后人惊其文采，相率仿效。……较之于《诗》，则其言甚长，其思甚幻，其文甚丽，其旨甚明。凭心而言，不遵矩度……其影响于后来之文章，乃甚或在《三百篇》以上。③

郭沫若在 20 世纪 40 年代不但完成了六万来字的系列论文《屈原研究》，还写成《屈原》的剧本，以弘扬屈原的爱国精神，后来还翻译了屈原所有的作品。其《屈原研究》开头的第一句话就是："中国有史以来的第一个伟大的诗人要数屈原。"论文的第二部分《屈原的时代》中说：

> 他在诗域中起了一次天翻地覆的革命。他有敏锐的感受性，

---

① 王若虚：《滹南遗老集》三十六《文辨》，中华书局，1985 年版，第 226 页。
② 刘勰著、范文澜注：《文心雕龙注》，人民文学出版社，1958 年版，第 45—47 页。
③ 鲁迅：《汉文学史纲要·屈原及宋玉》，人民文学出版社，1973 年版，第 20 页。

接受了时代潮流的影响,更加上他的卓越的才质和真挚的努力,他的文学革命真真是得到了压倒的胜利。气势和实质都完全画出了一个时期。①

其他不用再引。因为这两位是"五四"新文化运动的旗手与主将,也是近 100 年来最受崇敬的作家。

下面谈一下屈原和宋玉等战国末年楚辞作家的生平与创作。古代和当代学者有关《楚辞》的著作很多,我希望尽量吸收前修时彦的研究成果,也将几十年研究心得中自以为可靠的成果体现出来。

一、屈原的家世与早期经历

《史记·屈原列传》说:"屈原者,字平,楚之同姓也。"②屈原在他的长篇抒情诗《离骚》的开头说:"帝高阳之苗裔兮,朕皇考曰伯庸。"东汉时王逸《楚辞章句》注:"父死称考。"并引《诗经·周颂·雝》一诗的"既右烈考"一句为据。于是,一千多年来,学者们多以屈原之父名"伯庸"。但有关于战国的文献中不见有伯庸其人。西汉末年编校了《楚辞》的刘向在其悼念屈原的《九叹》的开头以屈原的口气说:

---

① 郭沫若:《郭沫若全集·历史编》第 4 卷,人民文学出版社,1982 年版,第 69—70 页。

② 字平,原误作"名平"。《史记》同其他文献一样,凡举人物,是以名称之,而其下介绍字。《仲尼弟子列传》,介绍 77 人,皆如此。再一种通例是先字后名连称之,如《管晏列传》中"管仲夷吾"、"晏平仲婴"。以人们所熟知的字、号为称者,极少,而且也不是在字或号之后即介绍其名,而是介绍其身份之后才介绍其名。这也只有《伍子胥列传》《商君列传》二例。如"商君者,卫之诸庶孽公子也"。《伍子胥列传》为:"伍子胥者,楚人也,名员。"《屈原列传》行文之例与此不合。《昭明文选》各篇下之署作者字,在屈原的《离骚》等篇目之下均署"屈平",也可见"平"为屈原之字。又《离骚》:"名余曰正则兮"。"正则"的意为"原",连称"原则"即见其义,"字余曰灵均"。"灵均"之意为"平",连称"平均"即见其义。

伊伯庸之末胄兮，谅皇直之屈原。

意思是说：我是伯庸的远末子孙，是确实有着光明正直品德的屈原。刘向的说法应该比王逸更可靠。其实，伯庸是屈氏先祖，即始封君，因他才有了自西周末年至战国之末延续600多年的屈氏壮烈历史。王逸将"皇考"等同于"考"，明显有误。《周颂·雝》诗《诗序》已明言"禘太祖也"。该诗中"假哉皇考"的"皇考"指太祖不用说，后面的"既右烈考"的"烈考"则指祭主前一代的君王，与"皇考"不同，故《雝》诗不能证明王逸之说。

战国末年成书的《世本》中说：

> 熊渠立其长子庸为句亶王。①

按古代"伯、仲、叔、季"之义，在先秦之时长子之名字前往往加称"伯"，"长子庸"即"伯庸"。这就是屈氏的始祖。他有什么事迹呢？《史记·楚世家》中说：

> 熊渠生子三人，当周夷王之时，王室微，诸侯或不朝，相伐。熊渠甚得江汉间民和，乃兴兵伐庸、杨粤，至于鄂。熊渠曰："我蛮夷也，不与中国之谥号。"乃立其长子康（"庸"字之误）为句亶王，中子红为鄂王，少子执疵为越章王。皆在江上楚蛮之地。②

自然，熊渠的这三个儿子都是在他向南发展开拓新域的当中立了功的，故各封以地。这是楚人历史上的第一次大发展。楚人原在西北，后向东、向南扩散，一部分至于中原地带，中心族群则向西南迁至商洛之地（今陕南）。熊渠之时向西、向南、向东南的开拓，将这些地方的很多本来发展落后的部族纳入自己的统治范围，建都丹阳（今河南省丹水以

① 茆泮林辑：《世本》中华书局，2008年版，第27页。
② 司马迁：《史记》，中华书局，2013年版，第2031页。

北),扩大了地盘,增加了实力,大大提高了楚国在当时的影响。长子伯庸被封之地句亶(或作"句祖",音相近)在甲水边上,即古庸国之地。楚君继位时有改名字的传统(直至战国时仍如此),因被封于原庸国之地,而以"庸"为字。屈氏之"屈"则由甲水而来("屈""甲"古音相近),故先秦时或称楚三大姓"昭、景、屈"作"昭、景、甲",至春秋之时方固定作"屈"。因此,屈氏从春秋至战国之末,在楚国政坛上一直占有重要的地位,他们对楚国的热爱之情也非同一般。

伯庸是西周末年周夷王(前885—前878)、厉王(前877—前841)时人。两周之际文献缺遗,关于楚人的记载很少,有关屈氏的发展情况阙如。春秋之时屈氏人物见于史书者最早为见于《左传》鲁桓公十一年、十二年、十三年(前701—前699)的屈瑕。王逸即以屈瑕为楚武王(前740—前690)之子,屈氏之祖。此说难以成立。首先,上古王族后代以封地为氏者,但受封之本人并不改姓氏,至其子(王之孙)方称其氏。其次,屈瑕于楚武王三十二年(前701)败郧师于蒲骚,次年伐绞,为城下盟而还,武功卓著,只因楚武王三十四年伐罗中受罗、卢之军合围失败,虽有战前拒谏之过错,也不至因此便缢于荒郊。所以他并非楚武王之子可以肯定。那么,他并非屈氏的始封君也可以肯定。王逸关于屈瑕为屈氏之祖的说法各个环节都有问题,绝不可信。

屈瑕任莫敖之职,其地位在令尹、司马之下,为朝廷重臣。楚国四周除东南方之吴越以外,南部、西南及西部巴蜀之地当时均为较落后部族,不构成威胁,唯北部同韩、赵、魏、燕等,西北同秦,东北同齐,时时有事。莫敖之职,即负责北部防卫,实际上负责楚国主要的军事策略与行动。

据各史书及近些年地下出土的文献,春秋时屈瑕之后楚国的屈氏人物有屈瑕、屈重、屈完、屈御寇、屈赤角、屈荡(字叔沱)、屈到、屈乘、屈建(字子木)、屈荡(纪念其曾祖而同其名)、屈申、屈生、屈罢、屈大心、屈春、屈建(纪念其高祖而同其名)、屈庐、屈固,计18人,多有任莫敖之职者,也有的任其他职务者。有的在楚国及诸侯中都很有声望,有的英勇善战,有的当危难之际不顾个人安危,为国家英勇献身。

战国之时屈氏人物,可考知者有屈将、屈宜臼、屈上、屈遥、屈为人、屈阳为、屈匄（丐、盖）、屈宜、屈尼、屈挚、屈惕、屈犬、屈貉、屈庚、屈贾，并屈原16人。有任大莫敖者，有任息公者，有任连嚣（敖）、大将军、大敖尹、新大厩、少司马等职者。屈阳即为屈原之父亲，怀王八年以前任大莫敖之职（《包山楚简》第7—8简）。战国之时楚之北方各县也设莫敖之职，故在朝廷者名大莫敖。

屈原生于楚宣王十七年（前353），即《离骚》中说：

> 摄提贞于孟陬兮，惟庚寅吾以降。

关于屈原的生年，近代以前多用干支历史年表推算，但先秦之时纪年并不用干支，今所见战国时历史年表乃是东汉时人废止岁星纪年后按当时干支纪年逆排排定的，同战国时岁星纪年的岁名并不一致，所以其所推定的结论并不可靠。后来郭沫若、林庚、浦江清、汤炳正、陈久金等先生都有推算。胡念贻在对此前各研究进行总结比较的基础上，推算出生于公元前353年[①]。

西汉时东方朔的《七谏》悼念屈原，叙其生平。其中说：

> 平生于国兮，长于原野。

文中此"国"为国都之义。如《吕氏春秋·明理》："有狼入于国。"注："'国'，都也。"屈原之父在朝任职，自然是生于都城的（旧说屈原生于秭归，不可信。说是"祖籍"，或有可能）。特别值得关注的是"长于原野"一句。洪兴祖注上面两句话说："言屈原少生于楚国，与君同朝。长大见远，弃于山野，伤有始而无终也。"他以为"长于原野"是指被流放之事，这显然误解。被流放在中年之时，已同"成长"联系不起来了，体会原文之意，是说屈原是在原野之地长大的。东方朔距屈原之死一百多年，其说不至于无根。屈原作于被放汉北时的《惜诵》中说：

---

① 胡念贻：《屈原生年新考》，《先秦文学论集》，中国社会科学出版社，1981年版，第373页。

思君其莫我知兮,忽忘身之贱贫。

他本是楚国宗族,祖上一直担任要职,而出此"身之贱贫"之语,除屈原作此诗时已担任一个同北方国家的小官泽虞差不多的"掌梦"之职,身份低微之外,可能其父辈有过因某事遭受惩治之事。其父屈阳在怀王初年任大莫敖之职,但后来史书无载,很可能是被削职或降职,移居原野之地。

战国之时,楚朝廷处分有罪过的大臣,多放于云梦之地,屈原就是被放于汉北云梦之地的。清代蒋骥以来学者们都言屈原在怀王时被放之地汉北"当今郧襄之地",即郧阳至襄阳之间,有的学者还说"在今襄樊以北"。以为屈原《抽思》中说的"有鸟自南兮,来集汉北"的汉北是指汉水由陕西入湖北后至襄樊一段之北面,大误。因为这个地方长期为秦楚争夺之地,楚人不可能把掌握国家重要信息的大臣贬谪流放于一直在争斗的两国交界之处,何况那一带正在交通要道一带,也不便管理贬谪流放者。我以为这"汉北"应是指汉水在郢都以东转而东流那一段的北面。这个地方距郢都近,以郢都为中心的楚人统称之为"汉北"便很自然。这里属楚人腹地,四周都有楚国城邑关隘,便于管理。同时,这里西部为山陵,中部为平原、林薮,东部则沼泽湖泊,即所谓云楚泽。不过到战国之时,湖水南移,与洞庭湖相合,云梦泽是淤塞的湿地,水潭与沼泽相夹杂,已失浩瀚之景。司马相如《子虚赋》中有大段描述可以参看。

我以为屈原的父亲曾因事被贬谪,放于汉北云梦。见于《包山楚简》的屈犬为战国之末"安陆下隋里"人,其地即在今湖北云梦县以北,当古云梦之地。则屈氏中曾有居于此者可证。

公元前334年屈原的加冠礼在云梦之地进行。我们将屈原的《橘颂》同《仪礼·士冠礼》中的八段加冠之祝辞相比,不仅都是严整的四言,而且相同、相近的句子和词语不少,可以肯定为屈原二十岁(虚岁)行冠礼(成丁礼)时所作。清人陈本礼《屈辞精义》中说:"其曰'嗟尔幼志''年岁虽少',明明白白盖早年童冠时作也。"郭沫若先生也认为是屈原早期的作品。但他说:"这篇前半颂橘,后半颂人,与屈原身世无直接关联。他所颂的人是很年轻的。所颂者何人？不得而知。是不是自颂？也不得而知。"①所以此后仍有不少学者认为晚年之作。其主张为早年之作者，也只是从作品的风格情调上言之，未举出确证。今我将其与《仪礼》中冠辞相比，为作于其二十岁时无疑，其创作于前334年也可以确定了。

《吕氏春秋·本味》中说："果之美者……江浦之橘，云梦之柚。"②这应是上下互文，即江浦、云梦的橘柚最美。《战国策·赵策二》中列出各国最有名之地。便说得很清楚：燕为"毡裘狗马之地"，齐为"海隅渔盐之地"，楚为"橘柚云梦之地"。可见云梦之橘在列国中也是出名的。屈原在诗中以橘自喻，应同其生活环境有关：屈原当时就生活在汉北云梦之地。

屈原受的教育应该是良好的。由后来所作《天问》等篇可以看出他对于楚国和北方的典籍都很熟悉。他除了良好的家庭教育之外，也应同其他贵族子弟一样，受过传统文化典籍等方面的教育。《离骚》中还叙述他降生及通过卦兆按先祖之意取名取字的事情，之后说：

> 纷吾既有此内美兮，又重之以修能。扈江离与辟芷兮，纫秋兰以为佩。

前二句是说他具有很好的品德修养，后二句是比喻不断地学习以增强修养与能力。这就是写他早期的个人修养与学习的情况，只是用了比喻的手法。钱澄之《屈诂》解释说：

> 扈兰纫芷，所谓被服礼义、涵濡道德学问之事也。

说得最为明白。原诗中下面接着说：

---

① 郭沫若：《屈原赋今译》，人民文学出版社，1963年版，第128页。
② 许维遹撰、梁运华整理：《吕氏春秋集释》，中华书局，2009年版，第320页。

> 汩余若将不及兮,恐年岁之不吾与。朝搴阰之木兰兮,夕揽洲之宿莽。

反映出他青年时唯恐青春虚度,而抓紧时间来全面提高自我修养的状况。

从文献看,楚王室教育制度是很健全的。《左传·昭公十九年》:"奢为太子建师,费无忌为少师。"《史记·楚世家》载:"平王时,伍奢为太子太傅,无忌为少傅。""师"也即"傅"。贵族子弟有集中学习之所。宋玉《风赋》中说:"楚襄王游于兰台之宫,宋玉、景差侍。"兰台之宫,应即贵族子弟学习之所。《楚辞章句·离骚序》中说,屈原"仕于怀王,为三闾大夫。三闾之职掌王族三姓,曰昭、屈、景。屈原序其谱属,率其贤良,以厉国士",这是他在怀王十六年被解去左徒之职后八年间的职务。看来,屈原就曾负责王族三姓的教育。自然,他年轻之时也曾在这里接受前代学者的教育。《战国策·楚策一》说到莫敖子华(沈尹章)曾给楚威王讲必须变法的道理,《对楚威王》那一篇文字也十分精彩。其时应在威王刚继位之时,屈原才十五岁上下。另外《吕氏春秋·去宥》篇载有楚威王学书于沈尹华,昭釐利用与楚王亲近的中射挑拨威王同沈尹华的关系,说:"国人皆曰:'王乃沈尹华之弟子也。'王不悦,因疏沈尹华。"此后有关先秦的文献再无沈尹华(莫敖子华)的踪影。很可能他同后来的屈原一样,去教王族子弟,担任无关紧要的工作去了。莫敖子华的改革思想应对屈原产生了较大的影响。

从有关文献看,春秋战国之时楚贵族教育中也特别重视对于传统文化典籍的研读。《史记·十二诸侯年表》中说:"铎椒为楚威王傅,为王不能尽观《春秋》,采取成败卒四十章为《铎氏微》。"看来北方的重要典籍也是楚王族子弟包括太子、国君都必须读的书。

由以上论述可知,屈原不仅生于贵族家庭,享受过良好的家庭教育,阅读过一些重要的文化典籍,因而具有进步的政治理想,从青年时代就希望能成为一个顶天立地的贤能有为之士。

楚宣王十一年卫鞅说秦孝公实行变法,楚宣王十四年秦下变法令。不过数年,秦民富国强,于是向东扩张。楚宣王十九年,秦在原为楚地的商邑(今陕西省丹凤县,古丹阳之西北)筑塞。其后又占领了包括楚人发祥地丹阳在内的商於之地,成为楚王族的奇耻大辱,一直是楚宣王之心病。楚宣王三十年(前340),秦将包括丹阳在内的商於之地封给卫鞅,"封鞅为列侯,号商君"(《秦本纪》),"秦封卫鞅于商,南侵楚"(《楚世家》)。楚宣王得此消息受到巨大打击,当年殒命,而嘱其子能尽快夺回商於之地,其子遂改名为"商"而继位,以明其志。故《史记·楚世家》中载:"宣王卒,子威王熊商立。"其年屈原十五岁。

此后楚国的威王、怀王都对商於之地念念不忘,但未能从内外政治、策略的大方面规划好楚国的发展前景,于是形成了沈尹章、屈原的政治悲剧。

史载楚威王好道,曾派人聘庄周,而被拒绝。如上文所说,沈尹章向楚威王讲楚国历史上励精图治及为国捐躯之人,希望他能改革政治,富国强兵,然而因小人之中伤,他竟因为有伤自己的脸面而疏远了沈尹华,可见也不是一个有为的君主。以后来屈原的遭遇推想,沈尹章去要职之后大约任三闾大夫之类的闲职。当时屈原十七岁上下。屈原应该是通过沈尹章的教导,对楚国的现实及将来之发展有了更清楚的认识,对楚国吴起的变法和秦国商鞅变法的意义也有了更深刻的理解。

楚威王六年(前334)屈原二十岁有《橘颂》之作。从《橘颂》中我们可以看出屈原青年时代仍然是自信积极向上的。他志趣高尚,性格坚韧,对楚国怀有深厚的感情。诗中他借咏橘而自况:

> 嗟尔幼志,有以异兮。独立不迁,岂不可喜兮。深固难徙,廓其无求兮。苏世独立,横而不流兮。闭心自慎,终不失过兮。秉德无私,参天地兮。

由此,已可以看出他的个人修养与志向。他在《惜诵》中说的"身之贱贫",只是说因父亲的被贬谪地位不如以前,自己心中应记着这一点而不敢在君王前过于要强而已。他毕竟生于一个世代为朝廷重臣的宗族之家,他的父辈也不会放弃对他的教养,其他人也不会因为他家庭的灾祸而小觑他,因为楚国的宗族并不会因一人犯法而罪及整个家族。

按楚国贵族子弟的一般情况,屈原在行冠礼之后应即承担一部分家族或朝廷的事务。家族指屈氏的大家族,在家族有引导教育兄弟子侄之事,在朝廷则可能先任小吏,如果出色则可能提升较快。上部分已谈过屈原可能在兰台供职,故《楚辞章句·九辩序》中言宋玉为屈原弟子。《文心雕龙·时序》言:"楚广兰台之宫……屈平联藻于日月,宋玉交彩于风云。"①这自然是就兰台之宫从楚怀王、顷襄王时言之。前为屈原显露才华之时,后为宋玉崭露头角之时。

前329年,屈原二十五岁,楚威王商在位十一年而亡,屈原作《大招》以招威王之魂。《楚辞章句·大招序》:"《大招》者,屈原之所作也。或曰景差,疑不能明也。"景瑳(差)生年与宋玉相当,如他们写招怀王、顷襄王之魂的作品,已有屈原《招魂》在前,形式上、语言上会更为灵动一些。但《大招》之作显然在《招魂》之前,形式上更为质朴,完全是招魂辞的套路,前无小引,后无乱辞,通篇四言,看不出有多少抒情的特征。故为屈原早年之作也无疑。但无论怎样,已显出其不凡的才华。也可能因此,怀王继位后不过数年即重用了屈原。

屈原在任左徒之职以前除供职兰台之外,还有可能任三闾大夫。楚国的三闾大夫同于中原国家的公族大夫。《左传·襄公七年》言,穆无忌因有废疾而任此职,晋侯想让他代已告老的韩厥为卿,他也推辞并另荐他人。据《成公十八年》有荀家等四人为公族大夫,《襄公十六年》晋同时有祁奚四人为公族大夫,其中祁奚是在三年前已告老的大臣。如宋代程公说《春秋分记·公族大夫》所说:

> 公族大夫掌公族及卿大夫子弟子之官,凡卿之适(嫡)子属焉。《晋语》云:栾伯请公族(大夫)。悼公曰:"荀家惇惠,荀会文敏,黡也果敢,无忌慎靖。使之(兹)四人者为之。膏粱之性难正也,使惇惠者教之,文敏者道(导)之,果敢者谂之,慎靖者修之。"使敬四人者为公族大夫,是公族(大夫)专主教诲也。《襄公十四年传》:晋

---

① 刘勰著、范文澜注:《文心雕龙注》,人民文学出版社,1958年版,第671—672页。

平公使荀吴、韩襄、栾盈、士鞅为公族大夫,说者谓吴去中军尉,而为公族(大夫),去剧职就闲官。

可见三闾大夫虽是一个没有政治、军事决策权的闲官,但却都是由富于学养、有一定德能的人担任。

屈原盖先为三闾大夫,后任左徒,及至怀王十六年受谗被疏,因而又回到三闾大夫职务上。《楚辞章句·离骚序》只言屈原"仕于怀王,为三闾大夫",因其在三闾大夫之职上时间长,两次共十多年,且以三闾大夫终。

《九歌》中除去《湘君》《湘夫人》的九篇,应写成于楚怀王初年。王逸以为是被放沅湘一带时所作的看法,越来越多的人对此产生怀疑。金开诚在1980年出版的《楚辞选注》中《九歌》"解题"部分说:"近代有的研究者则认为是在他得到楚怀王任用的时期。"后在《屈原辞研究》一书中又说:"《九歌》决不可能是屈原流放在沅湘之间时所作,《九歌》的内容也绝无诉冤、讽谏的意思……它只能是楚国朝廷所掌管,用于国定祀典的乐神之歌。"并指出:"《九歌》所祀之神完整地包括了天神、地祇、人鬼三类,与《周礼》所记的'建邦之礼'相合,虽然楚祀未必全同于周礼。"①

关于《九歌》而有十一篇,清人钱澄之、徐焕龙,近人闻一多、王邦孚等都提出自己的看法。如或将其中相关两首看作一首,或排除掉其中两首不计在内等。金开诚先生说:"从前许多注者之所以相信王逸之说,认为《九歌》出于沅湘地区,这与《九歌》中有《湘君》《湘夫人》二篇是不无关系的。"②实际上这个问题同《九歌》的篇数问题也相关。汤漳平曾说:"如果是沅湘的民间演出歌舞,演出湘君、湘夫人是很自然的,但绝不可能涉及遥远的河伯。"③我以为,《湘君》《湘夫人》二篇是屈原据

① 金开诚:《屈原辞研究》,江苏古籍出版社,1992年版,第156页。
② 金开诚:《屈原辞研究》,江苏古籍出版社,1992年版,第166页。
③ 汤漳平:《出土文献与〈楚辞·九歌〉》,中国社会科学出版社,2004年版,第95页。

沅湘一带民间表演所改写。此二篇有明显的戏剧的特殊性,两篇又相关联,与其他九篇有较大差异。另外,王逸毕竟为东汉南郡宜城人,他所说不会完全没有依据。我以为这可能是王逸对此前记载或传说的误解,也可能是传说中造成的变化。

二、任左徒期间的变法改革与在统一南方方面的努力

清代蒋骥在其《山带阁注楚辞》书前所附《楚世家节略》中言屈原在怀王十一年(前318)已任左徒之职:"按《战国策》齐助楚攻秦,取曲沃,当在是年之前后。盖屈子为怀王左徒,王甚任之,故初政精明如此。《惜往日》所谓'国富强而法立也'。"其后屈复《楚辞新注》即定屈原任左徒在怀王十一年,陈子展从之①。陆侃如《屈原年表》则定在怀王十年(前319)②。聂石樵《屈原论稿》中说:"大概在怀王十一年以前,为楚国任六国纵长与强秦争胜负的时候。"蒋骥所说是有道理的。只是,在任职之当年即能改善同齐国的关系,并联合齐国一起发动对秦国的进攻,还是有困难的。因为楚怀王六年楚派昭阳攻齐败魏③。清屈复的《楚辞新注》即定为怀王十一年屈原任左徒。其实蒋骥言"是年之前后",还是比较慎重的。陆侃如《屈原年表》、聂石樵《楚辞论稿》都主张屈原始任左徒在怀王十年(前319),是正确的。

楚怀王十年(魏宣惠王十四年)秦败韩取魏曲沃、平周之地。屈原力主联齐抗秦,当年魏驱逐了张仪,公孙衍(犀首)为相。公孙衍于是与齐国苏秦发动五国攻秦,楚国的屈原、陈轸也力主联合以抗秦,屈原遂任左徒之职(陈轸为客卿,是由秦至楚者,屈原为宗族,自然承担要职)。

---

① 陈子展撰述,范祥雍、杜月村校阅:《楚辞直解》,江苏古籍出版社,1988年版,第1页。

② 陆侃如:《陆侃如古典文学论文集》,上海古籍出版社,1987年版,第307页。

③ 司马迁:《史记》之《六国年表》《楚世家》《魏世家》。

楚左徒,旧注或以为同中原国家的司空,误。司空为掌工程建筑之官,左徒乃掌外交大政及有关事宜,相当于中原国家的大行人。又有右徒,相当于中原国家的小行人。左徒又称"左升徒",或作"左登徒",据出土文献也作"左征尹"。又有"升徒"或"登徒",相当于中原国家之行人,即执行一般任务的外交官员(个别情况简称以指称左徒或右徒)。

《史记·屈原列传》中说:"屈原者,名平,楚之同姓也。为楚怀王左徒,博闻强志,明于治乱,娴于辞令。入则与王图议国事,以出号令;出则接遇宾客,应对诸侯。"①

屈原任左徒之后第一件大事是当年即"城广陵"(《史记·六国年表》)。广陵即今之扬州。楚国在那里筑城是为了控制南方、稳定后方,达到统一南方的第一步。屈原认为要达到统一全国的目的,首先自己要强大。楚国统一了广大的南方之地,再统一北方列国,直如水之就下,成必然局势。

第二件事,即是加入魏、赵、韩、齐、燕五国联盟伐秦。可惜当时五国虽合,毕竟临时结盟,多出于眼前利益而缺乏长远眼光,故至函谷关逡巡不前,先后各自撤回。

同五国伐秦相关。屈原在此前还处理了一件事,可以看出他的思想、作风与对五国伐秦这一巨大行动的维护。《战国策·齐策三》载:

> 孟尝君出行五国,至楚,楚献象床。郢之登徒直送之。不欲行,见孟尝君门人公孙戍曰:"臣,郢之登徒也,直送象床。象床之值千金,伤此若发漂,卖妻子不足偿之。足下能使仆无行,先人有宝剑,愿得献之。"公孙戍曰:"诺!"②

"郢之登徒"即楚国任登徒(升徒)之职者。公孙戍是孟尝君的亲信,此

① 司马迁:《史记》,中华书局,2013年版,第2993页。
② 刘向集录,范祥雍笺证,范邦瑾协校:《战国策笺证》,上海古籍出版社,2006年版,第605—606页。

登徒对孟尝君以五国相信齐、相信孟尝君能率五国以成大事言之,然后说:"今君到楚而受象床,所未至之国,将何以待君?"孟尝君省悟而拒收象床。象床即象牙装饰的床,自然十分珍贵。这是楚怀王要对齐国表示友好的举措。因山东六国之中,唯齐楚最强,虽然魏国首倡联合伐秦,但名义上的"纵长"非齐楚莫属。时当楚怀王十年,齐国威王死,宣王刚继位,齐国正由此而在对外政策上有所调整,但齐宣王毕竟刚继位,在六国中缺少威望,故楚为纵长。齐国能让楚怀王满足"纵长"的欲望,成六国之首,同田文及其父田婴有很大关系,故楚怀王特别感激。可是孟尝君田文受重礼,必然引起六国间的矛盾。我以为《战国策·齐策三》中所记楚国这位"登徒"(升徒),即是屈原。文中称作"登徒"而不作"左徒",是有时"左徒""右徒"也被泛称为"升徒(登徒)"。材料传抄中产生歧异的可能也存在(尤其中原及齐鲁一带人对楚国官制不是很清楚)。当然,这件事是由屈原指挥他手下的人所作的可能性也有。但无论怎样,史书记载此事应非虚构,而时间又正在屈原刚任左徒之时,这件事的处理总是同屈原有关系的。

总之,屈原一担任左徒之职,便表现出思想与政治作风的不凡。城广陵并不牵扯到同别国的关系,但意义重大,是大手笔。至于联合五国伐秦可能并不是他立即想作之事,只是因为公孙衍、苏秦的倡导,他顺应形势以成事,带有随机性。

城广陵和联合五国伐秦只表现了屈原政治理想与政治才能的一个侧面。屈原任要职之后最想做的事,是在国内进行政治改革。

公元前390年左右,楚宣王之父楚悼王(前401—前381)任用吴起进行变法,国势一度很强大,"南收扬越,北收陈蔡"(《战国策·秦策三》),"却三晋,西伐秦"(《史记·吴起列传》),"南并蛮夷,遂有洞庭苍梧"(《后汉书·南蛮传》),开疆拓土,形成楚国历史上第二次大的扩张与振兴,比楚庄王称霸时的版图还要大。但由于旧贵族的坚决反对,吴起终被车裂肢解而死。此后秦孝公(前361—前338)任用商鞅进行变法,首尾十九年,进行了两次变法,尤其第二次变法在第一次基础上废除了奴隶制所依托的井田制,推行郡县制,统一度量衡,按人口征收军赋,革除残留的戎狄风俗等,同时为了向东发展,将都城由雍迁至咸阳。

种种措施使秦国在各方面都跃居七国之首。然而前338年秦孝公死，商鞅车裂。

在秦楚变法之前，首先是魏文侯（前445—前339）任用李悝进行变法，赵烈侯（前408—前387）时赵相公仲连进行变法，比吴起变法稍迟韩昭侯（前362—前333）起用申不害进行改革，齐威王（前356—前320）任用邹忌进行改革，都取得明显成效，而主持改革者未遇到迫害，为什么楚秦两国的改革者吴起、商鞅落得如此悲惨的下场呢？因为魏、赵、韩本身都是代表新势力的统治者推翻了晋国的奴隶制而建的诸侯国，田齐也同姜齐不是一回事，其得国的情形与魏、赵、韩相近，所以他们是在旧的框架中产生的，带着旧有的特征，但本身就是改革的产物，改革更符合统治者的利益。楚、秦两国则仍然由旧贵族掌握层层政权。虽然个别有思想、有能力的卿大夫看到整个社会发展的趋势，但大部分贵族只知维护家族的利益，制约着社会经济、文化的发展，压制着社会各方面发展的活力。改革，就是削弱甚至剥夺这些人的特权，所以改革的阻力特别大。

屈原在五国伐秦失败之后，即着手于国内政治的改革。而且，他也作好了遭受打击的准备。你看《离骚》中所说：

> 惟夫党人之偷乐兮，路幽昧以险隘，岂余身之惮殃兮，恐皇舆之败绩！

其中又说：

> 謇吾法夫前修兮，非世俗之所服。虽不周于今之人兮，愿依彭咸之遗则。

诗中所谓"世俗"，便是强烈的、牢固的奴隶制观念，所谓"今之人"，便是所有上层社会操纵着楚国政治的权臣显要。诗中说的"彭咸"，本是楚国早期的贤人，诗中暗喻吴起、沈尹章（莫敖子华）这些坚持改革政治的卓越政治家。

改革政治是屈原生平中最重要的内容,所以《屈原列传》一开头司马迁在简单介绍了屈原的身世与素养后,便写他"造为宪令"及因此受到的打击:

> 上官大夫与之同列,争宠而心害其能。怀王使屈原造为宪令,屈平属草稿未定,上官大夫见而欲夺之,屈平不与,因谗之曰:"王使屈平为令,众莫不知,每一令出,平伐其功,曰以为'非我莫能为'也。"王怒而疏屈平。①

左徒本来是主持有关外交之事,但由于屈原在联络、协调六国伐秦之事中所表现的政治眼光与突出才能,怀王对他特别信任,故内政方面很多事也依靠他,并支持他进行政治改革。"怀王使屈原造为宪令",正是说屈原在取得怀王的首肯与支持后起草变法条例。

从上官大夫造谣中伤的话"每一令出"云云看,屈原主持的这次变法,是公布了一些条例的。事实上,所有的政治改革,都不可能一步到位,一次完成,而只能面对现实,分次进行,逐步推进。前面的改革,为后面的改革奠定基础。究竟屈原所制定的宪令公布了哪一些,拟公布的有哪些内容,史书中没有记载。但我们从屈原的著作中可以看出屈原在政治改革中重视哪些方面。以下在汤炳正先生考索的基础上试加评述②。

(一)坚持法度,反对心治。《离骚》中"循绳墨而不颇","绳墨"即法度。《管子·法法》中说:"引之以绳墨,绳之诛僇(戮)。"《荀子·儒效》中说:"设法规,陈绳墨,便备用。"则"绳墨"为当时主张法制者的习用语。屈原主张制定上下都遵守的法规,而不仅仅只针对老百姓的刑法,而且法规也不能随心所欲随便改变。屈原以后具有法家思想的景瑳在悼念屈原所作的《惜往日》中说:

---

① 司马迁:《史记》,中华书局,2013 年版,第 2993 页。

② 汤炳正:《草宪发微》,收于《屈赋新探》,齐鲁书社,1984 年版,第 178—196 页。

> 惜往日之曾信兮,受命诏以昭时。奉先功以照下兮,明法度之嫌疑。国富强而法立兮,属贞臣而日娭。秘密事之载心兮,虽过失犹弗治。

所谓"法度之嫌疑"即法度制定上不十分明确,可以随意解释的地方。屈原认为这些都应明确下来,不能含糊。末一句是说:有法在先,君王只要任命思想纯正,办事可靠的臣子依法执行就成,国君不必事事过问,倒可以放松一些。

(二)举贤授能。《离骚》中说大禹、商汤、周文王与武王"举贤而授能兮,循绳墨而不颇"。"贤"指德高无私欲私怨者,这样的人虑事用人总能从国家利益、从大局出发。"能"指有本事有才能的人,这样的人办事有能力、有担当,不误事。故古人言:"贤者在位,能者在职。"

首先,这一思想,屈原也是有所继承的。《离骚》中说:

> 昔三后之纯粹兮,固众芳之所在。杂申椒与菌桂兮,岂维纫夫蕙茝!

诗人认为楚国第一次大开拓的楚三王时代,是任用了很多贤能之士的。这是楚民族的群体记忆,也深深地潜藏在屈原的头脑之中,因为那正是屈氏始祖为楚国做出了巨大贡献的时代。

其次,屈原从沈尹章处,及家庭等方面所受教育中,对夏商周三代任用人才的史事也有深刻的体会。他在青年时代所作的《大招》中即说:

> 魂乎归来,尚贤士只……举杰压陛,诛讥罢只。直赢在位,近禹麾只。豪杰执政,流泽施只。

"近禹麾"指接近大禹时之疆域。《周礼·巾车》:"建大麾,以田以封蕃国。""禹麾"指《尚书·禹贡》中的九州之地。屈原写这些话时,应该是深怀痛心惋惜之情。威王活着时听信谗言而未能重用沈尹章(莫敖子华），现人已作古，只在虚幻的招魂仪式中表达了这种愿望。但也可以看出屈原这种举贤授能思想有很深的根源。

（三）力耕强本，富国安民，反对"游大人以成名"，不劳而获。屈原《卜居》中说：

> 宁诛锄草茅以力耕乎？将游大人以成名乎？

强本是历来法家的共同主张。《史记·范雎蔡泽列传》中说："吴起为楚悼王立法……禁游客之民，精耕战之士。"商鞅在这方面有很多极深刻的论述。《商君书·农战》中说：

> 故其民农者寡，而游食者众；众则农者殆，农者殆则土地荒……高言伪议，舍农游食，而以言相高也，故民离上，不臣者成群。此贫国弱兵之教也。

这就讲得很清楚。屈原《大招》中说："田邑千畛，人阜昌只。美冒众流，德泽章只。"表现同吴起、商鞅一样的思想。

（四）励战图强，奠定统一天下的基础。《大招》中说：

> 德誉配天，万民理只。北至幽陵，南交阯兮。西薄羊肠，东穷海只。

德誉上能配天，下以理天下，这自然是指如夏禹、商汤、周文王、周武王一样的圣君，不是全靠武力，而是以仁义之师使天下归心。其中关于楚国疆域的设想，也最具体地反映了屈原的统一思想：他认为不仅中原与楚地应统一，包括最北、最南、最西、最东的一些北狄、南蛮、西戎、东夷之地，也都是一个大的国家，应该全部统一。这是我国历史上最具体明确地提出统一的多民族大国观念的文献，反映出屈原思想的历史进步性。

《大招》中另一处说的"雄雄赫赫，天德明只。三公穆穆，登降堂只。

诸侯毕极,立九卿只",这便是想象统一之后的朝堂。"一天下"是战国之时所有的思想家、政治家的最高政治理想,因为诸侯不间断的争夺厮杀,使天下无安宁之日,家破人亡者时时有、处处有,老百姓吃尽苦头。《九歌·国殇》中诗人就赞扬了作战英勇为国牺牲的精神。

（五）禁止朋党,以君国之事为重。屈原对于结党营私者抱有极度的痛恨。《离骚》中以诗的语言揭露这些人的作为:

> 固时俗之工巧兮,偭规矩而改错。背绳墨以追曲兮,竞周容以
> 为度。

曲直之辨、法度与心治之辨、国家利益与个人私利之辨,是屈原所特别重视的。因为屈原的思想以法制贯穿,充分地体现了法制观念。禁止朋党,即禁止拉帮结派,干侵犯国家、人民利益之事,完全是为了维护法制,另一方面是对于奴隶主旧贵族维护亲族利益、相互勾结的制约。《离骚》中说:"椒专佞以慢慆兮,樧又欲充夫佩帏。"有的权臣上对国君献谄以取得信任,下对其他人傲慢骄横,不以国事为重而互相勾结,谋取私利。也如《离骚》中所说:"羌内恕己以量人兮,各兴心而嫉妒。"在互相勾结之外,还有一些人和另一些人钩心斗角,搞得朝廷乌烟瘴气,官场一片黑暗。禁止结党营私,正是政治改革的一项重要内容。

屈原的政治改革中,还应包括消除蔽壅、赏罚得当等内容。关于前者如《哀郢》回忆怀王时晚期朝廷中状况:"忠湛湛而愿进兮,妒被离而鄣之。"《惜往日》中说:"独鄣壅而蔽隐兮,使贞臣为无由。""蔽晦君之聪明兮,虚惑误又以欺。弗参验以考实兮,远迁臣而弗思。""谅聪不明而蔽壅兮,使谗谀而日得。"这就不仅要求卿大夫、层层官员要秉公办事,也同样要求君王亲理大事,了解事实,克服私情,依法行事。希望在理政治民时赏罚得当,同样地,不仅要求各级官员依法办事,也要求君王重法治而去心治。根据《史记》所载,屈原所拟宪令是公布了一部分的,也就是说,改革工作是推行了一段时间的。《屈原列传》中载上官大夫在楚怀王面前谗毁屈原说:"王使屈平为令,众莫不知。每一令出,平伐

其功,曰:'非我莫能为也'。"可见是公布过几次的。既然公布了,就会有不同反响。

以往学者们只是谈屈原联齐抗秦的主张,似乎屈原一生的政治主张,屈原同一些旧贵族、旧官僚之间的矛盾只在这一点上。其实,这只是他对外策略的一个方面,还不是他对外政治主张的全部。他主张建设一个法制的国家,代替以前完全体现奴隶主利益的奴隶制政治体系。他的外交主张也是与此联系在一起的,这才是他思想的中心。评价屈原的爱国主义思想,不能只看到他热爱楚国这一点,更要看到他主张建设一个以民为本,以君国利益为中心的统一的法治国家。

三、被贬为三闾大夫后的一封信与粉碎秦国阴谋恢复齐楚邦交的努力

屈原主张的政治改革之路是楚国得以强盛,并达到统一全国目标的唯一正确道路。然而,这也是明显损害旧贵族利益的,因而引起了一批权臣的反对。《史记·屈原列传》中说,屈原草拟宪令,"属草稿,稿未定,上官大夫见而欲夺之,屈平不与,因谗之"。过去一些楚辞学家的书中解释为上官大夫"想夺过去看",屈原不给他看,其实这是一个很大的误会。《管子·立政》中说过:"宪未布,使者未发,不敢就舍。就舍谓之留令,罪死不赦。"在卿大夫受国君之命立宪之时,其他臣子是不可能夺取强行看其内容的。这里的"夺"是改易,变易的意思。"不与"是不同意的意思。上官大夫大约是有所风闻,故旁敲侧击,让屈原不要损害世族大家的利益,而屈原并不同意,于是楚朝廷中的权臣都嫉恨他。秦国也正是利用了这一矛盾,让一些旧贵族在楚王面前挑拨离间。其离间的办法一是诬蔑屈原违反上面所说的不得泄露有关宪令信息的规定。因为宪令是代表国君的旨意,不是代表其他人的意愿,国君之外其他任何人没有决定宪令内容的资格。二是根据楚怀王心胸狭隘,又缺乏识人之智的缺点,诬蔑屈原将制定宪令完全归功于自己。于是,"王怒而疏屈平"。这是在楚怀王十六年(前313)前半年的事。因为《屈原列

传》中说："屈平即绌，其后秦欲伐齐，齐与楚从（纵）亲，惠王患之，乃令张仪详（佯）去秦，厚币委质事楚。"而《楚世家》中则明确说："十六年，秦欲伐齐，而楚与齐从亲，秦惠王患之。"可见上官大夫在怀王面前造谣中伤屈原，一是因为其所制定宪令中一些内容损伤在位很多人的利益，二是因为秦国派人做了工作，给他们以金钱珍宝之类的东西让他们先设法把合纵派的中心人物屈原赶出楚朝廷。屈原被疏之后，张仪才到楚国去。

怀王十六年这一次是被"疏"，而不是被放。史书载其事，则自然不是一般疏远，应该是免去左徒之职。屈原《渔父》中写渔父遇屈原游于江潭而问："子非三闾大夫与？何故至于斯？"这是怀王二十四五年被放汉北之时所作，可见在被放以前是任三闾大夫之职的。

关于三闾大夫的职责，《楚辞章句·离骚序》说是"序其谱属，率其贤良以厉国士"（其下"入则与王图议国事"几句是引述《史记·屈原列传》中关于左徒职责的论述，有误）。楚人所说"三闾"，即"三户"，所谓"楚虽三户，亡秦必楚"的"三户"，并非后代学者所说的"昭、景、屈"三姓，而是西周末年熊渠三个儿子即楚三王的后代。楚三王为楚人兴盛及向南发展之始，故后人以"三户"称指楚最早的三族，用以代表楚王族后代。春秋时代楚在古丹阳（在今河南省西南部丹水之北、淅川县以西）有城邑名"三户"，也正是因为这里是楚人西周末年的都城所在地。三闾大夫应是教育王族子弟的学官，它同制定及施行内外政策无关，但要有学养之人充任，屈原适当其选。看来王疏远了他，不再让他参与国家大事的决定与施行，但并不否定他富于学养。

《离骚》在"荃不察余之中情兮，反信谗而斋怒"后说：

> 余固知謇謇之为患兮，忍而不能舍也。指九天以为正兮，夫唯灵修之故也！初既与余成言兮，后悔遁而有他。余既不难夫离别兮，伤灵修之数化。

下面接着说：

> 余既滋兰之九畹兮,又树蕙之百亩。畦留夷与揭车兮,杂杜衡
> 与芳芷。

这显然是回忆去左徒之职以后,任三闾大夫教育王族子弟。

《屈原列传》中说,"屈平即绌,其后秦欲伐楚",因齐与楚纵亲,秦惠王派张仪到楚国,对楚怀王说:"秦甚憎齐,齐与楚从亲,楚诚能绝齐,秦愿献商於之地六百里。"楚怀王于是与齐断绝关系。文中只说"楚怀王贪而信张仪",其实这里也反映了楚怀王对于丹阳一带的情结之深。怀王听了张仪的话,派人到秦国去受地。张仪欺骗说:"仪与王约六里,不闻六百里。"楚使者回国告诉怀王。

《史记·楚世家》中载有一段文字说:

> 怀王大悦,乃置相玺于张仪,日与置酒,宣言"吾复得吾商於之地"。群臣皆贺,而陈轸独吊。怀王曰:"何故?"陈轸对曰:"秦之所为重王者,以王之有齐也。今地未可得而齐交先绝,是楚孤也。夫秦又何重孤国哉?必轻楚矣。且先出地而后绝齐,则秦计不为。先绝齐而后责地,则必见欺于张仪。见欺于张仪,则王必怨之。怨之,是西起秦患,北绝齐交。西起秦患,北绝齐交,则两国之兵必至。臣故吊。"楚王弗听,因使一将军西受封地。[①]

为什么不见屈原对此事的反应?因为他已被排除于政治中心之外,无权过问国政大事。《楚世家》记楚使至秦受封地的情节,更具戏剧性:张仪称病,三月不出。楚怀王以为是秦人认为楚对齐的态度不够坚决明朗,乃使勇士齐勇至齐辱齐王,"齐王大怒,折楚符而合于秦"。张仪见齐与秦修好,则秦楚交战楚必败无疑,才见楚之将军,说是当时答应是六里,非六百里。于是才形成下面的结果"怀王怒,大兴师伐秦。秦发兵击之,大破楚师于丹、浙,斩首八万,虏楚将屈匄,遂取楚之汉中地。怀王乃悉发国中兵以深入击秦,战于蓝田。魏闻之,袭楚至邓。楚兵

---

①　司马迁:《史记》,中华书局,2013 年版,第 2064—2065 页。

惧,自秦归。而齐竟怒不救楚,楚大困"(《屈原列传》)。可以说,是楚怀王的糊涂造成了自己的彻底失败。

怀王十七年(前312)楚国连续遭丹阳、蓝田之败。"韩魏闻楚之困,乃南袭楚,至于邓。楚闻,乃引兵归。"当时屈原被置于闲职,急也没有办法。《屈原列传》接着说,至怀王十八年:

> 秦割汉中地与楚以和,楚王曰:"不愿得地,愿得张仪而甘心焉。"张仪闻,乃曰:"以一仪而当汉中地,臣请往如楚。"如楚,又因厚币用事者臣靳尚,乃设诡辩于怀王之宠姬郑袖。怀王竟听郑袖,复释去张仪。是时屈平既疏,不复在位,使于齐。顾反,谏怀王曰:"何不杀张仪?"怀王悔,追张仪,不及。①

看来楚怀王多少有一点省悟。但他只是认识到当初同秦和好是错了,并未认识到联秦抗齐在整个战略决策中的错误,更未认识到他疏远贤能之士、任用奸佞之徒是造成这一次次重大失败的根源。

事实上,屈原从各方面想办法,由他人向怀王通说,争取恢复齐楚邦交。上引《屈原列传》文中说当时"屈平既疏,不复在位",是言不在左徒之位,担任同政治、外交毫无关系的三闾大夫之职。但下文中又为什么说"使于齐"呢?因为秦始皇时将各国史乘焚毁,唯留《秦记》,六国之事多所缺略,《史记》中仅见此而不明就里。好在《战国策·楚策》中有一篇文字为我们了解这背后一些重要情节提供了珍贵的材料。《楚策一·张仪相秦谓昭雎章》开头说:

> 张仪相秦,谓昭雎曰:"楚无鄢郢、汉中,有所更得乎?"曰:"无有。"曰:"无昭滑、陈轸,有所更得乎?"②曰:"有所更得。"③张仪曰:

---

① 司马迁:《史记》,中华书局,2013年版,第2996页。
② "滑"原误作"雎",与上文"谓昭雎曰"相冲突,据有关史料正之。下一"滑"字同。
③ "有"字原作"无",与下文意相扦格,显系涉上文而误,今正。

> "为仪谓楚王,逐昭滑、陈轸,请复鄢郢、汉中。"昭雎归报楚王,楚王
> 说之。①

这里说的昭雎,本是亲秦人物,应即在楚国连遭丹淅、蓝田两次大败,魏
国乘机发兵袭楚,齐国也因楚背信弃义而不救楚的情况下,派到秦国去
求和之使臣。张仪替秦国向楚王所提出的要求,是让楚国彻底败亡的
办法:在屈原被疏远调离政治中心之后,朝中只有昭滑、陈轸两人是主
张联齐抗秦的。张仪又以归还鄢郢、汉中为诱饵,达到彻底瓦解楚朝廷
中抗秦力量的目的。贾谊的《过秦论》中说到战国后期合纵人物联合六
国攻秦之事时说:

> 　　于是六国之士,有宁越、徐尚、苏秦、杜赫之属为之谋,齐明、周
> 最、陈轸、昭滑……之徒通其意。……尝以十倍之地,百万之众,叩
> 关而攻秦。②

则昭滑、陈轸在当时的外交立场可见。楚国在排挤屈原之后,又要排挤
昭滑、陈轸于政治中心之外,这真是将楚国推向了颠覆的悬崖。在这种
情况下,屈原千方百计、不顾一切地加以阻拦,以免怀王受到一些只顾
个人得失、只顾眼前利益的亲秦派旧贵族的怂恿,在用人上作出又一错
误的决策。《张仪相秦谓昭雎章》在上引那段文字之下的一大篇文字,
从各方面看,是屈原闻讯后写给昭滑的一封信。陈轸和昭滑虽都主联
齐抗秦,但陈轸为游说之士,非楚人,先曾与张仪俱事秦惠王,争宠,后
秦任命张仪为相,故陈轸至楚,而昭滑则为楚之世族,昭阳是屈原、昭滑
上一辈的主张联齐抗秦的人物,他们都同昭雎的政治态度相反。昭滑
应是屈原在楚朝廷中的重要同盟人物,是可信的知音。屈原在不能见
到楚王的情况下,给昭滑写了信,指出了张仪的阴谋,要昭滑向怀王建

---

① 　刘向集录,范祥雍笺证,范邦瑾协校:《战国策笺证》,上海古籍出版社,
2006 年版,第 804 页。

② 　高步瀛:《两汉文举要》,中华书局,1990 年版,第 3 页。

议,由他再去齐国争取恢复齐楚邦交。信由"有人谓昭滑曰"领起。其原文如下:

> 甚矣!王不察于名者也。韩求相工陈籍而周不听。魏求相綦毋恢而周不听,何以也?周曰:"是列县畜我也。"今楚,万乘之强国也;大王,天下之贤主也。今仪曰逐君与陈轸而王听之,是楚自待不如周,而仪重于韩、魏之王也。且仪之所欲有功名者秦也,所欲贵富者魏也。欲为攻于魏,必南伐楚。故攻有道,外绝其交,内逐其谋臣。陈轸,夏人也,习于三晋之事,故逐之,则楚无谋臣矣。今君能用楚之众,故亦逐之,则楚众不用矣。此所谓内攻之者也,而王不知察。今君何不见臣于王,请为王使齐。齐交不绝,仪闻之,其效鄢郢、汉中必缓矣。是昭睢之言不信也,王必薄之。①

前引《屈原列传》中文字说得明白,张仪又以"割汉中之地"钓楚怀王上钩,是在楚国连遭丹淅、蓝田两次大败的第二年,即楚怀王十八年(前311)。按《屈原列传》与《楚世家》所述,秦在"楚大困"之时,派人至楚又作诱骗,应在怀王十八年之初。屈原给昭滑的信中指出,张仪的阴谋是用"内攻",使楚朝廷内部垮,则其他无不垮。故屈原提出,希望昭滑设法使自己能面见楚王,请求"为王使齐",以粉碎张仪的阴谋。联系上引《屈原列传》中所说屈原"不复在位,使于齐",屈原与昭滑的这次努力是成功了的。《战国策》中这篇文字记了屈原争取赴齐的过程,《史记》中记了屈原由齐归来的情况。文中所谓"不复在位,使于齐",是言不在左徒之位,而以三闾大夫的身份使于齐。

《张仪相秦谓昭睢章》可能是两千多年来第一次发现有关屈原生平的新的材料。屈原的这篇《致昭滑书》是《楚辞》所收作品之外,可考的

唯一一篇存至今日的屈原作品①。这件事情最后的结果是,虽然屈原使齐应该取得了成功,张仪以鄢郢、汉中的诱饵让楚怀王将昭滑、陈轸赶出楚朝廷的阴谋未能得逞,但借着屈原不在朝廷之机,张仪来楚又给楚怀王的亲信靳尚和宠姬郑袖行贿,加强了反对合纵派的力量。不管怎样,毕竟没有让怀王中张仪之计而从朝廷赶走昭滑、陈轸,从而在朝中保留了一部分合纵派人物,来抵制受秦收买的奸党阴谋,避免了楚国迅速灭亡的灾难。

虽然史料中没有屈原这次使齐结果的记载,但从别的事件可以看出它确实成功了。《史记·楚世家》怀王二十年载:

> 齐湣王欲为从长,恶楚之与秦合,乃使使遗楚王书。……楚王业已欲合于秦,见齐王书,犹豫不决,下其议群臣。群臣或言和秦,或曰听齐。②

后来还是因为昭滑(唐司马贞之时已误作"昭雎")的一席话,怀王许之,"竟不合秦,而合齐以善韩"。由此事也可以看出,齐湣王给楚怀王信,也说明了虽然楚国在前313年(楚怀王十六年)背信弃义,所作所为十分过分,但屈原于怀王十八年的赴齐之行是有效果的。

屈原在这一阶段中的第二件大功是在经营南方取得的成绩。《战国策·楚王问于范环(蠉)章》中,范蠉对楚怀王说:

> 且王尝用滑于越,而纳句章。昧之难,越乱,故楚南察濑胡而野江东。③

---

① 赵逵夫:《〈战国策·楚策一·张仪相秦章〉发微》,全国高等学校古籍整理研究工作委员会办《古籍整理与研究》总第6期,中华书局,1991年版。又收入《屈原与他的时代》,人民文学出版社,2002年版,第199页。

② 司马迁:《史记》,中华书局,2013年版,第2067页。

③ 刘向集录,范祥雍笺证,范邦瑾协校:《战国策笺证》,上海古籍出版社,2006年版,第782页。

滑即昭滑,也即《战国策》中的淖滑、卓滑。句章为越故地,在今浙江余姚东南。楚怀王任用了昭滑才取得越的句章之地。眛之乱,张琦《战国策释地》言文献中凡言"×之难",都是联系地名而言者,没有以人名言者。眛,蒙文通《越人迁徙考》以为可能是会稽之大末县。昭滑造成越国眛之难,趁越国内乱,楚人收复越地,在瀬胡筑塞而守,使江东之地成为楚之鄙邑。

关于昭滑灭越的时间,清代黄以周《儆季杂著》以为在怀王二十三年,杨宽《战国策》(修订本)同。《韩非子·内储说下·说六》载楚臣干象语:

> 前时王使邵滑之越,五年而能亡越。所以然者,越乱而楚治也。①

邵滑即昭滑,言其"五年而灭越"则昭滑是在怀王十九年赴越。怀王十九年到二十三年,正是楚国两次大败于秦之后,因为听从屈原之建议,避免了再一次上当,而且也恢复了齐楚邦交,因而是楚怀王稍稍恢复了对屈原的信任的时候。当时同齐的关系初步恢复,齐对楚怀王出尔反尔做法的不满不能立即消除,因此在联合抗秦方面不会有什么大的举动。屈原建议先为统一南方做一些工作,建议派自己得力的合作者昭滑入越,以挑起内讧的办法乘乱灭越。可以说屈原在自己处境极其困难的情况下,仍然利用一切机会为实现自己的政治理想而努力。

四、屈原的被放汉北与庄蹻起事

然而没有想到的是楚怀王很快便忘记了此前的教训,在屈原统一南方的工作取得初步胜利的第二年,怀王又被秦国的迷魂汤灌得稀里糊涂。《史记·楚世家》载:

---

① 王先慎撰,钟哲点校:《韩非子集解》,中华书局,2013年版,第277页。

　　（楚怀王）二十四年，倍齐而合秦。秦昭王初立，乃厚赂于楚。楚往迎妇。①

　　二十五年，怀王入与秦昭王盟，约于黄棘。秦复与楚上庸。

楚怀王再次作出背齐合秦的决策，屈原必然会据理力争，受了秦国贿赂的后妃、王子和旧贵族在背后煽风点火，最终流放了屈原，总之这次屈原受到的打击更大：不仅是疏远，而且被流放于汉北。时间应在怀王二十四年。这当中秦国"厚赂于楚"起了很大作用，但关键是一些权臣和怀王的亲信不以国事为重，只看重个人和家族的利益。明白这一点，就可以明白屈原何以在《离骚》《惜诵》《抽思》《思美人》《天问》《卜居》和《渔父》中对结党营私的奸佞之徒那样愤恨，一想起便心情不能平静。

　　关于屈原此次被放的地点，《抽思》中说："有鸟自南兮，来集汉北。"从先秦至汉代，楚地有两汉北。战国之时楚建都于纪郢（后来的纪南城），故以郢都以东，汉水折而向东的那一段北面之地为汉北。一则其地距郢都近，向东过汉水即是，朝野上下常提及之。二则这一大片地方其西部为山陵，东部多林薮沼泽，有大的湖泊，故历来为楚王和贵族田猎之地。因有大湖，故也称作"云梦"。云是地名，即春秋时的"郧"。汉代有云杜县，即今京山县治。楚人名湖泊为"梦"。司马相如《子虚赋》写楚王猎于云梦之地，正是此处。《战国策·宋策》中说："荆有云梦，犀兕麋鹿盈之。"荆为楚之代称。《国语·楚语下》中也说："又有薮曰云连徒洲，金木竹箭之所生也，龟、珠、角、齿、皮革、羽毛，所以备赋以戒不虞者也，所以供币帛以宾享于诸侯者也。"屈原被放于汉北，也有一定的职责，那情形应同《水浒传》中所写禁军教头林冲被高俅陷害，充军至沧州管草料场差不多。汉北云梦之地为楚王与大臣、贵族的田猎游戏之地，屈原负责云梦之地林木湖泊的管理、鱼鳖和珍禽异兽的进贡以及楚王大臣的田猎事宜，即任"掌梦"之职。楚国的掌梦，大体相当于北方国家的泽虞。《周礼·地官》："泽虞，掌国泽之政令，为之厉禁。使其地之人

---

　　①　按据《六国年表》和《屈原列传》，当为"秦来迎妇"。参梁玉绳：《史记志疑·楚世家》。

守其财物,以时入于玉府,颁其余于万民。凡祭祀、宾客,共泽物之奠。丧纪,共其苇蒲之呈。若大田猎,则莱泽野及弊田,植虞旌以属禽。"屈原《惜诵》作于被放汉北之时。其中说:

> 思君其莫我忠兮,忽忘身之贱贫。事君而不贰兮,迷不知宠之门。忠何罪以遇罚兮,亦非余之所志也。行不群以巅越兮,又众兆之所咍也。

很多人弄不清为什么屈原说:"忽忘身之贱贫。"关于这一句,蒋骥《山带阁注楚辞》的解释是对的:"贱贫,指前已被疏而失禄位言。"因为他是出身贵族的。其实,这里说的贱贫,是说当时已去官职,而是以待罪之身干着和奴仆们打交道的事。这几句诗的前两句是说:我深深地思念着君王,没有人能够和我一样对他一片忠心,竟然忘记自己已是一个处于贫困之中的贱役。我们之所以说这首诗是作于汉北之时,因为放于汉北是在楚怀王晚期。至于放在江南之野,那是顷襄王初年之事,怀王已死,顷襄王与他没有一点君臣情义,而且他也知道要返回朝廷已毫无可能,故作于江南之野的《涉江》《哀郢》《怀沙》中再没有思君和希望返回朝廷意思。

《惜诵》中还说:

> 矰弋机而在上兮,罻罗张而在下。设张辟以娱君兮,愿侧身而无所。欲儃佪以干傺兮,恐重患而离尤。欲高飞而远集兮,君罔谓汝何之?

我们由这里可以看出屈原被放汉北时的职掌和思想状况与心情。

屈原在汉北任掌梦,管理那里负责渔猎活动的杂役。这期间发生的最大的一个事件,便是怀王一次田猎中受惊。屈原是负责云梦狩猎事宜的掌梦,自然责任重大。《招魂》之作,便是因此而作。《招魂》中说:

与王趋梦兮课后先，君王亲发兮惮青兕。

王逸注：“惮，惊也。言怀王是时亲自射兽，惊青兕牛而不能制也。”屈原侍候怀王和随从大臣田猎，记其狩猎所得以备怀王评定成绩之先后。然而怀王在亲自射青兕（野牛）的时候，因为中箭的野牛未当时即死而发疯乱冲，怀王受到惊吓。情况十分紧急，云梦泽怀王临时歇息之处彻夜亮着灯，大家侍候求其安宁。

由以上论述可知《招魂》是作于被放汉北任掌梦之职时。屈原在汉北的职责也可由《招魂》和《惜诵》知其大概。

屈原被放汉北，齐楚关系进一步恶化也就可想而知。

《楚世家》载：

> 二十六年，齐、韩、魏为楚负其从（纵）亲而合于秦，三国共伐楚。楚使太子入质于秦而请救。秦乃遣客卿通将兵救楚，三国引兵去。
>
> 二十七年，秦大夫有私与楚太子斗，楚太子杀之而亡归。
>
> 二十八年，齐与韩、魏共攻楚，杀楚将唐昧，取我重丘而去。

事实上，楚怀王二十八年（前301）这一战要复杂得多。《吕氏春秋·处方》载：

> 齐令章子将而与韩、魏攻荆。荆令唐蔑将而拒之。军相当，六月而不战。齐令周最趣章子急战，其辞甚刻。①

唐蔑即唐昧，“蔑”“昧”二字古音同。章子即匡章，匡章大约也是合纵派，故与楚夹河对抗六个月未开战。该书中还写到匡章决策的细节，结果是章子“因练卒以夜掩荆人之所盛守，果杀唐蔑”。《史记·六国年

---

① 许维遹撰、梁运华整理：《吕氏春秋集释》，中华书局，2009年版，第671页。

表》楚怀王二十八年载：

> 秦、韩、魏、齐败我将军唐眜于重丘。

同年秦国一栏载："伐楚。"齐国一栏载："与秦攻楚，使公子将，大有功。"韩国一栏："秦取我穰，与秦击楚。"秦当年取韩国之地，韩国为何还与秦一起攻楚？其实这"与"并不是联合的意思，而是"同时""一并"的意思。看来，是怀王二十七年楚太子杀秦大夫之后逃回楚国，秦即伐楚，齐、韩、魏因楚国的背信弃义、朝三暮四，也趁机来收拾楚国，楚国是左右受敌。《秦本纪》将此事误记在秦昭王八年(应在六年，前301年)，说："齐使章子，魏使公孙喜，韩使暴鸢共攻楚方城，取唐眜。"从《六国年表》中齐国一栏所载看，垂沙之战是齐楚交战。被杀的唐眜为楚令尹，本是一个亲秦人物。此一战不仅军事上损失巨大，而且引起楚朝廷内部亲秦与联齐抗秦两派斗争的激化。亲秦派自然是据眼下败于齐、魏、韩的事实严厉打击合纵派，而昭滑等则是从根本方略和长远发展的角度，揭露那些被秦国收买的旧贵族一而再再而三地把国家拉向败亡之路。两方面的斗争到了不能相容的地步，自然也有些不论是非、只取中立或两头讨好的。糊涂的楚怀王缺乏主见，也不能控制局面，王族公子、后妃等也会各据一部分力量，于是朝中势力便四分五裂，造成楚国历史上最严重的一次分裂。《商君书·弱民》篇末附战国之末人一段文字：

> 楚国之民，齐疾而均，速若飘风，宛钜铁铯，利若蜂虿；胁蛟犀兕，坚若金石。江汉以为池，汝颍以为限，隐以邓林，缘以方城。秦师至，鄢郢举，若振槁。唐蔑死于垂沙，庄蹻发于内，楚分为五。[1]

同样的记载见于《荀子·议兵》：

> 然而兵殆于垂沙，唐蔑死，庄蹻起，楚分而为三四。是岂无坚

---

[1] 蒋礼鸿：《商君书锥指》，中华书局，1986年版，第127页。

兵利甲也哉？其所以统之者非其道故也。①

两文中都谈到齐、韩、魏三国与楚垂沙之战中楚唐眛死而楚国几种政治力量彼此对立，楚王朝分裂为几部分，及庄蹻起事，领军离开朝廷之事。庄蹻应是"楚分而为三四"或"分为五"当中的一部分。

屈原是何时被从汉北召回的，《史记》中只在《屈原列传》中说："时秦昭王与楚婚，欲与怀王会。怀王欲行，屈平曰：'秦，虎狼之国，不可信，不如毋行。'"其事《楚世家》列在怀王三十年，则屈原于此前已回朝无疑。我以为屈原回朝时间就在怀王二十九年，因垂沙之战在怀王二十八年年底（齐楚两军对峙半年以后），庄蹻起事应是在怀王二十九年（前300）年初。在庄蹻起事对旧贵族造成巨大冲击的情况下，楚怀王只有招回屈原，希望他平复庄蹻之乱。然而，到屈原回朝之时，庄蹻也选择了一条既不再造成国内混乱，也不回朝廷的办法——因为回去后必定是死路一条。他想起了屈原常说的统一南方的主张，便打着楚王之命，扬言为完成楚威王的遗愿向南发展。他不说是为完成楚怀王的愿望，因为怀王已让他伤透了脑筋。

我从各方面文献记载分析，庄蹻与昭滑都是以作战见长者，相当于后来的武将。同时，他也与昭滑一样，是主张联齐抗秦的。楚国在齐垂沙之战中惨败，那些亲秦的旧贵族肯定会把责任推在主张联齐抗秦的一派人身上。庄蹻在无法立身、无路可走的情况下发动兵变，《吕氏春秋·介立》将"庄蹻之暴郢"同"郑人之下革处""秦人之围长平"并列称之，说："此三国之将帅贵人皆多骄矣，其士卒众庶皆多壮矣，因相暴以相杀，脆弱者拜请以避死。"内部矛盾冲突引起对某些贵族之家的残杀在所难免。其后庄蹻离开郢都，退至黔中，然后由今湘西南下。远行至且兰（即牂牁，当今贵州省贵定县东北，黄平县西南），伐夜郎，以受楚王之命入滇池的名义称王，事见《史记·西南夷列传》。唯《华阳国志》中误为"楚威王遣将军庄蹻溯沅水，出且兰以伐夜郎"，且言后因"秦夺楚

<hr />

① 王先谦撰，沈啸寰、王星贤点校：《荀子集解》，中华书局，2013年版，第333—334页。

黔中地,无路得反,遂留王滇池"。此应是庄蹻常奉楚威王为宗主又不能返回朝廷的一种解释。

五、被放江南之野的行踪与自投汨罗

《屈原列传》中屈原由汉北回朝后的记载,便只有上面所引在怀王三十年劝怀王不要入秦这一段文字。然而因为怀王幼子子兰劝怀王入秦,言:"奈何绝秦欢!"怀王终于动身。不用说子兰同郑袖都是秦国厚赂的重要对象。结果呢? 怀王"入武关,秦伏兵绝其后,因留怀王以求割地"。

《楚世家》中对怀王到秦国后的情形记述更为细致,并记录了楚大臣相与谋划,怀王被拘于秦,时太子又质于齐,国中无主。于是昭滑(文中误作"昭雎")赴齐交涉,希望齐国放楚太子归国,暂时主持国政,以稳定人心。齐湣王听从其相之说,放归楚太子。看来当时的齐相也是主张合纵抗秦的。

"太子横至,立为王,是为顷襄王。乃告于秦曰:'赖社稷神灵,国有王矣。'"楚怀王之所以在很多大事的决策上有误,那是因为听信身边旧贵族的怂恿,而怀王的亲人如郑袖、各王子则都是被秦国收买了的,是朝中亲秦派的后盾。太子一到即被立为王,从此亲秦势力完全控制了楚国朝政。

《屈原列传》中说:

> 长子顷襄王立,以其弟子兰为令尹。楚人既咎子兰以劝怀王入秦而不反也。屈平既嫉之……令尹子兰闻之大怒,卒使上官大夫短屈原于顷襄王。顷襄王怒而迁之。[1]

为什么以其弟子兰为令尹? 因为顷襄王能提前继位,子兰是第一功:

---

[1] 司马迁:《史记》,中华书局,2013年版,第2997—2998页。

没有子兰的劝怀王入秦,就没有顷襄王在这一年的由太子而变为楚王。秦国扣留怀王之后,屈原一定是力主设法营救怀王回国的。

楚国当时的情形与南宋初年的情形很相近。南宋初宋徽宗、宋钦宗都被金人虏之于北,赵构登基于商丘,为高宗。南宋王朝口头上说要收复北方以迎二帝回归,其实宋高宗心底里是不想让徽、钦二帝南归的。徽、钦二帝回归,自己往哪里摆?岳飞却拼死与金兵作战,一再长驱直入,《满江红》词中说:"靖康耻,犹未雪,臣子恨,何时灭",要"驾长车踏破贺兰山缺"。所以岳飞被以"莫须有"的罪名杀死。屈原的再次被放,情形与此相同。

但楚国的情形同顷襄王与拥立者的希望恰恰相反。《楚世家》载:

> 顷襄王横元年,秦要怀王不可得地,楚立王以应秦,秦昭王怒,发兵出武关攻楚,大败楚军,斩首五万,取析十五城而去。[1]

《楚辞章句·离骚序》在秦人胁迫楚怀王归秦,以致客死于秦之后说:

> 其子襄王,复用谗言,迁屈原于江南。

"迁"即放逐。这就是屈原第二次被放逐。其具体时间,由《哀郢》一诗看其离开郢都时的形势与心情,正值秦人大破楚军、取析十五城而去,形势十分紧张之时。当此关键时刻,亲秦势力为推卸责任,打击政治对手,首先要给合纵派的代表人物和坚定的改革家屈原罗织罪名,将他彻底赶出朝廷。被放地点是江南之野,即当时与长江北面的郢都相对的长江以南之地。

由《哀郢》《涉江》二诗来看,屈原同秦人来袭之时逃难的老百姓一起沿长江而东。他多次回头看,不忍离去,又不能离开。过夏首(汉、夏合流处),至洞庭与长江相连处,他折向西南,入洞庭之中,在湖上久久飘泊。大体因为湖边老百姓也不得安宁,才又出洞庭继续向东,直至

---

① 司马迁:《史记》,中华书局,2013 年版,第 2070 页。

彭蠡,由庐江(今庐水与赣水的合流,如同楚人称夏水流入汉水后至流入长江一段为夏水一样)向西南至陵阳。这个路线同地下出土的《鄂君启舟节》所标行船路线是一致的。《鄂君启舟节》上说:

> 逾夏,入邠。逾江,适彭蠡⋯⋯入泸江,适爰陵。

爰陵大约即今庐水上游的武功山。陵阳,应在爰陵以南(山之南为阳)。1953年在湖南长沙仰天湖出土楚简,有上书"蹒易公"之遣策。据学者们研究,"蹒易公"即"陵阳公"。陵阳当时为楚邑,其地又与湘水汨罗水隔着一个罗霄山。与诗人入洞庭在湖上飘泊时一样,他是不忍远离郢都、远离旧乡,但形势又不允许返回,故在乘船东行中,总是想向西南行进,以便在那里长期住下去。至彭蠡,他便不再愿意走了,决定停留在陵阳。

屈原从郢都出发,与逃难的百姓一起东行,是在顷襄王元年的二月,《哀郢》一诗前半的回忆部分说得清楚:"方仲春而东迁。"大约他在那里住到当年九月,即晚秋。他惦记着朝廷,但大臣被放,未得君命,不敢返回都城。所以诗人返回至湖湘之西,《涉江》中说:"乘鄂渚而反顾兮,欸秋冬之绪风。"说明当年秋冬之际已由陵阳水路行至鄂渚(今武昌)。

从《涉江》所反映的屈原至鄂渚以后的路线看,是同庄蹻南行的路线大体一致的。如其中说:"朝发枉渚兮,夕宿辰阳。"枉渚在洞庭湖以西,今常德以南。辰阳在今湖南西部的辰溪县,都在沅水边上。屈原最南直至溆浦,如再南则出楚之国界,故不能再南。由他一直向南直至溆浦这一点看,屈原应是想了解一下庄蹻的信息。因为由楚国统一东南、西南一带,一直是他的政治梦想。《涉江》中反映诗人在溆浦是住了一段时间的。诗中说:"入溆浦余儃佪兮,迷不知吾所如。"下面写了当地的自然状况,是所有屈辞中写景最集中的段落。在这段文字的后面说:"哀吾生之无乐兮,幽独处乎山中。吾不能变心而从俗兮,固将愁苦而终穷。"可见在溆浦有较长时间的停留。《涉江》一诗即作于溆浦。

屈原在沅湘一带十余年,作为一个关心人民又具有深厚文化素养的诗人,同广大人民生活在一起,不仅体验了他们的生存状况,也多次见到当地老百姓的祭神活动,观看了祭神歌舞的表演。他觉得这就是楚国老百姓的心声,是楚国的文化。即使楚国不存在了,反映着楚人心声和历史的这些歌舞辞也应保留下来。可是其中一些歌辞鄙陋,屈原因而更定其词,写成比朝廷祭祀歌舞更具戏剧表演性的《湘君》《湘夫人》等歌舞辞。

至顷襄王十六年(前 283)四月,屈原又有一次辰阳、沅水之行。《怀沙》一诗中说:"滔滔孟夏兮,草木莽莽。伤怀永哀兮,汩徂南土。"乱辞中说:"浩浩沅湘,分流汩兮。修路幽蔽,道远忽兮。"可见是先由沅水南下,后又由湘水北上,路线与上次一样。他对这条路线这样关注,正是希望从这条路线中,了解庄蹻在西南一带进展的状况。"怀沙"是怀念垂沙之战后去国南行的庄蹻之军的隐晦的表示,其实当时庄蹻已取下夜郎,并以楚朝廷名义称王于滇。如楚国按屈原的主张实行政治改革,不断发展西南一带,使其如同东南吴越之地一样,归于楚疆土之内,那么其国土将不比包括今中原与山东在内的韩、赵、魏、燕、齐五国之面积总和小,统一全国如水之就下。可惜楚国从怀王后期开始一直走下坡路,当时顷襄王已无力向南开拓,只能疲于应付秦国与山东六国的威逼与侵扰。

当时山东六国合纵抗秦的阵线已完全垮了,六国间互相攻伐不断,给秦国以向东发展的机会。楚国西部和北部汉水中游之地已全部归秦,越国也死灰复燃,趁机收复了一部分被楚国占领的地方。楚国在一步步走向衰亡。

诗人北上至湘水的支流汨罗江边,在那里赋成《怀沙》。当仲夏之初,他听到了顷襄王与秦王会于楚之故都鄢郢,是时鄢已成秦东部之城邑。诗人认为楚亡国之迹已见,遂抱石投汨罗江而亡。

中国文学史上乃至世界文学史上最亮的一颗诗歌明星便这样陨落了。

六、屈原早年之作

屈原的创作,我们拟分三段来看:(一)早年;(二)被放汉北期间;

（三）被放于江南之野期间。

我们都知道屈原是一位伟大的诗人，也是中国辞赋的开创者。但就他自己而言，成为诗人，开创一种新的文体并不是他的愿望。他希望成为一名改革家，并且在统一华夏的进程中作出贡献。遗憾的是他所主持的变法开始不久，便被中伤而离开左徒之职。以后就再也没有能够重新开启楚国变法的大门。创作辞赋只是他早年还未进入政治中心之时、中年被置于闲职和被流放以后抒发情绪的产物。

屈原早期之作有《橘颂》《大招》和《九歌》中的绝大部分。以下逐一加以说明。

（一）《橘颂》

《橘颂》是屈原行冠礼之时所作。冠辞也叫"冠颂"，《孔子家语》中就有《冠颂》一篇。《橘颂》整齐的四言形式和《仪礼·士冠礼》中所载八首行冠礼时之辞完全一样，还有三点说明它是行冠礼之时的明志之作无疑。

1. 冠礼也叫"嘉礼"。诗人以橘树自喻，故开头即说："后皇嘉树，橘徕服兮。"

2. 很多词语都是冠辞中常用之词。如"橘徕服兮"的"服"字在《士冠礼》中出现六次。

3. 有的语句同此前冠辞几乎完全一样。如《士冠辞》中有"弃尔幼志"，《橘颂》中有"嗟尔幼志"。为什么冠礼中心要说这一句呢？因为贵族男子行冠礼以前主要是学习和见习，一般不承担家庭与社会的责任，行冠礼之后就要抛弃少年时的一些习惯与想法，独立承担责任。还有，《士冠礼》中有"受天之庆"之类语句，《橘颂》中说"受命不迁"，意思是一生下来我已承受了老天给予的职责，我不会改变这一点。

其他不赘述。总之此诗是诗人二十岁（虚岁）行冠时明志之作，作于楚威王六年（前334）。

（二）《大招》

《楚辞章句》云："《大招》者，屈原之所作也。或曰景差，疑不能明也。"从形式上说，《大招》之创作应在《招魂》之前，且其间相隔时间应不短。两篇的结构大体一样,应是当时楚宫廷通用的招魂词内容结构。但《大招》的语助词用"只",而《招魂》用"些"。"只"是《诗经》中表呼唥之语助。如《鄘风·柏舟》:"母也天只,不谅人只!"《大招》以"只"为语助,明显反映出受书面语影响。因为"些"是楚地方言的一种表现,此前没有在书面文字中出现过,不知如何表示,只有替换为较通行的语助词。至作《招魂》时则有了较深厚的文学素养,能够为楚方言中的虚词从通用汉字中寻找到一种恰当的表现方式,使之更具地域特色。同时,无论是描写还是铸词炼句,《招魂》更显得炉火纯青。《大招》应是屈原在兰台之宫,楚威王去世时所作招魂之词。从《大招》《招魂》所写被招魂人的生活环境看,生前均为君王毫无疑问。怀王死于秦,当时屈原被放江南之野,也不知道消息,而《招魂》为招生魂之作,故《大招》只能招威王之魂。这样,《大招》应作于楚威王十一年(前329)。

(三)《九歌》中的《东皇太一》《东君》《云中君》《大司命》《少司命》《河伯》《山鬼》《国殇》《礼魂》

《九歌》十一篇,王逸以为屈原放逐沅湘之间,见俗人祭祀歌舞,因其词鄙陋而作,朱熹《楚辞集注》又以为就民间之作"颇为更定其词"。但从作品的内容、情调来说,不像流放后的作品。明代汪瑗说:"《九歌》之神,皆当时楚之所祭者也。然亦有当祭者,有不当祭者。"(《楚辞集解·九歌》)另外,清初周拱辰说:"《九歌》之作也,夫曷为乎尔?以飨神也。……或亦未放时三闾大夫者职也。"现在学者们多主张为宫廷祭祀所用。金开诚《屈原辞研究》、汤漳平《出土文献与〈楚辞·九歌〉》二书皆有专论可参。这里要特别说明:《湘君》《湘夫人》二篇是成于被流放江南之野之时。《九歌》而有十一篇,不少学者费神为此提出种种解释。两宋之间姚宽提出从屈原作品中删去《国殇》和《礼魂》(《西溪丛语》卷上);清林云铭主张将《山鬼》《国殇》《礼魂》合为一篇(《楚辞灯》);蒋骥主张将《湘君》《湘夫人》合为一篇,将《大司命》《少司命》合为一篇。又说:"其为数十一篇,或亦未必同时所作也。"又说:"二《湘》言湖湘沅澧,与《东君》言扶桑、《河伯》言昆仑、《山鬼》言山阿同指,各就神所居次言之。"只是他尚未意识到有的篇章反映出的地域特征其实也反映出创作时间。近人徐仁甫以为"《礼魂》为送神之曲","《国殇》乃战争时期新加之作品,是附于后以示不忘国殇"。其实《湘君》《湘夫人》即楚宫廷祀典中不当祀者,应排除在外。

郭沫若《屈原赋今译·九歌解题》中说:"由歌辞的清新、调子的愉快来说,我们可以断定《九歌》是屈原未失意时的作品。"这个看法是正确的。明代汪瑗、清初周拱辰均认为非流放以后所作,清人何焯、马其昶认为是奉怀王之命而作。马其昶《屈赋微》云:"《汉志》载谷永之言云:'楚怀王隆祭祀,事鬼神,欲以邀福助,却秦军,而兵挫地削,身死国危。则屈子盖因事以纳忠,故寓讽刺之词,异乎寻常史巫所陈也。'其昶按:怀王既隆祭祀,事鬼神,则《九歌》之作,必原承怀王之命而作也,推其时当在《离骚》前。"这些看法都是有一定道理的。

《九歌》本应只有九篇,而现在是十一篇,学者们提出种种解说,都很牵强。实际屈原第一次所作,本就是除《湘君》《湘夫人》之外的九篇:《东皇太一》《东君》《云中君》《大司命》《少司命》《河伯》《山鬼》《国殇》《礼魂》。这些神都是都城的宫廷和贵族所祀。1965 年在江陵望山一号楚墓发现的竹简中,可以看到主人所祀神祇有太、后土、司命、大水等,墓主为死于楚威王或楚怀王前期的贵族。1977 年在江陵天星观一号楚墓发现墓主祷告神灵有司命、司祸、云君、大水等,1987 年在荆门包山二号墓出土竹简中墓主人所祀神灵有太、二天子、司祸、司命、大水、高丘、殇等。墓主都是贵族,前者下葬于公元前 340(楚宣王死、威王继位之年)前后,后者下葬于前 316 年(楚怀王十三年),正是屈原青年时代和初任左徒之时。楚墓神灵多与《九歌》相对应,如"太"即东皇太一,"司命"即大司命,"司祸"即少司命,"大水"即河伯,"高丘"即山鬼,"殇"即国殇等。其称说的差异,大概是官称与俗称之别。如"高丘"即山鬼,同《离骚》中"哀高丘之无女"相合,说明楚国当时传说中有高丘之女长期等待的说法。所以,《九歌》中的上述九篇应是屈原任职于兰台之时所作,是供朝廷或家族祭祀神灵的歌词。当时大约因故有几篇要重撰,故命他完成。

以上屈原在未担任左徒之职以前所作诗歌,共十一篇。这些作品在风格情调上的共同特征是轻快、明朗,即使如《山鬼》表现忧怨的作品,也少缠绵悱恻的阴郁。

从形式上来说,《橘颂》基本上未脱《诗经》中三四言的句式。正合《诗经·召南·摽有梅》"求我庶士,迨其吉兮"的句式。又《郑风·野有蔓草》第一章:

> 野有蔓草,零露浥兮。有美一人,清扬婉兮。邂逅相遇,适我愿兮。

《橘颂》句式与此完全一样。

可见,当时诗人熟悉《诗经》,继承了它的体式,但还未能在继承基础上进行创造。

至于《九歌》中的作品,主要是学习楚地民歌与民间歌舞辞。如《新序·节士》载《徐人歌》:

> 延陵季子兮不忘故,脱千金之剑兮带丘墓。

《九歌》的句式绝大部分是一句中"兮"字前三字,"兮"字后三字或两字,但也有变化。个别句子与《徐人歌》的一样。如《山鬼》:

> 余处幽篁兮终不见天,路险难兮独后来。

《少司命》的"忽独与余兮目成",也是"兮"字前四个字,可以看出是由民歌生发出来的创作。也就是说,这时候典型的骚体句式还没有形成。

总体上说,屈原早期的创作主要反映了他对此前传统和民间的文学成就的继承,还未能突出地体现创造精神,尚未很好地将整个华夏传统文学创作的成就同南楚民间创作结合起来,但已体现出不凡的艺术天才。

七、屈原被放汉北时的创作

屈原被放汉北始自楚怀王二十四年,终于二十九年前半年。

屈原于楚怀王十六年因制定宪令进行变法而遭谗被疏,罢左徒之职而改任三闾大夫。虽然被疏,尚有教育王族子弟之职,并未离开朝廷及郢都。他虽然远离政治决策中心,但一直关心着朝廷的变化。看来,这段时间他并无创作。被放汉北以后就完全不同了,对朝堂之事一无所闻,却日夜惦念。又因自己是为国家之事、君王之事而被奸佞陷害的,进行政治改革和争取统一全国的宏图均化为泡影,故一腔悲愤化而为诗。这个时期的创作按时间先后列叙大体有《渔父》《抽思》《思美人》《招魂》《惜诵》《卜居》《离骚》《天问》八篇。以下一一加以说明。

(一)《渔父》

本篇开头说:"屈原既放,游于江潭,颜色憔悴,形容枯槁。渔父见而问之曰:'子非三闾大夫与?何故至于斯?'"此"江潭"指汉江边水潭。《抽思》:"溯江潭兮。"王逸注:"楚人名渊曰潭。"庾信《枯树赋》中说:"昔年种柳,依依汉南。今看摇落,凄怆江潭。"是用东晋桓温的典故说曾在汉水南岸植柳,多年后见当年所植柳已粗壮。汉水两岸水潭,楚地人称作"江潭"。《渔父》可能作于在汉北之时。

屈原在朝中的最后一个职务是三闾大夫。大约云梦泽的小吏、役人及当地老百姓已传开了新到的掌梦是原来的三闾大夫。故渔父问:"子非三闾大夫与?"渔父问他为何流放至于汉北,屈原讲了原因之后说:"是以见放。"也反映出为被放之初所作,时间应在《抽思》之前。联系《抽思》来看,当作于怀王二十四年夏。

(二)《抽思》

《抽思》中说:"有鸟自南兮,来集汉北。"以鸟自喻,说明被放之地。其乱辞中也说:"长濑湍流,溯江潭兮。狂顾南行,聊以娱心兮。"回顾不久前由郢都至汉北路途中的情景,与《渔父》作于同一地。

诗中又说:"望孟夏之短夜兮,何晦明之若岁。惟郢路之辽远兮,魂一夕而九逝。"这是回忆初放时情形,则屈原之被放汉北,是在当年四月。又第一段中说:"悲秋风之动容兮,何回极之浮浮。"可证《抽思》作于怀王二十四年秋天。

89

本篇名曰"抽思",清代王萌《楚辞评注》说:"抽思者,心绪万端,抽而出之,以陈于君也。"《抽思》篇首说:"心郁郁之忧思兮,独永叹乎增伤。"所谓"思"即指此。又"少歌"部分说:"与美人抽怨兮。""美人"指怀王,"抽怨"也即抒发怨思。

本篇中也写到陈辞,《离骚》同它在构思上有共通性。说到"指彭咸以为仪",《离骚》中"愿依彭咸之遗则"也与这相近,指保持自身的操守,不随波逐流。《离骚》的创作应与此篇创作时间相近,此篇之作在《离骚》前。

《抽思》是屈原的第一篇骚体之作,已形成"△△△△○△△ 兮,△△△△○△△"的基本句式(○代表虚词),但可以明显看出它楚地民歌的特征已很突出。除了主体正文三段之外,另有"少歌曰"四句,"倡曰"一大段,末尾有"乱曰"。其乱辞的句式,与《橘颂》的句式完全一样。由此可见《抽思》是屈原所创骚体诗或曰骚体赋的第一篇。

(三)《思美人》

屈原初至汉北,一直惦记着朝廷,惦记着君王。不仅因为他能否返回朝廷全在怀王一念之间,而且因为他们有过一段君臣相得的时期,他们的相得表现为在变法改革方面做的一些工作,如屈原任左徒之初的"城广陵"和后来的派昭滑去经营东南。所以,在《抽思》之外,还写了《思美人》一篇。

《思美人》中说:"开春发岁兮,白日出之悠悠。"从篇中所表现的对怀王的思念看,此篇应是被放汉北后的次年(楚怀王二十五年,前304)春季所写。

诗中写到"遵江夏以娱忧",江夏应指汉水、夏水,泛指汉北一带。又说:"指嶓冢之西隈兮,以纁黄以为期。"蒋骥《山带阁注楚辞》中说:"此亦怀王时斥居汉北之辞,盖继《抽思》而作者也。"又说:"嶓冢,山名,汉水发源之处。……原居汉北,举汉水所出以立言也。"

诗中说到"愿寄言于浮云兮,遇丰隆而不将"、"因归鸟而致辞兮,羌宿高而难当"、"令薜荔以为理"、"因芙蓉而为媒"等,在构思、用词上都与《离骚》雷同。同《抽思》一样,反映出诗人在为最伟大的诗篇《离骚》

进行创作前艺术上的准备。

(四)《惜诵》

从篇中"忠何罪以遇罚"等句看,为被放时之作无疑。又从"待明君其知之"等句看,他对于返回朝廷尚抱有希望,与放于江南之野时所作各篇对返回朝廷完全失去信心不同,则可以确定作于被放汉北之时。林云铭《楚辞灯》说"此屈子失位之后,又因事进言得罪而作也","玩是篇'惩羹吹齑'及'折臂成医'等语,其为前番既疏犹谏,失左徒之位;此番又谏,无疑即得罪"。被疏而失左徒之位在怀王十六年,此次得罪,即二十四年被放汉北一次。篇中说"忽忘身之贱贫",正是说失去贵族、朝臣的身份,成为同杂役小吏打交道的人。篇中又说:"矰弋机而在上兮,罻罗张而在下。设张辟以娱君兮,愿侧身而无所。"这正写出他在楚王来田猎时"掌梦"的身份。

蒋骥《楚辞余论》从作品内容方面定"《惜诵》当作于《离骚》之前"。其说是。篇中写到"昔余梦登天兮"、"吾使厉神占之兮"等。《离骚》正是在这种想象的基础上形成了天上三日游和灵氛占卜等新颖、宏大而又连贯的结构。联系其他篇来看,当作于楚怀王二十六年前后。

(五)《招魂》

《史记·屈原列传》末尾说:"余读《离骚》《天问》《招魂》《哀郢》,悲其志。"司马迁认为《招魂》是屈原之作。同《大招》一样,招死者或失魂(受惊恐而得病)者之魂,归来处的饮食、起居、游乐环境,非宫廷莫属。故司马迁之说正确无误。《楚辞章句》作者误解司马迁之语,言是宋玉为招屈原之魂而作,不可信。南朝梁沈炯的《归魂赋》即以《招魂》归属屈原(见《艺文类聚》卷七九)。明代黄文焕《楚辞听直》、清代林云铭《楚辞灯》、蒋骥《山带阁注楚辞》、马其昶《屈赋微》及近代梁启超、游国恩、郭沫若等楚辞大家都认为《招魂》是屈原之作。

《招魂》是因怀王在云梦游猎时,受未射死的青兕猛然反扑,受到惊吓,屈原为掌梦之职,又有文才,故撰《招魂》以安抚怀王。

《招魂》的引言和乱辞中的语句部分与《离骚》及汉北所作其他几首

骚体诗相同,也说明了创作时间和诗人创作心理上的关联性。

本篇乱辞中说"献岁发春兮,汩吾南征","菉蘋齐叶兮,白芷生",又说"目极千里兮伤春心"。则当作于春季,今暂定为怀王二十六年春。

(六)《卜居》

《卜居》开头说:"屈原既放,三年不得复见。"则应作于楚怀王二十七年(前302)。内容是写到郑詹尹处占卜当如何处世,"孰吉孰凶,何去何从?"汤炳正先生《楚辞类稿》第一四三条言:"'詹尹'即'占尹','詹'与'占'古人同声互借。'占尹'乃掌卜之官,殆如《左传》所记楚官有'工尹''厩尹''门尹''乐尹''玉尹'之类。《左传·昭公十三年》楚有"卜尹"。如汤先生所言,"占尹"盖即"卜尹"之异称。但当时屈原被放汉北,不能回郢都,怎能见到占尹呢?这是因为屈原去了汉北西北的楚故都鄀郢。《楚辞章句·天问》部分言屈原被放逐后"见楚有先王之庙及公卿祠堂",后之学者多理解为在江南沅湘之地,大误。楚人取得江南一带较迟,且未曾在沅湘一带建都,那里不会有先王之庙和公卿祠堂。屈原所至先王之庙即公卿祠堂,只能是在鄀郢。故《卜居》作于被放汉北时,本篇实亦成为《离骚》中灵魂占卜情节的雏形。

本篇同《渔父》一样,是散体小赋的滥觞,当作于怀王二十七八年。

(七)《离骚》

《离骚》《天问》都是诗人被放汉北数载以后,西北行至鄀郢,拜谒先王之庙及公卿祠堂以后所作。诗的开首两句:"帝高阳之苗裔兮,朕皇考曰伯庸。"历代学者都是只就字面言之,不知这是面对先祖先王神位,回首十余年中自己的努力、作为与受谗被放的遭遇,楚国由变法改革走向强盛,至一败再败,受东、西、北三面的攻击,步步趋于瓦解,痛心之中呼出。《离骚》末尾,诗人幻想在国内走投无路的情况下,决定听灵氛和巫咸的话另求明君。但当他"抑志而弭节兮,神高驰之邈邈"时,看到地下升起皇祖的神光,他向下看到了楚人的旧乡。"陟升皇之赫戏兮,忽临睨夫旧乡。"连他的仆夫和马都不忍心离开了,诗人怎能离去?这段情节,是照应开头的,也是因在旧都,因而想到"皇之赫戏",也看到旧乡

（鄢郢）。"赫戏"也写作"赫曦",指放射的光辉。由我们对此前几篇的评说,可以看出《离骚》是在去过鄢郢之后所写,也是几年中创作经验和艺术思考积累的成果,因而成为我国抒情诗无与伦比的典范。

关于《离骚》的篇题之意,据一篇在1992年山西屈原研讨会上发表的论文统计,有四十多种说法。我以为钱锺书《管锥编》中的解释最为近理。他说:"《离骚》一词,有类人名之'弃疾''去病'或诗题之'遗愁''送穷'。盖'离'者,分阔之谓,欲摆脱忧愁而遁避之,与'愁'告'别',非因'别'生'愁'。"只是也可能含有双关之义,我们也不能就认为只此一种含义。李嘉言说:"以我之见,骚应解作地名,离骚就是离开骚那地方。……《左传》桓公十一年云:'郧人军于蒲骚,将于随、绞、州、蓼伐楚师。'李吉甫《元和郡县图志》卷二七云:'安州应城县,本汉安陆县地,宋于此置应城县。故浮城县在县西北三十五里,即古蒲骚城也。'《左传》'莫敖狃于蒲骚之役'、'郧人军于蒲骚'是也。其地在汉水之北郧城县境。《抽思》云:'有鸟自南兮,来集汉北。'……屈原在汉北时很可能是住在蒲骚……《抽思》是蒲骚时所作,《离骚》是离蒲骚时所作。"①诗人语义双关的可能性也是有的。那么,篇题中也反映出了创作地。

《离骚》应写成于怀王二十七八年间。

(八)《天问》

《楚辞章句》中"屈原放逐,忧心愁悴,彷徨山泽,经历陵陆,嗟号昊旻,仰天叹息。见楚有先王之庙及公卿祠堂,图画天地山川神灵,琦玮谲诡,及古圣贤怪物行事。周流罢倦,休息其下"云云,应是有传说为依据的。正是因为屈原被放汉北之时,曾至鄢郢拜谒先王之庙及公卿祠堂,以寄托其爱国思家之情怀,才有了《离骚》《天问》两篇长诗。这两首诗都是在先王之庙及公卿祠堂中,心潮翻滚不能平静的产物。

之所以认为《天问》作于《离骚》之后,因为《天问》从创作的心理、总

---

① 李嘉言:《李嘉言古典文学论文集》,上海古籍出版社,1987年版,第54页。

体内容乃至结构顺序来说,都是《离骚》中"陈辞"部分的扩大化、细化,所以应当是"陈辞"基础上的又一次创造。关于《天问》篇题的含义,学者们众说纷纭,我以为就是"关于天道之问"的意思。

全诗充满了激情,但用了"问"的手法而不是直陈。如《离骚》陈辞中叙及夏启、后羿、寒浞、浇、夏桀、帝辛(纣),直言其"家巷(閧)""鲜终""殷宗用而不长"等,表明"固乱流其鲜终"的道理,论禹、汤的"祗敬",周文王、武王"论道而莫差","举贤而授能兮,循绳墨而不颇",体现"皇天无私阿兮,览民德焉错辅。夫维圣哲以茂行兮,苟得用此下土"的天人观,和"孰非义而可用兮,孰非善而可服"的政治观,表达了他对如何持身、治国、安天下的理解。《天问》用问的语气行文,让读者在思考中自己得出结论,显得更含蓄,让以上道理变为读者自己省悟所得。篇题《天问》是"关于天道之问"的意思,王逸所谓在先王之庙及公卿祠堂"仰见图画,因书其壁"的说法不可信,因为全诗虽然有窜乱,但并非"文不次序",而是有较严格的结构形式。

《天问》的主体部分是问宇宙与日月星辰之事;鲧禹治水与鲧禹之族的兴起、夏初的变故、夏朝之亡;商人之兴起、商之建国、商朝之亡;周人之兴起、周之建国、西周之亡及列国与楚这样六部分。因为都是用问的形式,一事与一事间少关联词,且有些远古传说,后代不明就里,中间又有多处错简,但其结构是可以理清的。这些内容正是《离骚》中"陈辞"的放大和艺术上的再创造。

《天问》是由问宇宙之谜、九州大地奇说异闻,引起到对上古三代兴亡之理的追问,中心的意思是:这一切都体现着自然的天道。三代的历史说明了有道而兴、无道而亡之理。

从以上这些来看,《天问》是屈原在完成《离骚》之后,写的一篇期望在回朝廷之时献给怀王的作品,以便让怀王能从天道与历史等方面吸取教训,建立一个正确的执政观。它同《离骚》一样,在长期思考酝酿的基础上产生,应完成于怀王二十八年前后。

《汉书·郊祀志》引谷永上汉成帝之书中说:"楚怀王隆祭祀,事鬼神,欲以获福助、却秦师,而兵挫地削,身辱国危。"概括了楚国在怀王后期的情形。《天问》似乎就是针对怀王"隆祭祀,事鬼神",先由天道入手,娓娓道来,并采用问的形式,一则引起其兴趣,二则较为含蓄,以求使楚王自悟天道。

屈原被放汉北时年在四十八至五十三岁之间,精力较好,且正是在为完成政治理想而努力奋斗的过程中被放,情绪上受到很大打击,故为一生创作最丰富之时。

屈原被放汉北时的所有作品从内容上说,都同汉北及周边的地理环境有关,也含有对受谗被放的辩说和对楚王改变态度的希望。不同于后来被放江南之野的作品,多提及沅、湘一带地名与自然环境,而且完全失去返回朝廷的希望。

八、屈原被放江南之野的作品

屈原被放江南之野的作品有《涉江》《哀郢》《湘君》《湘夫人》《怀沙》五篇。

(一)《涉江》《哀郢》

从所叙事件的时间先后来说,《哀郢》写了被放后同逃难老百姓一起东行直到陵阳的情形,而《涉江》是讲被放当年秋冬,从陵阳动身直至溆浦的过程。但《哀郢》是九年后回忆所写。其中有"至今九年而不复"之句,故当作于顷襄王九年(前290),而《涉江》则作于顷襄王元年年底。《涉江》作于溆浦,《哀郢》作于沅湘一带。

(二)《湘君》《湘夫人》

之所以认为这两篇作于江南之野,因为其内容反映了民间传说。楚人祭祀的神灵有些是自古相传,如《东皇太一》《东君》《大司命》《少司命》《河伯》对应神祇,是在丹阳或更早时即形成的。楚人居江汉流域而祀河伯,便有力地说明了这一点(姜亮夫先生认为楚人最早居于西北昆仑之地,故《离骚》中写到诗人想象行至昆仑悬圃,昆仑即为河源)。有些则是迁到鄀郢乃至纪郢以后才形成的,如《山鬼》。湘水在长江以南,湘水之神进入楚主流神祇系统的可能性小。从结构形式上说,这两篇内容上相关联,表演起来可看成一篇。戏剧性极强,这同宫廷、贵族之家祭祀仪式上的歌舞表演不太相合,因此我们断定为屈原在江南之野所作。两诗中所说及的地名,也多与屈原流放江南之野所作的三篇骚体赋相合,应成于沅湘一带。

(三)《怀沙》

《怀沙》为屈原的绝笔,作于顷襄王十六年(前283),闻顷襄王与秦昭王会于楚故都鄢之后,时在当年五月初五。关于此诗的篇题,朱熹可能受东方朔《七谏》中"怀沙砾而自沉兮"一句的影响,解"怀沙"为"怀抱沙石以自沉"。然而沙与石完全为两种东西,沙散而不可抱,"沙"也不能解释为"沙石"。明代李陈玉《楚辞笺注》言"当是寓怀于长沙"。其后汪瑗、蒋骥也都从李陈玉之说,其实楚人得长沙之地较迟,屈原对长沙无可怀念,此说同样难以成立。屈原两次南行路线都同庄蹻南行路线一致,足以说明他对于庄蹻经营西南云滇之地的关切。"怀沙"是诗人较为含蓄隐晦之语,即惦记着垂沙之战造成的分裂。"伤怀永哀兮,汩徂南土",多少反映出这些事实。

屈原放于江南之野的作品,今仅存以上五篇。旧说以《九章》中作品全是屈原所作,《惜往日》《悲回风》也是屈原作品。然而《惜往日》中说:"临江湘之玄渊兮,遂自忍而沉流,卒没身而绝名兮,惜壅君之不昭。"又说:"不毕辞而赴渊兮,惜壅君之不识。"《悲回风》中说:"骤谏君而不听兮,任重石之何益?"分明为屈原以后之人所作以悼念屈原。很多人死守旧说不放,表现出学术界随风倒的弊病。疑古思潮达到高潮之时,《九章》中大部分篇章都被视为伪作,甚至对《九歌》《天问》《离骚》都提出了疑问,近几十年因为大量地下文献的出土,证明了疑古思潮泛滥时被疑为伪作的一些先秦典籍不伪,便又完全按旧说论事,失去了实事求是的精神。曹道衡先生发表于1956年的《评〈关于屈原作品的真伪问题〉》一文中说:"屈原已经'遂自沉'而'卒没身'了,哪里还能赋诗?如非相信有鬼,恐怕没法子叫已死的屈原来写这篇《惜往日》了吧!⋯⋯再说这里的'贞臣''壅君'等辞和文句本身都显然是第三者追述之口气。"①《悲回风》的情形也是一样,不再赘述。《惜往日》为景瑳之作,《悲回风》为宋玉之作,见下节有关部分的评述。

从屈原各个时代的作品中都可以看出《诗经》等典籍和江汉一带民歌对他的深刻影响,以及诗人既善于继承又善于创造的卓越才华。

九、宋玉的生平与创作

屈原之后楚国最重要的作家就是宋玉。这里主要论述《楚辞》范围内的创作。

(一) 宋玉的生平

《史记·屈原列传》中说:"屈原既死之后,楚有宋玉、唐勒、景差之徒者,皆好辞而以赋见称。然皆祖屈原之从容辞令,终莫敢直谏。其后楚日以削,数十年竟为秦所灭。"可见宋玉同唐勒、景瑳(《汉书·古今人表》作"瑳","差"为"瑳"的假借)都是屈原的晚辈。楚国之灭在前223年。因为宋玉《风赋》开头说:"顷襄王游于兰台之宫,宋玉、景差侍。"《对楚王问》说"楚襄王问于宋玉曰",《大言赋》说"楚襄王与唐勒、景差、宋玉游于阳云之台"。《登徒子好色赋》开头小引述大夫登徒子在楚王前贬损宋玉时说宋玉"体貌闲丽",则年龄不会太大。《钓赋》中说"宋玉与登徒子偕受钓于玄洲"。则上一篇所说"楚王"也当指顷襄王。看来,宋玉、唐勒、景瑳三人都主要活动于顷襄王之时,即前298至前263年之间。

《楚辞章句》卷八说:"《九辩》者,楚大夫宋玉之所作也。"又说:"宋玉者,屈原弟子也。"从宋玉事于顷襄王这一点看,他在未成名或者说未仕于朝时学于屈原,是有可能的。屈原在怀王十六年至二十四年(前305)间曾任三闾大夫,负责王族教育,宋玉有可能附读于兰台,或者因好文而私下里就教于屈原。

---

① 《光明日报》1956 年 4 月 1 日。

《韩诗外传》卷七说"宋玉因其友见楚襄王,襄王待之无以异,乃让其友"。《新序》卷五又有"宋玉事楚襄而不见察,意气不得,形于颜色"一段文字。

从以上材料和宋玉侍于顷襄王时所作作品来看,他并未担任重要的职务。虽为大夫,但主要陪王游玩娱乐,最多也只是备咨询诗赋掌故之类。除上面所引《风赋》《对楚王问》《大言赋》开头文字外,《高唐赋》前小引云:"昔者楚襄王与宋玉游于云梦之台,望高唐之观。……王问玉曰:'此何气也?'玉对曰:'所谓朝云者也。'王曰:'何谓朝云?'"以下便引出大段的铺排文字,构成这篇赋的主体。《神女赋》的开头说:"楚襄王与宋玉游于云梦之浦,使玉赋'高唐之事'。"而所有文献中都没有宋玉与君王或其他臣子谈论政事的记载。《小言赋》开头还说,楚王令诸大夫并造《大言赋》,"赋毕,而宋玉受赏。"赋《小言赋》之后,王曰:"善。赐以云梦之田。"看来顷襄王只把他看作一个文学侍臣。

另外,宋玉的《对楚王问》开头说:"顷襄王问于宋玉曰:'先生其有遗行与?何士民庶众不誉之甚也?'"这同《登徒子好色赋》中反映的情形一致。可见,当时人民也把他看作轻薄文人。

我以为宋玉的这种政治遭遇同三个客观条件有关:第一,宋玉并非出于贵族之家,缺乏政治背景,《九辩》中自称"贫士"可证;第二,顷襄王也不具备举贤任能的政治眼光;第三,宋玉的特长确实在辞赋的创作方面。宋玉是爱国的,他也很希望为国家贡献自己的力量,这由他被疏或被免职之后所作的《九辩》《悲回风》可以看出,但他的愿望并未实现。

宋玉是因何被削职为民的,文献中无载。《九辩》第一节中说:"坎廪兮,贫士失职而志不平。廓落兮,羁旅而无友生。"第二节中说:"悼余生之不时兮,逢此世之俇攘。"第四节中说:"当世岂无骐骥兮,诚莫之能善御。"又说:"处浊世而显荣兮,非余心之所乐。与其无义而有名兮,宁穷处而守高。"第七节中说:"世雷同而炫曜兮,何毁誉之昧昧?"由这些来看,宋玉很可能是在尽量满足顷襄王耳目之娱的前提下,借机进行劝谏,在政事上有所陈说,引起了楚襄王的不满,加之有人挑拨诋毁,遂被免职。

从《九辩》第九章(今本第二章)中"悲忧穷戚兮独处廓,有美一人兮心不绎。去乡离家兮徕远客,超逍遥兮今焉薄"这几句看,宋玉作此篇时不是被放居家,而是在距家和都城较远之地,而且并不是自由之身。从第三章(今本作第四章)中"块独守此无泽兮"和第八章(今本第九章)"愿赐不肖之躯而别离兮,放游志乎云中"看,宋玉也是被放于云梦泽的。"云"为地名,楚人名泽为"梦"。此处云中即云梦泽。从第六章(今本第五章)中"事亹亹而觊进兮,蹇淹留而踌躇",第八章(今本第九章)中"然潢洋而不遇兮,直愊愗而自苦"等看,他在云梦泽同屈原在云梦泽时一样,承担着管理湖泊、森林和渔猎之事的职责。又从第六章(今本第五章)中"岁忽忽而遒尽兮,老冉冉而愈驰"等来看,宋玉写此篇时年龄应在五十上下。

宋玉是中国文学史上杰出的作家。他不仅在辞赋创作上继承了莫敖子华、屈原等人的成就,创造出骋辞大赋的格局,在骚体赋创作上,也联系季节和自然景致烘托心情,在心理刻画方面进行了重大推进。

(二) 在朝期间的创作

《对楚王问》同莫敖子华的《对楚威王》、屈原的《渔父》《卜居》相近,已具赋的特征,而不以"赋"名篇。本篇开头说:"顷襄问于宋玉曰:'先生其有遗行与? 何士民众庶不誉之甚也?'"看来应作于年轻之时。

《风赋》和《登徒子好色赋》都篇幅较大,应是在以上作品创作经验积累后所成,从篇幅、形式、语言风格方面说,开后代骋辞大赋的先河,对司马相如的《子虚赋》《上林赋》有较大影响。

《高唐》《神女》不仅篇幅宏大,而且在叙事上相联系,分则为二,合则为一,正开启《子虚》《上林》相连又相互独立的体制。班固的《西都赋》《东都赋》、张衡的《西京赋》《东京赋》也学习这种独特的组织方式,可见它们开汉代骋辞大赋之先河。

《古文苑》中有宋玉的《大言赋》《小言赋》《钓赋》,为宋玉之作也应没有疑问。这三篇属小赋范围,可能创作时间稍早。

《古文苑》在宋玉名下所收《笛赋》用了宋意送荆卿的故事,显然是后世伪托。所收《讽赋》是好事之徒模拟《登徒子好色赋》而成,内容荒唐,明显也非宋玉之作。

这样,今可确定宋玉在朝之作有《对楚王问》《风赋》《登徒子好色赋》《大言赋》《小言赋》《钓赋》《高唐赋》《神女赋》八篇。

(三) 宋玉被削职之后的作品

宋玉被削职之后有两篇骚体赋,都是在艺术上取得了很高成就的作品。

首先是《九辩》。"九辩"本为上古乐曲名。《离骚》中说:"启九辩与九歌兮,夏康娱以自纵。"《天问》中又说:"启棘宾商,九辩九歌。"宋玉学屈原以"九歌"为篇名,作一诗而为九章,九章可联为一体。其对悲秋情绪和心理的表现,都在屈原骚体之作的基础上大大推进了,对后代同样有很大影响。《九辩》第一部分中说:"时亹亹而过中兮,蹇淹留而无成。"第二部分(旧作第三部分)中说:"离芳蔼之方壮兮,余萎约而悲愁。"看来应作于中年或稍迟,大约在五十岁上下。

其次是《悲回风》。本篇非屈原之作,在论屈作之末尾已言之。它与《九辩》在八方面有共同之处:

第一,反映了同样的政治环境与作者的态度。如《九辩》中说"世雷同而炫曜兮,何毁誉之昧昧"、"纷忳忳而愿忠兮,妒被离而鄣之"。《悲回风》中说:"万变其情岂可盖兮,孰虚伪之可长。"两者都反映了朝廷中结党营私、颠倒黑白的状况,从中也可以看出作者对当时朝政的批判。

第二,表现了不与坏人同流合污的态度。《九辩》中说"骥不骤进而求服兮,凤亦不贪喂而妄食","与其无义而有名兮,宁穷处而守高","食不偷而为饱兮,衣不苟而为温"。《悲回风》中说"故荼荠不同亩兮,兰茝幽而独芳","宁溘死而流亡兮,不忍为此之常愁"。

第三,都表现出因受打击排挤而离开朝廷的遭遇。如《九辩》中说"去故而就新","贫士失职而志不平","羁旅而无友生","去乡离家兮徕远客"。《悲回风》中说"超惘惘而遂行","孤子吟而抆泪兮,放子出而不还","求介子之所存兮,见伯夷之放迹","骤谏君而不听兮,任重石之何益"等。

第四,都表现了极浓重的个人哀愁。如《九辩》中说"中憯恻之凄怆

兮,长太息而增欷","心怵惕而震荡兮,何所忧之多方","独悲愁其伤人
兮,冯郁郁其何极"。《悲回风》中说"终长夜之曼曼兮,掩此哀而不去",
"愁郁郁之无快兮,居戚戚而不可解","伤太息之愍怜兮,气於邑而不可
止","愁悄悄之常悲兮,翩冥冥之不可娱"。

第五,都表现了惜时叹老的焦虑。如《九辩》中说"时亹亹而过中
兮","岁忽忽其遒尽兮,恐余寿之弗将"。《悲回风》中说"岁曶曶其若颓
兮,时亦冉冉而将至。"

第六,都表现出隐伏以自保的思想。如《九辩》中说"闵奇思之不通
兮,将去君而高翔","愿赐不肖之躯而别离兮,放游志乎云中"。《悲回
风》中说"蛟龙隐其文章","独隐伏而思虑"。

第七,都表现出自重自赏的情绪。如《九辩》中说:"有美一人兮心
不绎","私自怜兮何极,心怦怦兮谅直"。《悲回风》中说:"惟佳人之永
都兮,更统世以自贶","惟佳人之独怀兮,折若椒以自处"。

第八,《九辩》中提到的历史人物如尧舜、宁戚、申包胥、齐桓公、伯
乐等,类型化人物如贫士、美人、诗人,思想范畴如"思""谅直""德""耿
介""志""忠""美""武""性""诵"等,也与《悲回风》大体属于同一思想
体系。

由以上八个方面可以看出《悲回风》与《九辩》在思想上多有共同之
处,这不会只是巧合。其中第七、第八两点是宋玉的个性特征,体现出
他与屈原的差异。

除了上面八点之外,还有五点也可以使我们看到《悲回风》与《九
辩》的作者在心理上的相同性:

第一,都善于通过自然现象来表现心理和情感。可以说,这两篇的
作者都具有注重自然变化的诗人眼光与情怀。这一点处处可见,此不
详论。第二,都通过漫漫长夜不能入眠来表现内心的忧愁。《九辩》"去
白日之昭昭兮,袭长夜之悠悠","卬明月而太息兮,步列星而极明",《悲
回风》"涕泣交而凄凄兮,思不眠以至曙"。看来作者常常失眠。第三,
都有通过诗赋表现喜、怒、忧、悲的情绪。《九辩》云"窃慕诗人之遗风
兮","自压桉而学诵",《悲回风》云"窃赋诗之所明"。第四,有些句子很
相近,反映了相同的遣词造句习惯。如《九辩》"虽重介之何益",《悲回

风》"任重石之何益"等。第五，《九辩》中"窃悲夫蕙华之曾敷兮，纷旖旎乎都房。何曾华之无实兮，从风雨而飞飏"，正是《悲回风》全篇意象的概括。

由以上这十三条理由，几乎可以肯定《悲回风》与《九辩》是同一位作者所作，它们的作者便是宋玉。

宋玉创作丰富，在屈原之后使得散体赋（包括骈辞大赋）最终定型，在骚体赋的创作上则能通过细致的环境描写表现心理，也在屈原的基础上有很大的推进。

一〇、唐勒的生平与创作

宋玉的《大言赋》《小言赋》中各引唐勒、景瑳数句，但究竟是此二人所赋之实录，还是宋玉所作难以明辨，因为既是文学作品，就可以假托。

（一）唐勒的家世与生平

《西京杂记》卷三载："楚大夫唐勒一产二子，一男一女，男曰贞夫，女曰琼华。皆以先生为长。"以前论战国末年楚国作家，谈到唐勒，所举的生平资料都只列这一条。事实上传世文献中还有反映唐勒身份的重要资料。

台湾"中央图书馆"所藏孤本书《事类寄奇》卷一引汉代纬书《春秋文耀钩》说：

> 太史唐勒以葭灰遗于地，乃更灭拂之，其苍云为之半灭；又遗灰如前，乃更去之。

看来唐勒是楚太史，掌天文者。明代董说《七国考》卷一引张华《感应类从志》中说：

> 有苍云围轸——轸，楚之分野——是不善之征。楚太史唐勒

乃夜以葭灰遗于地,乃更灭拂之,其苍云为之半灭。①

《太平御览》卷二三五引《春秋文耀钩》文与此大体一致,并说:"楚立唐氏以为史官。有苍云如霓,围轸七蟠,中有荷斧之人,向轸而蹲。……楚惊。唐史曰:'君慢命,又简宗庙。'"《北堂书钞》卷五五和《太平御览》卷八也引之,大同小异。《史记·天官书》言"昔之传天数者",楚国则举出唐昧。因古代天文星占之职都是世袭,则唐勒应是唐昧之子。

联系关于唐勒生平的传世材料和出土文献来看,《楚辞》中的《远游》和《惜誓》可能是唐勒的作品。此外,有银雀山汉墓出土的《论义御》,也是唐勒的作品。

(二) 唐勒的创作

唐勒《汉书·艺文志》著录"唐勒赋四篇",列在宋玉之前。《水经注·汝水》引其《奏土论》中的四句,共二十五字。二十世纪七十年代在山东银雀山出土的汉简中,有一部分被称为"唐勒宋玉论驭赋(疑为宋玉赋佚篇)"的汉简(见《银雀山汉墓竹简(壹)》书前简介),后罗福颐、汤漳平、谭家健等先后进行释读,都认为是唐勒赋。后来我见到原简照片,遂重加整理,并在一个简上发现了篇名"论义御"②。这是一篇极具想象力,带有浪漫主义色彩的作品。其开头一段为(依据有关资料补出缺文):

唐勒与宋玉言御襄王前,唐勒先称曰:"人谓造父登车揽辔,马协敛整齐,调均不挚……马心喻也,而安劳,轻车乐进,骋若飞龙,逸若归风,反骐逆骃,夜走夕日而入日【蒙汜】。【世皆以为巧,然未见其贵者也。若夫钳且大丙之御,】去衔辔,撤笪策,马【莫使而】自

---

① 董说:《七国考》,文物出版社,1986年版,第28页。
② 赵逵夫:《唐勒〈论义御〉与楚辞向汉赋的转变——兼论〈远游〉的作者问题》,《西北师大学报》1994年第5期,第33页。收入《屈原与他的时代》,人民文学出版社,2002年版。

驾,车莫【动而自举】,月行而日动,星跃而玄运,子神奔而鬼走,进
退屈伸,莫见其尘埃。"

言"御有三":"有大丈夫御"、有"圣贤御"、有"末世御"。各部分都加以
铺排,语言在整齐之中有变化。整体来说,是通过驭术论驭民治国,明
显表现出道家的思想观念。

联系《论义御》来看,我认为《远游》也应是唐勒的作品。《论义御》
与《远游》均表现了作者的政治主张和思想特征。合而观之,也都一致。
其共同之处有:

第一,二者对御术的描写大异而意思相同。如《论义御》:"缓急若
意,【起】若飞,逸若绝。……夜走夕日而入日【蒙氾】。"《远游》"舒并节
以驰骛兮,逴绝垠乎寒门。轶迅风于清源兮,从颛顼乎增冰","徐弭节
而高厉"。

《论义御》:"登车嗛(揽)辔,马协敛整齐,调均不挚……"《远游》:
"撰余辔而正策兮","服偃蹇以低昂兮,骖连蜷以骄骜。骑胶葛以杂乱
兮,斑漫衍而方行"。

《论义御》:"月行而日动,星跃而玄运。"《远游》:"阳杲杲其未光兮,
凌天地以径度。……揽彗星以为旌兮,举斗柄以为麾。"

可见二者在构思命意上的相似之处。

第二,都表现出道家虚静的思想。如《论义御》云:"【嗜欲形】胸中,
精神喻六马。不叱咤,不挠指……大虚通道。"《远游》"内惟省以端操
兮","漠虚静以恬愉兮,澹无为而自得","虚以待之兮"。

第三,都用了道家"精神""气"的概念。《论义御》:"精神喻六马。"
《远游》"精皎皎以往来","保神明之清澄兮,精气入以粗秽除","神要眇
以淫放",只是一者合而言之,一者分而言之也。

第四,都讲"道"。《论义御》曰:"大虚通道。"《远游》曰:"道可受兮
不可传。"《论义御》作者受宋钘、尹文著作的影响。宋钘、尹文曰:"道在
天地之间也,其大无外,其小无内。"(《管子·心术上》,又见《内业》)。
而《远游》云:"道可受兮不可传,其小无内兮,其大无垠。"

第五,有的句子大体一样。《论义御》:"子神奔而鬼走。"《远游》:

"忽神奔而鬼怪。"两处语言环境不同,而皆运用妥帖,可见此比喻为作者所习用。

由这五点看,《远游》与《论义御》作者的思想观念、语言风格相同,应出于同一人之手,也可以推论,它们的作者都是唐勒。

从思想内容和作品风格上看,《惜誓》也应是唐勒所作,为《汉书·艺文志》所著录"唐勒赋四篇"之一。

此篇王逸曰:"不知谁所作也。或曰贾谊,疑不能明也。"后代学者亦颇多疑之。如明张纶言《林泉随笔》云:"今考《史记》《汉书》本传……而无此篇。且其死时年仅三十三,篇首乃谓'惜予年老而日衰',又曰'寿冉冉而日衰'。(篇中云贤者之处乱世,)汉文之时而谓之乱世可乎?谊未尝如梅伯、比干之所为,而又曰'惜伤身之无功'。反复一篇旨意,而证之以出处本末,以为谊之作,未敢信其必然也。"又清胡濬源《楚辞新注求确》曰:"词明是自惜自誓,非贾谊作也。谊谪长沙,年才二十余,岁余召还,拜梁王傅……乃卒,尚三十三岁耳。何以开篇便言年老日衰乎?"又曰:"谊孙嘉尝与史迁通书,不应独忘此篇。"有的学者认为是贾谊"用屈意代屈语惜之"。然而如王泗原《楚辞校释》所言,篇中"多道家言","此种思想非惟屈原所无,贾谊亦不具"。则无论是贾谊"自惜"还是"代屈语惜之",均不相合,何况从篇中所写看,没有一点代屈原抒情的迹象,找不出一处可以证明此说的语句。

我们从作品本身倒可以找到一些有关作者的线索。

首先,从《惜誓》所反映的背景来看,是楚国迁郢陈之后的作品。这同唐勒的生活与创作时代一致。《惜誓》中说:"涉丹水而驰骋兮,右大夏之遗风。"丹水在今河南省西南部,楚人发祥于丹水之阳,地名丹阳。《汉书·地理志》丹阳郡:"丹阳,楚之先熊绎所封。十八世,文王徙郢。"其地靠近中原。郢陈在东而丹阳在西,在同一纬度上。楚顷襄王二十一年之后,楚迁都于陈,诗人就近处所能见而借景抒怀,只能写郢陈附近的山川风物。"大夏"指夏县,即西汉时的阳夏。地属淮阳,故后来称作"阳夏"。其地南距郢陈只有数十里。相传为夏王太康所筑,故名"夏"或"大夏"。"右大夏之遗风",是说郢陈地近于夏王太康之古城,有上古遗风。

赋中将楚人发祥地丹水和传为太康所筑夏县拉扯进去,一方面因为距此二地颇近,另一方面这也是楚王侯公卿的自嘲,恐怕在当时言谈、文字中也较普遍。但诗人还是知道离开楚人的故都、离开祖祖辈辈长期生活过的地方其实反映着楚国的式微,故赋中说:"水背流而源竭兮,木去根而不长。"又说:"念我长生而久仙兮,不如反余之故乡。"这是楚人离开纪郢迁至陈以后的作品,再明显不过。而且,从上引这四句看,赋应作于楚考王十年(前253)楚都迁于巨阳(今安徽省阜阳市以北)之前。《惜誓》中表现出希望返回纪郢的愿望,所以当作于顷襄王二十一年(前278)至考烈王十年(前253)之间,作于考烈王初年的可能性更大。

其次,《惜誓》所反映的思想、情绪和作品的风格,同《远游》相一致,请看:《远游》中提到仙人赤松、韩众、王乔;《惜誓》中则提到赤松、王乔。《远游》中说:"绝氛埃而淑尤兮,终不反其故都。"《惜誓》中则说:"念我长生而久仙兮,不如反余之故乡。"《远游》中说:"餐六气而饮沆瀣兮,漱正阳而含朝霞。"《惜誓》中说"攀北极而一息兮,吸沆瀣以充虚","澹然而自乐兮,吸众气而翱翔"。《远游》中说:"至南巢而壹息。"《惜誓》中说"攀北极而一息兮。"

这两篇首先明显地表现出思想上的共同特征。楚国在怀王后期,尽管道家思想已对不少人有较深影响,但主要还是近于刑名的部分在起作用,就整个统治集团来说,仍然以儒家及刑名思想占主导。但迁陈之后,就像一棵百年大树连根拔出后移到了另一个地方,人们普遍感到生死未卜、前途黯淡。因此,道家思想中顺天委命、虚静无为的思想和追求长生久视的意识普遍地流行起来。加之职业的关系,唐勒思想中神仙家的因素较为突出。"念我长生而久仙兮,不如反余之故乡"这两句就生动地反映了他当时的复杂思想:一方面是接受东北方神仙家思想;另一方面由于世裔的天官(主星占)身份,对故都格外留恋。所以说,从《惜誓》所反映的思想来说,也与《论义御》《远游》相一致。

再次,《惜誓》在表现手法和语言风格上也与《远游》和《论义御》相似。如《惜誓》中"飞朱鸟使先驱兮"以下两节,同《远游》中"风伯为余先驱兮"以下两节及"雌蜺便娟以增挠兮"一节,都是通过想象,创造了一个超现实的世界,以表现诗人超脱尘俗、高举远扬的情怀。而这一特色在《论义御》中也得到体现。如"骈若飞龙,逸若归风,反驳逆骀,夜走夕日而入日蒙汜","月行而日动,星跃而玄运,子神奔而鬼走,进退屈伸,莫见其尘埃","过归雁于碣石,轶鹍鸡于姑余。骈若萤,骛若绝"。也是极尽想象夸张之能事,《惜誓》和《远游》《论义御》不但在思想上相通,在艺术手法风格上也表现出一致性。

由以上三个方面,我推定《惜誓》的作者同《远游》《论义御》一样,为唐勒。

如果说断《惜誓》为唐勒之作也有令人疑惑之处,倒不在内容、风格、思想方面,而在一处押韵上。其中有四句是:"乐穷极而不厌兮,愿从容乎神明。涉丹水而驰骋兮,右大夏之遗风。"先秦古韵中,"明"在阳部,"风"在侵部,阳侵是不通押的。但《楚辞》中除此处外,《七谏·谬谏》中有一处"动"(侵部)与"往"(阳部)相叶,也是阳、侵合韵。总体来说汉魏六朝韵部与先秦古韵有异,但时有先后,地有南北,音韵永远处于微变之中。东方朔是大约前 160 到前 93 年在世的人,距唐勒一百多年,语音上有相近处,完全可能。因而,仅这一处阳侵通押倒也难以成为推翻作者是唐勒的理由。

所以,在没有找到其他有力证据以前,我们可以暂将《惜誓》归于唐勒名下。

一一、景瑳、庄辛、荀况等人的创作

(一) 景瑳的家世与创作

关于景瑳生平,我们知道得更少。可以肯定的一点是:昭、景、屈都是战国时楚之大姓。景瑳也应为楚贵族出身。景瑳的作品,可以确定的只有收于《九章》的《惜往日》①。

---

① 赵逵夫:《再论〈惜往日〉〈悲回风〉的作者问题》,《文献》2009 年第 3 期,第 7 页。

景瑳，以前学者普遍认为没有留下什么作品。我认为收入《九章》中的《惜往日》应是景瑳的作品。

首先，《惜往日》中没有道家、神仙家思想，非唐勒所作，可以肯定。

其次，《惜往日》在有些词语的运用上，其理解与宋玉不同。《九辩》中"独申旦而不寐兮"，这同屈原《思美人》中"申旦以舒中情兮"一句的用法是相同的。但《惜往日》中"孰申旦而别之"以"申旦"作"明白"解，则完全不一样。所以，《惜往日》可以肯定也不是宋玉所作。

《惜往日》既不是屈原作，也不是唐勒、宋玉作，则已知的楚辞作家，只有景瑳。

再次，《惜往日》在内容上有四点十分突出。

第一，它完全是为悼念屈原而作。以往也被认为是悼念屈原的《悲回风》及写屈原的《九辩》，其实都是夫子自道，不关他人，把它们看作写屈原或悼屈之作是因为以往的学者将《离骚》看作"经"，而将《楚辞》中其他各篇都看作"传"。一经点破，人们便会觉得过去这种推断十分可笑，但其说行之既久，学者便不以为非。《楚辞》中真正的悼屈之作，实际只有这一篇。

第二，全篇表现出突出的法家思想，对屈原的称赞，也多着眼于这一点。如开头六句：

> 惜往日之曾信兮，受命诏以昭时。奉先功以照下兮，明法度之嫌疑。国富强而法立兮，属贞臣而日娭。

明确提出"明法度之嫌疑"，主张"国富强而法立"。再如其中责备奸佞之臣说"蔽晦君之聪明兮，虚惑误又以欺"，"独鄣壅而蔽隐兮，使贞臣为无由"，"谅聪不明而蔽壅兮，使谗谀而日得"。表现出作者强烈的"反蔽壅"的思想。诗中两处称楚王为"壅君"，实际是将造成亡国的责任归到了楚王身上。反对蔽壅，这是法家思想的一个重要方面。这与屈原有共同性，但屈原不可能称怀王为"壅君"，这只能是思想相近的晚辈作家在时过境迁后的说法。

第三，明确反对"心治"。认为"背法度而心治"同乘骏马而不用辔衔、乘木筏而不用舟楫一样，都是自取灭亡之道。

第四，对屈原的悲剧也多用政治的眼光分析，而不是像《悲回风》《九辩》和《惜誓》这些宋玉、唐勒的作品一样泛泛地感叹生不逢时，控诉小人得志，如：

> 君含怒而待臣兮，不清澈其然否。……弗参验以考实兮，远迁臣而弗思。……何贞臣之无罪兮，被离谤而见尤。……弗省察而按实兮，听谗人之虚辞。

作者认为即使是国君，也不能因一时喜怒而随意奖赏或处罚官员、百姓，而应依法定罪。他认为造成屈原悲剧的关键是国君的"无度而弗察"。也就是说国君在确定是非时应"参验""省察"。

由以上四点可以看出，作者是一位法治观念极强的人。

在这里，有一点线索，可以大体确定景瑳是屈原之后与屈原的政治主张比较一致的人。怀王之时，楚上柱国景翠同昭阳一样主张联齐抗秦，是屈原的支持者。怀王十五年，因齐破燕国，打散了六国的合纵关系，各国都采取救燕攻齐之策，韩、魏也因秦之进攻而联秦自保。怀王十七年，楚上柱国景翠围韩，以遏制秦的东进之势。《史记·六国年表》韩国一栏："我助秦攻楚，围景翠。"①怀王二十一年秦攻韩之宜阳，"景翠以楚之众，临山而救之"。怀王二十九年秦攻楚，大破楚军，楚军死者二万，杀楚将景缺（《楚世家》）。"楚令景翠从六城赂齐，太子为质。"看来景缺、景翠都是主张联齐而抗秦的。景翠在怀王二十一年为上柱国，二十九年接替景鲤任令尹，其掌权情形与屈原之浮沉也大体相合。楚怀王时还有深于计谋、善于用兵的名将景阳，《战国策·燕第三·齐韩魏共攻燕》载景阳奉命救燕时表现出的军事智慧，可见其为卓越的军事家。所记之事发生于怀王十七年（前312）。

景瑳对怀王朝之事甚熟，有透彻的认识，很可能为景翠或景阳、景缺的子侄或孙辈，因而思想上也相近。

---

① 《史记》作"景座"，误，参见赵逵夫《屈原与他的时代》。

景瑳可以初步确定下来的作品只有《惜往日》一篇。

(二) 庄辛的生平与创作

庄辛是与唐勒、宋玉、景瑳大体同时的作家,也主要活动于顷襄王之时,作品存留至今的,一是见于《新序》卷二的《谏楚襄王》。此篇也见于《战国策·楚策四》,但文字不及《新序》所收原始,多有增改。当作于楚顷襄王二十一年(前278)。本篇依次以青蛉、黄雀、鸿鹄、蔡侯之事为喻,最后及于楚。襄王听之至最后"大惧,形体悼栗"。五段并列,由小及大,依次推进,语言齐整,上与莫敖子华《对楚威王》、屈原《渔父》《卜居》相承,也是赋体形成期的作品。

二是误收于《庄子·杂篇》的《说剑》。苏轼以为是后人伪托庄周,明谭元春以为大体"陈轸、犀首辈之言,枚、马、子云辈之赋体",章学诚以为"为庄氏之学者所附益尔"。其实本篇所及事实与顷襄王二十一年情形相合,非他人所拟托,乃是庄辛之作。因文中写明陈辞劝王者为"庄子",而汉代以后"庄子"成为庄周的专称,故被附编入《庄子》的《杂篇》之中。本篇在结构上与上篇相似,而更带有骈辞大赋的风格,语言上同《大招》《招魂》更为相近。

(三) 荀况的文学创作

荀况是著名思想家、学者。

《荀子》一书中也存留了文学作品,荀况和宋玉是先秦时代两位首先以赋名篇的作家。

《成相》为仿民歌而作,反映出作者对民间文学的注意与吸收,在思想上则继承了屈原关心国家、关心政治、关心民生的入世精神。全篇分五大部分,每大部分分若干节,由回顾历史而论及现实,构思上与《天问》有相近处。

《赋篇》中包括五首隐和一首佹诗。隐即谜语,但作者在设谜时进行了一种思想观念的传递,从这一点说,与庄辛《谏楚襄王》有相近处。

《佹诗》在主体下有"小歌",这类似于屈原《抽思》中的"少歌"。全篇四言,也多借叙历史以立言,与《天问》相近,只是一个用问的方式,一个正面言之,较为直白。荀况之作韵味不足,正在于此。但从整体上来说也反映出战国末年楚国文学的状况。

最后,战国末年的楚国还有一篇与庄辛《说剑》在构思上相近的作品——《说弋》,它表现出开阔的胸襟、深刻思想和高超艺术手法。《说弋》见于《史记·楚世家》。此即顷襄王十八年(前281),劝顷襄王无忘先王客死于秦之仇,力主合纵抗秦,时值屈原死去之第三年①。只是作者已不能考知。相信当时这类作品应有不少,而存留至今的只有以上这些。我们如一读《楚辞》后半部分所收汉代人的骚体之作及《昭明文选》所收西汉之赋,即可知屈原、宋玉等战国末年的楚国作家对汉代文学影响之巨大。

战国时楚国因为地域辽阔,又是鱼米之乡,不似中原、齐鲁一带城邑密集,自然条件也比秦地优越,加之受儒家思想的约束较少,民间歌舞盛行,又信巫鬼,国家祭祀活动多,故神话传说、民间文学与歌舞艺术较北方发达。而《诗》《书》《易》等北方经典自春秋时代起,已成为楚贵族教育子弟的教材。这种社会环境哺育了以屈原为代表的一大批作家。这也正是屈原成为中国文学史,乃至世界文学史上一位标志性作家的原因。

■ **作者简介**

赵逵夫(1942—),西北师范大学文学院教授、博士生导师,甘肃省先秦文学与文化研究中心主任。主要从事先秦两汉文学与文化、古典文献学、西北地方文献及民俗文化等方面的研究。

---

① 参见赵逵夫主编:《历代赋评注·先秦卷》,巴蜀书社,2010年版。

说《诗》三则

郭令原

（兰州交通大学文学院　甘肃兰州　730070）

内容提要　对《诗经》中的作品有多种文学解读方式，仅举三例：一是解读作诗目的和诗意构思，如《周南·卷耳》中的一些语词"崔嵬""高冈""砠"表现诗人想象对方此时的处境，而"虺颓""玄黄""痡"则表现对方马的状态，只有把这些关键词训解清楚，诗人的细微情意才能被发掘出来。二是处理旧注中显然和诗本义不合的问题，《王风·黍离》旧说"闵宗周"，对照文本看，似非作者本义。但由于旧说在很长一段时间内被人们所接受，产生了深远的影响，就不可忽视，应该作为一种文化现象保存下来。三是关于文本校勘问题，清人在这方面做了很多工作，如《硕鼠》诗等，值得注意。

关键词　《诗经》　《卷耳》　《黍离》　《硕鼠》

我讲授先秦文学近四十年，《诗经》是其中的重要内容。在阅读和讲授《诗经》作品的过程中，偶尔有体会，今摘录数则，贡献出来，和同仁们商量讨论。

在语言的细微处体会诗意
——《诗经·周南·卷耳》浅解

《卷耳》是《诗经·周南》中的一篇，也是为人们所熟悉的作品。具备一定古文阅读能力的人虽然可以通过阅读其文字，粗略了解其内容，但由于时代久远,古人语言的细微变化不易把握,所以,读者往往难以领会诗人深邃曲折的情意,不能充分感受诗歌的语言之美。本章试图对诗中一些语义作较为细致的探究,从而揭示诗中鲜为人知的意蕴。

诗的全文如下:

> 采采卷耳,不盈倾筐。嗟我怀人,置彼周行。
> 陟彼崔嵬,我马虺隤。我姑酌彼金罍,维以不永怀。
> 陟彼高冈,我马玄黄。我姑酌彼兕觥,维以不永伤。
> 陟彼砠矣,我马瘏矣。我仆痡矣,云何吁矣。

关于此诗,《毛诗序》说:"《卷耳》,后妃之志也。又当辅助君子求贤审官,知臣下之勤劳,内有进贤之志,而无险诐私谒之心,朝夕思念至于忧勤也。"也就是说此诗为周文王后妃太姒所作,内容表达了诗人的理想愿望。所以诗中写到的"怀人"和乘马登高,皆是帮助文王求贤审官之事。但以今天看,《诗经》中所谓言后妃者皆不可信。宋人欧阳修早有批驳,说:"妇人无外事,求贤审官,非后妃责。"全诗共四章,每章四句,首尾二章皆四言为句,三四二章,首二句四言,第三句六言,末句五言。诗的第一章说"采采卷耳""置彼周行",后面三章说"陟彼崔嵬"等,前后叙述的既不是同一件事,也不是在同一空间内发生,所以,首章和后三章的关系是理解诗的关键。朱熹《诗集传》解说第二章:"此又托言欲登此崔嵬之山,以望所怀之人而往从之。"认为二章以后皆是诗人假托自己追踪君子的想象之辞。清人戴震《诗经补注》则说:"《卷耳》,感念于君子行迈之忧劳而作也。"以为诗后三章皆想象君子在外的辛苦,即对面着笔的写法。但是,如果依戴说,后三章每章中的君子路途艰辛和饮酒伤怀又不相称,故方玉润《诗经原始》发挥说"我姑酌彼金罍"两句:"此'我'字,乃怀人之人自我也。"就把每章又分两层,上层想象君子的行为,下层叙说自己的行为。这样一来,末章的"我仆痡矣"一句或从上或从下,都有龃龉难安之处。比较下来,朱说似乎更为简明合理。

全诗是一位女子的抒情,叙说自己在采摘卷耳时想到丈夫,然后又把思念之情幻化为自己追寻丈夫的想象,最终追寻不到,表达了诗人对远在异地的丈夫无限的思念。第一章写实，直叙诗人怀人时的行为，这应该没有太多争议。只有两点需要注意：一是"采采卷耳"的采采，并不是动词，而是形容词，形容卷耳的色泽。《毛传》以为"事采之也"之说，非是。《诗经》中叠字甚多，皆作形容词，如采采、苍苍、粲粲、楚楚等皆是，家父《诗经蠡测》中已有论证。从"不盈倾筐"句就可以知道作者此时正采卷耳，不用采字说明，反而语意饱满。倾者，侧也。斜放的筐子都未能装满，可以想出诗人此时的心思并不在卷耳。二是"周行"，《毛传》说是"周之列位"，《郑笺》发挥说"周之列位，谓朝廷臣也"，都是为圆《序》所谓的"后妃之志"。家父以为"周行"为道路之中，因为"行"之本意为道路，"周"又通"中"，《诗经》及其他先秦文献中有大量相近的语例，如"中逵"为逵中，"中露"为露中，"中谷"为谷中，"中原"为原中等①。此章中"嗟我怀人"是核心，突出全诗主题。在此章既承前说明"不盈顷筐"的原因，又启下生出"置彼周行"的场景。

此后三章皆以"陟彼"二句起始，是作者的想象之词，诗人脱离现实，进入幻想境界，叙写自己对丈夫的思念。虽然各章形式内容接近，但并非简单排比，而是每章之间有所推进。

第二章"陟彼崔嵬"，陟为登高之义。《毛传》说："崔嵬，土山之戴石者。"说山上石块堆积，层次错落。张衡《南都赋》有"峯嵾嵂崒"，注引《说文》："嵂崒，山石崔嵬，高而不平也。"嵂崒，即崔嵬，突出了山路的坎坷不平之貌。在这样的路上，自然造成"我马虺隤"。《传》曰"虺隤，病也。"《尔雅·释诂》曰："痡、瘏、虺隤、玄黄，病也。"用《传》义。其实，同样是病，此数词含义也是有分别的。《毛诗正义》引孙炎《尔雅注》曰："马疲不能升高之病。"闻一多先生《诗经新义》认为虺本字"从允从虫"，《说文》："允，尦（跛）曲胫也。"所以"胫无力尪跛不支貌也"②。山石坚硬，或高或低，马自然疲乏趔趄。丈夫难于追寻，诗人只能端起金罍，暂时消解思念之情。永怀，意即长久的怀念。

---

① 郭晋稀：《诗经蠡测》，巴蜀书社，2006年版，第21页。
② 闻一多：《诗经通义》，载《古典新义》，上海古籍出版社，1956年版，第112页。

第三章"陟彼高冈",《传》曰:"山脊为岗。"《说文》意同此。山脊即山梁。下文"我马玄黄",《传》曰:"玄马病则黄。"从现实经验来看,马因生病毛色在短期内由黑变黄不可信,玄黄应该和前文的崔嵬一样,都是联绵词,两字拆开解释,未免望文生义。这里的玄黄,不是指马的毛色变化,而应该指马视觉的变化,字亦通炫煌,《战国策·秦策一》载"转毂连骑,炫煌于道",鲍彪注:"炫煌,光耀也。"据上下文,此说是。马行山脊之上,两边深谷,恐惧眩晕,故诗以玄黄形容之。当然,人非马,马是否眩晕人固不可知,但这里诗人却是因人而推于马。于是,诗人又举起兕觥,来消解内心的伤痛。此处用"伤"形容自己的情感,已有内心之痛,不仅是怀思而已。

末章"陟彼砠矣",《传》曰:"石山戴土曰砠。"后来解说大多循此。进一步考察,又和前二章所叙有所不同。砠既是石山戴土,则山下石壁峭立,险峻无路。砠,《说文》引作"岨",岨、阻通用,如沈约《应诏乐游苑赠吕僧珍诗》有"椎毂二崤岨",《文选》李善注:"《西都》左据函谷二崤之阻。"《说文》:"阻,险也。"司马相如《上书谏猎》"今陛下好凌岨险"、左思《蜀都赋》"峻岨塍埒长城"皆是以阻为险,这是就山形而言。同时,阻又有阻止、阻拦的意思,如《诗·邶风·谷风》有"既阻我德",郭璞《江赋》有"幽涧积岨",都是就对行人的影响而言。所以,诗中用"砠"字,既表现了山的险峻,也突出了山的阻隔。这时的马也有不同,"我马瘏矣",《传》曰:"瘏,病也。"古人所言病,虽有今天疾病义,但更有忧愁或能力不足之义。唐孔颖达《正义》引孙炎《尔雅》注曰"瘏,马疲不能进之病也",《尔雅·释诂》又作"惧也",皆是从这方面着眼的。《说文》有踌字,曰:"踌踌不前也。"踌踌,又作踟蹰、踌躇、踟蹰等,故知孙炎以马不进释瘏,是有依据的。在这里诗人的马已经不如前文那样虽然困难但仍努力向前,而是徘徊不行了。同时文中出现了一个新的人物,"我仆痡矣",仆是仆夫,指驾车者。这时候,马病不前行,仆也无力,故而"痡矣",仆当指驾车者,马病可以推测,人病发生在身边,孙炎《尔雅》注说"人疲不能行之病",大略近之。此景此情,实非饮酒所能消解。末句的"吁"字,《传》云:"忧也。"《诗·小雅·何人斯》有"云何其盱",《都人士》有"云何盱矣",清马瑞辰以为吁、盱皆通"忓"。则此"云何吁矣",犹言何其忧矣。曹子建诗《赠白马王彪》"修坂造云日，我马玄以黄。玄黄犹能进，我思郁以纡"正用此诗三、四章诗意，《文选》李善注引王逸注《楚辞》"原假簧以舒忧，志纡郁其难释"句曰："纡，屈也。郁，愁也。"按，郁，积也。纡郁，应为愁情回绕堆积之义。回到本诗，吁、忏、纡等字为同源，从于得声，多有迂回辽远之义，则忏字虽是忧义，亦形容忧思长远之状。连想象中都无法实现对亲人的追寻，其忧思远远超出前面各章。屈原《离骚》正文之末有"仆夫悲余马怀兮"的诗句，即取义于此。

本诗通过幻想自己的行为处境表达情感，处境不同，情感亦异，最终幻想中的追寻宣告失败，诗人的失望让人无限同情。《离骚》中屈原用上下求索的幻境表现现实追求的挫折，在一定意义上可能是受此诗启发构思出来的。又诗中写山势有"崔嵬""高冈""砠"之区别，写马行有"虺颓""玄黄""瘏"等不同，写心情有"永怀""永伤"和"云何吁矣"的变化，层次井然，于短篇数章中蕴含着委曲丰厚的意味。

毛、郑传统和现代解诗
——《黍离》诗解读

《黍离》是《诗经·王风》中的一篇。全诗如下：

> 彼黍离离，彼稷之苗。行迈靡靡，中心摇摇。知我者，谓我心忧；不知我者。谓我何求。悠悠苍天，此何人哉？
> 彼黍离离，彼稷之穗。行迈靡靡，中心如醉。知我者，谓我心忧；不知我者，谓我何求。悠悠苍天，此何人哉？
> 彼黍离离，彼稷之实。行迈靡靡，中心如噎。知我者，谓我心忧；不知我者。谓我何求。悠悠苍天，此何人哉？

《小序》说："闵宗周也。周大夫行役至于宗周，过故宗庙，宫室尽为禾黍，闵周室之颠覆，彷徨不忍去，而作是诗也。"朱熹《集传》同此说。《小序》所谓宗周，即指西周都城镐京。西周末，幽王沉溺声色，信用奸佞，国人皆怨。于是申侯与缯国及西夷犬戎共攻周,杀幽王。诸侯共立太子宜臼,是为平王。平王立,迁都雒邑(今河南洛阳),史称东周。此诗即为曾经的西周大夫,因行役从雒邑再次来到镐京,看到原先的宗庙、宫室完全毁坏,成为黍稷之地,于是产生家国兴亡之感,在这块土地周边踟蹰徘徊,不忍离去。

但今天从诗的文本来看,此说很值得怀疑:

首先,诗以"彼黍离离,彼稷之苗"开始,毛《传》解释"彼"曰"彼宗庙宫室。"郑《笺》进一步阐述说:"宗庙宫室毁坏,而其地尽为禾黍,我以黍离离时至,稷则尚苗。"但毛、郑所说的宗庙宫室皆不见于文字之中,不足以说明黍稷生长在宗周宗庙宫室之地。且"彼"为指示代词,在"黍"字之前,指黍无疑,若指代宗庙宫室则无语法依据。明人戴君恩《读风臆评》曰:"只伤今,更不及古,乃思古之意,自是凄绝。"虽然主张《诗序》之说,但也承认诗中并未涉及宗周故国之事。

其次,诗中每章首二句除"彼黍离离"一句重复外,二句略有区别,第二章为"彼稷之穗",第三章为"彼稷之实",是时间有所延伸。黍与稷在古人书中往往连称,《本草纲目》说:"稷与黍一类二种也,黏者为黍,不黏者为稷。"故黍、稷单举为二物,连言则指同一物。在本诗中黍与稷实为一物,只是为避免用字重复故改为二字。黍稷生长周期至少在三个月以上,若依《序》说诗人彷徨不忍离去,两三日或可,若从"彼稷之苗"到"彼稷之实"则为时太久,非合常理。

第三,诗言"知我者,谓我心忧",其"忧"字与《序》所言之"闵"有别,从二字在典籍中的一般使用情况来看,二字虽然皆是表示负面情绪的语词,但"忧"突出的是对未来不可预知的烦愁,而"闵"则是对现实结果无奈的伤痛,故可说明心忧非谓闵眼前所见宗周宗庙宫室之毁败。

由于旧说可疑处颇多,很难说和宗周覆亡相关。《史记·宋微子世家》中叙述殷末,纣为无道,箕子佯狂,武王既克殷,访问箕子。箕子陈以洪范九畴。

于是武王乃封箕子于朝鲜,而不臣也。其后箕子朝周,过故殷虚,感宫室毁坏,生禾黍,箕子伤之,欲哭则不可,欲泣为其近妇人,乃作《麦秀》之诗以歌咏之。其诗曰："麦秀渐渐兮，禾黍油油。彼狡僮兮，不与我好兮。"所谓狡童者，纣也。殷民闻之，皆为流涕。

事虽见于《史记》记载，但应该是流传很久的故事。这或许是《诗序》解《黍离》的依据。所以近代以来，有人认为此是一般的行役者叙写自己长期在外不得回家的痛苦，并非"闵宗周"之作：

诗三章首二句写黍稷生长从苗到穗再到实，用眼前见到的事物强调自己在外时间长久。黍稷本是古代中原地区最常见的庄稼。作者是一位大夫，家住都城之内，现在在外奔波，周边田野所见无处不是黍稷，故专叙黍稷纵横成行，以体现和在家之所见不同。

次二句分别为"行迈靡靡，中心摇摇"、"行迈靡靡，中心如醉"和"行迈靡靡，中心如噎"，皆叙述作者此时的心情，上句以行为反映心情：靡靡，犹言慢慢，人有心事，故行走慢慢。下句直叙内心感受，摇摇：毛《传》"忧无所诉"，《玉篇》引作"愮愮"，《尔雅·释言》谓"愮愮，忧无告也"。知"摇摇"为"愮愮"字之通借。但同样为忧，状态表达上略有特点，朱熹《诗集传》说："无所定也。"摇，《说文》："动也。"《说文》中凡从䍃得声字多有不定之义。朱氏之说可从。噎，《毛传》："忧不能息也。"三章叙心里活动随黍稷变化而变化，有"摇摇""如醉"和"如噎"，《红楼梦》二十三回载林黛玉听到旁边院里演唱《牡丹亭》，有一段叙述：

再听时恰唱到"只为你如花美眷，似水流年。"黛玉听了这两句，不觉心动神摇。又听到"你在幽闺自怜"等句，越发如醉如痴站立不住，便一蹲身，坐在一块山子石上。细嚼"如花美眷，似水流年"八个字的滋味。忽又想起前日见古人诗中有"水流花谢两无情"之句，再词中又有"流水落花春去也，天上人间"之句，又兼方才所见《西厢记》中"花落水流红，闲愁万种"之句：都一时想起来，凑聚在一处，仔细忖度，不觉心痛神驰，眼中落泪。

文中的"不觉心动神摇"、"如痴如醉"、"心痛神痴，眼中落泪"正与《诗》之"摇摇""如醉""如噎"一一对应。情感层层深入亦可见。两位作者虽悬隔千载,但对情感变化的体会是一致的。

接下来四句三章皆同,通过对他人判断的回答,说明自己忧愁的原因。先是"知我者,谓我心忧",此忧或是迫于生活压力、职责压力,不可详考。但是长期在外不得不尔,无可奈何见于言外。"不知我者,谓我何求",求字旧本多不注,程俊英先生《诗经注析》解释道:"指诗人眷恋家乡故土,徘徊不忍离去,似乎还在寻求什么。"①但考察在古代汉语,寻求义多用寻或觅字。《邶风·雄雉》有"百尔君子,不知德行。不忮不求,何用不臧。"从上下文看,此诗的"谓我何求"之"求"当近于《雄雉》之"不忮不求"之"求",《韩诗外传》卷第一第十三章说:"夫利为害本,而福为祸先,唯不求利者为无害,不求福者为无祸,《诗》曰:'不忮不求,何用不臧?'"郑《笺》释"谓我何求"曰:"怪我久留不去。"深得诗意,前说自己长期在外,又"不知我者",正以我出于某种目的,或求福,或求利,不知我心之忧,故有下文"悠悠苍天,此何人哉"之叹。

旧新两说对比,旧说很难成立。然而毛《传》、郑《笺》之说在传统诗学中影响巨大,如唐代诗人许浑《金陵怀古》曰:"楸梧远近千官冢,禾黍高低六代宫",正用毛《传》、郑《笺》之意,不过这两句诗"楸梧远近"和"千官冢"、"禾黍高低"和"六代宫"对应,今昔比较鲜明,写出吊古伤今之情。又如南宋作家姜夔《扬州慢》曰:

> 淮左名都,竹西佳处,解鞍少驻初程。过春风十里,尽荠麦青青。自胡马窥江去后,废池乔木,犹厌言兵。渐黄昏,清角吹寒,都在空城。　　杜郎俊赏,算而今,重到须惊。纵豆蔻词工,青楼梦好,难赋深情。二十四桥仍在,波心荡,冷月无声。念桥边红药,年年知为谁生?

在词前,姜夔还写了一篇短序说:"淳熙丙申至日,予过维扬。夜雪初霁,荠麦弥望。入其城则四顾萧条,寒水自碧。暮色渐起。戍角悲吟。予怀怆然,感慨今昔,因自度此曲。千岩老人以为有黍离之悲也。"这首

---

① 程俊英:《诗经注析》,中华书局,1991年版,第196页。

词主要写眼前的凄凉,联想到杜牧等叙述的晚唐扬州盛况,其构思也是"感慨今昔",故千岩老人以为有"黍离之悲",千岩老人为姜夔同时诗人萧德藻,而"黍离之悲",说的正是《诗经·黍离》中表达的悲感。

后人模仿前人创作,往往是根据自己的理解来模仿的,诗人不是考据家。他对前代作品的理解,一种是凭自己的感悟来接受,另一种是受到当时流行看法的影响,《诗经》作为经书,郑《笺》说诗一出,毛、郑之说成为正宗,几乎为所有读书人所接受。诚然,它们未必道出了该诗作者创作的最初原因,但这种解读却又是阅读中国文学作品不能不知道的。如果不知道,我们就无法真正理解文学史上无数的优秀作品。其实,不仅在《诗经》中,其他传统文史文献中此类情况也是很多的,作为文化现象必须得到重视。此仅举一诗加以说明。

对前人研究成果的辨析、利用和发扬
——《硕鼠》诗解读

《诗经》作为五经之一,上千年来的研究成果可谓汗牛充栋,歧说异见,层出不穷。往往容易遮蔽阅读者对于作品本身的认识。所以,对于旧说,既需要利用,又不能被其所蒙蔽。

《硕鼠》是《诗经·魏风》里的一首诗,也是为人们熟知的一篇作品。《毛诗序》说:"刺重敛也。国人刺其君重敛蚕食于民,不修其政,贪而畏人,若大鼠也。"现代人解说,以为是批评奴隶主阶级对奴隶的剥削压迫,也是从此而来。从文字看,《序》说是也。《盐铁论·盐铁取下》曰:"周之末途,德惠塞而耆欲重,君奢侈而上求多,民困于下,怠于公事,是以有履亩之税,《硕鼠》之诗作也。"《潜夫论·颁禄》"履亩税而《硕鼠》作。"二说较之毛《序》,更明确了时间地点,所以也为后来一些研究者接受。然而履亩税见于《春秋》鲁宣公十五年,是鲁国事,此诗为《魏风》,当与鲁国履亩之税无关。剥夺和反剥夺在人类社会中长久存在,不公平的感受未必要针对某种制度,《魏风·葛屦》序曰:"魏地狭隘,其民机巧趋利,其君俭啬褊急而无德以将之。"所以,此诗应该还是魏人刺其君之作。

《硕鼠》诗全文如下：

> 硕鼠硕鼠，无食我黍。三岁贯女，莫我肯顾。逝将去女，适彼
> 乐土。乐土乐土，爱得我所。
> 硕鼠硕鼠，无食我麦。三岁贯女，莫我肯德。逝将去女，适彼
> 乐国，乐国乐国，爱得我直。
> 硕鼠硕鼠，无食我苗。三岁贯女，莫我肯劳。逝将去女，适彼
> 乐郊，适彼乐郊，谁之永号？

全诗三章，每章八句。除末章末句外，各章句仅韵脚换字，此外皆同。大致把魏君比作硕鼠，喻其贪也，然后诉说其对于诗人毫无怜惜的剥夺，最后，表示不再事奉其君，而要"适彼乐土""适彼乐国""适彼乐郊"。此诗不难懂，故历来解释歧说不多，尽管如此，在字句上还是有分歧的。以下大致谈几点：

首先是对硕鼠的解说，毛《序》、郑《笺》皆释为大鼠，硕者，大也。此为通训，无烦举例。齐诗曰："硕鼠四足，飞不上屋。"《荀子·劝学》曰："鼫鼠五技而穷。"《尔雅·释兽》鼠类有"鼫鼠"，《释文》引孙炎曰："五技鼠也。"则以鼫鼠即依《荀子》而言。《说文》："鼫鼠五技：谓能飞不能上屋，能游不能渡谷，能缘不能穷木，能走不能先人，能穴不能覆身。"《毛诗注疏》引《尔雅》舍人、樊光注，皆以硕鼠作五技之鼠，则是以硕鼠为鼫鼠之声转。又三国吴陆玑《毛诗草木鸟兽虫鱼疏》说："今河东有大鼠，能人立，交前两脚于颈上跳舞，善鸣，食人禾苗，人逐，走则入树空中，亦有五技，或谓之雀鼠。其形大，故《序》云大鼠也。魏国，今河北县是也，言其方物，宜谓此鼠非鼫鼠也。"陆玑驳鼫鼠之说，可谓有据。但皆拘泥于五技，恐非诗人之意。诗人言其"食我黍""食我苗""食我麦"，所指即是一般田鼠。硕者，言其体型硕大，着重表现其剥夺我"黍""麦""苗"之严重，故毛《序》、郑《笺》训大体更切近诗意。

其次，"逝将去女"的"逝"字，郑《笺》："逝，往也。往矣将去女，与之诀别之辞。"将"逝"作为实义词来理解。清人王引之《经传释词》认为字

当作语首语气词,说:"逝,发声也。字或作'噬'。《诗·日月》曰:'乃如之人兮,逝不古处。'言不古处也。《硕鼠》曰:'逝将去女,适彼乐土。'言将去女也。《有杕之杜》曰:'彼君子兮,噬肯适我。'言肯适我也。《桑柔》曰:'谁能执热,逝不以濯。'言不以濯也。'逝'皆发声,不为义也。《传》《笺》或释为'逮',或训为'往',或训为'去',皆于义未安。"①王总结《诗经》中"逝"字使用规律,对该字的理解较《传》《笺》提高了一步。现代人有学者以为逝通发誓的"誓",表示坚决之义②。从声韵上看,可通。但仔细推敲仍有毛病:一是王说涵盖了放在动词副词前所有句型的用法,而新说则仅用于《硕鼠》一诗;二是《诗经》中有发誓之义的字皆作"矢",如《鄘风·柏舟》中"之死矢靡它",《卫风·考槃》中"永矢弗谖"等皆是;三是直到汉魏人的诗中,还以"逝"作为语首语气词的,如曹子建《赠白马王彪》其一"谒帝承明庐,逝将归旧疆"中"逝将"二字连用,正和《硕鼠》相同,但子建诗中一再表达了不愿离开京师的心情,显然不能当作发誓或坚决的态度来理解。

第三个问题是清人提出来的。俞樾《古书疑义举例·重文作二画而致误者》说:

> 古人遇重文,止于字下加〓画以识之,传写乃有致误者。如《诗·硕鼠篇》:"逝将去女,适彼乐土。乐土乐土,爰得我所。"《韩诗外传》两引此文,并作"逝将去女,适彼乐土。适彼乐土,爰得我所。"又引次章亦云:"逝将去女,适彼乐国。适彼乐国,爰得我直。"此当以《韩诗》为正。《诗》中叠句成文者甚多。如《中谷有蓷篇》叠"慨其叹矣"两句,《丘中有麻篇》叠"彼留子嗟"两句,皆是也。毛、韩本不当异。因叠句从省不书,止作"适〓彼〓乐〓土〓",传写误作"乐土乐土"耳。下二章同此。③

---

① 王引之:《经传释词》,中华书局,1956 年版,第 213 页。
② 程俊英:《诗经注析》,中华书局,1991 年版,第 304 页。
③ 俞樾:《古书疑义举例》,中华书局,2005 年版,第 105 页。

俞樾仅举两例，实则《诗》中叠句重文者甚多。俞说的合理处就在于他体现了《诗经》用语中的某种通例。今本毛《诗》改一句为二"乐土"字，除俞所言二画外，或者又受到诗首句"硕鼠硕鼠"叠两名词为句影响。"硕鼠硕鼠"句在篇首，突出讥刺对象，但承上文名词，在篇章中部反复重叠的情况并不常见。

《诗经》中叠句重文发展成为我国文学创作中顶真格的修辞方式，造成前后句之间的细密关联，文情的发展也得到较好的体现。元代马致远的杂剧《汉宫秋》中一段歌词：

> 他他他，伤心辞汉主；我我我，携手上河梁。他部从入穷荒，我銮舆反咸阳。反咸阳，过宫墙；过宫墙，绕回廊；绕回廊，近椒房；近椒房，月昏黄；月昏黄，夜生凉；夜生凉，泣寒蛩；泣寒蛩，绿纱窗；绿纱窗，不思量！ 呀！不思量，除是铁心肠；铁心肠，也愁泪滴千行。

洋洋大观，延绵曲折，回肠荡气，把这种修辞手法更是推向了极致。

另外，此诗虽然联章叠唱，三章文字差别较小，但还有需要注意的地方：首章次章意思比较趋近，如"无食我黍"、"无食我麦"中，黍和麦皆是就庄稼品种而言的；"爰得我所"、"爰得我直"中，"所"指处所，"直"，王引之以为通"职"，和"所"为近义①。但末章对应的句子为"苗"，为"谁之永号"，"苗"是所有庄稼初生时的名称，这应该包含了"黍"和"麦"在内，以见"黍""麦"未成即已食之，见出硕鼠之贪婪。"谁之永号"一改前两章平铺直叙式的结尾而用问句，直接针对硕鼠而言，而"永号"则说出自己目前不堪承受剥夺的状态。所以，末章又具有总结全诗的意义。

■ 作者简介

　　郭令原(1959 年—)，男，湖南株洲人，文学博士，兰州交通大学文学院教授。主要从事中国古代文学研究。

---

① 王引之：《经义述闻》，"皇清经解"本，卷第二百四十四。

"齐桓公时代《诗》的结集"说驳议

赵茂林

（西北师范大学文学院　甘肃兰州　730070）

内容提要　马银琴认为：在齐桓公时代《诗经》有一次编辑活动。在齐桓公称霸中原之前，人们引用《周颂》《商颂》直呼其名，在齐桓称霸之后，引用时则称"诗"；《何彼秾矣》为赞美齐侯嫁女之诗，出现在《召南》中是王室倚重齐国的表现；在齐桓称霸之时，《国风》中的绝大多数诗篇都创作出来了。实际上，《国语》《左传》的作者、撰成时代、记事体例、行文风格皆不同，马银琴用《国语》中引《诗》的材料说明齐桓称霸之前的《诗经》文本状况，用《左传》中引《诗》的材料说明齐桓称霸之后的文本状况，逻辑上说不通。而把晋公子重耳流亡过宋、过郑的时间系之于鲁僖公十八年也是错误的。《何彼秾矣》入《召南》，更可能是其为召人所作的缘故，因为《国风》中的诗篇是以作者系之，而非以事系之的。而就《左传》所载春秋列国公卿引《诗》、赋《诗》来看，很难说在齐桓称霸之前《国风》中的绝大多数作品都已问世了。综上，马银琴的说法不能成立。

关键词　齐桓公　《诗经》　结集

由于《诗经》在春秋中期已经广泛地运用在列国公卿的聘问中，但《诗经》中又有春秋后期的诗篇，所以当代学者一般都主张《诗经》不是一次性编辑而成的，而是经过两次、三次甚至多次编订。一些学者对《诗经》编辑过程也进行了细化研究，其中马银琴分析《诗经》的编辑过程最为细致。马银琴在《两周诗史》中认为《诗经》经历了五次结集和孔子的删订：第一次在康王时，第二次在穆王时，第三次在宣王时，第四次在平王时,第五次在齐桓公时,最后孔子对《诗经》进行了删定。马银琴的研究看起来非常详尽,实际在论述中存在问题,尤其是对齐桓公时代《诗经》结集的分析,因其说又发表于《文学遗产》(2004 年第 3 期),故特撰文澄清。

马银琴认为在齐桓公时代《诗经》经历了一次结集:"齐桓公称霸中原的时代,国风中的绝大部分作品已经产生出来了";"从《何彼秾矣》一诗的编辑时代可进而推知齐桓公时代发生过一次诗文本的编辑活动";"歌颂'齐侯之子'的诗歌出现在东周王室乐歌中,实质上折射出了当时周王室与齐国之间的政治关系,是周王室在政治上倚重齐国的一个表现";"以齐桓公时代为界,在此之前人们凡引及《周颂》与《商颂》者,无不直称其名";"《周颂》《商颂》之与《风》《雅》合编,成为以《诗》为名的诗文本的组成部分,当发生在公元前七世纪中叶齐桓公称霸中原的时代"[①]。这些说法都存在问题。

一、《国语》《左传》不能作为同一性材料使用

马银琴认为在齐桓公称霸中原之前,人们引用《周颂》《商颂》,都直接称呼《颂》或《周颂》《商颂》。齐桓公称霸中原之后,人们引用《周颂》《商颂》,则称《诗》。齐桓称霸之前的引《诗》材料,用了《国语》中的四则,即《周语上》祭公劝谏穆王征伐犬戎而引用《周颂·时迈》中的句子,称之为"周文公之《颂》曰";《周语上》芮良夫劝说厉王勿近荣夷公引用了《周颂·思文》中的句子,而称之为"《颂》曰";《晋语四》晋公子重耳过宋,公孙固劝宋襄公礼遇重耳,引用《商颂·长发》中的句子,而称之为"《商颂》曰";《晋语四》重耳过郑,郑文公不礼,叔詹谏说引《周颂·天作》中的句子,而称之为"《周颂》曰"。齐桓称霸之后的引《诗》材料则用了《左传》四则,即鲁僖公二十二年(前 638 年),臧文仲言于僖公而引用《周颂·敬之》中的句子;宣公十一年(前 598 年),晋郤成子引用《周

---

① 马银琴:《两周诗史》,社会科学文献出版社,2006 年版,第 386—396 页。

颂·赉》中的句子;成公二年(前 589 年),齐宾媚人引用《商颂·长发》中的句子;成公四年(前 587 年),鲁季文子引用《周颂·敬之》中的句子。以上四例中,公卿征引《周颂》《商颂》中的诗句皆称之为"《诗》曰"。在《国语》中,齐桓公以后的引《诗》材料没有引用《周颂》《商颂》的。而《左传》所记最早的引《诗》材料是齐侯欲以文姜妻郑公子忽,郑公子忽拒之,并引用了《大雅·文王》中的句子,而称之为"《诗》曰",郑公子拒婚,载于桓公六年(前 706 年)。用《国语》所载引《诗》材料来说明齐桓公称霸以前的《诗经》文本状况,用《左传》所载引《诗》材料来说明齐桓称霸之后的《诗经》文本状况,看起来很巧妙,其实在逻辑上不甚圆满。

　　《国语》《左传》的记载虽然可以互证,但也存在记载矛盾的地方。如《左传》和《国语》都载有富辰谏周襄王伐郑之语,但《左传·僖公二十四年》说:"召穆公思周德不类,故纠合宗族于成周而作诗,曰:'常棣之华,鄂不韡韡。凡今之人,莫如兄弟。'"认为《小雅·常棣》为召穆公所作。而《国语·周语上》曰:"周文公之诗曰:'兄弟阋于墙,外御其侮。'""兄弟阋于墙,外御其侮"亦为《常棣》中的句子,则是认为《常棣》为周公旦所作。一说在西周末,一说在西周初,时间相差很远。再如关于晋公子重耳流亡的过程,《国语》《左传》的记载不仅详略不同,而且内容也颇有出入。《国语·晋语四》记载重耳流亡的路线是:狄——五鹿——齐——卫——曹——宋——郑——楚——秦,而《左传·僖公二十三年》记载的流亡路线是:狄——卫——齐——曹——宋——郑——楚——秦。《国语》韦昭注:"五鹿,卫邑。"《左传》杜预注:"五鹿,卫地。"则按照《国语》的记载,重耳流亡曾两次过卫,而按《左传》记载只有一次,《左传·僖公二十三年》只是说:"过卫,卫文公不礼焉。出于五鹿……"再如,伍子胥之死,《国语》《左传》记载也颇不同。据《国语·吴语》,"吴王反自伐齐,乃诛申胥",认为伍子胥老,应该"自安恬逸",并且说子胥"处以念恶,出则罪吾众,挠乱百度,以妖孽吴国"。子胥认为吴王"播弃黎老,而孩童焉比谋",并且说"员不忍称疾辟易,以见王之亲为越擒也",因而请死,遂自杀。将死,曰:"以悬吾目于东门,以见越之入,吴国之亡也。"王怒曰:"孤不使大夫得有见也。"乃使取子胥之尸,盛以鸱鸱,而投之江。《左传·哀公十一年》则曰:"吴将伐齐,越子率其众以朝焉,王及列士皆有馈赂。吴人皆喜,唯子胥惧,曰:'是豢吴也夫!'"并且子胥劝吴王早日攻打越国,不要坐视其强大。"弗听。使于齐,属其子于鲍氏,为王孙氏。反役,王闻之,使赐之属镂以死。"杜预注:"属镂,剑名。"

　　虽然一般认为《国语》与《左传》的作者皆为左丘明,故视《左传》为《春秋》"内传"、《国语》为"外传",但由于二者记事时有出入,故早就有学者提出二者非出于一人之手的看法。鲁哀公十三年黄池之会,《国语·吴语》作"吴公先歃,晋侯亚之",《左传》则说"先晋人"。《左传·哀公十三年》孔《疏》引傅玄云:"《国语》非丘明所作。凡有共说一事而二文不同,必《国语》虚而《左传》实,其言相反,不可强合也。"《左传·襄公二十六年》孔《疏》:"传言鄢陵之败,苗贲皇之为。《楚语》亦论鄢陵之役,而云'雍子之为'。二文不同,或丘明传闻两说两记之也。刘炫以为《国语》非丘明所作,为有此类往往与《左传》不同故也。"《困学纪闻》卷六引叶少蕴云:"古有左氏、左丘氏。太史公称'左丘失明,厥有《国语》'。今《春秋传》作'左氏',而《国语》为'左丘氏',则不得为一家,文体亦自不同,其非一家书明甚。"①陈振孙《直斋书录解题》:"自班固志《艺文》,有《国语》二十一篇,左丘明所著,至今与《春秋传》并行,号为《外传》。今考二书,虽相出入,而事辞或多异同,文体亦不类,意必非出一人之手也。"②认为《国语》《左传》皆为左丘明所作,应该是据司马迁言。《史记·十二诸侯年表》:"鲁君子左丘明惧弟子人人异端,各安其意,失其真,故因孔子史记具论其语,成《左氏春秋》。"又《太史公自序》:"左丘失明,厥有《国语》。"因而,班固就认为《国语》《左传》皆为左丘明作。《汉书·司马迁传赞》:"孔子因鲁史记而作《春秋》,而左丘明论辑其本事以为之传,又撰异同为《国语》。"但《太史公自序》举事例说明发愤著书之理,大抵以时代先后为序,说:"昔西伯拘羑里,演《周易》;孔子厄陈蔡,作《春秋》;屈原放逐,著《离骚》;左丘失明,厥有《国语》;孙子膑

---

　　① 王应麟著,翁元圻等校,栾保群、田松青、吕宗力校点:《困学纪闻》(全校本),上海古籍出版社,2008年版,第871页。

　　② 陈振孙著,徐小蛮、顾美华点校:《直斋书录解题》,上海古籍出版社,1987年版,第54页。

脚,而论兵法;不韦迁蜀,世传《吕览》;韩非囚秦,《说难》《孤愤》;《诗》三百篇,大抵贤圣发愤之所为作也。"既然屈原和孙膑都是战国中期的人,那么作《国语》的左丘也应该是战国中期人,与《左传》的作者左丘明不是同时代的人。《左传》的作者左丘明见于《论语》,《论语·公冶长》:"子曰:'巧言、令色、足恭,左丘明耻之,丘亦耻之。匿怨而友其人,左丘明耻之,丘亦耻之。'"则其与孔子同时,为春秋后期人。而王树民通过分析《国语》不同部分的内容、叙事风格,指出"《国语》为集合故有资料而成书,决非出于一人之手笔","《国语》之编定,不能早于战国时期"①。

《国语》《左传》作者不同、撰成时代不同、记事体例不同,行文风格也不同。因而《国语》引《周颂》《商颂》而称之为"《颂》曰"、"《周颂》曰"、"《商颂》曰"未必不是《国语》的一种行文风格。王树民说:"稍加比较,即可知《国语》多保存原文,故各部分之间颇不一致,而《左氏春秋》则为已经作者润饰修整者,全书浑然一体。"②就《国语》所载引《诗》材料,与《左传》比较,称名更加灵活。芮良夫劝说厉王勿进用荣夷公时引用了《周颂·思文》中的句子,而称之为"《颂》曰",又引《大雅·文王》中的句子而称之为"《大雅》曰";《周语中》襄王将以狄伐郑,富辰谏引用《小雅·常棣》,而称之曰"周文公之诗曰";《晋语四》姜氏劝重耳回国,引《大雅·大明》中的句子,称之为"《诗》曰",引《小雅·皇皇者华》中的句子,称之为"《周诗》曰",引《郑风·将仲子》中的句子,称之为"《郑诗》云";楚成王对子玉引《曹风·候人》中的句子,称之为"《曹诗》曰"。《左传》所载公卿引《诗》一般都称之为"《诗》曰",比《国语》要统一。当然也有例外,文公十五年(前612年),季文子引《周颂·我将》中的句子,而称之为"《周颂》曰",但这是在马银琴所说的齐桓公称霸之后。襄公二十六年(前547年),楚声子引《商颂·殷武》,而称之为"《商颂》有之

① 王树民:《国语的作者和编者》,徐元诰撰,王树民、沈长云点校:《国语集解·附录》,中华书局,2002年版,第601—604页。

② 王树民:《国语的作者和编者》,徐元诰撰,王树民、沈长云点校:《国语集解·附录》,中华书局,2002年版,第601—604页。

曰",更远在齐桓称霸之后。

马银琴系公孙固、郑叔詹之引《商颂》《周颂》事于公元前 642 年,实际是错误的。晋公子重耳过宋,公孙固劝宋襄公礼遇重耳,引用了《商颂·长发》中的句子。重耳过郑,郑文公不礼,叔詹谏说引《周颂·天作》中的句子。但重耳过宋、过郑都不在公元前 642 年,即鲁僖公十八年。《国语》只是说"文公在狄十二年",就开始详细描述重耳的流亡过程,至于流亡过程中所经之地在哪一年,则没有说明。《左传》在僖公五年有重耳奔狄的记载,而把重耳流亡的经过都系在僖公二十三年之下,只是说"处狄十二年而行",同样对流亡过程中所经之地在哪一年,也没有记载。虽然《国语》《左传》对重耳流亡过程没有系年,但《史记》有较为明确的说明。《史记·晋世家》说重耳"留齐凡五岁",又说"重耳出亡凡十九岁而得入";《宋世家》:(宋襄公)"十三年夏,宋伐郑。……秋,楚伐宋以救郑。……冬,十一月,襄公与楚成王战于泓。……是岁,晋公子重耳过宋,襄公以伤于楚,欲得晋援,厚礼重耳以马二十乘。"宋襄公十三年即鲁僖公二十三年。《郑世家》:(郑文公)"三十六年,晋公子重耳过,文公弗礼。"郑文公三十六年亦即鲁僖公二十三年。故依据《史记》,重耳过宋、过郑皆在鲁僖公二十三年。马银琴系之于鲁僖公十八年,可能是依据《国语》"过卫,卫文公有邢、狄之虞,不能礼焉"这几句话来的,但对此汪远孙早就有比较详细的辨正:"晋文公从齐过卫,过曹,过楚,《史记·十二诸侯年表》皆书于鲁僖二十三年。鲁僖二十三年值卫文公二十三年。邢、狄与卫自菟圃之役后互相拘难。十九年,卫人伐邢以报菟圃之役。二十年,齐人、狄人盟于邢,《传》云:'为邢谋卫难也,于是卫方病邢。'二十一年,狄侵卫,杜《注》云:'为邢故。'虞者,忧也,忧其来伐,不必是菟圃之岁。文公自去齐后,卫、曹、郑既不见礼,宋襄公止乘马之赠,未必假馆,居楚亦仅数月。自齐至秦,虽经历多国,道途原非辽远,入秦在二十三,则过卫在二十三年明矣。若谓僖十八年过卫,自十八年至二十三年,此六年淹留何国?"①由于邢、狄围卫之菟圃在鲁

① 徐元诰撰,王树民、沈长云点校:《国语集解·附录》,中华书局,2002 年版,第 326 页。

僖公十八年,故许多学者把重耳去齐过卫、过宋、过曹、过郑、过楚系在鲁僖公十八年,而不信《史记》的记载。实际,《左传》把重耳流亡过程系在僖公二十三年之下,也是因为重耳去齐过卫、过宋、过曹、过郑、过楚、过秦都发生在这一年,太史公的记载是有依据的。所以杨伯峻说:"《宋世家》云:'是岁,晋公子重耳过宋,襄公以伤于楚,欲得晋援,厚礼重耳以马二十乘。'重耳过宋当在鲁僖之二十三年,即宋襄十三年,《宋世家》之言可据。""《郑世家》及年表俱列此事于郑文之三十六年,即鲁僖之二十三年,可信。"①

既然鲁僖公二十二年,臧文仲言于僖公而引用了《周颂·敬之》中的句子,已称之为"《诗》曰",为何到鲁僖公二十三年,公孙固、叔詹引用《商颂》《周颂》又径称"《商颂》曰"、"《周颂》曰"呢? 按照马银琴的说法是解释不通的。实际这恰说明《国语》《左传》称述公卿引《诗》、赋《诗》时有不同的体例②。因此其说"《周颂》《商颂》之与《风》《雅》合编,成为以《诗》为名的诗文本的组成部分,当发生在公元前七世纪中叶齐桓公称霸中原的时代",纯粹是想当然。

---

① 杨伯峻:《春秋左传注》,中华书局,1990 年版,第 408 页。
② 马银琴:《两周诗史》,社会科学文献出版社,2006 年版,第 144 页、第 294—295 页。马银琴由《国语·周语上》祭公劝谏穆王征伐犬戎而引用了《周颂》而称之为"《颂》曰",推断诗文本最初是《颂》《雅》分立的形式流传;又由《左传》记载列国公卿赋引大、小《雅》皆以"《诗》曰"称之,断定以《诗》为名、《风》《雅》合集的诗文本在平王之世已经产生出来了;又以《国语·晋语四》记载的公孙固、郑叔詹之引《商颂》《周颂》的材料以及《左传·僖公二十三年》臧文仲引《周颂》、《文公十五年》鲁季文子引《周颂》的材料,说"《颂》之入《诗》,应发生在公元前七世纪中叶前后,在《风》《雅》合集、统名曰《诗》的平王之世,《颂》与《诗》相对待,仍然是以独立形式存在和流传的"。以上说法皆没有考虑到《国语》《左传》在称述公卿引《诗》、赋《诗》时的不同体例。又张中宇由《国语》《左传》称述公卿引《诗》、赋《诗》材料,推测西周编成了"颂"文本及"大雅"文本,并且单独流传。"雅"可能是中国早期一般意义上的"诗",此后地方之"风"逐渐具备与"雅"并列为"诗"的地位,"颂"应该是最后整编入"诗"的。张中宇:《〈国语〉、〈左传〉的引"诗"和〈诗〉的编订——兼考孔子"删诗"说》,《文学评论》2008 年第 4 期,第 29—36 页。其论述思路与马银琴相同。

二、《何彼秾矣》入《召南》并非是
王室倚重齐国的表现

至于说由《何彼秾矣》可以看出《诗经》在齐桓公称霸时发生过一次《诗》文本的编辑活动，也是出于猜测。说歌颂"齐侯之子"的诗歌出现在东周王室乐歌中，是周王室在政治上倚重齐国的一个表现，论据不足。《何彼秾矣》自汉代就有两说：一说为《毛诗》的说法，以为是"美王姬"之诗。另一说是三家《诗》的说法，以为是赞美齐侯嫁女之诗。《毛诗序》："美王姬也。虽则王姬亦下嫁于诸侯，车服不系其夫，下王后一等，犹执妇道，以成肃雍之德也。"在"平王之孙，齐侯之子"下，《毛传》曰："平，正也。武王女，文王孙，适齐侯之子。"但《毛诗》的说法与历史事实并不相合，顾炎武《日知录》说："成王时，齐侯则太公，而以武王之女适其子，是甥舅为婚。周之盛时，必无此事。逮成王顾命，丁公始见于经，而去武王三十余年，又必无未笄之女。"[1]马瑞辰也从《诗经》用词体例指出《毛诗》之说为非。他说："《诗》中凡叠句言某之某者，皆指一人言，未有分指两人者。如《硕人》诗'齐侯之子，卫侯之妻，东宫之妹，邢侯之姨'，言庄姜也；《韩奕》诗'汾王之甥，蹶父之子'，言韩姞也；《閟宫》诗'周公之孙，庄公之子'，言僖公也；正与此诗句法相类，不应此诗独以'平王之孙'指王姬，'齐侯之子'为齐侯子，娶王姬也。"[2]故现当代学者多采三家《诗》之说。三家《诗》说见《仪礼·士昏礼》贾《疏》，贾《疏》曰："《诗》注以为王姬嫁时自乘其车，《箴膏肓》以为齐侯嫁女，乘其母王姬始嫁时车送之。不同者彼取三家《诗》，故与《毛诗》异也。"

马银琴亦主张《何彼秾矣》为赞美齐侯嫁女之诗，并且据《左传·隐

---

① 顾炎武著，黄汝成集释、秦克诚点校：《日知录集释》，岳麓书社，1994年版，第82页。
② 马瑞辰撰、陈金生点校：《毛诗传笺通释》，中华书局，1989年版，第101页。

公八年》"齐人平宋、卫于郑"、"郑伯以齐人朝王"的记载,认为在齐僖公"小伯"之际,"周桓王以惯常的联姻方式嫁其妹于齐僖公以加强与齐国的关系亦是合乎情理之事"。"齐僖公在位三十二年,即使其娶王姬事在其继位十六年朝王之后,至其卒之十六年间,容有娶王姬而嫁女之事。"①但此仅为一种可能,且没有任何文献记载,只是从情理上推测,故不能作为必然的结论。《春秋·庄公元年》《庄公十一年》皆有"王姬归于齐"的记载,鲁庄公元年当齐襄公五年,鲁庄公十一年当齐桓公三年。因而,《何彼秾矣》所述齐侯嫁女之事更有可能发生在齐桓公之时。齐襄公在位十三年,且在其继位第五年才娶王姬,故不可能在其在位期间嫁王姬之女。马银琴又由鲁桓公三年齐僖公嫁女文姜于鲁时远送于讙而《左传》讥为"非礼",认为齐僖公嫁女以王姬始嫁之车远送,也与其行事风格相合。但齐侯嫁女以王姬始嫁之车送之,恰为依礼而行,而非越礼。《春秋·宣公五年》:"秋,九月,齐高固来逆叔姬。""冬,齐高固及子叔姬来。"《左传》:"秋,九月,齐高固来逆女,自为也。故书曰'逆叔姬',即自逆也。""冬,'来',反马也。"《仪礼·士昏礼》贾《疏》曰:"《士昏礼》曰:'主人爵弁,纁裳缁袘。从者毕玄端,乘墨车,从车二乘,执烛前马。妇车亦如之,有裧。'此妇乘夫家之车。《鹊巢》诗曰:'之子于归,百两御之。'又曰:'之子于归,百两将之。'国君之礼,夫人始嫁,自乘其车也。《何彼秾矣》篇曰:'曷不肃雍,王姬之车。'言齐侯嫁女,以其母王姬始嫁之车远送之,则天子、诸侯女嫁,留其车。可知今高固大夫反马,大夫亦留其车。礼虽散亡,以《诗》论之,大夫以上至天子,有反马之礼。留车,妻之道;反马,婿之义。高固秋月逆叔姬,冬来反马,则妇人三月祭行,故行反马礼也。"

《何彼秾矣》为赞美齐侯嫁女之诗,但却不入《齐风》而入于《召南》,并非如马银琴所说是王室倚重齐国的表现,而更可能是齐侯之女嫁往南国,诗为南国之人所作的缘故。《曹风·下泉》赞美晋国大夫荀砾纳周敬王于成周,但却在《曹风》中,马瑞辰说:"美荀砾而诗列《曹风》者,昭二十五年晋人为黄父之会,谋王室,具戍人,二十七年会扈,令成周,

---

① 　马银琴:《两周诗史》,社会科学文献出版社,2006 年版,第 325 页。

三十二年城周,曹人盖皆与焉,故曹人歌其事也。"①《卫风·河广》抒发思念宋国之情,但却在《卫风》,只因为抒情主人公侨居卫国之故。王质说:"此宋人而侨居卫地者也。欲归而必有嫌而不可归。"②余冠英说:"这诗似是宋人侨居卫国者思乡之作。卫国在戴公之前都于朝歌,和宋国隔着黄河。本诗只说黄河不广,宋国不远,而盼望之情自在言外。"③《齐风·猗嗟》赞美鲁庄公,而列之《齐风》,是因其为齐人所作,诗中明确说"展我甥兮",鲁庄公娶齐桓公妹哀姜,而据《尔雅》妹婿可称为甥④。《召南·甘棠》抒发思念召伯虎之情,何以列在《召南》,高亨据《大雅·崧高》,认为召伯虎受宣王之命到召南为申伯筑城划田,召伯去世后,申伯或申伯的子孙或其他有关的人追思召伯而作此诗⑤。显然,《国风》中的诗篇乃因作者而系之,而不以事而系之。因而,不能因为《何彼秾矣》歌颂"齐侯之子",就认为是齐诗,而由其列在《召南》,得出王室在政治上倚重齐国的结论。

三、由春秋引《诗》、赋《诗》很难断定《国风》中的绝大多数作品在齐桓公称霸之前都已问世

马银琴还认为在齐桓公称霸之前,《国风》中的绝大多数作品都创作出来了,只是依据《毛诗序》而言。但《毛诗序》于《国风》皆依据世次解之,谬误颇多,前人多有驳斥。实际就《左传》所载春秋列国公卿引《诗》、赋《诗》来看,很难说《国风》中的绝大多数作品都创作出来了。列国公卿引《诗》、赋《诗》主要集中在二《南》、三《卫》、二《雅》、《周颂》、《商颂》中。赋《秦风》只有一次,即鲁定公四年申包胥哭秦庭七天后,哀公

---

① 马瑞辰撰:《毛诗传笺通释》,上海古籍出版社,1995版,第444页。

② 王质:《诗总闻》,《丛书集成初编》本,中华书局,1985年版,第59页。

③ 余冠英注译:《诗经选》,人民文学出版社,2002年版,第56页。

④ 王夫之:《诗经稗疏》,王夫之著、船山全书编辑委员会编校:《船山全书》(第3册),岳麓书社,1996年版,第81页。

⑤ 高亨:《诗经今注》,上海古籍出版社,1980年版,第20—21页。

所赋的《无衣》。鲁定公四年,即前 506 年,远在齐桓称霸之后。赋《唐风》也只有一次,即鲁襄公二十七年郑伯享晋国赵孟,郑国印段为赵孟赋《蟋蟀》。鲁襄公二十七年即前 546 年,亦远在齐桓称霸之后。公卿赋《郑风》虽有九次,但都为郑人所赋。鲁襄公二十六年齐侯、郑伯如晋,子展相郑伯赋《缁衣》,又为卫侯赋《将仲子》;鲁襄公二十七年郑伯享赵孟,子大叔为赵孟赋《野有蔓草》。鲁昭公十六年郑六卿为韩宣子饯行,所赋有《野有蔓草》《羔裘》《褰裳》《风雨》《有女同车》《萚兮》六诗。鲁昭公十六年即前 526 年,也远在齐桓公称霸之后。就上提及的《国风》诸篇而言,《甘棠》可能创作于齐桓称霸之前,《河广》难以系年,其他《何彼秾矣》《下泉》《猗嗟》的创作都并非在齐桓称霸之前。齐桓公三年纳王姬,七年于甄盟会宋、陈、蔡、邾,为"九合诸侯"之始,若按女子十五许嫁之说①,则齐桓公嫁女当在十八年之后,则《何彼秾矣》非创作于齐桓称霸之前明矣。《猗嗟》作于鲁庄公二十三年(前 671 年)②,即齐桓公十五年,亦不在齐桓称霸之前。《下泉》作于鲁昭公二十六年(前 516 年)后③,远在齐桓称霸之后。李炳海认为《郑风》中作于春秋早期的只有《叔于田》《大叔于田》《清人》,作于春秋中期的只有《将仲子》,其余都作于春秋后期④。

　　退一步说,即使如马银琴所说,在齐桓称霸之前,《国风》中的绝大

---

　　① 《周礼·春官·媒氏》"令男三十而娶,女二十而嫁"孔颖达疏引王肃云:"《周官》云'令男三十而娶,女二十而嫁',谓男女之限,嫁娶不得过此也。三十之男、二十之女不待礼而行之,所奔者不禁,娶何三十之限? 前贤有言:'丈夫二十不敢不有室,女子十五不敢不有家'。《家语》鲁哀公问于孔子:'男子十六精通,女子十四而化,是则可以生民矣。闻礼男三十而有室,女二十而有夫,岂不晚哉?'孔子曰:'夫礼言其极,亦不是过。男子二十而冠,有为父之端;女子十五许嫁,有适人之道。于此以往,则自昏矣。'"马银琴亦引此,用以说明齐僖公继位十六年朝王之后,至其卒之十六年之间,有纳王姬及嫁女之事。

　　② 王夫之:《诗经稗疏》,王夫之著,船山全书编辑委员会编校:《船山全书》(第 3 册),岳麓书社,1996 年版,第 81 页。

　　③ 何楷:《诗经世本古义》卷二十八,影印文渊阁《四库全书》,台北商务印书馆,1986 年版,第 81 册。

　　④ 李炳海:《〈国风〉郑诗的结集及其时代特征》,《中州学刊》2010 年第 4 期,第 194—198 页。

多数诗篇已经创作出来了,但除二《南》、三《卫》之外的其他《国风》并没有被纳入《诗》,故许多学者通过分析春秋公卿引《诗》、赋《诗》来论述《诗》的编辑。赵逵夫认为《诗经》是两次编集而成的,"第一次辑起的只是《周南》、《召南》、《邶风》、《鄘风》、《卫风》和《小雅》,其余都是第二次增编的。""诗的最初集结,大约在公元前7世纪末叶,约当春秋前期。""第二次编集的时间,大约在公元前6世纪前期,约当春秋中叶。其上限为《陈风·株林》产生之后,下限为季札观乐之前。"①日本学者冈村繁也同样认为《诗经》是两次编订而成的,初编包括二《南》、三《卫》、二《雅》、《周颂》,至迟在东周初期编成;第二次编订包括第一次编订之外的其他诗篇,最迟在季札观乐前完成②。马银琴所说在齐桓公时代《诗》有一次编辑活动,约在春秋中期偏前,与诸家之说不合。而马银琴认为在齐桓公时代《诗经》的编辑活动中,《国风》中大部分作品得到采集和编定,按之《左传》所载公卿引《诗》、赋《诗》,很难说通。

马银琴花费很多笔墨来描述齐桓称霸、周齐关系,但最后却说:"在齐桓公时代,周王室确实有过一次编辑诗文本的活动"③,那么这次编辑活动与齐桓公究竟什么关系,与齐桓公称霸又有何联系,齐桓公对《诗》什么态度,其思想观念是否在《诗》中有所体现,不能说明这些问题,仅仅一再强调齐桓公时代"确实有过一次编辑诗文本的活动"是缺乏说服力的。

■ 作者简介

赵茂林(1970—),西北师范大学文学院教授,主要从事先唐文学与文化研究。

---

① 赵逵夫:《论〈诗经〉的编集与〈雅〉诗分为"小"、"大"两部分》,《第二届诗经国际学术研讨会论文集》,语文出版社,1996年版,第305—322页。

② 冈村繁:《周汉文学史考》第一章"《诗经》溯源",《冈村繁全集》第一卷,陆晓光译,上海古籍出版社,2002年版,第1—48页。

③ 马银琴:《两周诗史》,社会科学文献出版社,2006年版,第394页。

论先秦雅乐神性品格的生成

张艳芳

（山西大学文学院　山西太原　030006）

内容提要　中国的音乐传统是以雅乐之精神内涵为旨归的。雅乐为祭天祀地之神曲，为天地正应之中声，为纪纲正定之德音，为圣王功成之颂歌，为阴阳和合之序曲，为君子不辍之弦诵。这一内涵的形成及表现有多方面的因素，包括以乐缴神的宗教背景、功成作乐的政治传统、作乐应天的阴阳文化影响和"成于乐"的君子人格的涵养作用等等。

关键词　先秦　雅乐　乐记　阴阳　诗经

在先秦的文化语境中，雅乐和俗乐，古乐和今乐是相对立的两对范畴①。古乐遵循的是三皇五帝的圣王传统，雅乐强调天人相和的宗教及德性因素。这两个概念都有神性的内涵而各有侧重，雅乐涵盖了古乐，因此本文以雅乐圣化的生成原因为主题展开讨论。

一、大乐缴神，德音惟馨

"圣人作乐以应天"，乐舞通神的传统由来已久。青海孙家寨墓葬

---

①　马端临：《文献通考·乐考十四》卷一百四十一："此三百五篇者，皆被之弦歌，掌之司乐，工师以时肄习之，所谓雅乐也。"本文之雅乐兼及乐之宗教、政治、教育等功能，其审美符合温柔敦厚之旨、中和之道。

出土的乐舞彩陶盆已开以乐舞祀神的先声①。《诗经》诗乐舞三位一体的综合艺术特征,《楚辞·九歌》的祭歌性质,都表明了乐舞是通神、飨神的重要手段。巫觋借乐舞"降兴上下之神"的仪式由来已久,《吕氏春秋·古乐篇》记录了葛天氏时代的仪式乐舞,皆为祭祖、飨帝、祈年之用。《路史》载炎帝神农氏:"乃命刑夭作《扶梨之乐》,制《丰年之咏》,以荐釐来,是曰下谋。制雅琴,度瑶瑟,以保合大龢,而闲民欲通其德于神明,同其龢于上下,于是神灪濩,嘉谷苗。"②很显然《扶梨之乐》《丰年之咏》是祈年仪式所用乐,祈求天地大和,神祇福佑,嘉谷苗壮,民乐年丰。《尚书·舜典》记载,舜命夔典乐,"八音克谐,无相夺伦,神人以和"。《益稷》记载夔主持乐舞仪式,"祖考来格,虞宾在位,群后德让"。黄钟、大吕,《云门》《咸池》等乐舞皆为祭祀天神地祇、四望山川、先祖先妣之仪典乐。礼乐与鬼神的关系在《礼记·乐记》中反复出现,如"事乎山川鬼神"(《乐记·乐论篇》),"率神而从天","通乎鬼神"(《乐记·乐礼篇》)。此处的"鬼神",是人们想象中的处于幽冥之所与天上、山上的神物,具有"精气为物,游魂为变"之情状。在古人心中,神界与人界的感通依凭祭祀者与天帝鬼神的关系及祭祀者的诚敬与德性,作乐应天是神人以和的保障。

雅乐和巫乐有本质区别。《尚书·伊训》言:"敢有恒舞于宫,酣歌于室,时谓巫风。"西周文化对巫乐进行了文化升华,使之雅化。《礼记·表记》言:"殷人尊神,率民事神,先鬼而后礼。"巫文化是殷商文化的重要特征,随着西周"尊尊亲亲"等人本思想、"尊德"观念的提升,"德音"成为雅乐的重要内容。《礼记·祭统》云:"夫祭有三重焉:献之属莫重于祼,声莫重于升歌,舞莫重于《武宿夜》,此周道也。"比如作为《颂》之始的《清庙》,为禘祭周公于太庙之乐,后来成为大飨礼及天子视学的仪式乐。《礼记·仲尼燕居》云:"升歌《清庙》,示德也。"表明周代祭祀乐歌以崇德为民之轨则。在对先王之乐进行阐释时,也多突出其

---

① 《青海大通县上孙家寨出土的舞蹈纹彩陶盆》,《文物》1978年第3期,第48—49页。

② 罗泌:《路史·后纪三·炎帝》,文渊阁四库全书本。

德性内涵,且摒除巫乐原有之神性,如《九歌》本为夏后启自上天所得神乐,《山海经·大荒西经》:"开上三嫔于天,得《九辩》与《九歌》以下。"然而,在《尚书·虞书·大禹谟》中则成为歌叙九功之德的乐歌了:"九功惟叙,九叙惟歌。戒之用休,董之用威,劝之以九歌,俾勿坏。"在叙事的转化中,过滤掉了《九歌》作为上帝之乐的神性,而强调其歌功颂德、劝民化俗的一面。这种内涵的转换意味着现实层面中的德性内涵取代了宗教神性内涵,这和周代的崇德风气是直接相关的。《国语·周语·景王问钟律于伶州鸠》曰:"(黄钟)所以宣养六气、九德也。由是第之:二曰太蔟,所以金奏赞扬出滞也;三曰姑洗,所以修洁百物,考神纳宾也;四曰蕤宾,所以安靖神人,献酬交酢也;五曰夷则,所以咏歌九则,平民无贰也;六曰无射,所以宣布哲人之令德,示民轨仪也。"可见,春秋乐官即使在论述律吕之含义时,也完全是从飨神及襄理民事两方面进行论述,体现了神性向人文的过渡。《系辞上传》云:"圣人以神道设教,而天下服矣。"在传说中的颛顼帝绝地天通之后,祭祀飨神本来为圣王所专有①,然而西周的德性革命又使得制礼作乐落实到了神道设教、示民轨则、导民化俗的社会功能上了。《系辞上传》言"民咸用之谓之神",神的内涵注入了百姓民生的要素。可见,从殷商到战国,乐舞的神性内涵经历了一个由娱神、降神到为民裁法、合于民用的转变。正如《国语·周语·单穆公谏景王铸大钟》单穆公所言:"道之以中德,咏之以中音,德音不愆,以合神人,神是以宁,民是以听。"由祭祀乐发展出来的超越性品格,最终内化到对人内在德性的追寻和规范,乐不再仅仅是巫术思维中娱神、降神的手段,而成为了内在神圣化的一种凭依,乐之神性落实到了对人内在良知的追寻。

穷究此转变之根源,除了西周的德性革命之外,从礼乐祭祀的发展本身而言,也具有发生这种德性转变的内在动因。《礼记·乐礼篇》曰:

---

① 张光直言:"在考古学上证实巫术的独占或集中的方式是观察考古文化发展过程中在哪个阶段发生仪式祭祀用具独占或集中的现象。"这种独占或集中其实就意味着"绝地天通"的宗教革命。参见张光直:《中国考古学论文集》,三联书店,1999年版,第395页。

"乐者敦和,率神而从天。"然而四时不言,天道荡荡,其何言哉?顺上天之则、为万民立法的乃是地上的圣王。《周易·系辞传》言:"天地之大德曰生。"圣王参赞天地之化育,其人文化成的手段落实在礼乐之上。如祭祀过程中,祭祀者按照"缀兆舒疾"的节奏,进行着"屈伸俯仰"的仪节,与天地鬼神相往来,此过程必然有对行礼者德性的要求与仪态的规范。《周礼·春官宗伯·大司乐》曰:"凡乐事,大祭祀,宿县,遂以声展之。王出入,则令奏《王夏》;尸出入,则令奏《肆夏》;牲出入,则令奏《昭夏》……大射,王出入,令奏《王夏》;及射,令奏《驺虞》,诏诸侯以弓矢舞。王大食,三宥,皆令奏钟鼓。王师大献,则令奏恺乐。"《左传》赋诗言志的外交礼乐场合,对于那些不能按照仪节完成礼乐过程的贵族,持之以不答礼、甚至以诗讥刺的态度。这就体现了乐舞活动本身对人的德性内涵有严格的内在要求。最终,德性成为了礼乐文明的核心,这种发展也缘于礼乐对人的内在规范,而非仅仅是外在政治意识形态的强加。

二、圣王功成,礼乐兴焉

雅乐为圣王功成之颂赞,为纪纲正定之德音。《周易·豫卦·大象传》云:"雷出地奋,豫。先王以作乐崇德,殷荐之上帝,以配祖考。"先王功成作乐,借此彰德昭功、敬献祖先。祭祀仪式上借助乐文舞容,对于圣王的烈烈业勋进行展演,成为祭祀、就职仪典上的重要内容,这在上节已有所阐述。然而,以乐舞敬飨祖先的同时,其现实目的则是昭告天下百姓,以神道设教:有位有德的先王为政教合一之领袖,其制礼作乐,对百姓导之以德,齐之以礼,借助礼乐文明的熏陶,垂拱揖让而治天下。《大卷》《大咸》《大韶》《大夏》《大濩》《大武》等为六代圣王所作之大乐,皆具有明德昭功,疏导人情归之于正的目的;《诗经·大雅·文王之什》诸篇为赞颂文王的祭祀歌;清华简《周公之琴舞》为成王登基大典所用乐歌,有成王所作之《儆怭》九遂,其"三启曰:德元惟何?曰渊亦抑,严余不懈,业业畏忌,不易威仪。在言惟克,敬之!乱曰:非天厌德,緊莫肯造之,夙夜不懈,懋敷其有悦,裕其文人,不逸监余"①。"启""乱"还保留了乐歌演绎的原始样态,以敬畏、勤谨、威仪为核心内容的劝诫乐歌成为成王登基典礼的主旋律。《诗》三百篇,虽作诗之旨各别,音乐风格迥异,然而同用之于仪典则一,孔子"思无邪"之判语应依此立足。

乐与政通,是《乐记》体系的重要思想:季札观乐畅论风俗盛衰;师旷骤歌预知南风不竞;赋诗言志观君子大体;师出以律(律管)昭战之吉凶。甚至在乐官的意识中,律吕对于现实政治都有直接的影响。《国语·周语·景王问钟律于伶州鸠》:"王以二月癸亥夜陈,未毕而雨。以夷则之上宫毕,当辰。辰在戌上,故长夷则之上宫,名之曰羽,所以藩屏民则也。王以黄钟之下宫,布戎于牧之野,故谓之厉,所以厉六师也。以太蔟之下宫,布令于商,昭显文德,底纣之多罪,故谓之宣,所以宣三王之德也。反及嬴内,以无射之上宫,布宪施舍于百姓,故谓之嬴乱,所以优柔容民也。"此处五音十二律成为君王施政、作战、宣德、容民的尺度与依据,何其神圣!《白虎通·礼乐》言先王"立乐之方"有三:一者,"感动人之善心",导民于正;二者,"合和父子君臣,附亲万民";三者,"喜怒皆得其侪焉"②。治政不和,则民心流荡;上下不交,则万物暌隔;喜怒无常,则黩武穷兵。可见,雅乐不仅是内圣外王的德性标准,还是统合政治的纲领法则,其神性自然会获得现实政权的保障,君王在雅乐的层面,实现了政教合一。

先秦文献对圣王作乐的重视,与当时的复古思潮有关。儒、墨显学向三代圣王汲取思想资源,老庄则上溯到三王五帝时代甚至更早,借之构筑了一个小国寡民、垂拱而治的黄金时代。先秦流传着很多圣王作乐的传说。如《乐记》:"昔者,舜作五弦之琴,以歌南风。"《吕氏春秋·古乐》篇所列述的朱襄氏之瑟、葛天氏之乐、黄帝乐官伶伦作律、帝颛顼令飞龙效八风之音作《承云》等等,这些音乐用于祭祀享神、协调阴阳、昭示帝功。《吕氏春秋·适音》言:"故先王必托于音乐以论其教。清庙

之瑟,朱弦而疏越,一唱而三叹,有进乎音者矣。大飨之礼,上玄尊而俎生鱼,大羹不和,有进乎味者也。故先王之制礼乐也,非特以欢耳目、极口腹之欲也,将以教民平好恶、行理义也。"后王作乐,虽乐备音美,但因君民不和、嗜欲不节,因此成为衰世之音、亡国之音。《淮南子·泰族训》言:"神农之初作琴也,以归神杜淫,反其天心。及其衰也,流而不反,淫而好色,至于亡国。"《吕氏春秋·侈乐》言:"宋之衰也,作为千钟。齐之衰也,作为大吕。楚之衰也,作为巫音。侈则侈矣,自有道者观之,则失乐之情。"又曰:"乐者,非谓黄钟大吕弦歌干扬也,乐之末节也。"可见,随着时代的发展,古乐之精神流荡不存,外在之乐仪虽存,但内在气质淫靡不堪,不能守正归雅。以此末节之乐,迎合衰世之风尚,古之乐终为今之乐所陵替。

三、作乐应天,阴阳立基

有学者在探讨《礼记·乐记》的时代及作者时,将《乐记》与董仲舒《春秋繁露》天人感应思想作比对,认为此观念的出现要迟至汉代。因此推断《乐记》并非是公孙尼子所作,而应为汉代河间献王刘德等人的杂纂①。其实,感通的思想在先秦有明确表述,孔子"恶郑声"是因为"郑卫之音,使人之心淫;绅端章甫,舞《韶》歌《武》,使人之心庄"(《荀子·乐论》)。《周易·咸卦·彖传》曰:"天地感而万物化生,圣人感人心而天下和平。观其所感,而天地万物之情可见矣。"《吕氏春秋·大乐》言:"凡乐,天地之和,阴阳之调。"可见,天人感应的思想,在先秦有一个漫长的绵延过程。先民祭祀神灵的宗教经验,本来就蕴含着一种天人一体、人神感通的神秘体验。孔子所言"祭如在,祭神如神在",即体现了理性和宗教神秘主义思想的一种混融。《乐记》

---

① 《汉书·艺文志》记载:"武帝时,河间献王好儒,与毛生等共采《周官》及诸子言乐事者,以作《乐记》,献八佾之舞。"后来刘向校书时,发现了公孙尼子的《乐记》,刘德所献之书逐渐散失了。

云:"圣人作乐以应天。"此句道出的正是从远古以来用仪式乐舞飨神、祭天的事实。《周易·乾卦·文言传》云:"同声相应,同气相求。"《庄子·渔父》云:"同类相从,同声相应,固天之理也。"天人感通观念是祭祀发生的思想基础,西方学者将巫术思维的种种联系总结为"相似律""接触律"等,正是有了人神通感的思维,才有了各种祭祀祝祷仪式的产生。

先秦乐论中的天人感通思想,除了宗教经验的升华外,还渗入了浓重的律吕阴阳观念。在先秦两汉的思想观念中,律吕并非仅仅是一个音乐概念,而是被广泛运用到了祭祀、外交、军事、历法、教育等各个方面。如《周易·师卦》九二爻辞:"师出,以律否臧,凶。"[①]闻一多《周易义证类纂》云:"行师吹律以候吉凶之术,固当自古有之。……释律为六律,最为有见。"[②]晋国乐官师旷,"吹律以咏八风",并且借以断战争胜负。《周礼·春官·大师》曰:"执同律,以听军声而诏吉凶。"萧吉《五行大义》以"八风六律为纲纪",第十五《论律吕》引曰:"《春秋元命苞》云:'律之为言率也。'《续汉书》云:'律,术也。'《律书》云:'吕,序也。序述四时之气,定十二月之位也。'"[③]律吕为万物之纪纲,用以调驭阴阳、四时、五行、八正之气与十二月之位。具体的对应关系,周景王乐师伶州鸠言:"黄钟,所以宣养六气、九德也","太蔟,所以金奏赞阳出滞也","大吕,助宣物也","仲吕,宣中气也","南吕,赞阳秀也"等等。在伶州鸠的论述中,十二律可宣养六气、宣和万物、赞阳助阴,神秘莫测。气由混沌而发,后分阴阳,迭为柔刚。阴阳乃一气之流转,万物由一气统化,阴阳互根互生,运转无穷。《汉书·律历志》对十二律的解释即基于阴阳思想,如释大吕曰:"吕,旅也,言阴大,旅助黄钟宣气而牙(芽)物也",释太蔟曰:"族(蔟),奏(凑)也,言阳气大,奏(凑)地而达物也。"释亡

---

① 《左传·隐公十一年》:"凡诸侯有命,告则书,不然则否。师出臧否,亦如之。虽及灭国,灭不告败,胜不告克,不书于策。"此处将"师出"与"臧否"连用,表明"臧否"代表了战争可能出现的两种结果,而非"不善"之义。

② 闻一多:《周易义证类纂》,《闻一多全集》第二册,三联书店,1982年版,第40页。

③ 萧吉著、郑同点校:《五行大义》,华龄出版社,2010年版,第67页。

（无）射曰："射，厌也，言阳气究物而使阴气毕剥落之，终而复始，亡（无）厌已也。"将十二律与十二月之阴阳盛衰相匹配，继承了先秦乐官的思想并完善之。《吕氏春秋·古乐篇》："昔古朱襄氏治天下也，多风而阳气蓄积，万物散解，果实不成。故士达作为五弦琴，以来阴气，以定群生。"对于自然界之阳蓄阴虚，琴乐有调驭作用。看似神秘，实则并不玄虚。自然气候时至今日仍对人类社会产生着难以估量的影响，这正有助于我们理解古人天人一体的深邃思想。河南舞阳贾湖遗址发现的骨笛，其出土墓葬属于距今 7 000 多年前的贾湖遗址第二期①。贾湖遗址与传说中的太皞之都相去不远，时代也相合。虽然我们不能断定骨笛有沟通天人的宗教作用，然而其审慎的制作方法，确实体现了律吕对古人的重要性。

推天道以明人事，体人事可察天道。圣人作乐应天，声律应和天则，西周以来，天意之向背借由音声之感应表现出来。声律平和，则物得其常，萦绕天地之元气冲虚和畅，因而"气无滞阴，亦无散阳，阴阳次，风雨时至，嘉生繁祉，人民和利，物备而乐成，上下不疲，故曰乐正"。音声与阴阳二气相感应的思想，以顺逆二气与正声淫乐的呼应为描述模式。《乐记》言："凡奸声感人，而逆气应之；逆气成象，而淫乐兴焉。正声感人，而顺气应之；顺气成象，而和乐兴焉。"在古人的论述中，乐正并非仅仅关乎律吕，而且关乎天地人三者的正应，否则，即使乐音再完备，也不可谓之和。如周景王不理睬单穆公的劝谏，一意孤行铸造大钟，"钟成，伶人告和"，单穆公对曰："上作器，民备乐之，则为和。今财亡民疲，莫不怨恨，臣不知其和也。"单穆公将乐器、乐节作为乐之末事，而将与民同乐作为乐和的评价标准，这一思想对于庄、孟两派都有重要影响②，且成为雅乐精神的内涵与旨归。

---

① 张居中：《舞阳贾湖遗址出土的龟甲和骨笛》，《华夏考古》1991 年第 2 期，第 107 页。

② 《庄子·天道》曰："所以均调天下，与人和者也。与人和者，谓之人乐。"《庄子》，世德堂刊本六子全书，吉林出版集团，2010 年版，第 404 页。

四、律以统气,序气定数

人类以雅乐系统为手段参与天地神祇的祭祀,既体现了人文精神的张扬,也神圣化了雅乐系统。古代的祭祀和祝祷仪式,表面上看起来是人匍匐于地上,对神的一种祈求,其实人有相当的主动权。祭祀、祝祷是人以自身的力量来影响"神旨",甚至是借助这样的仪式达成人神间的合约,而且态度坚决、不卑不亢。《尚书·金縢》中周公的命龟之辞,竟然充满了对神的要挟之言:"今我即命于元龟,尔之许我,我其以璧与珪,归俟尔命,尔不许我,我乃屏璧与珪。"《左传·僖公二十八年》曰:"初,楚子玉自为琼弁玉缨,未之服也。先战,梦河神谓己曰:'畀余,余赐女孟诸之麋。'弗致也。"虽然子玉最后兵败自杀,然而其不理会河神托梦的行为,则体现了人类自我意志的张扬。《尚书·皋陶谟》曰:"天功人其代之。"由此可见,在中国古代人神关系中,祈神之举的另一面也意味着人对自身力量的重视。

人文精神的张扬主要体现在对人类自身符号系统的建构,而这一符号由于参与了神圣祭祀活动而获得了神性。律吕系统与其他系统的结合,其实就体现了人以自身理性构筑完备有效的符号系统,来对抗天神地祇的努力。这一人文系统用来描述自然法则,两者构成了同构、同步的对应关系,天人一体落实在人天同一的节律上。这些系统为后世之民尊崇、通用,被广泛应用在了易、医、乐、历等方方面面。

先民发明的神性系统之一是数的系统,黄钟之律为标准音高,度量衡等以黄钟之九数为标准进行规范。律吕对于数的确定有基准作用。《国语·周语·景王问钟律于伶州鸠》言:"凡人神以数合之,以声昭之,数合声和,然后可同也。"《汉书·律历志》言:"所以算数事物,顺性命之理也。"颜师古注《律历志》"先其算命"曰:"言王者统业,先立算术以命百事也。"可见,数作为人类理性的进化,成为裁量诸事的标准。中国古代有一个神秘数字的行列,其中五数、八数系统可谓弥纶天地。五音、五色、五味、五方、五行、五常等,《尚书·洪范》之五事及君、臣、民、事、物等五数系统相配,表面机械,内在则含有相生相胜的关系,意味着自然律与道德律的必然。《汉书·律历志》言:"人者,继天顺地,序气成物,统八卦,调八风,理八政,正八节,谐八音,舞八佾,监八方,被八荒,以终天地之功,故八八六十四。"又曰:"太族(簇)为人统,律长八寸,象八卦,伏戏(羲)氏之所以顺天地,通神明,类万物之情也。"人们之所以可以将天地万物按照八的系统统合到一起,是因为人作为三才之中,可"序气成物";律者率也,律吕调阳,据之可"统气类物"。《左传·隐公五年》曰:"夫舞所以节八音,而行八风。"八风本为自然之气运转形成,与天地四方、阴阳寒热相关。天子之礼以八列为舞,很明显是顺应阴阳、调节八风之意,使得人事的节律合于自然之旨。十二律之黄钟、林钟、太簇与天地人三正的统合,绾合了九、六、八,即老阳、老阴、少阴三组《周易》神秘数字及四象,且将万物资始、六位时成、象八卦、类万物之情的思想与天时、地利、人和深入联系,体现了人与天地霄壤间的必然关联。

古人的宇宙创生理论有两种,一为自然主义,一为神本主义。从哲学的阐述看,中国古代的音乐起源更多遵循的是自然之道,即气的理论。《左传·昭公元年》载:"天有六气,降生五味,发为五色,征为五声。淫生六疾。"认为人文系统由自然之气生成。因此,五音、五色、五味、五方、五行系统与六气、六疾系统天然地就在一种类比思维下产生了密切的关系,这种关系貌似神秘、机械,但是此生成论基于一种万事万物相通相应的理论,因此要比那些顾此失彼的机械论者及局部论者高明许多,这就是中国传统思维长盛不衰的内在原因。在道家的思想体系中,音乐和太一神联系起来,如《吕氏春秋·大乐》曰:"音乐之所由来者远矣,生于度量,本于太一,太一出两仪,两仪出阴阳。"《本经训》曰:"帝者体太一,王者法阴阳,霸者则四时,君者用六律"。太一神或为北辰神名,或为星名,或为北极,或为主气之神,代表气形之始[①],有多种身份

---

① 《易纬·乾凿度》卷下郑玄注:"太一者,北辰之神名也。居其所曰太一,常行于八卦四辰之间,曰天一,或曰太一。出入所游,息于紫官之内外,其星因以为名焉,故《星经》曰:'天一、太一,主气之神'。"林忠军:《易纬导读》,齐鲁书社,2002年版,第94页。

的叠加。道家本为崇尚自然之学派，因此，从宇宙生成的视角而言，律吕阴阳是混元之气分化出来的，太一神代表的也是太初、太素、太易阶段未有质形的混沌元气，气与律吕之关系可谓深切。可见，律吕系统的生成论与秩序论，无论从神本主义还是自然主义的角度，都具有让人敬畏的神圣力量。

五、君子知乐，弦颂不绝

天人感通，乐通天则。人处霄壤间，亦为一小宇宙。雅乐既可燮理自然之阴阳，亦可燮理一体之阴阳。何人可为天地立心？唯有具有神圣人格的圣贤君子。借助雅乐，正可将人欲摒除，而将心性向上一路提升。《礼记·曲礼》云："君无故玉不去身。大夫无故不彻县。士无故不彻琴瑟。"以玉交通神人，在先秦典籍中不绝于书，钟鼓琴瑟也是祭祀之礼上的重器。贵族君子以祭神之乐颐养心性，这体现了先秦以乐教为核心的先进教育体制。乐教最早可以追溯到尧舜时期，《尚书·舜典》记载，舜命夔典乐，"以教国子"。大司乐"以乐德教国子"，"以乐语教国子"，"以乐舞教国子"。雅乐"情深而文明，气盛而化神"，濡养君子之人格，自然和顺于中，英华外发，一派圣贤气象。子曰："兴于诗，立于礼，成于乐。"乐由中出，植根于内之仁心，形之于外之和乐，雅乐的生命感发力量，使得君子人格沛然充实，充实而有光辉，彬彬郁郁，沛然莫之能御。《乐记》言："礼乐不可斯须去身。致乐以治心，则易直子谅之心油然生矣。易直子谅之心生则乐，乐则安，安则久，久则天，天则神。"雅乐涵养性情，感发良能，乐以治心，归之于正，久则安和，神明以生。

《左传·昭公元年》："君子之近琴瑟，以仪节也，非以慆心也。"这种作用缘于雅乐的音乐节奏及音高等规定。《国语·周语》："古之神瞽考中声而量之以制。"《左传·昭公元年》："中声以降，五降之后不容弹矣。于是有烦手淫声，慆堙心耳，乃忘平和，君子弗听也。"中声是将节奏及音高等限制在中正平和的审美范围之内的音乐，对于炫技派及激荡人淫邪

146

之气的"烦手淫声"是禁止的。《乐记》记载子夏之言曰:"郑音好滥淫志,宋音燕女溺志,卫音趋数烦志,齐音敖辟乔志;此四者皆淫于色而害于德,是以祭祀弗用也。《诗》云:'肃雍和鸣,先祖是听。'"俗乐淫靡低俗、促繁不堪、敖辟不正,皆害君子之志。大乐和于天地、行于阴阳、交通鬼神,乐节而志和也,因此孔子好雅乐而恶郑声。然而世俗之人则对流荡心性之"淫乐"乐在其中。魏文侯对子夏言:"吾端冕而听古乐则唯恐卧,听郑卫之音则不知倦。"雅乐提升涵养人的心性,以敬为主,而俗乐则使人心志滔荡,不知所归。朱子《乐记动静说》言:"情之好恶本有自然之节,惟其不自觉知,无所涵养,而大本不立,是以天则不明于内,外物又从而诱之,此所以流溢放逸而不自知也。"①相反,由良知良能之本性出发,纯粹至善,发于四肢而通体和静,乃得"成于乐"之乐心也。心统性情,心性存则天理流行,情动于物而众音生。禽兽知声,众庶知音,君子知乐。礼乐是对物欲的一种节制,否则人为物役,不能反躬,物欲横流,天理尽灭,则与禽兽无别。

孔颜乐处、曾点之志,其至乐处确得力于雅乐的陶冶,孔门即使在颠沛流离间亦弦颂不绝,闲居日常更是"胸次悠然,直与天地万物上下同流"(《论语集注》)。《史记·孔子世家》等多种典籍记载了孔子拜襄子为师习琴之事,在先"习其曲"、再"习其数"、又"习其志"的反复体悟中,技近乎道,终于触摸到琴曲之神髓,想见文王之为人。《礼记·乐记》将人之性情与雅乐之特性进行了对应论述:"宽而静、柔而正者宜歌《颂》;广大而静、疏达而信者宜歌《大雅》;恭俭而好礼者宜歌《小雅》;正直而静、廉而谦者宜歌《风》;肆直而慈爱者宜歌《商》;温良而能断者宜歌《齐》。夫歌者直己而陈德也,动己而天地应焉,四时和焉,星辰理焉,万物育焉。"《诗三百》之温柔敦厚,正宜彰显君子之雅兴与品性。道家之乐,亦乐在天理流行处。老子抨击俗乐之乱耳,明大音之希声。雅乐"必易必简",正如大羹不和,大象无形。庄子亦要在"无声之中,独闻和焉"(《天地》)。《庄子》之艺术境界,正在以天合天之自然玄妙,庖丁解

---

① 朱熹:《朱子文集》,《朱子全书》第二十三册,安徽教育出版社,2002年版,第3263页。

牛如踏节而舞，"合于《桑林》之舞，乃中《经首》之会"，人与天合，妙处难与君说。

　　《周易·乾·彖》曰："天道变化，各正性命，保合太和，乃利贞。"天道无常，人何以则？民生忧苦，以何为归？雅乐的基本精神有二：一曰和，二曰节。"大昭小鸣，和之道也"，和则圣王政成、君子性平。"先王之乐，所以节百事也"，节则本末相及，中声以降。儒家有圣之时者，止于至善，随时而中。道家有古之真人，提挈天地，把握阴阳。能致中和之道、燮理阴阳、沟通神人的道器，莫过于古代的雅乐，雅乐之神性即落实于此。

■ 作者简介

　　张艳芳（1981—　　），河南辉县人，文学博士，现为山西大学文学院讲师，主要从事先秦两汉文学文献研究。

郭晋稀先生"匣纽变心纽说"论析[*]

周玉秀

（西北师范大学文学院　甘肃兰州　730070）

内容提要　郭晋稀先生"匣纽变心纽说"依据戴震"位同变转"理论,以谐声字及古籍音注为主要材料,证明汉语声母喉音晓匣类变为齿音心邪类古已有之,而汉魏以来尤多。《经典释文》所收汉魏诸家音注,《广韵》等韵书中的一字多音,以及见溪晓匣类声母在现代汉语各方言中的音变情况,都有力证明了郭先生学说之正确。"匣纽变心纽说"揭示了汉语语音历史演变的重要规律,体现了汉语语音系统的基本格局对声母演化的控制作用及语音演变之词汇扩散过程。

关键词　郭晋稀　匣纽　心纽　音变

郭晋稀先生曾撰写《古声变考》一文,提出"匣纽变心纽说":

> 匣心两纽,在发、送、收的位置上,是相同的,即劳乃宣所谓戛、透、轹、捺,湘人孙文昱所谓周、出、疏、入,在位置上是相同的,匣、心两纽同属轹(疏)类也。
>
> 周秦古音有见、溪、晓、匣、疑的洪音,而无细音,以旧的注音字母言之,即有ㄍ、ㄎ、ㄏ、兀,而无ㄐ、ㄑ、ㄒ、广也。颚音既分洪细,细音有复齿化,故颚音有变作齿音者矣,此犹今音之团音尖音:每相移易耳。

---

* 为便于说明音韵问题,所引文字适当保留繁体。

　　凡牙声以内或齿音以内，音有移易，戴震谓之同位正转。一为牙音，一为他音，由于戛、透、轹、捺之位置相同而相转，戴氏谓之位同变转。见纽转精、溪纽转清，皆所谓位同变转也。此种位同变转，各组皆有之，不独匣纽与心纽也。

　　今独标匣纽变心纽者，以此类变转古固有之，而汉魏以来尤多，非若其他位同变转可比，不可不知也。故作"匣纽变心纽说"。①

　　戴震的正转、变转之说，郭先生在《声类疏证·前言》中有较详细的论述，"同位正转"指发音部位相同的音在发音方法上的转化，这种情况常见，如见与群、端与定等的转化；"位同变转"指发音部位不同而发音方法相同的音之间的转化，如匣与心有喉音与齿音之别，而皆为擦音。匣纽变心纽的规律留给我们一个值得深思的问题：尖团音的分立，是否很早即有？按照元代以后汉语声母变化的规律，$[t\varphi][t\varphi'][\varphi]$来源于中古及以前的喉牙音和齿头音，心纽与匣纽之细声同化是事实。那么上古也有这种情形存在吗？先看两个例子：

　　亘，须缘切，中古心纽。宣，须缘切，亦心纽。桓狟洹絚，胡官切，匣纽。

　　員，王分切，中古喻三，上古读匣。鄖溳惲賴，王分切，中古喻三，上古读匣。损膒，苏本切，中古心纽。

《古文字谱系疏证》曰："曾乐律钟亘，或作珵宣洹匡，均读为圜。"②"員，甲骨文、金文从鼎，从○，○亦声，○之繁文。鼎口为圆形，故以鼎辅助表意。""郭店简例一、三、四員，读作损……例二員，读作云。"③今按，郭店简例一指《老子》乙本"为道者日員"，例二指《缁衣》"寺員"，例三指《唐虞之道》"亡天下弗能員"，例四指《语丛三》"牙不好

---

①　郭晋稀：《陇上学人文存·郭晋稀卷》，甘肃人民出版社，2012年版，第419页。
②　黄德宽：《古文字谱系疏证》，商务印书馆，2007年版，第2777页。
③　黄德宽：《古文字谱系疏证》，商务印书馆，2007年版，第3617—3618页。

教者游员"。"亘"字例是声符为心纽,而从之得声之字为匣纽(除一"宣"字,须缘切);但从通假用例看,其本音还是读"圜"(王权切)的。"員"字例则是除从之得声的"損膹"二字苏本切,心纽,其余皆匣纽或与匣相近之牙音。两例刚好代表两种普遍情形:声符字音变与谐声字音变。这种现象说明,有一些匣纽字变为心纽了。郭晋稀先生《说文古韵三十部疏证·安摄》(手稿)曰:"亘宣二字今皆读心母,入齿音,然从亘得声之字,皆入牙声。读牙,声之正;读齿,声之变也。"《显摄》曰膹損"二字今变入齿声"。"膹"字《说文》读若"逊","逊"(苏困切)是心纽字,似乎显示汉代匣纽已有腭化并进而舌尖化的迹象,郭先生认为"古固有之,而汉魏以来尤多"。此类谐声现象还有一些,如下表所示诸例,皆同一声符字而歧为喉、齿二类者:

谐声符	谐声字	反　切	中古声纽	谐声符	谐声字	反　切	中古声纽
彗 呼惠反 (晓) 祥岁反 (邪)	嘒	呼惠反	晓	旬 详遵反 (邪)	郇	相伦反	心
	孈	于岁反	于			户关反	匣
	檇	于岁反	于		洵	相伦反	心
	慧	胡桂反	匣		恂	相伦反	心
	繐	相锐反	心		姰	相伦反	心
	鏪	祥岁反	邪		筍	思尹反	心
	雪	相绝反	心		珣	相伦反	心
㕦 于岁反 [于(匣)]	惠	胡桂反	匣		荀	相伦反	心
					晌	相伦反	心
惠 胡桂反 (匣)	蟪	此芮反	清		徇	辞闰反	邪
		胡计反	匣		殉	辞闰反	邪
		徐醉反	邪		询	辞闰反	邪
					袈	思尹反	心
					枸	相伦反	心

谐声符	谐声字	反　切	中古声纽	谐声符	谐声字	反　切	中古声纽
惠 胡桂反 （匣）	槥	胡桂反	匣	旬 详遵反 （邪）	绚	许县反	晓
		胡计反	匣	血 呼决反 （晓）	衁	呼决反	晓
	潓	胡桂反	匣		侐	况逼反	晓
		胡计反	匣		洫	况逼反	晓
	繐	胡计反	匣		恤	辛聿反	心
		胡桂反	匣		卹	辛聿反	心
		相锐反	心	戌 辛聿切 （心）	歳	相锐反	心
				岁 相锐反 （心）	噦	呼会反	晓
					翽	呼会反	晓
	穗	徐醉反	邪		濊	呼括反	晓

除谐声字喉齿变异现象外，同一字有喉齿两读的现象也反映了心纽类与匣纽类的关系，如表中"郇"字有相伦、户关二切，"繐"字有胡桂、相锐二切。再看几条材料：

《玉篇·玉部》："珛，欣救、思六二切。玉工也，亦姓也。"

《广韵·屑韵》："离，《字林》云：虫名也。又殷祖也。或作偰，又作契。"私列切。又《薛韵》："契，契阔。"五结切，又苦计切。《霁韵》："契约。苦计切。又苦结切。"

《广韵·愿韵》："献，许建切。"《集韵·戈韵》："牺，献戏，酒尊名，饰以翡翠。郑司农说或作牺戏。"桑何切。

152

《广韵·问韵》："训,诚也。男曰诚,女曰训。又姓。许运切。"
《五音集韵》："训,祥遵切。"

欣为晓母,思为心母,是王有心晓两读;契有私列、苦结二反,也是齿牙之歧;献通牺,有许建、桑何二切,亦是晓、心之异;训之许运、祥遵二切,则是晓与邪纽二音,心与邪纽中古为清浊之异,训的邪纽音见于《五音集韵》,说明出现较晚。这种异读一般都有古注或方音依据,下面是《经典释文》中的几个例子:

1.《易·履》九四:"履虎尾,愬愬,终吉。"《释文》:"(愬愬)马本作虩虩,音许逆反,云恐惧也。《说文》同。"又《易·震》:"亨,震来虩虩,笑言哑哑。"《释文》:"(虩虩)许逆反。马云恐惧皃。郑同。荀作愬愬。"

2.《尚书·舜典》:"卒乃复。"孔传:"卒终复还也。"《释文》:"还,音旋。"黄焯先生《汇校》:"写本'还'上出'则'字,注云:如字,下同。无'音旋'二字。"①又《诗经·邶风·泉水》:"载脂载舝,还车言迈。"《释文》:"还,音旋。"又《齐风·还》:"子之还兮,遭我乎猺之间兮。"《释文》:"还,音旋,便捷貌。《韩诗》作嫙,嫙,好貌。"又《魏风·十亩之间》:"行与子还兮。"《释文》:"还,本亦作旋。"

3.《舜典》:"禹拜稽首,让于稷契暨皋陶。"《释文》:"契,息列反。"又《胤征》:"自契至于成汤,八迁。"《释文》:"契,息列反,殷之始祖。"

4.《顾命》:"敷重筍席。"《释文》:"筍,息允反。马云:筶箬也。徐云:竹子竹为席②,于贫反。"

5.《诗经·邶风·击鼓》:"于嗟洵兮,不我信兮。"《释文》:"洵,呼县反。远也。本或作询,误也。询音荀,《韩诗》作夐,夐亦

---

① 陆德明撰,黄焯汇校:《经典释文汇校》,中华书局,2006年版,第79页。
② 此句疑有讹误。黄焯曰:"阮云:下'竹'字疑作'可'。"(《经典释文汇校》,中华书局,2006年版,第112页)

远也。"卢文弨《经典释文考证》曰:"高诱注《吕氏春秋·尽数篇》正作夐。"①

6.《诗经·卫风·淇奥》:"瑟兮僴兮,赫兮咺兮。"《释文》:"咺,况晚反,威仪容止宣著也。《韩诗》作宣。宣,显也。"又《礼记·大学》引《诗》"终不可諠兮",《释文》:"许袁反,《诗》作谖,或作喧,音同。"

7.《诗经·小雅·信南山》:"祭以清酒,从以骍牡。"《释文》:"骍,息营反。《字林》许营反。"又《诗经·小雅·角弓》:"骍骍角弓,翩其反矣。"《释文》:"骍,息营反。调和也。沈又许营反。《说文》作骍,音火全反。"又《礼记·郊特牲》:"牲用骍,尚赤也。"《释文》:"骍,息营反,徐呼营反。"又《礼记·明堂位》:"殷白牡,周骍刚。"《释文》:"骍,息营反,又呼营反。"又《祭法》:"用骍犊。"《释文》:"骍,私营反。《字林》云:火营反。"

8.《诗经·鲁颂·閟宫》:"牺尊将将。"《释文》:"牺,郑素何反。毛云'有沙饰',则宜同郑。王许宜反,尊名也。"又《左传·定公十年》:"牺象不出门,嘉乐不野合。"杜预注:"牺象,酒器,牺尊、象尊也。"②《释文》:"牺,许宜反,又息何反。注同。"

9.《周礼·春官宗伯·司尊彝》:"其朝践用两献尊。"郑玄注引郑司农曰:"献读为牺。牺尊,饰以翡翠。"③《经典释文》:"献,本或作戏,注作牺,同素何反。"又"郁齐献酌"郑注云:"献读为摩莎之莎,齐语声之误也。"④《经典释文》:"献,素何反。"又《仪礼·大射》:"两壶献酒。"郑玄注:"献,读为沙,沙酒浊,特涗之,必摩沙者也。"⑤又:"司宫尊侯于服不之东北两献酒。"《释文》:"献,素多反。"

① 卢文弨:《经典释文考证》,《丛书集成初编》本,第73页。
② 《十三经注疏》,中华书局,1980年版,第2148页。
③ 《十三经注疏》,中华书局,1980年版,第773页。
④ 《十三经注疏》,中华书局,1980年版,第774页。
⑤ 《十三经注疏》,中华书局,1980年版,第1029页。

10.《礼记·月令》:"天子乃鲜羔开冰。"郑玄注:"鲜,当为献,声之误也。"①《释文》:"依注音献。"

11.《左传·成公十五年》:"鱼石、向为人、鳞朱、鱼府出舍于睢上。"《释文》:"睢,音虽。徐许惟反;又音绥。"

12.《公羊传·僖公二十六年》:"齐人侵我西鄙,公追齐师至嶲。"《释文》:"嶲,户圭反,又似兖反。"卢文弨《经典释文考证》曰:"本或作隽,故有'似兖'一切。"②又《襄公十五年》:"公救成,至遇。其言至遇何? 不敢进也。"何休注:"兵不敌,不敢进也。不言止次,如公次于郎以刺之者,量力不责,重民也。故与至携同文。"③《释文》:"携,户圭反,又囚兖反。"

上述材料中各读音的关系可归纳如下表:

例　字	反　切	中古声组	又音/异文	反　切	中古声组
愬	桑故反	心	隙	许逆切	晓
还	户关反	匣	旋	似宣反	邪
偰	息列反	心	契	苦计反	溪
筍	息允反	心		于贫反	于(匣)
泂	呼县反	晓	询/敻	详遵/休正	邪/晓
咺 諠	况晚反 许袁反	晓 晓	宣 喧谖	须缘反 况袁反	心 晓
驿	息营反	心		呼营反	晓
牺	素何反	心	戏	许宜反	晓
献	许建反	晓	莎沙	素多反	心

---

① 《十三经注疏》,中华书局,1980 年版,第 1362 页。

② 卢文弨:《经典释文考证》,《丛书集成初编》本,第 267 页。

③ 《十三经注疏》,中华书局,1980 年版,第 2307 页。

例　字	反　切	中古声组	又音/异文	反　切	中古声组
鲜	相然反	心	献	许建反	晓
睢	息遗切	心		许惟反	晓
巂	户圭反	匣		似兖反	邪

上表中各字两音都在齿音心邪与喉音晓匣之间，"契"虽有溪母音，亦属牙音，即如今北音读"溪"如晓匣，都与谐声字反映的情形大同。有些联绵词的音转形式也可以体现这种语音变化，如"徘徊"一词的转语有盘桓、便旋、彷徨、仿翔、仿像、蹒跚等，其中第一个音节都是唇音，勿用赘述。第二个音节桓、徨为匣纽字，翔、像为邪纽字，跚是后起字，依"苏干切"为心纽字。《广雅·释训》："徘徊，便旋也。"王念孙《疏证》曰：

> 此叠韵之变转也。徘徊之正转为盘桓，变之则为便旋，薛综注《西京赋》云："盘桓，便旋也。"便旋，犹盘旋耳。徘徊，各本皆作徘徊，唯影宋本作徘徊，《汉书·高后纪》注云："徘徊，犹傍偟，不进之意也。"《史记·司马相如传》："于是楚王乃弭节裴回。"《汉书》作"俳佪"，《文选》作"徘徊"，《后汉书·张衡传》作"徘回"，并字异而义同。①

以上各种材料都说明，在汉语语音的历史演变过程中，喉音与齿音之间的变转是一种客观存在，这应当是喉音与齿音腭化的产物，喉音晓匣由于腭化而接近舌面，齿音心邪也因腭化而近于舌面，两类声母由于音变近于舌面而趋同。郭先生认为读晓匣为音之正，读心邪为音之变。可以肯定一点，这并不是普遍现象，而是一种零星的方言音变。比如《周礼》"献"读"莎"、《礼记》"鲜"读"献"，郑玄注曰"齐语声之误"、曰"声之误"，证明它是方音，通语不如是读。但这种方言现象"古固有之，而汉

---

①　王念孙：《广雅疏证》，中华书局，2004 年版，第 192 页。

魏以来尤多","匣纽变心纽说"对于汉语史研究的价值和意义也正在于此。

从理论上讲,齿音和喉牙音,尤其是皆为擦音的晓匣与心邪纽,是可以互相转化的。萨丕尔曾有一个著名的"语音格局"之说:

> 在一种语言特具的纯粹客观的、需要经过艰苦的语音分析才能得出的语音系统背后,还有一个更有限制的、"内部的"或"理想的"系统。它也许同样地不会叫天真的说话人意识到是一个系统,不过它远比第一个系统容易叫人意识到是一个完成的格局、一个心理机构。内部的语音系统虽然会被机械的、不相干的现象掩盖起来,却是语言生命里一个真正的、非常重要的原则。甚至在它的语音内容久已改变了之后,它还能作为一个格局坚持下去,包括语音成分的数目、关系和作用。两种在历史上有关的语言或方言,可能没有任何共同的语音,但是它们的理想的语音系统却可以是同格局的。我一点也不想暗示这格局是不能改变的。它可以伸缩或改变它的功能的面貌,但是它变得远不如语音本身那样快。所以,一种语言通过它的语音的理想系统和基层的语音格局(也可以说是符号原子的系统)来表现它的特性,就像它通过自己的语法结构来表现一样。语音结构和概念结构都显示出语言对形式的本能感觉。①

笔者的理解是,一种语言的语音格局形成之后,其变化一般在格局内部进行,也就是说,其音变的结果可能是该系统中原有的音,随着语音条件的不同,可能会出现循环往复的变化。汉语的音韵格局应当包括声母系统、声调系统、韵母系统及声韵配合关系。徐通锵先生说:"音变的原理是由音系结构格局控制的,因而变异很难超越格局所允许的

---

① [美]爱德华·萨丕尔著,陆卓元译,陆志韦校订:《语言论》,商务印书馆,1962年版,第33页。

范围和方向。结构格局的稳固性决定了古今音变机理的相似性或共同性。"①代表汉语中古音系的《切韵》音系与现代汉语方言之间的对应关系,可以充分说明这一点。《切韵》音系的声母格局与现代汉语方言声母变化所遵循的格局基本一致,笔者根据北京大学中国语言文学系语言学教研室编的《汉语方音字汇》所列 20 个方言点的声母,归纳出现代汉语方言声母(不计重复,包括零声母)共有 43 个,如下表:

发音方法 \ 发音部位			双唇	唇齿	舌尖前	舌尖中	舌尖后	舌叶	舌面前	舌面中	舌面后	喉	总声母
塞音	清	不送气	p			t					k		
		送气	p'			t'					k'		
	浊		b			d					g		
塞擦音	清	不送气		pf	ts		tʂ	tʃ	tɕ				
		送气		pf'	ts'		tʂ'	tʃ'	tɕ'				
	浊				dz		dʐ		dʑ				
鼻音	浊		m			n			ȵ		ŋ		
闪音	浊					l							
边音	浊					ɬ							
擦音	清			f	s		ʂ	ʃ	ɕ		x	h	
	浊			v	z		ʐ			j	ɣ	ɦ	
半元音	浊		w										
零声母	清											Ø	
合 计			5	4	5	6	5	3	5	1	6	3	43

其中温州方言有 29 个声母,苏州及湖南双峰方言各有 28 个声母,算是最多的,因为它们都有浊的双唇塞音、唇齿擦音、舌尖前塞擦音及

---

① 徐通锵:《语言论》,东北师范大学出版社,1997 年版,第 149 页。

擦音、舌尖中塞音、舌面前塞擦音等,属于存浊系统的方言。另外,西安方言比普通话声母多了 pf、pf'、v、ɳ、ŋ 五个声母,故有 27 个,也算是多的;闽语系的厦门、福州及建瓯方言,都没有舌尖后音和舌面前音,声母较少,分别有 17 和 15 个;多数方言的声母数都在 18 至 22 个之间。

我们再看看《切韵》的声母系统①:

帮组	帮 p	滂 p'	并 b	明 m				
端组	端 t	透 t'	定 d	泥 n				
知组	知 ʈ	彻 ʈ'	澄 ɖ	娘 ɳ				
来组								来 l
精组	精 ts	清 ts'	从 dz		心 s	邪 z		
庄组	庄 tʃ	初 tʃ'	崇 dʒ		生 ʃ	俟 ʒ		
章组	章 tɕ	昌 tɕ'	常 dʑ		书 ɕ	船 ʑ		
日组				日 nʑ				
见组	见 k	溪 k'	群 g	疑 ŋ	晓 x	匣 ɣ	影 ʔ	以 0

这两个声母系统对比,现代汉语方言中多出舌尖后塞擦音一组,而《切韵》音系知组拟音为舌面前塞音,这是主要差别,基本格局则大致相当。需要强调的是,《切韵》音系也是一个"论南北是非,古今通塞"的综合音系,其声母系统的性质和我们今天综合的各地方言语音系统相同。所以,完全可以据此判断,自汉魏以来,汉语声母系统的基本格局大致相同,声母的历史演变受这个格局的控制。而无论如何,中古汉语中有舌面前擦音是肯定的。那么,舌面后擦音腭化而变为舌面前擦音(x>ɕ),进而由舌面前擦音变为舌尖前擦音(ɕ>s),也是合理的。徐通锵先生说:

> 舌尖和舌根是声母系统中发音能力最强的两个发音部位,由

---

① 邵荣芬:《切韵研究》,中华书局,2008 年版,第 129 页。

　　它们发出的辅音声母受 i 介音的影响而发生的演变,在汉语方言中比比皆是,而且花样也最多,能从其中窥知的音变机理也最丰富。这是汉语中最活跃的一个音变领域。①

　　这种音变的活跃度就是由舌面的抬高和降低造成的,是人类发音器官最自然的变化,所以,汉语的中古方言和现代方言一定有相同的情形。前文所举古文献中的一些字例在现代方言中的读音正是这样,如"契献损"三字,今温州方言分别读[ts'ɿ][ɕiᵒ][ᶜsø],广州方言分别读[k'ɐiᵒ][hinᵒ][ᶜʃyn],"契"为溪母字,温州话中读舌尖前音;而"损"字的广州话读音,又接近于舌面,盖古方言已有此音,《说文》读若"逊"有其依据。可以推断,由"员"的读音变为"损"的读音,其声母演变的过程为 x>ɕ>s,韵母也由产生[i]介音到[i]变为[ɿ]。

　　此外,中古见溪群晓匣各母,在今温州、合肥等方言中有变为[ts][ts'][s]的,语音条件是韵母为[ɿ]。如温州方言见纽的"稽鸡饥基幾机讥己几计继寄记",声母皆为[ts];溪纽的"欺启企起岂契器弃气溪",声母皆为[ts'];群母的"奇骑祁其旗棋祈",声母皆为[dz];晓母的"牺希稀喜戏",声母皆为[s]。有意思的是,这些字都不是中古的入声,如果是中古入声且今普通话韵母为[i],其前面的见溪群晓匣类声母温州方言一般读[tɕ][tɕ'][ɕ]等舌面前音,如见母的"激击急级吉",声母为[tɕ];溪母的"乞泣",声母为[tɕ'];群母的"及极",声母为[dʑ]②。这说明,喉牙音在一定条件下是可以转化为舌尖音的,其语音条件就是元音韵母变为[ɿ]。以上所举温州话中古入声字不符合这一条件,如"激"音[tɕiai]、"及"音[dʑiai]等,其声母没有变为舌尖前音,而变为舌面前音。这可能与温州方言见组字阴声韵与入声韵腭化的历史层次不同有关,也说明塞音韵尾对声母的变化有影响。

　　由现代汉语方言音变可以推知古代汉语方言变化的情形,尖团音

---

①　徐通锵:《语言论》,东北师范大学出版社,1997 年版,第 151 页。
②　此处所引音注均采自北京大学中国语言文学系语言学教研室编《汉语方言字汇》第二版,文字改革出版社 1989 年 6 月第 2 版。

的分立与合流古今应当有相同的机理。

谷少华、郭沈清"借助实验语音手段,对林州精见组细音进行声学特性描述",发现林州方言"精见组与齐齿呼相拼时分尖团(精组字多读舌尖音 ts、ts'、s,见组字腭化和舌尖化并存);与撮口呼相拼时不分尖团,读 tɕ、tɕ'、ɕ";见组字读 ts、ts'、s 是"受到强势方言的影响,又存在一种矫枉过正的现象"①。见组字在向前移位的过程中,存在腭化与舌尖化两种情形,其过程应当是先腭化,再舌尖化,也就是说,见组字腭化后又表现出与精组字趋同的态势。还有一种现象需要注意,现代汉语方言中,精组字腭化而变为 tɕ、tɕ'、ɕ,却没有进一步向后移位变为 k、k'、x 的。这说明见精两组声母的演变有趋同现象,但并不是双向对应的;也证明了郭先生"匣纽变心纽说"之正确。

根据王士元先生的"词汇扩散说",语音发生突变之后,依词汇扩散的方式逐渐完成系统的变化。汉魏以来文献中匣纽变心纽的例子说明,词汇扩散的进程有时极其缓慢,而有些方言音变现象因其本身的弱势地位,被看作"声之误",在强势方言的影响下会逐渐湮没。然而这种现象对探究语音变异的内部和外部因素,建构科学的语音发展史却极为重要,应当受到高度重视,不能以"声之误"简单处理。

从以上论析可以看出,郭先生的"匣纽变心纽说",不仅揭示了汉语语音历史演变的规律,而且蕴含着先进的语言学思想,对深入研究汉语史、建构科学的汉语语言学具有重要意义。

■ 作者简介

周玉秀(1964—),西北师范大学文学院教授,从事汉语史与古典文献学的教学与研究。

---

① 谷少华、郭沈青:《林州方言尖团音分混现状及其成因》,《殷都学刊》2015年第 4 期。

熔古铸今开新篇

——钱宗武先生近年来《尚书》诠释理论与实践探赜

秦 力

（扬州大学文学院　江苏扬州　225002）

内容提要　近年来，钱宗武先生在《尚书》诠释中秉持"以文献坚守历史，以阐释适应现代"的学术宗旨，凸显《尚书》元典地位，守护华夏文明薪火；明辨《尚书》文献性质，引领《尚书》诠释正道；传承《尚书》家国意识，诠释《尚书》当代价值：从理论与实践两个方面对当代《尚书》传承与诠释中最关键、最迫切的问题作出明确回答。

关键词　钱宗武　《尚书》　诠释

《中华传统文化百部经典》首批图书正式出版发行，受到全社会广泛关注。作为向党的十九大献礼的国家重大文化工程，这套丛书由中宣部支持指导，国家图书馆组织实施，中央文史馆馆长袁行霈教授任主编，余敦康、钱宗武、李山、钱逊、梁涛、王中江、陈鼓应、孙中原、黄朴民、张大可等名家分别担任首批 10 部经典的解读人。凭借深厚的学养和广泛的学术影响，钱宗武先生成为唯一来自京城外的解读学者，他的《尚书》诠释以其独特的学术品格，尤其引人关注。

钱宗武先生从事《尚书》研究与诠释工作四十余年，出版专著 16 部，学术专论百篇。2004 年出版的《尚书新笺与上古文明》是钱先生融《尚书》语言学研究与《尚书》文化学研究为一炉的《尚书》诠释之作。是

"将'诘屈聱牙'的《尚书》文本通过语言分析变得人人可读,在此基础上……实现了语言笺注与文化研究的有机融合"①。此后,钱先生在《尚书》诠释领域不断取得新的突破。尤其自 2012 年以来,作为国家社科基金重大项目"《尚书》学文献集成与研究"的首席专家,钱先生尤其关注《尚书》历史传承与域外传播,关注各种《尚书》学文献中反映的诠经理念与诠经方法,从更高更广的视角对《尚书》元典地位、《尚书》文本性质、《尚书》当代价值等关键性问题进行深入理论思考与广泛实践探索。要而言之,有以下几个方面。

一、凸显《尚书》元典地位,守护华夏文明薪火

《尔雅·释诂》:"元,始也。"②又:"元,首也。"③"元典"之"元"一是指制作年代最古,记录文明始生状态;二是指影响力最巨,辐射周围诸经诸典。《尚书》是制作年代最为久远的华夏传世经典,是中华文明最早的文献承载。其对后世经典的影响广泛而深刻,堪称典中之典。钱先生着力突出《尚书》中若干"最早"和"第一次",诸如指出《尧典》"帝曰:'我其试哉!女于时,观厥刑于二女。'厘降二女于妫汭,嫔于虞。'帝曰:'钦哉。'"是"政治婚姻的最早记载"④;《舜典》"象以典刑,流宥五刑,鞭作官刑,扑作教刑,金作赎刑"是"中国法制史上第一次出现的系列刑名"⑤。

确证《尚书》的"元典"地位,除了发明其诸多"最早"和"第一次",还必须论证其对后世经典的影响力。对此,钱先生也颇多发明。譬如,他

① 刘绪义:《〈尚书新笺与上古文明〉的学术创新及其启示》,《博览群书》2004 年第 12 期,第 77 页。
② 阮元校刻:《十三经注疏》,中华书局,1980 年,第 2568 页。
③ 阮元校刻:《十三经注疏》,第 2577 页。
④ 钱宗武解读:《尚书》(中华传统文化百部经典),国家图书馆出版社,2017 年,第 37 页。
⑤ 钱宗武解读:《尚书》(中华传统文化百部经典),第 46 页。

指出了"《尧典》是中国上古史的奠基篇。中国古代的帝王世系由《史记》的《五帝本纪》建构。《五帝本纪》的史料来源就是《尧典》《舜典》全文,再辅以战国末的《五帝德》和《帝系姓》的相关材料"①,说明《尧典》是《史记·五帝本纪》的文献来源。他指出了《禹贡》"是史书地理志体的开篇,《汉书·地理志》和《水经注》等地理学专著都以《禹贡》作为研究的主要依据"②。他还指出《洪范》对诸子之书的启发③。这一系列论述无不凸显《尚书》在华夏文献谱系中的源头地位。

非但如此,《尚书》在被历代诠释的过程中甚至能够直接催生出一系列经典诠释著作。钱先生指出:"学术史证明,某种文献一旦成为经典,其后的诠释文献往往也能随之获得经典的合法性。事实上,围绕《尚书》形成的《尚书》学文献在文化剧烈变革的历史过程中往往能够保持其诠释的延续性,不少也成为经典,具有深刻的影响。"④《尚书郑注》《尚书孔传》《尚书正义》《书集传》,均为《尚书》经典诠释著作中之荦荦大者,自诞生之日起就不断有学者为之笺疏。《尚书》各种传注笺疏与专题诠释形成庞大复杂的《尚书》诠释文献谱系,反映出《尚书》历久弥新的生命张力,从而更加确证《尚书》的元典地位。

钱宗武先生认为《尚书》等华夏元典是华夏文明传承的最重要的纽带。他指出:"梳理对比世界上最古老文明形态的诸种文化因子,可以破解四大文明古国为什么仅仅华夏文明一枝独秀,生生不息。远古的黄河流域孕育的文化形态具有独一无二的区别性特征,这就是具有最为悠久独特、最具生命力的文献传统。"⑤文献传统乃是文明本根,没有或者丧失文献传统的文明实乃无根之木,必将速朽,继而被异质文明同化、吞噬。《尚书》既为中国传世文献之源,则必然关乎华夏文明命脉。从这个意义上说,《尚书》传承是华夏文明薪火相传的核心要素,而《尚

---

① 钱宗武解读:《尚书》(中华传统文化百部经典),第33页。
② 钱宗武解读:《尚书》(中华传统文化百部经典),第96页。
③ 钱宗武解读:《尚书》(中华传统文化百部经典),第247页。
④ 钱宗武:《经典回归的永恒生命张力——〈尚书〉学文献整理研究及其当代价值》,《扬州大学学报》(人文社会科学版),2013年第4期,第51页。
⑤ 钱宗武解读:《尚书》(中华传统文化百部经典),第19页。

书》诠释是华夏文明发扬光大的重要媒介。对《尚书》元典地位的凸显，是对《尚书》诠释工作价值的确认，展示出钱先生当仁不让的使命意识和学术担当。

二、明辨《尚书》文献性质，
引领《尚书》诠释正道

钱宗武先生明确认为：“《尚书》为政书之祖，史书之源。”“《尚书》的文献性质是政史资料的汇编。”①尽管历代载籍中不乏对《尚书》“政书”或“史书”性质的体认，但明确将二者合论申述者则寥寥无几。《尚书》“政书”与“史书”二重性质的明确，具有重大本体论和方法论意义。

所谓“政书”，其实也就是“经书”。清代学者章学诚指出：“夫《书》道政事，《典》《谟》《贡》《范》，可以为经要矣。”②《书》道政事，故可为经要。可见经之本质即“道政事”。《尚书》“政书”（“经书”）与“史书”二重性质本为辩证统一的两个方面，但不同的历史时期、不同的学派、学者，往往各有抑扬偏废。例如，汉代“今文《尚书》学派注重阐释微言大义”，“古文《尚书》学派则注重文字训诂，考订典章制度”，并提出“诠释重心的差异，反映的是治《书》理念的差异。今文《尚书》学派治《书》是为了如何用《书》，古文《尚书》学派治书是为了怎样读《书》”③。汉代中国由子学时代步入经学时代，经学开始主宰国家意识形态。具体而言，两汉时期今文《尚书》的传授者多在朝廷居官任职，在政治上颇有势力，其“用《书》”多为阐明治道，侧重发挥经旨，阐述政治主张；而古文《尚书》学派政治影响力相对较小，其“读《书》”多为还原史实，侧重疏通文字，考证典章制度。然今文学者由于过度偏重“微言大义”的解读，说解往往流于繁琐空疏，终致式微。这是偏重“经”而忽视“史”的流弊。

① 钱宗武解读：《尚书》（中华传统文化百部经典），第 5 页。
② 章学诚著，叶瑛校注：《文史通义校注》，中华书局，1985 年，第 811 页。
③ 钱宗武解读：《尚书》（中华传统文化百部经典），第 8 页。

古语有云：“物生有两。”历史上既有偏经废史者,亦有重史黜经者,典型案例即为有清以降“经学”概念的逐渐消解。钱宗武先生认为,经典性质的史学化是经典权威式微与儒学精神消解的一个重要原因。“章学诚的‘六经皆史’论的本意或许不在贬抑儒学,抬高史学,而是针对乾嘉诸老埋首故纸堆中做知识学问而言的,但对儒学的未来产生了严重的负面影响。儒学从本质上说是一种价值判断,一旦将它当作史实处理,就可能降经为史,将经混同于一般的史书,必然消解经典的价值信仰。”“从王阳明到章学诚,从章太炎到‘五四’先锋,‘六经皆史’从缘起到发展演进,儒学的经典变成史书再变成史料,经书的精神价值不断弱化,中华文明的核心价值也被不断消解。”①清代如火如荼的《尚书》辨伪研究首先取消了“晚书”的经典地位;民国以降,古史辨派的研究最终完成《尚书》经典价值的解构,《尚书》彻底成为古史资料的堆砌拼凑。然而,《尚书》“经”的性质不应当被取消。尤其是当下,“我们已经有一段时间缺失《书》教《礼》教了,特别是缺失青少年的传统道德教育,从而可能致使整个社会缺失道德修养、道德底线、道德标准和道德约束”,“当道德重建成为一个民族不得不面对的问题时,当我们需要重建当代社会核心价值体系时,《尚书》的道德哲学和伦理价值无疑是我们必须汲取的文化营养。道德重建呼唤《书》学的回归,《书》学的回归首先是《书》教的回归。经之为经的意义即在于教人立身行事”。

以上可见,《尚书》文本的二重性质是钱先生在长期的《尚书》文本研究与《尚书》学史研究中总结提炼得出,具有强烈的现实关怀。在《尚书》(中华传统文化百部经典)中,《尚书》“政书”(经书)与“史书”的性质被兼顾,得到公正对待。例如,指出《尧典》既“是中国上古史的奠基篇”,“也是中国政书的最早篇章”。《大禹谟》点评指出《大禹谟》不仅“是远古圣君贤臣的议政实录,充满丰富的政治智慧”,“注重法治,提倡慎罚慎刑”,“还是研究上古史不可多得的古佚史料”。

---

① 钱宗武：《儒学精神缺失与当代学人人文素质重构》,《扬州大学学报(高教研究版)》2015 年第 2 期,第 6—7 页。

"经""史"二重性质曾引起《尚书》学史上诸多学术纷争。例如周公摄政是否称王的问题。历代对此问题的争论,归根结底乃是"经""史"之争。周公是《尚书》中着重刻画的元圣形象,《尚书》中涉及周公的篇目有《金縢》《大诰》《康诰》《酒诰》《梓材》《召诰》《洛诰》《多士》《无逸》《君奭》《蔡仲之命》《多方》《立政》《君陈》《毕命》等15篇,篇数甚至超过尧、舜、禹、汤、文、武。倘若周公被证明存在道德瑕疵,那么《尚书》教化效力将大打折扣。对此,钱先生指出:"历代学者之所以论证周公没有称王,主要是为了维护周公的圣人形象。"①可谓一语中的。钱先生还引用王国维《殷周制度论》的相关论述,指出周公摄政称王符合当时制度规范,而还政则为其首创。因此,周公称王不仅于其圣人形象无损,反而更能凸显其奉公无私的道德光辉。这一问题的探讨最终以"经""史"二重性质的两全而圆满解决。

对《尚书》"经""史"二重性质的把握影响《尚书》诠释的理念与方法。例如,二十世纪以来,考古材料与出土文献的发掘、研究为《尚书》研究提供了新的向度,许多历史疑难由此得以顺利解决。早在二十世纪三十年代,于省吾先生《双剑誃尚书新证》即广泛运用出土文献材料,解决了《尚书》中若干疑难问题,创获极大。不过需要注意的是,《尚书》在传承过程中,其所携带的信息屡经增删调整,最终才得以整合成思想价值严密统一的经文系统。相比之下,出土文献所呈现的多是《尚书》文本比较零散的原始状态,各篇之间尚未形成条理毕贯的有机整体;而今本《尚书》文本呈现的则是"经""史"合一的成熟状态,不可同日而语。正如钱先生所指出:"《吕刑》在先秦文献和出土文献中有一些引文,文字相同相似,也有一些引文文字相异。例如,《吕刑》'苗民弗用灵,制以刑'在郭店楚简《缁衣》、上海博物馆先秦简本《缁衣》以及传世的《礼记·缁衣》《墨子·尚同中》引文中文字不尽相同,反映了《尚书》在先秦可能有不同的版本,在传播过程中,受到当时主流思想的影响文本有所改动。"②值此之故,在使用考古材料与出土文献时,必须根据《尚书》经

① 钱宗武解读:《尚书》(中华传统文化百部经典),第270—271页。
② 钱宗武解读:《尚书》(中华传统文化百部经典),第450—451页。

旨及文本语境加以取舍折衷。钱先生在其《尚书》诠释中大量使用考古材料与出土文献，但在使用时始终保持审慎的态度。例如《尧典》："格于上下。"《尚书易解》谓："格，量度也，见《仓颉篇》。上下，指天地。量度天地之事。"①《尚书新笺注与上古文明》同此说②。而《尚书》（中华传统文化百部经典）则谓："格：通'各'。各，甲文义作'来'、'至'。"按：《尔雅·释诂》："格，至也。"③《尚书·尧典》："光被四表。"孔传："格，至也。既有四德，又信恭能让，故其名闻充溢四外，至于天地。"④钱先生运用甲骨材料以佐孔传之说，实有文化学理据。《孔传》释"光被四表，格于上下"为"名闻充溢四外，至于天地"，从文化学角度考察，实际上是说尧能够感通天地，沟通天上人间。《尚书·西伯戡黎》有"格人元龟"，龟即卜龟，格人则是能知天地吉凶的至人，亦即懂得占卜术的能人。上古时期的部落联盟首领集政权、神权、教化权于一身，尧在担任部落联盟首领的同时，还兼任祭司。"格于上下"实际上是称赞尧作为大巫能够降神致福。《尚书》（中华传统文化百部经典）对"格"的注释看似轻描淡写，实际上乃是钱先生综合了故训材料、甲骨材料和文化学知识后的成果。新解不仅还原了历史真实，而且无损于唐尧的至圣形象。又如《舜典》："禋于六宗。"《尚书易解》释"六宗"用马融、贾逵之说，且谓"马说近是"⑤。《尚书新笺与上古文明》亦主马融之说⑥。而《尚书》（中华传统文化百部经典）虽保留马融之说，但也提出，"禋于六宗……可能就是以禋礼祭祀六位先祖"。"'宗'在商代可指安置祖先神主之处，甲骨文中有用例。据考古学研究，宗是具有遮阳避雨顶盖的祭坛，如殷代妇好墓上筑有'母辛宗'。金文中有'酅史展乍（作）宝壶，用禋祀于兹宗

① 周秉钧：《尚书易解》，岳麓书社，1984年，第2—3页。
② 钱宗武、杜纯梓：《尚书新笺与上古文明》，北京大学出版社，2004年，第25页。
③ 阮元校刻：《十三经注疏》，中华书局，1980年，第2568页。
④ 阮元校刻：《十三经注疏》，第119页。
⑤ 周秉钧：《尚书易解》，岳麓书社，1984年，第15页。
⑥ 钱宗武、杜纯梓：《尚书新笺与上古文明》，北京大学出版社，2004年，第35页。

室'句,可以作为参照。"①"六宗,马融以为是'天地四时',然而结合考古发现似当指先祖神位的存放之所,先祖祭祀亦屡见于甲骨文。舜即帝位祭天地、祭祖先、祭山川、祭群神,可谓无所不祭,应该符合历史事实。"②按:照马融之说,"禋于六宗"是天地四时之祭,然此说缺乏训诂依据。而释"宗"为"祖宗",无训诂学障碍,同时结合甲骨、金文材料与考古发现考察"宗"的语源义,有理有据。中国古代固有天帝崇拜、祖先崇拜、山川崇拜以及各种神祇崇拜,释"禋于六宗"为"以禋礼祭祀六位先祖"应当更符合历史事实;且此说与马说大旨略近,都认为此段是描写舜受禅后一系列的祭祀行为。新解兼顾"经""史",说解甚凿,然钱先生犹未遽以推翻马说,显示出极为审慎的学术态度。

三、传承《尚书》家国意识,
诠释《尚书》当代价值

钱宗武先生在其《尚书》诠释中注重联系现实,从治政经国、文明传承、伦理教育、文化传播四个视角将《尚书》研究的当代价值总结概括为"汲取古老的政治智慧,探求中国特色的治政理念";"揭示华夏文明始创论述,延续传统文化的学术正脉";"揭示世道人心的传统内涵,展现《书》学教育的当代价值";"展示中华经典再生的正能量,研究文化国际传播的新策略"。

钱先生在《尚书》(中华传统文化百部经典)中每每从上述视角分析《尚书》各篇当代价值。诸如:提出《大禹谟》"注重法治,提倡慎罚慎刑,有些观点至今仍是法治实践中必须遵循的原则"③,为当代中国法治实践提供参考。提出《禹贡》"内容涵盖自然地理学、经济地理学、政治地理学、历史地理学、区域地理学等地理学重要分支",并从自然地理

---

① 钱宗武解读:《尚书》(中华传统文化百部经典),第 39 页。
② 钱宗武解读:《尚书》(中华传统文化百部经典),第 48 页。
③ 钱宗武解读:《尚书》(中华传统文化百部经典),第 68 页。

学、经济地理学、政治地理学角度对该篇进行具体解读,充分阐释《禹贡》的当代学术价值;分析《禹贡》"五服"的设计与 19 世纪德国农业经济学家冯·杜能提出的圈层结构理论的相似点①,将古老的中国经典与现代的西方科学相联系,有利于增强民族文化自信,促进中华文化国际传播。提出《召诰》篇周公卜宅、祭地影响至今:"工程建筑类中的占卜与祭祀在后世流传颇广,现在各地农村建造房屋,还多有选时日、看风水、放爆竹、摆酒席的习俗,这大概也是古代习俗在今日的流风余绪。"②从经典中探求民族风俗的古今流传。由《蔡仲之命》篇引申出"亲亲相隐"与"大义灭亲"两个伦理命题,指出"'亲亲相隐'与'大义灭亲'的适用范围有所不同。'亲亲相隐'强调的是私人领域内的充分自治,而'大义灭亲'则是强调公共领域内的依法而治"③,间接为社会主义道德建设、法律建设提供参考。通过古今中外的跨时空对话,《尚书》的当代价值得以彰显。

值得注意的是,"四个视角"均着眼于国家层面,关乎国运升降。钱先生将《尚书》诠释与国家发展建设紧密相连,显示出心怀天下的家国意识。事实上,这种"家国意识"正是肇始于《尚书》等华夏元典。《尚书》中屡见"我西土""我有夏""我有周""我家""我国家"之称,足见华夏先民已将"小我"熔铸于"大我"之中,具有强烈的家国归属感。后来儒家学者将家国意识发扬光大,形成我国历代知识分子爱国传统。孟子谓:"穷则独善其身,达则兼济天下。"北宋理学家张载提出著名的"横渠四句":"为天地立心,为生民立命,为往圣继绝学,为万世开太平。"成为"兼济"最好的注脚,千百年来为中国知识分子所传诵;而知识分子爱国传统又反作用于经典传承与诠释。《尚书》之所以自汉代以后被奉为经典,成为"七经之冠冕,百氏之襟袖",正在于其言三代治道,匡正人心,指导国策。历代学者均以三代之治为治政理想,继承《尚书》政治智慧,探索适应时代的治政方略,并将自己的政治方略熔铸于《尚书》诠释之

---

① 钱宗武解读:《尚书》(中华传统文化百部经典),第 94 页。
② 钱宗武解读:《尚书》(中华传统文化百部经典),第 317 页。
③ 钱宗武解读:《尚书》(中华传统文化百部经典),第 413—414 页。

中,这是对《尚书》家国精神最忠实的继承与发扬。例如,宋代蔡沈《书集传》主张《尚书》的核心内容是"二帝三王治天下之大经大法",而"二帝三王之治本于道,二帝三王之道本于心"。因此"后世人主有志于二帝三王之治,不可不求其道;有志于二帝三王之道,不可不求其心"①,主张以二帝三王之心求二帝三王之治道。这一逻辑源自"修齐治平"之论,而"修齐治平"的论证逻辑其实也见于《尚书·尧典》:"克明俊德,以亲九族。九族既睦,平章百姓。百姓昭明,协和万邦。黎民於变时雍。"蔡沈《集传》:"此言尧推其德,自身而家、而国、而天下。"②蔡沈秉持《尚书》"三代理想",以"修齐治平"为条目线索发明《尚书》篇章奥旨,以《尚书》为经典依据证明"修齐治平"的政治功效,并且在此基础上将其推演为治《书》之一般方法,可谓以《书》诠《书》的典范。

钱宗武先生发掘《尚书》当代价值,确是建立在对历代《尚书》诠释的深刻理解与反思之上:"《尚书》的诠释历史与时代思潮息息相关。诸子引《书》证说孕育着'王道政治''道统观念';《洪范》延伸解读影响着两汉谶纬;《大禹谟》'人心惟危,道心惟微,惟精惟一,允执厥中'启示了宋明理学思想建构;宋代盛行的'三代理想'也直接来源于《尚书》。历代对《尚书》文本及其观念连续不断的多角度诠释,既保持了《尚书》基本理念和价值观的相对稳定,显示出《尚书》的持久活力,又对《尚书》基本理念和价值观进行了适当的推陈出新,显示出《尚书》的巨大思想张力。"③《尚书》传承与诠释经久不息,为历代主流思想的构建提供元典依据。这一经验在当代仍然适用。钱先生指出,"马克思主义的历史唯物论肯定历史发展的螺旋性。螺旋性就有相似性"④。人类社会的历史发展进程是一个连续统一的进程,后一个时代必然对前一个时代有所继承。"因此,从哲学角度看,《尚书》中呈现的虽然是王朝时代的大

<hr />

① (宋)蔡沈注,钱宗武、钱忠弼整理:《书集传》,凤凰出版社,2010年,第1页。

② (宋)蔡沈注,钱宗武、钱忠弼整理:《书集传》,第2页。

③ 钱宗武:《经典回归的永恒生命张力——〈尚书〉学文献整理研究及其当代价值》,《扬州大学学报》(人文社会科学版)2013年第4期,第42页。

④ 钱宗武解读:《尚书》(中华传统文化百部经典),第23页。

经大法,但其超越时代的'道'却是任何时代治国理政的金科玉律。"①有赖于历代传承与诠释,在不同历史时期,《尚书》价值系统始终呈现出总体稳定、稳中有变的特征,与社会历史的螺旋式发展相契合。基于此,钱先生主张"以文献坚守历史,以阐释适应现代"②。这不仅是文明复兴的时代要求,也是《尚书》诠释的历史经验。而正如上文指出,不论"坚守历史"还是"适应现代",其中都贯穿着钱先生强烈的家国意识。

钱宗武先生于《尚书》经文探幽索微,寻求圣人之心;通过《尚书》诠释弘道守中,启发百姓众生。最近,钱先生在《厦门大学学报》发表《论〈尚书〉现代性的历史理据与当代诠释》一文。文中又提出古典文献诠释"三个因素两个空间"的新理论,强调古典文献诠释必须注重作者、诠释者、读者,历史空间和现实空间五者之间的互动平衡关系。其中,诠释者是关键。诠释者的诠释行为既要尽可能表达历史空间的真实印迹,又要尽可能回应现实空间的现实问题。圣人有言:"人能弘道,非道弘人。"古典文献诠释是"弘道"的重要途径,事关经典存废、文明兴衰。诠释者在进行诠释之前,需先辨文献之体,明文献之用。确认文献地位是古典文献诠释的前提,辨明文献性质是古典文献诠释的基础,阐扬当代价值是古典文献诠释的核心。钱宗武先生身为国际《尚书》学会会长,既是《尚书》研究的大家权威,是《尚书》学研究的推动者和组织者,同时也是古典文献诠释理论的探索者和践行者。

■ 作者简介

秦力(1991—),扬州大学文学院汉语言文字学专业博士研究生,主要从事先秦语言与文化研究。

---

① 钱宗武解读:《尚书》(中华传统文化百部经典),第 23 页。
② 钱宗武解读:《尚书》(中华传统文化百部经典),第 23 页。

试论商代的王位继承制度

张艳萍

（西北师范大学文学院　甘肃兰州　730070）

内容提要　在讨论商代的王位继承制度时，需要突破以"弟及"为主还是以"子继"为主的成见。商代的王位继承制度是嫡长制，弟及与子继是嫡长制下的两种基本传位方式。殷周在王位继承制度上的共同点是嫡长子具有绝对优先继承权，二者的主要差异在于：殷礼，太子死，先立太子之弟；周礼，太子死，先立太子之子。商代王位更替的基本原则如下：若即位嫡长子有可传位的嫡长子，则直接传位于其嫡长子；若即位嫡长子之太子早死，则太子之弟按年齿顺序即位，由即位末弟直接传位于其嫡长子。商代自成汤至太戊时期遵行嫡长制，从中丁至阳甲时期，废止嫡长制，争乱局面绵延数世，从盘庚至帝辛时期又回归到嫡长制。商代已有嫡庶之制。

关键词　商代　嫡长制　嫡庶之制

王国维提出商代的继统法是弟及为主，子继为辅，自此之后学界对商代王位继承制度的讨论绵绵不绝，主要观点如下：商早中期实行兄终弟及制，后期是父死子继制；先是父死子继与兄终弟及并行的双轨制，由双轨制演化为父死子继，再到嫡子继承；商朝一直实行选举制①。

①　陈梦家、范文澜的观点与王国维的观点一样是显论，不赘。郑慧生提出，自汤至祖甲，即商代的早中期，实行兄终弟及制。不过，自汤至于南庚，弟死后传兄之子，中期自阳甲至于祖甲，弟死后传弟之子。商代晚期，即祖甲之后，由父死子继代替了兄终弟及。详见郑慧生：《从商代的先公和帝王世系说到他的传位制度》，载《史学月刊》1985 年第 6 期。高光晶提出，由"父死子继"和"兄（转下页注）

可谓论者纷纷,莫衷一是。我们认为,从殷世系推导出其王位继承制度的做法是十分危险的。问题的症结在于,学者们忽略了殷世系中有长达九世的违制时期,若把这九世的实际传位方式纳入商代王位继承制度分析,其结论必然是错误的。因此,在讨论商代王位继承制度问题的时候,首先要把殷世系分为三期,自成汤至太戊时期是常态传位时期,从中丁至阳甲时期是违制王位更替时期,自盘庚至帝辛时期又回归到常态传位时期。在此前提下,商代王位继承制度研究才有望前进一步。本文拟比较研究夏商周及匈奴世系,探讨"家天下"时期王位继承制度的基本原则及争乱众象,在此基础上拨开商代王位继承制度问题上的一些迷雾,揭示商代王位继承制度的本质。

一、嫡长制是成汤以来的既定国策

从《史记》等传世文献看夏商周三代的王位继承问题,一个显而易见的事实是,商代的情况远较夏、周复杂。夏代世系中,以弟身份即位的王有两位,其余皆以子身份即位(以《夏本纪》中的"弟"某、"子"某字样统计)。周代世系中,以子身份即位的王占绝大多数,但也有几位王以弟身份即位。商代共三十帝(太子太丁除外),其中十三位以弟的身份即位,十六位以子的身份即位(根据《殷本纪》中"弟"某、"子"某字样统计)。而"子"的身份又比较复杂,有一位是先太子之子,有三位是先王之子,其余十二位是王之子。正是因为商代王位继承的实际情况如此复杂,所以对今人来说商代的王位继承制度就成了一个难解之谜。不过,细读《史记·殷本纪》,还是可以发现解开此谜的一些珍贵线索。

(接上页注)终弟及"的双轨制,逐渐转化为"父死子继"的单轨制,进而演化为嫡子继承。详见高光晶:《商代的王位继承与宗法制》,载《湖南师范大学社会科学学报》1992 年第 2 期。詹鄞鑫提出商代的继统法是选举制。详见詹鄞鑫:《商代继统法新探》,载《文史哲》2004 年第 5 期。

（一）伊尹立太甲

有论者提出，从殷世系无法推导出即位之子是王之嫡长子，因此也无法确定商代有无嫡长制。我们认为，《史记·殷本纪》的相关记述可以解决这一难题。据《殷本纪》，成汤在制度建设方面大有作为，其结果就是汤法的形成。

> 帝太甲既立三年，不明，暴虐，不遵汤法，乱德，于是伊尹放之于桐宫。三年，伊尹摄行政当国，以朝诸侯。[1]
>
> 帝盘庚之时，殷已都河北，盘庚渡河南，复居成汤之故居，乃五迁，无定处。殷民咨胥皆怨，不欲徙。盘庚乃告谕诸侯大臣曰："昔高后成汤与尔之先祖俱定天下，法则可修。舍而弗勉，何以成德！"乃遂涉河南，治亳，行汤之政。然后百姓由宁，殷道复兴，诸侯来朝。以其遵成汤之德也。[2]

从"汤法""法则可修""行汤之政""遵成汤之德"等表述可知，成汤开国以后对执政的方方面面都有思考，并确立了可供后世遵行的法则。作为"家天下"政权头等大事的王位继承制度，必是成汤考虑的重要问题之一。正如汉高祖刘邦在王位继承问题上曾有约定："传子适孙。"[3]以至于汉景帝许诺传位于同母弟梁孝王时，窦婴以擅乱高帝约为由力谏，景帝与窦太后只能作罢。很难想象，作为开国之君，成汤在王位继承这样的重大问题上没有任何约定。

事实上，成汤立嫡长子为太子一事即表明了他在王位继承问题上的立场。

---

① 司马迁：《史记》，裴骃集解，司马贞索隐，张守节正义，中华书局，2013年版，第128—129页。

② 司马迁：《史记》，第131—132页。

③ 《史记·梁孝王世家》："景帝与王燕见，侍太后饮，景帝曰：'千秋万岁之后传王。'太后喜说。窦婴在前，据地言曰：'汉法之约，传子适孙，今帝何以得传弟，擅乱高帝约乎！'于是景帝默然无声。太后亦不说。"第2526页。

汤崩，太子太丁未立而卒，于是乃立太丁之弟外丙，是为帝外丙。帝外丙即位三年，崩，立外丙之弟中壬，是为帝中壬。帝中壬即位四年，崩，伊尹乃立太丁之子太甲。太甲，成汤適长孙也，是为帝太甲。①

成汤立太子太丁，太丁之子太甲是成汤嫡长孙，那么太丁就是成汤之嫡长子。成汤立嫡长子为太子，这说明成汤遵行的王位继承制度是嫡长制。一般来说，在王位继承问题上，开国之君的做法无疑就是立法，这是由其无与伦比的崇高地位决定的。事实上，殷经历了数度兴衰，每一次的复兴都得益于回归汤法，可以说成汤在殷王朝的历史上一直扮演着一只看不见的手的角色。王位继承问题是一个政权面临的重大问题，很难想象这不是汤法的重要内容。因此，成汤立嫡长子为太子一事，不仅仅是一个单独的事件，而是关乎商代王位继承制度的标志性事件。这意味着嫡长制是成汤以来的既定国策。

作为成汤的嫡长子，太丁因早卒而未能有天下，因而也不可能将王权传给自己的嫡长子太甲。成汤崩，王位先后由太丁的两位弟弟继承，这两位王在位时间共七年，之后伊尹立太丁之嫡长子太甲，将原本属于太甲的权力归还给太甲。伊尹立太甲，将王权回归于成汤嫡长子一脉，应是遵行汤法的结果。从《殷本纪》看，成汤在殷人中的威望相当高。作为开国元老、成汤的左膀右臂，伊尹在成汤去世后坚定地执行汤法，应该会得到朝野上下的广泛支持。正因有法可依，伊尹越过帝外丙之子而立先太子太丁之子——太甲才没有引起大的政治动荡。

太甲立三年，因其"不遵汤法"，被伊尹放逐。太甲"居桐宫三年，悔过自责，反善"②，于是伊尹返政于太甲。由此可见，伊尹把是否遵汤法作为衡量殷帝执政得失的最高标准。伊尹将太甲放逐于汤之葬地桐宫③，无非是要太甲守着祖父的葬地反思，从而认识到遵汤法的必要性。

---

① 司马迁：《史记》，第128页。
② 司马迁：《史记》，第129页。
③ "桐宫"，孔安国释曰："汤葬地。"司马迁：《史记》，第129页。

在伊尹那里,"汤法"就是行政的基石。可以认为,正因为汤法具有如此崇高的地位,伊尹立太甲与放逐太甲的出发点都是维护汤法。就此而言,伊尹立太甲,应是以成汤既已遵行的嫡长制为制度依据的。

(二)"废適而更立诸弟子"

司马迁的相关观点有助于我们进一步理解成汤以来的既定国策——嫡长制。《史记·殷本纪》曰:"自中丁以来,废適而更立诸弟子,弟子或争相代立,比九世乱,于是诸侯莫朝。"①虽然司马迁未明确指出"废適"就是废止嫡长制,但从其对太甲"成汤嫡长孙"这一身份的特别交代,不难推出司马迁所谓的"废適"就是废止嫡长制。又,中丁是商代第十位王,第九位王是太戊,(按:太子太丁未即位而卒,故不计入。)从太子太丁以来至太戊,凡传位于兄弟的,无一例外都是兄传于弟,这也说明首先继承王位的应是长子,将此信息与"废適"联系起来,则司马迁所谓"废適"指的就是废止嫡长制。由此可知,自成汤至太戊,商朝遵行的是嫡长制。

成汤之所以立嫡长子为太子,不是心血来潮的偶一为之之举,而是以持久的商族传统为支撑的。从商始祖契以来的世系看,成汤在王位继承问题上的立场实际上是商族传统的延续。

> 契卒,子昭明立。昭明卒,子相土立。相土卒,子昌若立。昌若卒,子曹围立。曹围卒,子冥立。冥卒,子振立。振卒,子微立。微卒,子报丁立。报丁卒,子报乙立。报乙卒,子报丙立。报丙卒,子主壬立。主壬卒,子主癸立。主癸卒,子天乙立,是为成汤。②

从契到成汤,计传位十三次,全部是传于子。现在的问题是,这里的"子"是嫡长子吗?这确实是一个棘手的问题。上述资料无助于我们作出判断。那么,这一问题就不能解决了吗?非也。

---

① 司马迁:《史记》,第 131 页。
② 司马迁:《史记》,第 120 页。

我们应该注意叙事史家记述世系的义法。在记述世系时,司马迁的记述方法十分稳定,其风格是一以贯之的。周代的王位继承制度是嫡长制。在《史记》之周本纪及世家中,司马迁对世系的记述是程式化的。当即位者是嫡长子时,往往使用这样几种套语:"子某王某立""子王某立""子某侯/公某立"等。当即位者不是嫡长子时,司马迁会特别注明即位者的身份,如"长子""少子""弟""庶弟""异母弟"等①。此种"长子"一般指的是"庶长子"。司马迁对周代嫡长制下世系的程式化记述,是其世系记述义法的体现。如果司马迁将这一义法用于其他世系的记述,那么其意指应该是相同的,则商族世系中程式化的"子某立"之"子"、夏商世系中程式化的"子帝某立"之"子",与周世系中的"子某王某立"之"子"一样,应是嫡长子。就此而言,夏商与周的王位继承制度一样,应是嫡长制。

(三) 微子不得嗣

《史记·殷本纪》特别交代了微子不得嗣而辛得立为嗣的原因。

> 帝乙长子曰微子启,启母贱,不得嗣。少子辛,辛母正后,辛为嗣。帝乙崩,子辛立,天下谓之纣。②

---

① 《史记·周本纪》:"景王十八年,后太子圣而早卒。二十年,景王爱子朝,欲立之,会崩,子丐之党与争立,国人立长子猛为王,子朝攻杀猛。猛为悼王。晋人攻子朝而立丐,是为敬王。"《史记·管蔡世家》:"楚灭蔡三岁,楚公子弃疾弑其君灵王代立,为平王。平王乃求蔡景侯少子庐,立之,是为平侯。是年,楚亦复立陈。"《史记·陈杞世家》:"桓公弟佗,其母蔡女,故蔡人为佗杀五父及桓公太子免而立佗,是为厉公。"又曰:"厉公取蔡女,蔡女与蔡人乱,厉公数如蔡淫。七年,厉公所杀桓公太子免之三弟,长曰跃,中曰林,少曰杵臼,共令蔡人诱厉公以好女,与蔡人共杀厉公而立跃,是为利公。利公者,桓公子也。利公立五月卒,立中弟林,是为庄公。庄公七年卒,少弟杵臼立,是为宣公。"《史记·郑世家》:"郑人欲立灵公弟去疾,去疾让曰:'必以贤,则去疾不肖;必以顺,则公子坚长。'坚者,灵公庶弟,去疾之兄也。于是乃立子坚,是为襄公。"《史记·齐太公世家》:"丁丑,崔杼立庄公异母弟杵臼,是为景公。"中华书局,2013年版。
② 司马迁:《史记》,第135页。

微子是帝乙长子，但其母贱，这决定了他的身份是庶长子而不是嫡长子，因此，他不能被立为太子。辛（纣）是帝乙的少子，但其母是帝乙正后，因而得立为太子，最终继承王位。微子与辛的身份差别主要在嫡庶上，嫡出是辛被立为太子的关键因素之一，但更为关键的是辛是不是嫡长子。《吕氏春秋·当务篇》曰：

> 纣之同母三人，其长曰微子启，其次曰中衍，其次曰受德。受德乃封也，甚少矣，纣母之生微子启与中衍也，尚为妾，已而为妻而生纣，纣之父、纣之母欲置微子启以为太子，太史据法而争之曰："有妻之子而不可置妾之子。"纣故为后①。

纣虽是其母之少子，却是其母由妾升格为妻后所生的第一个儿子，则纣之身份是嫡长子。微子是庶长子，纣是嫡长子。微子之父母欲立微子为太子，主要是考虑到了他的长子身份，而且其母当时已是正后，这样就很容易将其视为嫡长子。从"太史据法"而争所提出的意见看，商朝的王位继承问题有法可依，而且商朝对嫡长子身份如何认定也有明确的规定。太史据法否定了微子的嫡长子身份，故其不得立为嗣。

从《殷本纪》可知，微子是帝乙长子，但其庶出身份妨碍他被立为嗣。这表明，"长子"身份是商朝立嗣时至关重要的考量要素。而纣以嫡子身份被立为太子，这说明嫡出是商朝立嗣时更加至关重要的考量要素。两兄弟中最终被立为太子的是纣，这很可能是因为纣符合"长子"与"嫡出"这两个条件。如此，则《吕氏春秋·当务篇》所载与《史记·殷本纪》的相关记述可以互相印证，使我们有理由相信正是纣的嫡长子身份使其得立为嗣。

除了《史记》与《吕氏春秋》之外，《诗经》亦透露了纣是嫡长子的信息。《诗经·大明》曰："明明在下，赫赫在上。天难忱斯，不易维王。天位殷适，使不挟四方。""天位殷适，使不挟四方"，毛传曰："纣居天位，而殷之正适也。"郑笺云："今纣居天位，而又殷之正适，以其为恶，乃弃绝

---

① 《吕氏春秋 淮南子》，岳麓书社，1998 年版，第 76 页。

之,使教令不行于四方,四方共叛之。"孔疏曰:"《微子之命》及《左传》皆谓微子为帝乙之元子,而纣得为正適者,郑注《书序》云:'微子启,纣同母庶兄。纣之母本帝乙之妾,生启及衍,后立为后,生受、德。'然则以为后乃生受,故为正適也。"①周代人认为纣乃殷之正適,这一身份界定具有权威性。诗史互证,纣的嫡长子身份毋庸置疑。

总之,微子之不得嗣,因其是庶长子,纣之得立为嗣,因其是嫡长子。纣以嫡长子身份被立为嗣,这是太史"据法而争"的结果,这至少说明商代后期在比较长的时间内遵行的王位继承制度是嫡长制。

二、汉代对殷周王位继承制度异同的认识

论者多以《史记》中"殷道亲亲,周道尊尊"之说而断定商周的王位继承制度截然不同,认为商为兄终弟及制,周为嫡长制。我们认为,这是断章取义的做法,其结论自然不可取。

据《史记·梁孝王世家》记载,窦太后以"殷道亲亲,周道尊尊"暗示汉景帝立梁王为嗣。

> 盖闻梁王西入朝,谒窦太后,燕见,与景帝俱侍坐于太后前,语言私说。太后谓帝曰:"吾闻殷道亲亲,周道尊尊,其义一也。安车大驾,用梁孝王为寄。"景帝跪席举身曰:'诺。'罢酒出,帝召袁盎诸大臣通经术者曰:"太后言如是,何谓也?"皆对曰:"太后意欲立梁王为帝太子。"帝问其状,袁盎等曰:"殷道亲亲者,立弟,周道尊尊者,立子。殷道质,质者法天,亲其所亲,故立弟。周道文,文者法地,尊者敬也,敬其本始,故立长子。周道,太子死,立適孙。殷道,太子死,立其弟。"②

---

① 《毛诗正义》,十三经注疏本,北京大学出版社,1999 年版,第 966—967 页。

② 司马迁:《史记》,第 2527—2528 页。

从袁盎等人对"殷道亲亲,周道尊尊"的解释,可知殷周在立储君的问题上确实有比较大的差异。袁盎等人首先指出"殷道亲亲者,立弟,周道尊尊者,立子",但其落脚点在"周道,太子死,立適孙。殷道,太子死,立其弟。"根据袁盎等人阐释的逻辑结构,可以推知,他们所说的"殷道亲亲者,立弟,周道尊尊者,立子",指的是殷周在太子死亡的情况下择立储君的基本原则。如果抛开"太子死亡"这一前提,袁盎等人"殷道亲亲者,立弟"的说法就与历史事实相违背了。据《史记·殷本纪》记载,殷世系中,以子身份即位,又直接传子的有六位王,分布在殷前、中、后期。而在殷商二十九次王位更替中,弟及者13次,子继者16次。如果不加条件限制,袁盎等人"殷道亲亲者,立弟"的说法就无法解释殷世系中子继占比较大的现象。按照袁盎等人话语的逻辑结构,把"太子死"作为"殷道亲亲者,立弟,周道尊尊者,立子"的前提条件,则可以得到史实的印证。《史记·殷本纪》曰:"汤崩,太子太丁未立而卒,于是乃立太丁之弟外丙,是为帝外丙。"在太子太丁死亡的情况下,以太子太丁之弟外丙为王位继承人,而这并不是因为太丁无子。太丁之子太甲,是汤之嫡长孙,在太丁的两个弟弟崩后被立为王。太子太丁有子,但不立子而立弟,这一史实恐怕正是袁盎等"殷道亲亲者,立弟"说的历史依据。因此,汉景帝时,袁盎等人以"周道,太子死,立適孙。殷道,太子死,立其弟"之说来区分殷周之制,堪称精当。

关于太子死后殷立太子之弟周立太子之子的说法,不只见于《史记》。《春秋公羊传·隐公元年》曰:"隐长又贤,何以不宜立?立適以长不以贤,立子以贵不以长。"何休注曰:"適,谓適夫人之子,尊无与敌,故以齿。子,谓左右媵及侄娣之子,位有贵贱,又防其同时而生,故以贵也。礼,嫡夫人无子,立右媵;右媵无子,立左媵;左媵无子,立嫡侄娣;嫡侄娣无子,立右媵侄娣;右媵侄娣无子,立左媵侄娣。质家亲亲,先立娣;文家尊尊,先立侄。嫡子有孙而死,质家亲亲,先立弟;文家尊尊,先立孙。其双生也,质家据见立先生,文家据本意立后生:皆所以防爱争。"[1]何休注中关于立储君之礼的说明不可谓不详细,

① 《春秋公羊传注疏》,十三经注疏本,北京大学出版社,1999年版,第13页。

其说必有所本。其中"嫡子有孙而死,质家亲亲,先立弟;文家尊尊,先立孙"的说法,与《史记》中袁盎等人的说法是一致的,只不过何休没有明确指出殷为质家周为文家。这说明,在汉代人那里,所谓"殷道亲亲,周道尊尊",指的是殷周在太子死亡后择立其继任者的原则上的差异,而具体的做法是:太子死,且太子有子,殷立太子之弟,周立太子之子。

郑玄对此问题的理解与上述诸人一致。《礼记·檀弓上》曰:"公仪仲子之丧,檀弓免焉。仲子舍其孙而立其子。"郑玄注曰:"此其所立非也。公仪盖鲁同姓。《周礼》,适子死,立适孙为后。"《礼记·檀弓上》又曰:"伯子曰:'仲子亦犹行古之道也。昔者文王舍伯邑考而立武王,微子舍其孙腯而立衍也。夫仲子亦犹行古之道也。'"郑玄注曰:"伯子为亲者隐耳,立子非也。文之立武王,权也。微子適子死,立其弟衍,殷礼也。"《礼记·檀弓上》又曰:"子游问诸孔子,孔子曰:'否。立孙。'"郑玄注曰:"据周礼。"①根据郑玄的解释可知:周礼,嫡子死,立嫡孙为后;微子嫡子死,微子据殷礼立自己的弟弟衍。在郑玄看来,在嫡子死亡的情况下殷周立嗣的原则确有差异。

综上所述,袁盎等人"殷道亲亲者,立弟,周道尊尊者,立子"之说是以太子死亡为前提条件的。其观点可以得到殷周史实的证实。据《史记·殷本纪》,成汤太子太丁未立而卒,立太丁之弟中壬,而据《史记·周本纪》,周平王太子洩父早死,立洩父之子林,是为桓王。有论者断章取义,由袁盎等人的上述说法得出商代王位继承制度是兄终弟及制、周代王位继承制度是嫡长制的结论,笔者不敢苟同。

又,郑玄、何休、袁盎等人讨论的是太子死亡的情况下殷周在立嗣问题上有何不同,而他们言说此问题的前提是殷周都立嫡子为后,由此可以肯定,此三人皆认为殷周实行嫡长制。汉代去古未远,其说当有所据。司马迁"废嫡"之说意指嫡长制是成汤以来的既定国策,这在一定程度上代表了汉代对商代王位继承制度的认识。

———————————

① 《礼记正义》,十三经注疏本,北京大学出版社,1999 年版,第 167—168 页。

三、嫡长制下的非嫡长子即位问题

在嫡长制下,确实有非嫡长子即位的现象,不能因此就认为其王位继承制度不是嫡长制。判断是否为嫡长制的关键在于制度是否赋予嫡长子优先继承权,而不是即位嫡长子的数量多少。

(一) 夏太康失位相关问题辨析

夏代王位更替十五次,其中十二次是直接传子的,其余三次比较特别。其特别之处在于,有两个王是以弟的身份即位的(一个是太康之弟中康,一个是不降之弟扃),还有一个王是以先王之子身份曲线即位的。(《史记·夏本纪》:"帝不降崩,弟帝扃立。帝扃崩,子帝廑立。帝廑崩,立帝不降之子孔甲,是为帝孔甲。")虽有一些特殊情况,但夏代世系比较单纯,子继占绝对优势,这一事实使我们有理由相信夏代实行的是父死子继制。郑玄亦指出,自夏初以来,诸侯父死子继[①]。至于父死子继与嫡长制是不是一回事,这不敢妄断,但由夏世系两次传弟的现象可以推知在夏代长子具有优先继承权。夏代是否有嫡庶之制,尚无直接证据。不过,在"家天下"的时代,夏代帝王的后妃绝不止一人,其身份应有嫡庶之别,后妃众子身份亦有嫡庶贵贱。另外,由太康弟中康即位一事也可以发现一些相关信息。夏太康失位之后,其同母弟五人做《五子之歌》。太康崩,太康同母弟中康即位。太康的兄弟肯定不止五个,但其同母弟有五个亦合乎常理。太康死后,即位的是其同母弟,而不是其他异母兄弟,由此不难推知,夏代有嫡庶之别,嫡长子具有优先继承权,嫡长子之母弟具有顺位继承权。在父死子继的制度之下,嫡长子继承王位的合法性不容置疑,嫡长子继承王位是防止争乱的最佳方式,而夏

---

① 《春秋公羊传注疏》云:"此亦《士冠礼记》文。彼郑注云'造,作也。自夏初以生,诸侯虽父死子继,年未满五十者,亦服士服,行士礼,五十乃命也。'"。十三经注疏本,第12页。

世系之单纯很大程度上可能得益于嫡长制的贯彻。夏代传位过程中的三次特例,应该也是嫡长制框架下的个案。

(二) 周人之嫡长制非自成王即位始

《史记·周本纪》曰:

> 后稷卒,子不窋立。①
> 不窋卒,子鞠立。鞠卒,子公刘立。②
> 公刘卒,子庆节立,国于豳。③
> 庆节卒,子皇仆立。皇仆卒,子差弗立。差弗卒,子毁隃立。毁隃卒,子公非立。公非卒,子高圉立。高圉卒,子亚圉立。亚圉卒,子公叔祖类立。公叔祖类卒,子古公亶父立。④

周人自始祖后稷封邰以来至古公亶父,皆传子。司马迁在记载此世系过程中未做特别交代,因此我们很难判断所传之子的身份。但到了古公亶父传位时,司马迁有一段比较详细的记述,据此可推知周人上述世系中所传之子是长子。

> 古公有长子曰太伯,次曰虞仲。太姜生少子季历,季历娶太任,皆贤妇人,生昌。有圣瑞。古公曰:"我世当有兴者,其在昌乎?"长子太伯、虞仲知古公欲立季历以传昌,乃二人亡如荆蛮,文身断发,以让季历。⑤

古公亶父因其少子季历之子昌有圣瑞而对昌寄予厚望,古公亶父长子太伯、次子虞仲知父欲立季历以传昌,所以逃往荆蛮,从蛮夷之礼

---

① 司马迁:《史记》,第147页。
② 司马迁:《史记》,第147页。
③ 司马迁:《史记》,第147页。
④ 司马迁:《史记》,第148页。
⑤ 司马迁:《史记》,第149页。

俗，以示不争，以便弟弟作为不二人选顺利即位。这件事透露出了几个重要信息。其一，周人在古公亶父之前已经形成了长子优先继承的传统。在长子不能即位的情况下，其弟按年齿顺序即位。太伯是长子，具有优先继承权，虞仲是次子，在长子缺位的情况下，他是优先继承人。如果古公亶父想传位于季历的话，必须越过这两位优先继承人。换言之，长子太伯、次子虞仲实际上是少子季历即位的最大障碍。他们的存在对季历即位的合法性构成了最大的威胁。在这种情况下，如果他们不自行退避，则可能招致大的政治动荡，甚至杀身之祸。于是，太伯与虞仲明智地选择了逃亡，并按荆蛮风俗"文身断发"，以示其无争位之野心，最终成全了父亲，也避免了一场政治斗争的血雨腥风。其二，父亲在权力移交过程中具有决断权，但是他又受制于强大的传统，传位于哪个儿子，并不是父亲可以随心所欲地决定的。为了使古公亶父不在传统面前感到为难，做儿子的选择了既成全父亲又能保全自己性命的上上策，这就是逃往蛮荒之地并断发文身。从太伯、虞仲逃往荆蛮以让季历这件事可知，周人在文王以前既已实行长子继承制。

据《史记·吴太伯世家》，自古公亶父至武王克殷时期，吴太伯的后裔奉行的是长子继承制，这应该是周族传统使然。

> 太伯卒，无子，弟仲雍立，是为吴仲雍。仲雍卒，子季简立。季简卒，子叔达立。叔达卒，子周章立。是时周武王克殷，求太伯、仲雍之後，得周章。周章已君吴，因而封之。乃封周章弟虞仲于周之北故夏虚，是为虞仲，列为诸侯。[①]

从吴太伯到周章，计五世，除了太伯无子而传弟之外，其余皆传子。这是典型的父死子继制的体现。因周章已君吴，武王封之，乃封周章之弟于虞，由此可知周章是在长子优先继承的传统之下即位的。则可进一步推知吴太伯以后奉行的是长子继承制。

---

① 司马迁：《史记》，第 1741 页。

那么周人的这种长子继承制是不是嫡长制呢？

《诗经·大雅·思齐》曰："大姒嗣徽音，则百斯男。"毛传："大姒，文王之妃也。大姒十子，众妾则宜百子也。"孔疏："思贤不妒，进叙众妾，则能生百数之此男，得为周藩屏之卫也。"①《史记·管蔡世家》曰："武王同母兄弟十人。母曰大姒，文王正妃也。"②司马迁认为大姒是文王正妃。《诗经·大雅·大明》则认为大姒是上天赐给文王的佳偶，并比较详细地叙述了文王亲迎大姒的隆重盛大的婚礼仪式过程。地位如此尊崇又能配享这种亲迎仪式的女性，不可能是一般的妾，必是文王之嫡妻。大姒自己生育了十个儿子，她又能不妒忌文王众妾，所以文王有众多儿子。《思齐》中说的"百斯男"可能有夸大成分，但也透露出文王妾多子众这一事实。《思齐》还赞美文王能"刑于寡妻，至于兄弟，以御于家邦"。毛传："刑，法也。寡妻，适妻也。"郑笺："寡妻，寡有之妻，言贤也。"孔疏："无夫曰寡妻，今有夫施法于之，明寡非无夫之称，故以为少。适妻唯一，故言寡也。"③虽然毛郑对"寡妻"的解释稍有分歧，但经孔颖达的梳理，二者又合二而一了。"寡妻"这个称谓实际上恰当地表征了适妻之独一无二的尊崇地位。

综上，文王除了嫡妻大姒还有若干妾。在文王之时，周人已有嫡庶之分。当然，嫡庶之分，并非文王首创。文王之妻太姒羡慕文王之母大任不妒之美德，进而传承这种美德，所以文王儿子众多。《思齐》曰："大姒嗣徽音，则百斯男。"郑笺曰："徽，美也。嗣大任之美音，谓续行其善教令。"④孔颖达进一步指出，大姒传承婆母大任的美德，能够"思贤不妒，进叙众妾"⑤，因而文王儿子众多。这说明，大任之时，即文王之父王季之时，周人已有嫡庶之分。

既有嫡庶之分，则具有优先继承权的长子必是嫡长子。可以肯定，周人在文王以前既已实行嫡长制，周代的嫡长制渊源有自。至此，我们

① 《毛诗正义》，十三经注疏本，第 1009 页。
② 司马迁：《史记》，第 1881 页。
③ 《毛诗正义》，十三经注疏本，第 1010—1011 页。
④ 《毛诗正义》，十三经注疏本，第 1009 页。
⑤ 《毛诗正义》，十三经注疏本，第 1009 页。

不得不说,那种认为周代的嫡长制是周公制礼作乐之结果的说法是不妥当的,认为周之嫡长制始自成王即位的说法也应被纠正。

(三) 嫡长制下为何弟及?

夏帝太康崩后其弟中康立。由于太康耽于田猎久不归朝,有穷后羿趁机起兵,太康失位。后太康之弟中康被立,这实际上是一次乱世中的非正常王权交替。商代29次王位更替中弟及达13次之多,除了特别交代太子太丁的两个弟弟相继被立是因为太丁未立而卒之外,《史记·殷本纪》并未交代其余11次立弟的原因。

据《史记·周本纪》,嫡长制下弟及的原因比较复杂。在周世系中,有两位王直接传弟,而以弟身份曲线即位的有两次,因周王出奔而弟及的有一次,因王兄被杀而弟被立的有一次,弟弟杀王兄而自立的有两次①。可见嫡长制下确有弟及现象。研究已知嫡长制下的弟及现象,将有助于我们认识商代的弟及问题。

1. 周代的弟及问题

据《史记·周本纪》,周世系中弟及的基本原因有两种:其一,以和平方式立弟;其二,因争乱而弟及。特别要注意的是周世系中也有连续弟及的序列,即周哀王→弟周思王→弟周考王,此三王都是周定王之子。周考王崩,其子周威烈王午立。连续传弟,末弟之子即位,这样的王位更替方式在商代世系中出现过若干次。商周世系中的这种相似性须高度重视。

除此之外,《史记·吴太伯世家》也为我们了解嫡长制下弟及的原因提供了一些有价值的信息。

---

① 《史记·周本纪》:"共王弟辟方立,是为孝王。""惠王奔温。已居郑之栎,立釐王弟颓为王。""襄王出奔郑,郑居王于汜。子带立为王。""匡王六年,崩,弟瑜立,是为定王。""二十年,景王爱子朝,欲立之,会崩,子丐之党与争立,国人立长子猛为王,子朝攻杀猛。猛为悼王。晋人攻子朝而立丐,是为敬王。""哀王立三月,弟叔袭杀哀王而自立,是为思王。思王立五年,少弟嵬攻杀思王而自立,是为考王。此三王皆定王之子。""烈王崩,弟扁立,是为显王。"中华书局,2013年版。

太伯卒,无子,弟仲雍立,是为吴仲雍。①

吴太伯无子而传位于弟仲雍。无子而传弟,这是具有普世性的惯例。希伯来人也有无子而传弟的传统,《旧约·列王纪下》就有相关记载:"亚哈谢果然死了,正如耶和华藉以利亚所说的话。因他没有儿子,他兄弟约兰接续他作王。"(列下1:17)②

除了吴太伯传弟一事,吴王寿梦之子连续传弟的做法也值得注意。

二十五年,王寿梦卒。寿梦有子四人,长曰诸樊,次曰馀祭,次曰馀眛,次曰季札。季札贤,而寿梦欲立之,季札让不可,于是乃立长子诸樊,摄行事当国。③

王诸樊元年。诸樊已除丧,让位季札。……吴人固立季札,季札弃其室而耕。④

十三年,王诸樊卒,有命授弟馀祭,欲传以次,必致国于季札而止,以称先王寿梦之意,且嘉季札之义,兄弟皆欲致国,令以渐至焉。⑤

四年,王馀眛卒,欲授弟季札。季札让,逃去。于是吴人曰:"先王有命,兄卒弟代立,必致季子。季子今逃位,则王馀眛後立。今卒,其子当代。"乃立王馀眛之子僚为王。⑥

吴王寿梦因第四子季札贤而欲立之,但季札辞让,故寿梦立长子诸樊。诸樊传位于弟馀祭,意欲其再传弟,至弟季札止。诸樊这样做是为了实现父亲欲传位于季札的遗愿。季札三兄长顺次即位后,季札仍然坚辞不就。吴人则立即位末弟王馀眛之子僚。但这一做法引起了王诸

① 司马迁:《史记》,第1741页。
② 《圣经》(和合本·新修订标准版),中国基督教两会出版发行,第569页。
③ 司马迁:《史记》,第1743页。
④ 司马迁:《史记》,第1745页。
⑤ 司马迁:《史记》,第1746页。
⑥ 司马迁:《史记》,第1757页。

樊之子光的不满。

> 公子光者，王诸樊之子也。常以为吾父兄弟四人，当传至季
> 子。季子即不受国，光父先立。即不传季子，光当立。阴纳贤士，
> 欲以袭王僚。①

公子光是诸樊之子。公子光的想法是：我父亲即位在先，叔父馀昧即位在后，在叔父季札不受国的情况下，应该传位于我，而不是馀昧之子僚。最终，公子光使刺客专诸杀王僚，自立为王，是为吴王阖庐。

像吴国这种连续传弟的做法在周代并不多见。特别值得注意的是，这种连续传弟的做法实际上是在嫡长制框架下进行的。吴王寿梦因季札贤而欲越过长子立季札，季札辞让后，他还是不得不立长子诸樊而不是次子或三子，这正是嫡长制约束下的一种必然选择。而诸樊三兄弟按年齿顺序相继即位，末弟死后，其子被立，这与商代那些连续传弟且末弟之子即位的做法如出一辙。这种相似性使我们有理由相信，商代常态时期立弟应是在嫡长制下进行的。

2. 匈奴立弟现象

司马迁在《匈奴列传》中对匈奴冒顿单于以后的世系做了比较详细的记述，我们从中可以了解父死子继制下立弟的主要原因。

《史记·匈奴列传》曰："单于有太子名冒顿。后有所爱阏氏，生少子，而单于欲废冒顿而立少子，乃使冒顿质于月氏。"②冒顿既质于月氏，而头曼单于急击月氏。月氏欲杀冒顿，冒顿盗善马亡归。最终，冒顿经长期准备后杀父自立。太子冒顿年长于头曼单于欲立的少子，这说明头曼单于时期长子具有优先继承权。头曼单于并未直接废太子，而是欲借月氏之刀杀太子冒顿，以期造成长子缺位的现象，为他另立太子铺路，这说明当时单于直接废太子有很大的阻力，而这阻力应该主要是匈奴的王位继承制度。如果直接废太子的话，头曼单于将面临违背

---

① 司马迁：《史记》，第 1757 页。
② 司马迁：《史记》，第 3471 页。

王位继承制度而导致的种种困难,权衡之下他选择了可以堵住悠悠众口的借刀杀人之计。太子冒顿从月氏全身亡归以后,暗下决心刺杀父亲,并最终杀父代立,而其自立为单于以后并没有引起政治动荡。冒顿杀父的激烈反应及其自立后匈奴内部对他的接受,都说明与冒顿的太子身份相伴随的权益是受到匈奴王位继承制度保障的。而这种王位继承制度也解释了冒顿之后单于世系何以保持相对稳定的父死子继状态。

《汉书·匈奴传上》提供了更为详细的资料,使我们有理由相信在匈奴那里长子具有优先继承权。

> 且鞮侯单于死,立五年,长子左贤王立为狐鹿姑单于。①
> 初,且鞮侯两子,长为左贤王,次为左大将,病且死,言立左贤王。左贤王未至,贵人以为有病,更立左大将为单于。左贤王闻之,不敢进。左大将使人召左贤王而让位焉。左贤王辞以病,左大将不听,谓曰:"即不幸死,传之于我。"左贤王许之,遂立为狐鹿姑单于。②

且鞮侯单于以长子为左贤王,以次子为左大将,而匈奴左贤王位高于左大将,左贤王实际上就是单于储副。且鞮侯单于临终遗言也是立长子为单于,这体现了他的固有意愿。左大将虽被贵人立为单于,但坚决让位于哥哥左贤王,这是因为他遵从父亲遗愿,更是因为他清楚长子身份赋予左贤王的权益不可轻易动摇,否则乱起,自己有性命之忧。

由呼韩邪单于立储一事可知阏氏身份的贵贱决定了其子之贵贱,而贵者具有优先继承权。

《汉书·匈奴传下》:

> 始呼韩邪嬖左伊秩訾兄呼衍王女二人。长女颛渠阏氏,生二

---

① 班固:《汉书》,中华书局,2012年版,第3243页。
② 班固:《汉书》,第3243页。

子,长曰且莫车,次曰囊知牙斯。少女为大阏氏,生四子,长曰雕陶
莫皋,次曰且麋胥,皆长于且莫车,少子咸、乐二人,皆小于囊知牙
斯。又它阏氏子十余人。颛渠阏氏贵,且莫车爱。呼韩邪病且死,
欲立且莫车,其母颛渠阏氏曰:"匈奴乱十余年,不绝如发,赖蒙汉
力,故得复安。今平定未久,人民创艾战斗,且莫车年少,百姓未
附,恐复危国。我与大阏氏一家共子,不如立雕陶莫皋。"大阏氏
曰:"且莫车虽少,大臣共持国事,今舍贵立贱,后世必乱。"单于卒
从颛渠阏氏计,立雕陶莫皋,约令传国与弟。①

　　颛渠阏氏比大阏氏年长且贵。且莫车是颛渠阏氏的长子,呼韩邪
单于欲立且莫车,但颛渠阏氏建议立大阏氏长子雕陶莫皋,这倒不是由
于颛渠阏氏多么大公无私,而是因为按照当时的风俗,颛渠阏氏与大阏
氏"一家共子",也就是说大阏氏的儿子实际上也是颛渠阏氏的儿子,不
管谁的儿子即位,都会维护以她们姐妹两为主的利益共同体。大阏氏
不同意立自己的长子,她的顾虑实际上也反应出她对匈奴立储传统的
敬畏。大阏氏"今舍贵立贱,后世必乱"的断言,透露出三个重要信息。
其一,阏氏身份的贵贱决定了其子身份的贵贱。其二,贵者具有优先继
承权。其三,匈奴有一种持久的立储传统,这种传统不得轻易违背,否
则乱起。正是由于考虑到这一点,呼韩邪单于才"立雕陶莫皋,约令传
国与弟",其目的是为了保障且莫车的法定继承权,避免争乱。
　　值得注意的是,呼韩邪单于"约令传国与弟"一事透露出一个非常
重要的信息,那就是,在匈奴那里,与"弟"相比,"子"具有优先继承权。
这一约定的作用在于防止雕陶莫皋依照匈奴传统传国于其子,确保且
莫车的法定继承权不被侵夺。如其约定,雕陶莫皋之后,其弟且麋胥、
且莫车、囊知牙斯按年齿即位。另,虽然我们没法判断颛渠阏氏是不是
呼韩邪单于的嫡妻,但从"颛渠阏氏贵"及"舍贵立贱"等片语可以肯定
阏氏有贵贱之别。如果颛渠阏氏是嫡妻,而呼韩邪单于欲立颛渠阏氏
之长子,这就使我们有理由推测匈奴的王位继承制度很可能是嫡长制。

①　班固:《汉书》,第3266页。

囊知牙斯即位后,欲传位于其长子。《汉书·匈奴传下》曰:

> 乌珠留单于在时,左贤王数死,以为其号不祥,更易命左贤王曰"护于"。护于之尊最贵,次当为单于,故乌珠留单于授其长子以为护于,欲传以国。①

乌珠留单于即且莫车母弟囊知牙斯,他命长子为"护于",欲传以国。这位"长子"正是南匈奴单于比。《后汉书·南匈奴列传》曰:"南匈奴醢落尸逐鞮单于比者,呼韩邪单于之孙,乌珠留若鞮单于之子也。"②又,《后汉书·南匈奴列传》曰:"比见知牙师被诛,出怨言曰:'以兄弟言之,右谷蠡王次当立;以子言之,我前单于长子,我当立。'"③由此可知,比即乌珠留单于长子。《后汉书·南匈奴列传》载司徒掾班彪奏曰:"今南单于携众南向,款塞归命。自以呼韩嫡长,次第当立,而侵夺失职,猜疑相背,数请兵将,归埽北庭,策谋纷纭,无所不至。"④此处南单于即比。由"呼韩嫡长"可进一步确定比的身份,他就是乌珠留单于的嫡长子。正是因为他的嫡长子身份所具有的权益被漠视,他才愤而自立。又,比之父乌珠留单于即且莫车母弟囊知牙斯,因比是"呼韩嫡长",则可推知且莫车、囊知牙斯皆呼韩邪单于嫡子,颛渠阏氏长子且莫车的身份是嫡长子。呼韩邪单于欲立其嫡长子且莫车,乌珠留单于欲其立嫡长子比,这说明,单于嫡长子具有优先继承权。

但是,具有优先继承权的单于嫡长子未必都能继承王位。《史记·匈奴列传》提供了一组非常重要的资料。

> 乌维单于立十岁而死,子乌师庐立为单于。年少,号为儿单于。⑤

---

① 班固:《汉书》,第3283页。
② 范晔:《后汉书》,中华书局,2012年版,第2363页。
③ 范晔:《后汉书》,第2365页。
④ 范晔:《后汉书》,第2369页。
⑤ 司马迁:《史记》,第3498页。

> 儿单于立三岁而死。子年少,匈奴乃立其季父乌维单于弟右
> 贤王呴犁湖为单于。①
>
> 呴犁湖单于立一岁死。匈奴乃立其弟左大都尉且鞮侯为
> 单于。②

儿单于年少即位,在位三年而死,有子,此子肯定是幼儿,不能立,故匈奴立儿单于季父乌维单于之弟呴犁湖,呴犁湖死后其弟左大都尉且鞮侯立。这里有几个重要的问题。乌维单于之子乌师庐年少即位,对于一个马背上的民族来说,他的即位实际上危机四伏、后患无穷,但他仍然被立,这说明父死子继在匈奴那里有根深蒂固的传统。而儿单于之子因年少不能被立时,儿单于父亲乌维单于的两个弟弟先后被立,他们的即位顺序与他们的年齿顺序相当。这说明,单于长子具有优先继承权,在特殊情况下,长子之弟按年齿顺序享有继承权。

上文已经说到呼韩邪单于死后他的四个儿子按年齿顺序即位。在这里,单于立弟是因为父王有遗嘱在前。这也是匈奴立弟的原因之一。

在匈奴那里,也有单于之弟通过军事手段自立的情况,在这种情况下,单于虽有太子,仍不得即位。《史记·匈奴列传》记载了军臣单于之弟自立为单于的事。

> 匈奴军臣单于死。军臣单于弟左谷蠡王伊稚斜自立为单于,
> 攻破军臣单于太子於单。於单亡降汉,汉封於单为涉安侯,数月
> 而死。③

综上,匈奴世系中弟及的次数不少,而弟及的具体原因有多种,但不管是什么原因导致的兄终弟及,都不能绕过单于嫡长子具有优先继承权这一大前提。所以,匈奴的王位继承制度不可能是弟及与子继并

---

① 司马迁:《史记》,第 3500 页。
② 司马迁:《史记》,第 3501 页。
③ 司马迁:《史记》,第 3490 页。

行的双轨制,而是嫡长制。

四、对王国维相关观点的辨析

综观周世系、吴世系及匈奴世系,弟及现象在嫡长制下普遍存在。循此思路,我们再次回到商代的世系问题上来。

王国维在《殷卜辞中所见先公先王考》一文中对《史记·殷本纪》所载殷世系的真实性给予高度评价。通过比较研究殷卜辞与《史记》《世本》中的殷先公先王之名,王国维得出了两个重要结论:其一,"而《世本》《史记》之为实录,且得于今日证之"①;其二,"由是有商一代先公先王之名,不见于卜辞者殆鲜"②。殷卜辞与《史记》互证,我们完全有理由相信《史记·殷本纪》所载世系的真实性。司马迁也多次在《史记》中申明其"著其明,疑者阙之"的求实而严谨的史学立场③。关于殷君世数,王国维断言:"今由卜辞证之,则以《殷本纪》所记为近。"④因此,《史记·殷本纪》所载殷世系必有所本,真实可信。在此前提之下,我们来讨论商代王位继承制度的相关问题。

王国维指出"舍弟传子之法,实自周始"⑤,武王崩后,周公未自立而立成王,"自是以后,子继之法,遂为百王不易之制矣"⑥。王国维进一步指出:"由传子之制而嫡庶之制生焉。夫舍弟而传子者,所以息争也。"⑦王国维的上述观点值得商榷。其一,仅以周公未自立而立成王

---

① 王国维:《观堂集林》,中华书局,1999年版,第410页。

② 王国维:《观堂集林》,第411页。

③ 《史记·匈奴列传》:"自淳维以至头曼千有余岁,时大时小,别散分离,尚矣,其世传不可得而次云。然至冒顿而匈奴最强大,尽服从北夷,而南与中国为敌国,其世传国官号乃得而记云。"《史记·高祖功臣侯者年表》:"于是谨其终始,表见其文,颇有所不尽本末;著其明,疑者阙之。后有君子,欲推而列之,得以览焉。"

④ 王国维:《观堂集林》,第445页。

⑤ 王国维:《观堂集林》,第456页。

⑥ 王国维:《观堂集林》,第456页。

⑦ 王国维:《观堂集林》,第456页。

一事,就得出"舍弟传子之法,实自周始"的结论,这不够严谨。远的不说,就说成王的近祖,自古公亶父以来都是传子的。如前所述,周人的传子之法有悠久的传统,绝不是从周公开始的。其二,传子之制导致嫡庶之制的说法不符合婚姻制度演进的一般规律。自从有了私有财产,婚姻制度就演变为一夫一妻制,而一妻多妾现象在古代一夫一妻制下普遍存在。在"家天下"的时代,很难想象有天下者、有国者有妻无妾。既然妻妾众多,则众子必因母之贵贱而有贵贱之别,那么在继承权问题上必然是贵者优先,而众子之中最尊贵的莫若嫡长子。因此,一定是先有嫡庶之制,相应的才有嫡长制。母亲身份决定儿子身份,这在一妻多配情况下具有普遍性。例如,周幽王欲废太子,则先废旧后并去太子,然后立新后并以新后之子为太子。汉景帝废栗太子以后,立胶东王太后为皇后,然后立胶东王为太子。这说明太子的身份实际上是由其母身份赋予的。这使我们有理由认为,是嫡庶之制决定了嫡长制,而不是相反。其三,舍弟而传子,"所以息争也",这个说法经不起推敲。以商代言之,在常态传弟序列中,传弟既尽,则立末弟之子,这种做法也达到了防争的效果。以春秋战国时期诸侯国的众多争立乱象看,即使有嫡长制也不能息争。息争的关键不在于传弟还是传子,而在于是否遵守既定法则。

我们认为,王国维在借殷卜辞考证殷世系方面的贡献有目共睹,但他关于嫡长制自周代开始的判断不能令人信服。实际上,商代的王位继承制度就是嫡长制。

司马迁在《史记·殷本纪》中特别强调了中丁以来的王位更替乱象,他认为"废嫡"是争乱之源。司马迁指出:"自中丁以来,废适而更立诸弟子,弟子或争相代立,比九世乱,于是诸侯莫朝。"[1]那么,司马迁关于中丁以来"废嫡"及"比九世乱"的判断是否可信呢?下面我们将从三个方面进行论证。

第一,中丁至阳甲时期的世系图示显示,这一时期出现了空前绝后的王位更替混乱局面,由此可以推知司马迁所言不虚。

---

① 司马迁:《史记》,第 131 页。

据《史记·殷本纪》，殷中宗以来的世系如下：

中宗崩，子帝中丁立。帝中丁迁于隞。河亶甲居相。祖乙迁于邢。帝中丁崩，弟外壬立，是为帝外壬。《仲丁》书阙不具。帝外壬崩，弟河亶甲立，是为帝河亶甲。河亶甲时，殷复衰。①

河亶甲崩，子帝祖乙立。②

祖乙崩，子帝祖辛立。帝祖辛崩，弟沃甲立，是为帝沃甲。帝沃甲崩，立沃甲兄祖辛之子祖丁，是为帝祖丁。帝祖丁崩，立弟沃甲之子南庚，是为帝南庚。帝南庚崩，立帝祖丁之子阳甲，是为帝阳甲。帝阳甲之时，殷衰。③

司马迁所说的"废适"，即废止嫡长制。在他看来，自中丁以来至阳甲，殷固有王位继承制度被破坏，违反嫡长制而"更立诸弟子，弟子或争相代立"的混乱政治生态持续了相当长的时间。这种混乱局面通过图示会看得更清楚（横箭头表示兄弟关系，竖箭头表示父子关系，斜箭头表示堂兄弟或叔侄关系，数字表示即位顺序）：

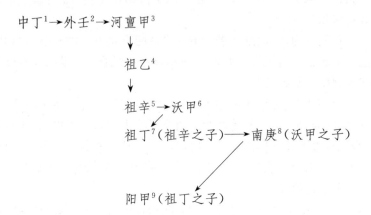

---

① 司马迁：《史记》，第 130—131 页。
② 司马迁：《史记》，第 131 页。
③ 司马迁：《史记》，第 131 页。

　　司马迁所说的"废適而更立诸弟子,弟子或争相代立"的实情究竟如何,笔者不敢妄言,但有一点可以肯定,那就是,从沃甲开始,即位末弟直接传子的惯例被打破,引发了持续的子辈争立的乱象。按汤以来的固有传统,当转为向子辈传位时应该是即位末弟直接传其子,不得返回立兄之子。如果末弟立了兄之子,或兄之子争立,这种无序传位会引发持续的混乱,直到回归固有传统。从上图可见,祖辛、沃甲、祖丁三个王的儿子按其父王即位顺序相继即位,这种混乱局面在殷世系中空前绝后。这说明司马迁所说的中丁以来"比九世乱"实有其事。

　　第二,中丁以来至阳甲迁都频繁,而此前与此后几乎不迁都,迁都频繁的根源应是政治上的动荡。

　　《史记·殷本纪》曰:"帝中丁迁于隞。河亶甲居相。祖乙迁于邢。帝中丁崩,弟外壬立,是为帝外壬。《仲丁》书阙不具。帝外壬崩,弟河亶甲立,是为帝河亶甲。河亶甲时,殷复衰。"①在这段话里,有一组信息很重要,即"帝中丁迁于隞。河亶甲居相。祖乙迁于邢"。从中丁到祖乙,共四王,三次迁都。据《古本竹书纪年》,中丁至阳甲,凡四迁,分别都于嚣、相、庇、奄。

　　　　仲丁即位,元年,自亳迁于嚣。

　　　　外壬居嚣。

　　　　河亶甲整即位,自嚣迁于相。

　　　　祖乙胜即位,是为中宗。

　　　　帝开甲踰即位,居庇。

　　　　祖丁即位,居庇。

　　　　南庚更自庇迁于奄。

　　　　阳甲即位,居奄

　　　　盘庚旬自奄迁于北蒙,曰殷。②

　　①　司马迁:《史记》,第130—131页。

　　②　皇普谧等撰:《帝王世纪 世本 逸周书 古本竹书纪年》,齐鲁书社,2010年版,第8页。

自盘庚徙殷，至纣之灭，(七)〔二〕百七十三年，更不徙都。①

这里未提及祖乙迁都事。但据《尚书序》，"仲丁迁于嚣"，"河亶甲居相"，"祖乙圮于耿"。孔颖达疏曰："汲冢古文云'盘庚自奄迁于殷'者，盖祖乙圮于耿，迁于奄，盘庚自奄迁于殷，亳、嚣、相、耿与此奄五邦者。"②不管祖乙迁都的具体情况究竟如何，因《尚书序》《殷本纪》皆言祖乙迁都，则祖乙迁都当确有其事。综上，自中丁至阳甲，至少五迁。据《古本竹书纪年》，自盘庚迁殷至纣灭亡，再没有迁都，而据《殷本纪》，帝武乙之时，"殷复去亳，徙河北"③，两说虽有差异，但可以肯定，盘庚迁殷终结了自中丁以来频繁迁都的混乱局面。

自成汤至太戊，计九位王，皆都于亳。自中丁至阳甲，计九位王，至少五迁。自盘庚迁殷至纣灭，或认为一迁，或认为再未徙都。经过对比，殷之迁都频繁时期与其政治上的动荡时期恰相一致，而在政治上的相对稳定时期，则几乎不迁都。由此可以肯定，司马迁"自中丁以来，废适而更立诸弟子，弟子或争相代立，比九世乱"的判断是完全正确的。

第三，从中丁开始，先王入祀配偶的数目突然由一位增至两位以上，这很可能是诸弟之子争立的结果。

郑慧生对商代的周祭祀谱进行了图示，并对殷先王入祀配偶与登位儿王的数目对应关系进行分类，计有四种，包括一母入祀一子为王，一母入祀数子为王，几母入祀几子为王，两母入祀一子为王。郑慧生指出，商代实行"儿王生母入祀法"，即有子为王则有妻入祀，入祀配偶是登位儿王的生母④。我们先来看看"废嫡"以前即成汤至太戊时期殷先王入祀配偶与儿王的对应关系：大乙妻妣丙——子大丁、外丙、〔中壬〕；大丁妻妣戊——子大甲；大甲妻妣辛——子〔沃丁〕、大庚；大庚妻妣

---

① 皇甫谧等撰：《帝王世纪 世本 逸周书 古本竹书纪年》，第9页。

② 《尚书正义》，十三经注疏本，北京大学出版社，1999年版，第221—222页。

③ 司马迁：《史记》，第134页。

④ 郑慧生：《从商代无嫡妾制度说到它的生母入祀法》，《社会科学战线》1984年第4期。

壬——子小甲、雍己、大戊；大戊妻妣壬——子中丁、外壬、戋甲①。（〔 〕中帝名仅见于传世文献，不见于卜辞。）从大乙到大戊，几位直系先王皆一妻入祀，若此妻为儿王生母的话，则几位儿王为同母兄弟。据《史记·殷本纪》，成汤名"天乙"，据卜辞，成汤名"大乙"。又，前文已知，太丁是成汤嫡长子，太甲是成汤嫡长孙。综上可知，大乙妻妣丙，既是太丁之生母，也是成汤之嫡妻，而外丙、中壬是太丁的同母弟；太丁妻妣戊既是太甲之生母，也是太丁之嫡妻。在这两例中，儿王生母与父王嫡妻是同一人。另，《帝王世纪》曰："汤娶有莘氏女为正妃，生太子丁、外丙、仲壬。太子早卒，外丙代立。"②据周祭祀谱推断的结果与文献记载一致，《殷本纪》《帝王世纪》与卜辞互证，当可断定太丁、外丙、中壬乃同母嫡出。可进一步推知，"废嫡"以前，殷先王嫡妻与儿王生母实即一人。也就是说，在"废嫡"以前，生母入祀法与嫡妻入祀法其实一也。由此可推知，成汤以来至太戊，即位者皆是先王嫡妻之子，在兄终弟及序列中，嫡长子具有优先继承权，嫡长子之母弟按年齿顺序具有顺位继承权，传弟既尽，由末弟直接传位于其嫡长子。其间唯一的例外是，太丁之弟中壬死后，由太丁之嫡长子太甲即位，这个问题上文已讨论过，不赘。可以说，在这个时期，嫡长子具有绝对优先继承权。无论传子还是传弟，这一根本原则是不变的。

但是，从中丁开始，先王入祀配偶的数目突然开始发生变化。兹按世序将中丁至阳甲之父祖丁时期先王入祀配偶与儿王对应关系摘录如下：中丁妻妣己、妣癸——子祖乙；祖乙妻妣己——子祖辛、沃甲；祖辛妻妣甲、妣庚——子祖丁；祖丁妻妣甲、妣乙、妣庚、妣癸——子阳甲、盘庚、小辛、小乙③。自中丁至祖丁，两妻入祀的有两位王，四妻入祀的有一位王，一妻入祀的有一位王。其中，中丁与祖辛都是两妻入祀一子为

---

① 郑慧生：《从商代无嫡妾制度说到它的生母入祀法》，《社会科学战线》1984年第4期。

② 皇普谧等撰：《帝王世纪 世本 逸周书 古本竹书纪年》，齐鲁书社，2010年版，第29页。

③ 郑慧生：《从商代无嫡妾制度说到它的生母入祀法》，《社会科学战线》1984年第4期。

王。针对这种现象,我们可以试着给出一个比较合理的解释:因为"废嫡",庶子开始争立,即位庶子追尊自己的生母为先王之正妃①,其生母以正妃身份得以进入周祭祀谱,而先王之嫡妻因地位尊崇,不得不被列入祀谱,这就出现了二妻入祀一子为王的现象。至于四子为王、四妻入祀的问题就更好解答了,因为四妻都做过嫡妻的可能性不大,其中应有庶妻,则即位者中应有庶子。当然,实际情况如何,尚赖新资料的发现。殷先王入祀配偶数目突然由一位增至两位以上的节点,与司马迁所说的"废適"开始的节点恰相一致,这种一致应该不是偶然的巧合。商代周祭祀谱为司马迁"废適"的判断提供了一定的支撑,这再次证明司马迁所言不虚,而我们根据司马迁的判断作出的相关推断也有了更坚实的基础。

殷之频繁迁都始于中丁,殷先王配偶入祀数目突然增加始于中丁,殷政治上长达九世的动荡亦始自中丁,这显然不是巧合。可以说中丁被立是成汤以来固有王位继承制度遭到破坏的关键事件。但因资料欠缺,我们无法对其真实情况再置一词。司马迁认为中丁至阳甲时期殷固有王位继承制度被违背,非常态的王位更替多发,那么,这一时期具体的王位更替方式就不宜作为考察商代王位继承制度的正面资料。因此,我们认为应该主要依据成汤至太戊时期、盘庚至帝辛时期具体的传位方式来考察商代的王位继承制度。

根据《殷本纪》,我们把汤至太戊时期、盘庚至帝辛时期的世系进行图示后发现,在这两个时期,传位路线要么呈横直线,要么呈竖直线,再无斜线传位的情况,也就是说,再未出现多个先王之子按这些先王即位

---

① 《后汉书·孝和孝殇帝纪》曰:"甲子,追尊皇妣梁贵人为皇太后。冬十月乙酉,改葬恭怀梁皇后于西陵。"这说的是汉和帝追尊自己的生母梁贵人为恭怀皇后之事。《后汉书·皇后纪》曰:(顺帝)"帝母李氏瘗在洛阳城北,帝初不知,莫敢以闻。及太后崩,左右白之,帝感悟发哀,亲到瘗所,更以礼殡,上尊谥曰恭愍皇后,葬恭北陵,为策书金匮,藏于世祖庙。"这说的是汉顺帝追尊自己的生母李氏为恭愍皇后之事。以汉代皇帝追尊自己生母为先帝皇后之事,不难推知以庶子身份即位的商代帝王也可能追尊自己的生母为先帝之皇后,因此其生母以皇后身份得以进入周祭祀谱。

顺序轮流即位的情况。这与中丁至阳甲时期的传位路线形成了鲜明的对比。这种对比表明,司马迁在《殷本纪》中单单对中丁至阳甲时期的世系作出"废適"的判断,定有充分依据。

根据汤至太戊时期、盘庚至帝辛时期的传位路线,可以发现这两个时期传位的基本原则。殷帝崩,若其嫡长子堪担大任,则直接传位于其嫡长子;若其嫡长子被立为太子但未即位已死,而太子同母弟堪担大任,则传位于太子之弟;若殷帝因种种原因不能传子,则传位于殷帝之同母弟。为了防止兄弟争乱,就以按年齿顺序即位为传弟序列的大原则。在这个大原则下,还有一个共同的约定,那就是即位末弟直接传位于其嫡长子,由此嫡长子开启新一轮的传位序列,这个序列或是传弟序列,或是传子序列。汤至太戊时期、盘庚至帝辛时期的传位路线呈横直线或竖直线,就是遵循上述原则的结果。需要注意的是,在嫡长子能够即位的前提下,在殷帝传弟序列中,居首位的应是嫡长子,在传子序列中,即位之子应是嫡长子,但在嫡长子年幼、早死,甚或殷帝无嫡嗣的情况下,即位者的身份另当别论。无论如何,嫡长子具有优先继承权这一根本原则不会动摇。因此,汤至太戊时期、盘庚至帝辛时期遵行的王位继承制度是嫡长制。又,与夏、周《本纪》相比,"复衰"的断语在《殷本纪》中频出,这意味着殷商政权比夏、周政权脆弱,诸侯不朝对殷商政权构成了极大的威胁,将最高权力交付于强有力的成年男性才能确保其政权的寿命,这正是殷世系中传弟序列远多于夏周的原因之一。

王国维指出:"特如商之王位继承制度,以弟及为主而以子继辅之,无弟然后传子。自成汤至于帝辛三十帝中,以弟继兄者凡十四帝,其以子继父者,亦非兄之子而多为弟之子。"[1]王国维认为商代王位继承制度以弟及为主子继为辅,其依据有二:其一,弟及者占比为近半,其二,以子继父者多为弟之子。笔者以为这个判断更显说服力不足。在"家天下"的时代,弟及与子继是最常见的王位继承方式。不能以二者的数量对比来判断何者为主何者为辅,因为二者的数量对比仅在这一王朝灭亡时具有统计价值,再无其他价值。决定王位继承制度的关键因素

---

[1]　王国维:《观堂集林》,中华书局,1999 年版,第 454—455 页。

是这个政权赋予什么人优先继承权,而不是具体由什么人继承了王位。因此,关于商代王位继承制度的讨论,必须跳出弟及、子继的偏见,而应着力考察商代究竟赋予什么人优先继承权。因此,商代的王位继承制度就是嫡长制,不是弟及也不是子继,更不是二者并行的双轨制。为了使这一结论更加可靠,我们拟将鲁世系前半部分图示如下,以便证明弟及是嫡长制的补充形式而不是一种制度。

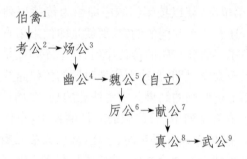

上图中,竖箭头表示父子关系,横箭头表示兄弟关系,数字表示世数。在鲁国前九位国君中,首位国君除外,继任者中以子身份即位者四人,以弟身份即位者四人。如果按照弟及者与子继者的数量对比得出结论,那么鲁国前期实行的就是弟及与子继并行的双轨制,二者不分主辅。而事实上,鲁行周礼,实行的是嫡长制,这个是没有疑问的。鲁庄公夫人哀姜无子,鲁庄公面临着无嫡嗣的困境。鲁庄公问嗣于弟叔牙,叔牙说:“一继一及,鲁之常也。庆父在,可为嗣,君何忧?”①鲁庄公爱

---

① 《史记·鲁周公世家》:“庄公有三弟,长曰庆父,次曰叔牙,次曰季友。庄公取齐女为夫人曰哀姜。哀姜无子。哀姜娣曰叔姜,生子开。庄公无適嗣,爱孟女,欲立其子斑。庄公病,而问嗣于弟叔牙。叔牙曰:‘一继一及,鲁之常也。庆父在,可为嗣,君何忧?’庄公患叔牙欲立庆父,退而问季友。季友曰:‘请以死立斑也。’庄公曰:‘曩者叔牙欲立庆父,奈何?’季友以庄公命命牙待于鍼巫氏,使鍼季劫饮叔牙以鸩,曰:‘饮此则有后奉祀,不然,死且无后。’牙遂饮鸩而死,鲁立其子为叔孙氏。八月癸亥,庄公卒,季友竟立子斑为君,如庄公命。侍丧,舍于党氏。”第1844页。

孟女,欲立其子斑,听了叔牙的建议后,担心将来叔牙立庆父。鲁庄公因无嫡嗣而陷入这样的忧虑,恰恰表明鲁国遵行的是嫡长制。而叔牙的回答表明,在鲁国历史上,弟及与子继都是嫡长制下的传位方式。叔牙建议以庆父为嗣,应是嫡长制的相关规则使然。庆父是鲁庄公的同母弟,在叔牙看来,在鲁庄公无嫡嗣的情况下,其同母弟庆父因嫡出而享有优先继承权。也就是说,在嫡长制下,君王无嫡子时,优先享有继承权的是君王的嫡出之弟而不是庶出之子,弟及的根本目的是解决君王无嫡子可传的困局,弟及本质上是嫡长制下的一种补充传位形式。无论弟及次数多寡,都不能改变其本质。因此,王国维所说的商代多达十四次的弟及并不能动摇其王位继承制度是嫡长制这一事实。

王国维还指出:"故商人祀其先王,兄弟同礼,即先王兄弟之未立者,其礼亦同,是未尝有嫡庶之别也。"[1]王国维认为商代无嫡庶之别。这种说法值得商榷。其一,如果商无嫡庶之别,那么一个成年的殷帝其子必众,而其众子都具有继承权,在众子之中选择哪一位先继承王位,就是一个大难题,而在众子之中确定哪些儿子能即位哪些不能即位,其即位顺序如何安排,又是一堆难题。但从商代常态传位时期的世系看,似乎又没有遭遇这些困难。这就说明商无嫡庶之别的说法可能与事实不符。其二,据《殷本纪》,殷世系中常态传位时期明确的传弟序列有五个,其中,仅传一个弟弟的有三个,传两个弟弟的有两个。如果这些即位者身份无嫡庶之别,则常态传位时期殷帝有三个儿子的只有两位,有两个儿子的只有三位。殷帝之子如此之少确实到了令人瞠目结舌的程度。这显然是不符合常理的。比较合理的解释是这些即位者都是殷帝的嫡子。其三,也有人会说,这些数字只代表即位儿子的数量,还有些未即位,正如王国维所说,据殷卜辞,"先王兄弟未立者"确实有。那么问题就来了,商代依据什么原则来确定殷帝的哪些兄弟不可立呢?又有什么有效办法来防止未立之兄弟不争呢?根据匈奴及周代诸侯国争立乱象,因嫡长子年幼、早死、被废、被杀等原因而不能即位,往往会引

---

① 王国维:《观堂集林》,第 455 页。

起争乱,这种混乱甚至绵延几世不绝①。究其原因,"家天下"时代,嫡长子身份具有天然的即位合法性,其他儿子则不具备这种条件,除了嫡长子之外,任何人即位的合法性都会受到质疑,如果没有相应的法则保障其合法性,则争乱必起。商代确实有延续很长时间的争乱,即司马迁所说的自中丁以来因"废适"而导致的"比九世乱"。司马迁认为"废适"是商代长达九世争乱的根源,也就是说成汤以来固有的王位继承制度嫡长制被违背导致了长期的争乱,这与楚国子西所说"国有常法,更立则乱"的道理相通②。与之相应,可以说嫡长制是商代防止争乱的最佳制度。商代嫡长制所确立的基本法则前文已述,不赘。前文也已论及由《诗经》《史记》《吕氏春秋》等经典文献可知,商代有嫡庶之别的问题③。那种认为嫡长制是周代才开始的看法是不符合历史实际的。认为先有嫡长制再有嫡庶之制的说法,既不符合婚姻制度的演进规律,也与历史上遴选王位继承人的实际操作方法相抵牾。

商代的世系问题远较夏周复杂,在商代 29 次王位更替中,"弟及"达 13 次之多,认为商代王位继承制度是兄终弟及制或以弟及为主、子继为辅的提法由此产生,这不足为怪。但对商代王位继承制度的讨论不应只局限于商代世系的表象。司马迁之"自中丁以来,废适而更立诸弟子,弟子或争相代立"的论断,为拨开商代王位继承制度问题上的迷雾提供了一把钥匙。以此为出发点,我们把商代世系分为常态传位时期与争乱时期,通过商代世系的纵向比较,我们发现了商代常态传位时期遵循的根本原则是嫡长子具有绝对优先继承权。通过与周代世系、周代诸侯国世系及匈奴世系的横向比较,发现"弟及"是嫡长制下的普

① 《史记·宋微子世家》:"《春秋》讥宋之乱自宣公废太子而立弟,国以不宁者十世。"第 1959 页。

② 《史记·楚世家》:"十三年,平王卒。将军子常曰:'太子珍少,且其母乃前太子建所当娶也。'欲立令尹子西。子西,平王之庶弟也,有义。子西曰:'国有常法,更立则乱,言之则致诛。'乃立太子珍,是为昭王。"第 2055 页。

③ 《诗经·大明》"天位殷适"一句指明纣是殷之正适。司马迁"废适而更立诸弟子"之说明示殷行嫡长制。据《吕氏春秋》,在立庶长子微子还是立嫡长子纣的问题上,"太史据法"而争,说明嫡长制是商代长期遵循的法。

遍现象。因此,我们认为,商代的王位继承制度是嫡长制,其中常态传位时期的"弟及"是嫡长制下的补充传位形式,其根本目的是解决即位嫡长子不能传位于其嫡嗣这一困局,而不是兄终弟及制的产物,换言之,商代无兄终弟及这种王位继承制度。可以肯定,商代的王位继承制度只有一种,不是兄终弟及制,也不是弟及与子继并行的双轨制,而是嫡长制。国内多种中国文化史的教材和著作都认为嫡长制的确立在周代,宗法制的确立也在周代,这种说法应该得到纠正,以免更多受众在中国文化的重大问题上接受不正确的信息。

■ 作者简介

张艳萍(1972—),女,甘肃临泽人,西北师范大学文学院教授,文学博士,主要从事先秦两汉文学与文化研究。

毛公鼎铭文本性质考辨[*]

——兼论西周中晚期一类册命文的文本形态及其生成机制

李冠兰

（中山大学中文系　广东广州　510275）

内容提要　毛公鼎铭与师訇簋、牧簋、师克盨、四十三年逨鼎诸器铭文及《尚书·文侯之命》在文本上有着共同的渊源，载录了西周中晚期关系密切的一系列册命文书。这一系列命书来自同一套话语系统，且很可能存在某些"范本"，以供史官在操作时参考。从这一密切联系可以确证，毛公鼎铭的撰写必然以预先写就的书面命书作为基础，而非随机、临时的口头讲话记录。史官在撰写命书时，持有模糊的押韵意识，下意识地在"素材库"中取用韵脚相近的成词、套语，从而使文书形成了松散押韵的文体特征。以毛公鼎铭为代表的册命铭文所载命书以"王若曰……王曰……"的形式结章，这一文本结构是对周初以来"王若曰……王曰……王曰……"形式的下意识延续，其原因是撰写者对周初以来所积累的经典文献和写作范本的涵泳熟读和模仿。然而，这种模仿和运用仍停留在比较机械的参照和照搬字句之上，还未形成在明确的文体意识指导下的灵活化用，其根本原因是文体意识尚未全然成熟。

关键词　毛公鼎铭　册命　文本　生成机制

＊　本文为国家社科基金一般项目"出土文献与先秦文体学新证"（批准号：17BZW196）阶段性成果。

毛公鼎铭是西周晚期的代表性册命铭文。关于毛公鼎铭文本的性质，目前学界大概有两种看法：其一认为是王在册命仪式上宣读的命书内容，以陈梦家先生①为代表；其二认为是王在册命仪式上的口头命官之辞，以张怀通为代表，张先生指出，毛公鼎铭所载王命是口头语言，而非书面语言，是史官对周王现场讲话的记录，这一讲话与"命书"中的内容是不同的，是王就委任而作的临场讲话②。对于张先生的观点，丁进提出了不同意见，从多方面论证铭文所载命辞是史官预先撰写的册命书③。本文尝试在此基础上对毛公鼎铭的文本性质进行具体的考辨，认为其必然以预先写就的书面命书作为基础。

围绕这一问题的争论，实际上牵涉到对"王若曰……王曰……"这一结章形式的性质的判断。另外，还涉及书面体和口语体的辨别问题。再进一步，更关系到西周册命文的文本形态、生成机制甚至西周文献的书面化、文本化等重要问题，因此值得进一步深入讨论。西周中晚期存在着与毛公鼎铭在文本上密切相关的一系列册命铭文，而毛公鼎铭又是其中最具代表性的，因此，解决了毛公鼎铭性质的问题，西周中晚期册命铭文的相关问题也将得到解答，乃至对西周时期书面文书的文本形态及生成发展机制等问题的研究也会有一定的启发。

一、成词成句的文本渊源

毛公鼎铭沿用了很多西周习用的成词、成句，文本中有不少词句都可以找到出处，或与其他册命铭文及传世文献有着高度相似性，可见撰作者在写作时一方面经过深思熟虑，一方面还对以往的文献资料进行了十分充分的参考，这说明毛公鼎铭所载的王命一开始就是以书面的

---

① 参见陈梦家：《王若曰考》，《尚书通论》，中华书局，2005 年版，第 154—155 页。以下对诸位前辈学者的敬称悉省，敬请见谅。

② 张怀通：《"王若曰"新释》，《历史研究》2008 年第 2 期。

③ 丁进：《商周青铜器铭文文学研究》，西北大学出版社，2013 年版，第 154—157 页。

形式撰作的。

　　以下先对毛公鼎铭进行逐字逐句的详细分析，逐一列出与铭文相关的成词及成句①：

　　　　王若曰：父厝，丕显文武，

"丕显文武"为西周习用语，如师克盨铭："丕显文武，雁受大令。"（《殷周金文集成》②4467）亦见于《尚书·文侯之命》："王若曰：'父义和，丕显文武……'"③

　　　　皇天引厌厥德，配我有周。

引：长也，长久。厌：满，充足。意即上天赐予长久且充厚的德。类似表达如《尚书·洛诰》："万年厌乃德。"④

　　　　雁受大命，

雁，膺省。膺受，同义连用，承受之意。"雁受大命"是西周青铜器铭文习用语，如师克盨："雁受大令。"（《集成》4467）清华简（五）《封许之命》："雁受大命。"又见于传世文献，如《逸周书·祭公》："用應受天命，敷文在下。"⑤

---

　　① 释文、注释参考马承源主编《商周青铜器铭文选》（文物出版社，1990年版，以下简称"《铭文选》"）、王辉《商周金文》（文物出版社，2006年版）、石帅帅《毛公鼎铭文集释》（吉林大学硕士学位论文，2016年），以下不再标注具体出处。
　　② 中国社会科学院考古研究所编：《殷周金文集成》，中华书局1984年版。以下简称"《集成》"。
　　③ 阮元校刻：《十三经注疏》，中华书局，1980年版，第253页。
　　④ 阮元校刻：《十三经注疏》，第216页。
　　⑤ 黄怀信、张懋镕、田旭东：《逸周书汇校集注》（修订本），上海古籍出版社，2007年版，第928页。

率怀不廷方,

率,语气词。怀,安抚。不廷方,不来朝觐周的方国。《诗·大雅·韩奕》:"朕命不易,干不庭方。"①

亡不闬(覲)于文武耿光。

闬,《铭文选》读为"覲"。汤余惠认为引申有限止之意,意思是"无不归附于文武王的统治之下"。类似表达可见于《尚书·立政》:"以覲文王之耿光。"②

唯天将集厥命,亦唯先正畧辥厥辟,

集,成就、降落之义。先正,文武时代的旧臣。畧,吴式芬释襄,孙诒让、杨树达从之,襄赞义。辥读为乂,辅相之义。《尚书·文侯之命》:"惟时上帝集厥命于文王,亦惟先正克左右昭事厥辟。"③表达极为接近。

恪谨大命,

王辉释为"劳勤大命"。《礼记·祭统》孔悝鼎铭:"勤大命。"④

肆皇天亡罢(斁),临保我有周,丕巩先王配命。

亡罢,即无斁,不懈之义。亡罢是西周的习用语,如《诗·周颂·清庙》:"不显不承,无射于人斯。"⑤《大雅·思齐》:"不显亦临,无射亦保。"⑥清华简(三)《周公之琴舞》:"允丕承丕显,思攸亡斁。"(简四)清华简(五)

---

① 阮元校刻:《十三经注疏》,第 570 页。
② 阮元校刻:《十三经注疏》,第 232 页。
③ 阮元校刻:《十三经注疏》,第 253 页。
④ 阮元校刻:《十三经注疏》,第 1607 页。
⑤ 阮元校刻:《十三经注疏》,第 583 页。
⑥ 阮元校刻:《十三经注疏》,第 517 页。

《封许之命》："故天劝之乍〈亡〉斁。"（简二）与毛公鼎铭高度相似的表达如师訇簋："肆皇帝亡斁，临保我有周。"（《集成》4342）

> 旻天疾威，司余小子弗彶，邦将害吉？

旻天，仁慈的上天。疾威，发威，震怒，多与"降丧"相连。《诗·小雅·小旻》《雨无正》、《大雅·召旻》都有"旻天疾威"之句，《逸周书·祭公》作"昊天疾威"①。师訇簋云："今日天疾威降丧。"（《集成 4342》)

> 翩翩四方，大纵不静。乌虖！趩余小子，圂湛于艰，永巩先王。

趩，读如惧。圂，读为溷，混浊。湛，湛、沈古今字，沉又沈之俗也。"圂湛于艰"，汤余惠认为大意为深陷于艰难之中。类似表达如《诗·周颂·访落》："维予小子，未堪家多难。"②《闵予小子》："闵予小子，遭家不造。"③《尚书·文侯之命》："闵予小子嗣，造天丕愆。"④

> 王曰：父厝。 今 余唯肇巠（经）先王命，命女（汝）辥（乂）我邦我家内外，惷（拥）于小大政。

"我邦我家"为西周习用语，叔向父禹簋："用龗（申）�（恪）奠保我邦我家。"（《集成》4242，西周晚期）

> 粤朕位，觘许上下若否雩四方尸。毋动余一人在位，

"粤朕位"，粤，读为屏，藩屏朕位之意。类似表达如《左传·哀公十六年》：

---

① 黄怀信、张懋镕、田旭东：《逸周书汇校集注》（修订本），第 925 页。
② 阮元校刻：《十三经注疏》，第 598 页。
③ 阮元校刻：《十三经注疏》，第 598 页。
④ 阮元校刻：《十三经注疏》，第 254 页。

"俾屏余一人以在位。"①《尚书·文侯之命》："有绩，予一人永绥在位。"②

> 引唯乃知余非，亶（庸）又（有）闻。汝毋敢荒宁，

"汝毋敢荒宁"，意为汝毋敢荒废自安。类似表达如《尚书·无逸》："治民祗惧，不敢荒宁。"③《文侯之命》："毋荒宁。"④

> 虔夙夕，惠我一人，雝我邦小大猷，

邕，和。猷，谋猷。师訇簋铭："令女（汝）更雝我邦小大猷。"（《集成》4342）四十三年逨鼎铭："毋敢妄宁，虔夙夕，更雝我邦小大猷。"（《新收殷周青铜器铭文暨器影汇编》⑤747）表达如出一辙。另《尚书·文侯之命》云："越小大谋猷。"⑥

> 毋折缄，告余先王若德，用仰昭皇天，龣（申）圎（恪）大命，

圎，或释为固，或释为恪。裘锡圭先生举《左传·宣公十五年》的例子："以事神人而申固其命。""龣（申）圎（恪）大命"为西周铜器铭文常用语，如番生簋盖："龣（申）圎（恪）大命。"（《集成》4326，西周晚期）㺇簋："其濒在帝廷陟降，龣（申）圎（恪）皇帝大鲁令，用𥎦保我家、朕位、㺇（胡）身。"（《集成》4317，厉王）叔向父禹簋："用龣（申）圎（恪）奠保我邦我家。"（《集成》4242，西周晚期）

---

① 阮元校刻：《十三经注疏》，第 2177 页。
② 阮元校刻：《十三经注疏》，第 254 页。
③ 阮元校刻：《十三经注疏》，第 221 页。
④ 阮元校刻：《十三经注疏》，第 254 页。
⑤ 钟柏生、陈昭容、黄铭崇、袁国华编：《新收殷周青铜器铭文暨器影汇编》，艺文印书馆，2006 年版。以下简称"《新收》"。
⑥ 阮元校刻：《十三经注疏》，第 253 页。

康能四国，欲我弗乍先王忧。

"无作……忧（或羞）"是西周习惯用语，如清华简（一）《皇门》："毋作祖考覰（羞）哉！"（简十三）此语亦多用于祭祀祝祷文体，《左传》所载两篇祝祷文皆有类似表达，如"无作三祖羞"（《左传·哀公二年》）①、"无作神羞"（《左传·襄公十八年》）②。

> 王曰：父庿。寽之庶出入事于外，敷命敷政，蓺小大楚赋。无唯正昏，引（矧）其唯王智（知），廼唯是丧我国。厤自今，出入敷命于外，厥非先告父庿，父庿舍命，毋又敢拥，敷命于外。
> 王曰：父庿。今余唯䛐先王命，命汝亟一方，囨（宏）我邦我家。

䛐，读为申，重申之意。金文有"䛐绍大命"、"䛐就乃命"等习语。

> 毋頯（推）于政，勿邕建（楗）庶 民 㝡 。毋敢龔（拱）橐（苞），龔（拱）橐（苞）廼侮鳏寡。

最后一句意为：不可中饱私囊，中饱私囊将侵侮鳏寡。四十三年逨鼎铭："毋龔橐，龔橐唯又宥纵，廼孜（侮）鳏寡。"（《新收》747）表达十分相似。"侮鳏寡"是西周成词，《诗·大雅·烝民》："不侮矜寡，不畏彊御。"③《尚书·康诰》《无逸》："不敢侮鳏寡。"作册嗌卣铭："勿剥嗌鳏寡。"（《集成》5427，西周早期）

> 善效乃友正，毋敢湎于酒。

---

① 阮元校刻：《十三经注疏》，第 2157 页。
② 阮元校刻：《十三经注疏》，第 1965 页。
③ 阮元校刻：《十三经注疏》，第 569 页。

类似表达如《尚书·酒诰》："罔敢湎于酒。"①

　　汝毋敢豖在乃服，圉凤夕，敬念王威不易。

毋敢豖，类似表达如速钟："速卸于厥辟，不敢豖，虔凤夕敬厥死事。"
（《新收》772，西周晚期）不易，专一。类似表达如《尚书·君奭》："不知
天命不易。"②《大诰》："尔亦不知天命不易。"③《诗·大雅·韩奕》："朕
命不易。"④《文王》："骏命不易。"⑤

　　汝毋弗帅用先王乍明型，

帅，率。用，由、以。型，法也。牧簋铭的表达非常相近："汝毋敢弗帅先
王作明型用。"（《集成》4343）

　　欲汝弗以乃辟陷于艰。
　　王曰：父庴。已曰及丝卿事寮、大史寮于父即尹。命汝瓶飌
　　公族，雩三有飌、小子、师氏、虎臣，雩朕亵事，以乃族干吾王身……
　　（案：下文主要为对赏赐物的列举及毛公对扬之辞，从略。）

"欲汝弗以乃辟陷于艰……以乃族干吾王身"，类似表达如师訇簋："率
以乃友干吾王身，欲汝弗以乃辟甬（陷）于艰。"《逸周书·祭公》："我亦
维丕以我辟险于难。"⑥《尚书·文侯之命》："汝多修扞我于艰。"⑦陈梦
家认为即"干吾王身于艰"之省⑧。

---

① 阮元校刻：《十三经注疏》，第 207 页。
② 阮元校刻：《十三经注疏》，第 223 页。
③ 阮元校刻：《十三经注疏》，第 200 页。
④ 阮元校刻：《十三经注疏》，第 570 页。
⑤ 阮元校刻：《十三经注疏》，第 505 页。参见石帅帅：《毛公鼎铭文集释·
古成语"不易"解》，吉林大学硕士学位论文，2016 年。
⑥ 黄怀信、张懋镕、田旭东：《逸周书汇校集注》（修订本），第 940 页。
⑦ 阮元校刻：《十三经注疏》，第 254 页。
⑧ 陈梦家：《西周铜器断代》，中华书局，2004 年版，第 297 页。

综上，可就毛公鼎铭的词句运用方面整理归纳出两点：

第一，成词的沿用。关于成语，王国维撰《与友人论诗书中成语书》，研究《尚书》《诗经》中的“成语”①。姜昆武继作《诗书成词考释》，厘清了成词与成语的内涵与外延，并指出成词类似于一种阶级习惯语，有固定的结构、特殊的含义，并使用于特定的场合，是活跃于上层社会的一种雅言②。本文沿用姜先生“成词”的概念。毛公鼎铭中可见的成词有：

> 丕显文武、引厌厥德、膺受大命、不廷方、勤大命、旻天疾威、我邦我家、粤朕位、醽(申)圈(恪)大命、弗乍先王忧、侮鳏寡、毋敢彖、不易

从这些成词的存在，可以知道毛公鼎铭的语体非常古雅。当然，古雅的语体未必就能等同于书面语。毛公鼎铭所见的成词，有不少是可与《尚书》周诰互见的。而《尚书》周诰多是西周早期的材料，学者一般认为是口语的记录③。由此亦可知，成词未必只用于书面语，关键在于，这些成词是由特定阶级使用于特定场景的。然而，毛公鼎铭高密度地使用成词，是高度雅化的文本，这种形态在西周早期少见，而多见于西周中后期的册命文。很显然，书面化程度越高的文本，对成词的使用越为频

① 王国维：《观堂集林》，中华书局，1959 年版。

② 姜昆武：《诗书成词考释》，齐鲁书社，1989 年版，第 21—22、24 页。

③ 此说以鲁迅、顾颉刚、刘起釪、刘大杰等学者为代表。如刘大杰：“《周诰》中的文辞，全是用当时的口语记录的文告和讲演。”[刘大杰：《中国文学发展史》(上)，复旦大学出版社，2006 年版，第 44 页]；顾颉刚：“周民族起源于渭水流域，说的是一口陕西方言，史官忠实记录了下来。”[《〈尚书·大诰〉今译(摘要)》，《历史研究》1962 年第 4 期]；刘起釪：“那些《书》篇太难读了，因为全是周公用西土岐周方言讲的。”[《尚书学史》(订补修订本)，中华书局，2017 年版，第 62 页]陈桐生认为周诰不是照写口语，而是史官在将王的口语尽快记录下来的同时，尽可能将口语转化为书面语的产物，参《论〈尚书〉非“照写口语”》(《中山大学学报》2014 年第 3 期)，可备一说。然而，不可否认的是，周诰必然来源于口语，并以口语为原型，文本中依然有口语的留存。既然它以书面的形式存世，则在书面化的过程中必然会带入书面的色彩，只是不同的学者对书面化程度和主体的判定有不同的看法。陈先生文章并不否定《周诰》来源于口语，故本文暂不深入讨论。

繁,密度越高。这应该可以成为判断文本的文白性质的规律之一。

第二,成句的沿用。比成词更值得注意的是,毛公鼎铭运用了不少在成词的基础上形成的成句,这些成句可以在其他文献中找到类似的表达。具体列表如下:

毛 公 鼎 铭	相 似 成 句	出　　处
亡不觌于文武耿光	以觌文王之耿光	《尚书·立政》
唯天将集厥命,亦唯先正暨辥厥辟	惟时上帝集厥命于文王,惟先正克左右昭事厥辟	《尚书·文王之命》
肆皇天亡斁,临保我有周	肆皇帝亡斁(斁),临保我有周	师訇簋铭
趣余小子,圉湛于艰	维余小子,未堪家多艰	《诗·周颂·访落》
粤朕位……毋动余一人在位	有绩,予一人永绥在位	《尚书·文侯之命》
	俾屏余一人以在位	《左传·哀公十六年》
汝毋敢荒宁	治民祇惧,不敢荒宁	《尚书·无逸》
	毋荒宁	《尚书·文侯之命》
惠我一人,雕我邦小大猷	令汝更雕我邦小大猷	师訇簋铭
	毋敢荒宁,虔夙夕,更雍我邦小大猷	四十三年逨鼎铭
	越小大谋猷	《尚书·文侯之命》
毋敢拱苞,拱苞廼侮鳏寡	毋龚橐,龚橐唯又宥纵,廼侮鳏寡	四十三年逨鼎铭
毋敢湎于酒	罔敢湎于酒	《尚书·酒诰》
汝毋弗帅用先王乍明型	汝毋敢弗帅先王作明型用	牧簋铭
欲汝弗以廼辟陷于艰……以廼族干吾王身	率以乃友干吾王身,欲汝弗以廼辟陷于艰	师訇簋铭
	汝多修扞我于艰	《尚书·文侯之命》
	我亦维丕以我辟险于难	《逸周书·祭公》

在毛公鼎铭以外,还有一些可以互见成句的册命铭文,略举例如次:

厥讯庶右邻不型不中……雩乃讯庶右邻,毋敢不明不中不型,乃甫政事,毋敢不尹,其不中不型。	牧簋铭
雩乃専政事,毋敢不蒦不型;雩乃讯庶又粦,毋敢不中不型。	四十三年逨鼎铭

又如:

则繇唯乃先祖考有爵于周邦	师克盨铭
繇自乃祖考有爵于周邦	录伯茲簋盖铭(《集成》4302)
余唯闻乃先祖考有爵于周邦	四十二年逨鼎铭(《新收》745)
今余唯望乃先祖考有爵于周邦	四十三年逨鼎铭

由此可知,毛公鼎铭与师訇簋、牧簋、师克盨、四十三年逨鼎、《尚书·文侯之命》等材料所收录的册命文使用同一套话语系统,有着密切的渊源。我们不能确切地断定某篇参照了某篇,但可以肯定的是,诸篇必然有一个类似的参考对象。在文句上相似度如此高,这一特征不应出自口语讲话的临场发挥,因为临场发挥的讲话应有明显的随机性。因此,可以断定,这一系列的王命文本,是史官预先写就以供册命仪式上宣读的册书,它出自一套相对固定的话语系统,且很有可能存在某些"范本",以供史官在撰作时参考。

在这些材料中,除了《尚书·文侯之命》以外,形成的年代都属西周中晚期:

师訇簋	懿王①
牧簋	懿王
师克盨	孝王

---

① 由于学者对诸器的断代多有不同意见,为统一和简化起见,断代主要参考马承源主编《商周青铜器铭文选》。

毛公鼎	宣王
四十三年逨鼎	宣王
《尚书·文侯之命》	周平王

而且，在结构上，几篇册命文对王命的引用都以"王若曰……王曰……"形式串联起来，在写作套路上也有高度相似性。既然如此，我们便可将这几篇册命文作为一个群体加以考察，这有利于我们进一步研究西周中晚期册命文的文本形态及其生成机制。

二、松散韵体的形成

以毛公鼎铭为代表的这一类册命文，有接近于韵文的文体特征，但又非严格押韵，笔者称之为松散韵体。

以下对毛公鼎铭的韵读作具体分析：

> 王若曰："父厝，丕显文武，皇天引厌厥德，配我有周。雁受大命【耕】，率怀不廷方【阳】，亡不闬（覲）于文武耿光【阳】。唯天将集厥命【耕】，亦唯先正畧辥厥辟，恪谨大命【耕】，肆皇天亡睪（斁），临保我有周，丕巩先王配命【耕】。旻天疾威，司余小子弗彶，邦将害吉？翩翩四方【阳】，大纵不静【耕】。乌虖！趣余小子，圂湛于艰，永巩先王【阳】。"

以上耕阳合韵。

> 王曰："父厝，今余唯肇巠（经）先王命【耕】，命女（汝）辥（乂）我邦我家内外，毳（拥）于小大政【耕】。粤朕位【微】。虩许上下若否畧四方尸【脂】。毋动余一人在位【微】，引唯乃知余非【微】。章

（庸）又（有）闻【文】。汝毋敢荒宁【耕】，虔夙夕，惠我一人【真】，雝我邦小大猷，毋折缄，告余先王若德，用仰昭皇天【真】，醽（申）圈（恪）大命【耕】，康能四国，欲我弗乍先王忧。"

脂微合韵、文真耕合韵。

王曰："父厝，雩之庶出入事于外，敷命敷政，埶小大楚赋。无唯正昏，引（矧）其唯王智（知），迺唯是丧我国。厤自今，出入敷命于外，厥非先告父厝，父厝舍命，毋又敢拥，敷命于外。"

王曰："父厝，今余唯醽先王命【耕】，命汝亟一方【阳】，弘（宏）我邦我家。汝颉（摧）于政【耕】，勿邕建（梃）庶 民 𡥀。毋敢龚（拱）橐（苞），龚（拱）橐（苞）迺侮鳏寡。善效乃友正【耕】，毋敢沑于酒。汝毋敢家在乃服，圈夙夕，敬念王威不易。汝毋弗帅用先王乍明型【耕】，欲汝弗以乃辟陷于艰。"

以上耕阳合韵。

王曰："父厝，巳曰及兹卿事寮大史寮于父即尹【文】。命女（汝）靳翩公族，雩三有嗣、小子、师氏、虎臣【真】，雩朕亵事，以乃族干吾王身【真】。取赉（赗）卅乎，易女（汝）鬯卣一卣、祼圭瓒宝、朱市、恩黄、玉环、玉瑑、金车、奉绰軶、朱虣𠷎裞、虎冟熏里、右厄（轭）、画轉、画鞃、金甬、道衡、金踵、金豪、约盛、金簟弼、鱼箙、马四匹、攸勒、金嚼、金雁、朱旂二铃【耕】。易汝兹𢁞（膳），用岁用政【耕】。"

以上文真耕合韵。

毛公厝对扬天子皇休，用乍尊鼎【耕】，子子孙孙永宝用【东】。（《集成》2841，西周晚期）①

---

① 毛公鼎铭的韵读，部分参考何姗：《西周金文韵读研究》，苏州大学硕士学位论文，2011年，第67—68页。

此段为金文结尾常见的套语,耕东合韵。

毛公鼎铭的文本押韵并不整齐,且合韵的情况很多,证明毛公鼎铭的押韵不算很谐和,虽然如此,仍可看出撰写者有一定的押韵意识。

与毛公鼎关系密切的师訇簋,铭文也是押韵的:

> 王若曰:"师訇,丕显文武,膺受天令【耕】。亦则于汝乃圣且考,克左右先王【阳】,乍厥肱股,用夹召厥辟莫大令【耕】,盩龢雩政【耕】。肆皇帝亡斁,临保我有周,雩四方【阳】,民亡不康静【耕】

以上耕阳合韵,韵脚密集。

> 王曰:"師訇,哀才! 今日天疾畏降丧【阳】。首德不克夌(义),古亡承于先王【阳】。向汝彶屯卹周邦【东】,妥立余小子【之】,氒(载)乃事【之】,佳王身厚顗【脂】。今余佳醽(申)亯乃令【耕】,令汝亩雗我邦小大猷,邦佑潢嬄,敬明乃心,率以乃友干吾王身【真】,欲汝弗以乃辟圅(陷)于艰【文】,易汝鬯刍一卣、圭瓒、夷允三百人【真】。"

以上东阳合韵,之、脂、真、文诸韵关系密切。

> 訇頴首【幽】,敢对扬天子休【幽】,用乍朕剌且乙白同益姬宝簋【幽】。訇其万匄年子子孙孙永宝【幽】,用乍州官宝【幽】。佳元年二月既望庚寅,王各于大室。荣入右訇。

(《集成》4342,西周晚期)①

以上为金文常见套语,押幽韵。

四十三年逨鼎铭所载册命文的韵读分析如下:

---

① 韵读参考罗江文:《金文韵读续补》,《玉溪师范高等专科学校学报》1999年第1期。

王若曰:"逑,丕显文武,雁受大令【耕】,匍有四方【阳】,则繇唯乃先圣祖考夹置先王【阳】,爵勤大命【耕】,奠周邦【东】。

以上耕阳东合韵。

肆余弗忘圣人孙子。昔余既命汝胥荣兑,虒嗣四方虞林,用宫御,今余唯玺乃先祖考,有爵于周邦【东】,醽寡乃命【耕】,汝官嗣历人【真】,毋敢荒宁【耕】,虔夙夕,叀雍我邦小大猷。雩乃尃政事,毋敢不豐不型【耕】;雩乃讯庶又粦【真】,毋敢不中不型【耕】,毋龚橐,龚橐唯又宥纵【东】,迺侮鳏寡,用作余我一人咎,不小唯死。"

以上东耕真合韵。

王曰:"逑,赐汝秬鬯一卣、玄衮衣、赤舄、驹车、奉较、朱虢、囷裳,虎冟熏里、画韓、画輴、金甬、马四匹、攸勒。敬夙夕勿废朕命。"

(《新出》748,西周晚期)①

再看师克盨铭的韵读:

王若曰:"师克,丕显文武,雁受大令【耕】,匍有四方【阳】,则繇唯乃先祖考有爵于周邦【东】,干害王身,作爪牙。"

王曰:"克,余唯玺乃先祖考,克𦎫(勉)臣先王【阳】,昔余既令汝,今余佳醽寡乃令【耕】,令汝更乃祖考虒嗣左右虎臣。赐汝秬鬯一卣、赤市五衡、赤舄、牙荼、驹车、奉较、朱虢、囷裳、虎冟熏里、画韓、画輴、金甬、朱旂、马四匹、攸勒、索戈。敬夙夕勿废朕令【耕】。"

克敢对扬天子丕显鲁休,用作旅盨。克其万年子子孙孙永宝用【东】。

(《集成》4467,西周晚期)

---

① 释文参考李零:《读杨家村出土的虞逑诸器》,《中国历史文物》2003年第3期。

以上耕阳东合韵。

以毛公鼎铭为代表的一系列册命铭文的这种松散韵体是如何形成的呢？仔细分析可以发现，以上数篇铭文中，有不少落在韵脚的词是金文及《尚书》《诗经》中的常见套语和成词。例如，很多金文高频词以耕韵字结尾：

令（或命）：大令、王令、坠令、天将集厥令、勿废朕命、雁受天命、恪谨大命、先王配命、余唯肇坠先王命

政：小大政、用岁用政

正：善效乃友正、二三正、若敬乃正

静：大纵不静、康静

宁：毋敢荒宁

刑：明刑

型：不型

以阳韵字结尾的成词如：

方：不廷方、四方、一方

光：文武耿光

王：先王、文王

丧：疾威降丧

以东韵字结尾的成词如：

邦：周邦、子子孙孙永宝用

以真韵字结尾的成词如：

人：惠我一人、汝勿剠余乃辟一人

天：仰昭皇天

221

身：干吾王身

以文韵字结尾的成词如：

艰：欲女（汝）弗以乃辟陷于艰
闻：章（庸）又（有）闻

以微韵字结尾的成词如：

位：屏朕位、毋动余一人在位
非：引唯乃知余非
威：畏天威

铜器铭文押耕、阳、东、真、文、微、幽韵的多见，与成词、套语的使用是密切相关的。陈致指出西周中后期铜器铭文中，有一些成词是金文韵文化过程中自然产生的语词①。作一个反推，对这些成词的密集使用，也造成了文本上押韵的印象。事实上，两个观点并不矛盾。成词、套语的形成过程与押韵的需要密切相关，当这些成词、套语逐渐进入史官撰作时参考的"素材库"的时候，尽管某些文体的撰作未必需要押韵，但由于使用了这些成词套语，也随之在文本上呈现出松散韵体的形态。

因此，可以说，以毛公鼎铭为代表的一系列册命铭文的这一押韵特征，是由于写作册命文书时习惯于采用一系列常见的成词、套语而形成的。在撰写册命文书的时候，撰作者有一种模糊的押韵意识，他们下意识地选用了这一类成词，文本随之显得更为朗朗上口，但撰作者并没有刻意全篇押韵。从这个意义也可以说明，以毛公鼎铭为代表的一类册命文是经过修饰的书面文辞，而非王即场发挥的讲话记录。

对比之下，《尚书·文侯之命》《逸周书·尝麦》所载都是册命文，却

①　陈致：《从〈周颂〉与金文中成语的运用来看古歌诗之用韵及四言诗体的形成》，《诗书礼乐中的传统：陈致自选集》，上海人民出版社，2012年版。

无明显押韵。这便提出一个问题：毛公鼎铭等册命铭文的押韵特征，是册命文书本来便有的，还是移录到铜器铭文中以后，经过改写才获得的？毛公鼎铭等册命铭文的撰写者，会不会出于适应铭文体制或再创作的需要，对册命文书的字词、结构等进行大幅改动，进行深度的文字再加工？事实上，传世文献中可以对照的册命文书材料仅有《尚书·文侯之命》《逸周书·尝麦》等，样本太少，未必能说明未移录到铜器上的册命文书一定无韵。而西周中晚期的册命铭文又有不少是无韵的，可见册命文书转录到铜器铭文上时也并不一定要改写成有韵。铭文撰写者对册命文书进行改写的例子是存在的，如虢季子白盘铭：

> 唯十又二年正月初吉丁亥，虢季子白作宝盘，丕显子白，壮武于戎功，经维四方，搏伐玁狁，于洛之阳，折首五百，执讯五十，是以先行。桓桓子白，献馘于王，王孔嘉子白义，王各周庙，宣榭爰飨。王曰：白父，孔㖇有光。王赐乘马，是用佐王。赐用弓，彤矢其央。赐用钺，用征蛮方。子子孙孙，万年无疆。（《集成》10173，西周晚期）

由于整篇铭文都以四字句式为主，且音韵协调，可知显然是铭文撰写者有意识地对册命文书的句式进行了改写，并形成了规整的押韵，从而将其完美地融合到铭文文本之中。撰写者还对册命文书进行了文字上的增删，如"王赐乘马，是用佐王。赐用弓，彤矢其央。赐用钺，用征蛮方"便明显与标准的册命文书列举赏赐物时的体例不同，增加了"是用佐王""彤矢其央""用征蛮方"等修饰性语句，从而达到协调音节的目的。与虢季子白盘铭的文本形态加以对比，可以看出，以毛公鼎铭为代表的册命铭文在引用、移录册命文书时对原册命文书进行深度改写的可能性并不大，如果撰写者已经有意识地进行改写以达到押韵效果，则可证明其押韵的观念及技巧已经达到相当成熟的地步，不会呈现出如此松散押韵的文体特征。

因此，我们大致可以得出这样一个结论，以毛公鼎铭为代表的一类册命文有着松散押韵的文体特点，这一特点直接来源于原本的册命文书,而不是在将册命文书移录于铭文的过程中经过改写而获得的。由于史官在撰写命书的时候采用了一套相对固定的成词、套语,从而间接地形成了押韵的文体特征。撰写者有一定的押韵意识,但这一意识是潜在的、随机的,因此未形成规整、和谐的韵文。同时,这类册命铭文的生成机制也说明,其所收录的王命文本是书面命书的移录,而非口语讲话的记录。

三、"王若曰……王曰……王曰……"的性质

毛公鼎铭的结构,是以"王若曰……王曰……王曰……"串联起来的。关于"王若曰"的含义,学者已多有分析,笔者直接采用于省吾"王如此说"的解释①。另外补充说明,有学者认为命书中不应出现"王若曰""王曰",二词是引起王的讲话的提示词,然而,根据文献记载,命书等文书中是存在"王若曰""王曰"字眼的。彭裕商便举《左传·定公四年》的例子②:

> 见诸王,而命之以《蔡》,其命书云:"王曰:胡!无若尔考之违王命也。"

又:

> 其载书云:"王若曰:晋重、鲁申、卫武、蔡甲午、郑捷、齐潘、宋

---

① 对于自汉代以来的学者对"王若曰"的多种解说,近年很多学者已多有评述并提出了很有价值的新见,如张怀通《"王若曰"新释》(《历史研究》2008 年第 2 期)、丁进《商周青铜器铭文文学研究》(第 148—159 页)、彭裕商《"王若曰"新考》(《四川大学学报》2014 年第 6 期)等,本文不再赘述。笔者认为于省吾"王如此说"的解释是最通达的,能对各种材料都解释得比较圆融,因限于篇幅,直接采用于先生的观点。
② 彭裕商:《"王若曰"新考》,《四川大学学报》2014 年第 6 期。

王臣、莒期。"藏在周府，可覆视也。

可见，命书、载书中都会出现"王若曰""王曰"的字眼。针对这两条材料，可能会有质疑：第一例所谓"命书"可能类似于《尚书》周诰，而不是预先写就的命书；第二例为部分引用，可能只是在载书中引用了王的话，与册命文书的性质和仪式功能都不相同。因此，试再举一例，《左传·僖公二十八年》云：

> 己酉，王享醴，命晋侯宥。王命尹氏及王子虎、内史叔兴父策命晋侯为侯伯。赐之大辂之服、戎辂之服，彤弓一、彤矢百，玈弓矢千，秬鬯一卣，虎贲三百人，曰："王谓叔父，敬服王命，以绥四国，纠逖王慝。"晋侯三辞，从命，曰："重耳敢再拜稽首，奉扬天子之丕显休命。"受策以出。出入三觐。①

这段文字非常清晰地透露了命辞的性质及诵读命辞的主体。在这次册命礼中，王在现场，而且命令尹氏、王子虎、内史叔兴父册命晋侯，后文所引的命辞云：

> 王谓叔父，敬服王命，以绥四国，纠逖王慝。

这段话既然以"王谓"开头，则肯定不是王自己的发言，而是史官代为宣说。"王谓"相当于"王若曰"或"王曰"，与典型的册命文不同的是，这段文字四字一句，句式整齐。这种四言句式的形成，可能是由于春秋时期册命文的文本形态已经发生了变化，也可能是由于某种原因，命书原文被改写了。可以与之相参证的是，《诗·鲁颂·閟宫》也有类似的表达："王曰叔父，建尔元子，俾侯于鲁。大启尔宇，为周室辅。乃命鲁公，俾侯于东。锡之山川，土田附庸。"②这明显是册命文被改编为诗体的形

---

① 阮元校刻：《十三经注疏》，第 1825—1826 页。
② 阮元校刻：《十三经注疏》，第 615 页。

式。由此可以判断,《左传·僖公二十八年》所记载的"王谓叔父……纠逖王慝"是史官所宣读的册命文书内容,册命文书是可以使用"王若曰""王曰"等字眼的。在一般情况下,在册命仪式中,由史官宣读册书,"王若曰"或"王曰"所引出的文本是史官宣读的册书内容,而不是王另外发表的口头讲话。

以上是对"王若曰"性质的补充说明。接下来再论"王若曰……王曰……王曰……"这一结构的性质。张怀通指出,毛公鼎铭语意表达反复,在王对毛公讲话的内容中,有三项(包括行政依据、委任职务、训诫劝勉)是杂糅在一起的,显得反复、拖沓,因而认为是口头语言①。这是一个颇为重要的话题,关系到毛公鼎铭文本的性质究竟是口头讲话的记录,还是有着谋篇意识的文本。以下以"王若曰……王曰……王曰……"作为标记对毛公鼎铭加以划分,每一标记后面的文字视为一段,对全篇结构进行分析:

第一段回顾了先王的德政与功绩,并自谦不如先王之德,目前国家并不安宁,陷于艰难之中。

第二段紧承上文,回到当下,任命毛公治理邦家内外的大事,并诰诫毛公在政事上辅佐自己,不可松懈。

第三段谈到以往(厉王之世)的大臣只唯王意是从,故从现在开始,必须得到毛公的同意才可以发布命令。这是就施政布令的方式作出具体的规定。按照郭沫若的观点,"雩之"于文脉上极重要,与下文"历自今"为对文,"前半追溯既往之为政者之逢迎王恶……今王大有振兴之志,且特依重毛公"②。

第四段先重申任命毛公处理邦家内外之事,以下主要是从个人修养和为政之道方面诰诫毛公,不能沉湎饮酒,不得接受贿赂,不可有所松懈,要遵守先王制定的法规。

第五段,最后颁布毛公的具体职权以及赏赐物。

---

① 张怀通:《"王若曰"新释》,《历史研究》2008年第2期。
② 郭沫若:《毛公鼎之年代》,收入《金文丛考》,人民出版社,1954年版,第265页。

因此，五个部分在文意上是层层递进的，其中第一、二段有总纲的性质，先回顾过往，再回到当下颁布任命。而具体的施政方法、劝勉诰诫、职权范围及赏赐物品则在第三、四、五段详述。中间词句固然有一些重复之处，如第二、四段都有诰诫毛公之意，但第二段较为笼统，是随着任命而顺带提出的，第四段则是具体就为政的方方面面进行告诫；又如第二、四段都提到延续先王的命令，命毛公治理邦家内外大事，但具体回归到上下文来看，第二次重申任命有着承上启下的作用，并不是无意义的重复。总体而言，毛公鼎铭的行文结构有着较为明确的逻辑性。

此外，牧簋、师克盨、师訇簋、四十三年逨鼎铭文所载册命文书的形式则更为规整，都以"王若曰……王曰……"的形式分为两段，且段与段之间都可以在内容上作出明确区分，而非随机、无序的分段。如四十三年逨鼎第一段先叙述册命的背景、此次册命所任命的具体官职，以及对受命者的告诫；第二段详列赏赐物。其他三器都是在第一段先叙述册命的背景，第二段说明册命的具体官职、对受命者的告诫和赏赐物。从行文上来看，基本都按照一般册命文所遵循的思路：追溯以往任命——提出新的任命——对受命者的告诫——列举赏赐，思路统一且有条理。

这种结章方式虽然与《尚书》周诰在形式上相似，在本质上却有所不同。周诰也多以"王若曰……王曰……王曰……"的形式串联成文，但在思路上却呈现出随意性和碎片化的特征。正如上文所提到的，《尚书》周诰是对口语讲话的记录，因此西周早期的"王若曰……王曰……王曰……"是口语记录的标记，它形成的原因就在于口语讲话的片段性。如果说以毛公鼎铭为代表的册命铭文来源于对册命文书的移录或改写，册命文书是预先写就以供仪式上诵读的，那么这类一开始便以书面形式存在的册命文书为何还会保留着"王若曰……王曰……王曰……"的结构形式呢？应如何理解这一篇章结构标记的性质？其使用在西周历史上是否存在着变化？笔者认为，这一结构在西周中晚期册命文中的使用，应是文书撰写者在写作习惯上继承了周初文诰的传统。这种写作习惯在其他西周铜器上也有所体现，如盠驹尊铭：

　　　唯王十又二月,辰在甲申,王初执驹于敃,王呼师豦召盠,王亲
　　旨盠,驹赐两。
　　　拜頫首曰:"王弗忘厥旧宗小子,萤皇盠身。"
　　　盠曰:"王俶下,丕其则,万年保我万宗。"
　　　盠曰:"余其敢对扬天子休,余用作朕文考大仲宝尊彝。"
　　　盠曰:"其万年世子孙孙永宝之。"　　(《集成》6011,西周中期)

其中"余用作朕文考大仲宝尊彝""其万年世子孙孙永宝之",是金文常
见的用于表明作器用途和祝颂的结语,显然不是盠在赏赐仪式上的当
场发言,而是撰写铭文时补入的。然而铭文依然使用了"盠曰……盠
曰……"的形式,将完整的铭文分为几个小片段,可见在直接书写成篇
的书面作品中,只要句子或段落之间有停顿,都可以使用这样的结构。
这一文本结构是对周初以来"王若曰……王曰……王曰……"的结章形
式的下意识延续,其原因是撰文者对周初以来所积累的经典文献和写
作范本的涵泳熟读和模仿。"王若曰……王曰……"这一形式的使用动
机是具有历史性的,而非一成不变的。这从一个侧面也可以说明,西周
中晚期以后,经典文献已经成为写作的模仿和参考对象,当然,这种模
仿仍停留在比较机械的参照和照搬字句之上,还没有形成在明确的文
体意识指导下的灵活化用,其根本原因是文体意识的尚未全然成熟。
　　另外,值得注意的是,西周中期以后代表性的册命铭文,如颂鼎铭,
完整交代了册命仪式的背景,如时间、地点、右者、行仪等。而毛公鼎、
师訇簋、师克盨等册命铭文,则直接以"王若曰"开头,没有交代相关的
仪式背景。师訇簋铭的结构透露了其中的端倪,其最后一段云:

　　　訇頫首,敢对扬天子休,用乍朕剌且乙白同益姬宝簋。訇其万
　　囡年子子孙孙永宝,用乍州宫宝。佳元年二月既望庚寅,王各于大
　　室。荣入右訇。　　　　　　　　　　　　(《集成》4342,西周晚期)

在最后一句交代册命礼的时间、地点、右者等背景元素,而不是铭文第
一句。同样的结构又见于訇簋:

王若曰：訇，丕显文武受令，则乃祖奠周邦，今余令汝嗣官：嗣邑人、先虎臣后庸、西门尸(夷)、秦尸(夷)、京尸(夷)、𤎽尸(夷)、师笭侧新、□华尸(夷)、由哠尸(夷)，𦨶人、成周走亚、戌秦人、降人、服尸(夷)，赐汝玄衣黹纯、载市、同黄(衡)、戈琱戜、厚必(柲)、彤沙、緐旂、攸勒，用事。

訇頴首对扬天子休令，用作文祖乙伯、同姬尊簋，訇万年子子孙永宝用。唯王十又七祀，王在射日宫，旦，王各，益公入右訇。

（《集成》4321，西周晚期）

师訇簋与訇簋的作器者为同一人，訇簋作于恭王十七年，比师訇簋早，两篇铭文在结构上呈现出一致性。为了表示对王的命书的特别标举和强调，铭文撰写者直接将命书内容写在最前面，并在结尾补记了册命仪式的背景。有些铭文撰写者更进一步省略了册命仪式背景的交代文字，从而形成了如毛公鼎、师克盨等铭文的结构。这类文本的结构，正说明了"王若曰"所引起的内容是具有独立性的文书，而不是嵌入于仪式叙事中的讲话记录。而且这种文书的独立性已被铭文撰写者所意识到，并标举出来了。只是由于这几篇材料在本质上是铭文，所以仍旧带上了作器目的的说明和祝嘏的尾巴。

综上，毛公鼎与师訇簋、师克盨、牧簋、四十三年逨鼎等铭文可以看作有着类似特征的一系列册命铭文，它们在文本上有着共同的渊源。通过对其文本特征的研究可知，史官在撰作册命文书的时候，参考了相似的范本，其用词、造句参照了共同的"素材库"。在考量取用"素材库"中的成词的时候，撰文者有着模糊的押韵意识，从而使命书呈现出松散押韵的文体特征。此外，史官熟读涵泳了相关的经典文献，从而在命书的结构方面延续了以往经典的写作习惯，即"王若曰……王曰……"的形式。

由此可知，毛公鼎铭的书面语性质是明确的。这种书面特征，并不是口头讲话被记录下来以后史官进一步修饰的结果，而是书面形态的命书本来所具有的，这种命书在其撰作之初便具有书面文体的性质。命书由铜器铭文撰写者转录到铜器上以后又以"琢于盘盂"的形式呈现。到了西周晚期,册命文体的写作已充分书面化和系统化,并形成了一套固定的话语系统,有可供写作参考的范文和可供取用成词套语作为"素材库",有相对固定的结构。然而,文书撰写者对范文和经典的模仿与运用还停留在较为机械的参照之上,这说明当时的文体意识尚未全然成熟。

■ 作者简介

李冠兰(1984—),中山大学中文系副研究员,主要从事中国古代文体学、先秦文化与文学的研究工作。

论清华简《子仪》的艺术价值[*]

魏代富

（山东师范大学文学院　济南　250014）

内容提要　清华简《子仪》篇记录了一组对歌，歌曲通过乐人演唱出来，对唱双方分别代表晋国随会和秦穆公，属于代言体的性质，和戏剧的关系密切。先秦时的对歌有的配有音乐，有的则不配音乐；有的押不同的韵脚，有的押相同的韵脚。其歌唱的内容多委婉地表达演唱者的意思，歌词具有雍雅淳美的特点。在对歌之后，又有乐人代替秦穆公演唱给子仪听的歌，分为五章，从韵脚并不统一的情形来看，应该保留了原始歌曲的样貌，尚未经过后人加工。同时，这种分章演唱的形式，一旦被拆分后进行重新加工，便会形成不同时间、不同环境下的演唱形式，对戏剧的产生有着重要的影响。

关键词　清华简　子仪　作歌　对歌　章解

研究先秦时的音乐、舞蹈等艺术，往往面临着多方面的窘境：一是先秦去今久远，留存的资料有限；二是这些资料对当时艺术形式的记载过于简略，难以窥其全貌；三是有些后世载录的先秦资料，往往伪托的较多，可信度低；四是音乐的口传特征、舞蹈的身授特征使艺术形式具有不固定的性质，变化性较大。这些原因导致先秦时期的艺术研究很难深入，新的可靠资料的出现也就显得尤为重要。近期清华简（六）公布，其中下册《子仪》篇记载秦穆公宴请楚国子仪、晋国随会的场景，里

---

*　国家社科基金重大委托项目"《子海》编纂与研究"（项目编号：10&ZH011）阶段性成果。

面有对当时演唱形式的记载，对于我们了解先秦时期的艺术有重大意义。本文不揣浅陋，尝试对当时演唱中的对歌、歌曲章解等作一番探析。

一、和唱中的对歌

先秦时期，和唱已经非常普遍，拙作《先秦两汉时期的和唱研究》一文对当时和唱的场合、形式、曲调等曾做过详细的分析①。文中提到先秦两汉时期，和唱中有对歌的存在，《诗经·陈风·东门之池》："东门之池，可以沤麻。彼美淑姬，可以晤歌。"郑玄《笺》："晤犹对也。言淑姬贤女，君子宜与对歌。"②此处的对歌即一人用唱歌的方式传达己志，另一人也用唱歌的方式作为回答。拙文当时只是说明了对歌的存在，没有具体举例。清华简《子仪》篇记载了一则对歌：

> 乃张大厌（侯）于东奇之外，豊（礼）子义（仪），亡（无）豊（礼）橜（隋）货，以赣（饟）。公命窅韦陞（昇）慜（琴）奏甬（镛），覡（歌）曰："阤_（迟迟）可（兮），饮_（委委）可（兮），徒佥所游又步里謱讑也。"和覡（歌）曰："漳水可（兮）远瞠（望），逆貝（视）达化。开（汧）可（兮）非_（霏霏），渭可（兮）滔_（滔滔），杨齿（柳）可（兮）依_（依依），亓（其）下之溇_（溇溇）。此悥（愠）之易（伤）僮，是不攺而犹僮，是尚求吊（慭）易（惕）之作，尻（处）虐（吾）以休，万（赖）子是救。"③

这篇文章叙述的背景是秦晋崤之战七年后，秦穆公在杏会设宴，送

---

① 魏代富：《先秦两汉时期的和唱研究》，《民族艺术》2013年第2期。

② 阮元校刻：《十三经注疏·毛诗正义》，中华书局，2008年版，第377页。

③ 李学勤主编：《清华大学藏战国竹简（陆）》，中西书局，2016年版，第128页。

别子仪、随会之事。“张大侯”，应该是举行宾射之礼，地点在东奇之外。“亡”字应读作“舞”，郭店楚简《性自命出》篇有“猷斯亡”，即《礼记·檀弓下》之“犹斯舞”①，“亡”同“亡”，“舞”字从上读。隋货即随会，晋国大臣。韄，整理者引《说文》：“韄，繇也，舞也。”可见“韄”是既歌且舞。从“礼子仪舞，礼随会以韄”，下面歌谣的对象是随会。竆韦、昇琴是乐师，两人所唱有两首。第一首中的“袘”、“㧑”，当类于《庄子·应帝王》之“弟靡”、《荀子·非十二子》之“弟佗”、《楚辞·招魂》之“陂陁”、司马相如《子虚赋》之“陂陀”，本义是不正之貌②，引申为曲曲折折，指水边。徒侩，徒为大众，侩为市侩，此处指黎民百姓。“謱謱”疑即《方言》之“謰謱”，或以为语杂乱之貌，或以为委曲之貌③，此处大概是表达水边人多的意思。这是第一首，从其内容来看，应是赞美河流之美、人众之多。

第二首可以分成两部分，第一部分至“其下之淏淏”，承接上一首，继续赞美秦国的故土。漳水、汧水、渭水滔滔地流淌，水边杨柳轻柔地拂动着。第二部分则感情发生转变，在如此的美景下，内心却怀有伤恸（伤憧）、惧怕（蹙惕）；要想在美景下获得愉悦的情感，则需要随会来消除内心的这种悲伤了。崤之战后，秦国东进称霸的企图破灭，军事力量大大削弱，面对晋国的随会，秦穆公希望随会回国之后能多说好话，使两国弭兵修好，自己的内心才会得到宽慰。

需要注意的是，两首歌曲的演唱者分别为竆韦、昇琴，但两首歌所表达的意思却分别属于随会和秦穆公。第一首写随会对秦国风土人物的赞扬，第二首写秦穆公表达秦国风土虽美，但要想保持风土的安宁，需要随会的帮助。在一唱一和之中，将随会、秦穆公的思想表达出来。也就是说，此处属于代言体，而代言体与戏剧有着密切的关系。以往研究戏剧者，论述先秦时的戏剧，多集中于《诗经》和《楚辞》中的祭祀乐曲，尤其是《楚辞》中的《九歌》，经闻一多、孙常叙等人的论证，将其视作

① 刘昕岚：《郭店楚简〈性自命出〉篇笺释》，武汉大学中国文化研究院编：《郭店楚简国际学术研讨会论文集》，湖北人民出版社，2000年版，第341页。

② 魏代富：《〈荀子〉拾遗》，（台湾）《鹅湖》第五十五期，第88—89页。

③ 钱绎：《方言笺疏》，中华书局，2013年版，第334页。

"我国戏剧史上仅存的一部最古老最完整的歌舞剧本"①；还有人将《史记·滑稽列传》中的优孟衣冠一事视作戏剧的来源。但以上两种观点均存在不足之处，比如《九歌》中湘君与湘夫人的对话，如果《湘君》《湘夫人》本为独立的篇章，自然这种建构就属于闻一多的臆想；而优孟衣冠的目的"既非为着表现孙叔敖的生平，或者某一时期的政治活动；也不是规定情节而用这个人物来表达其事"②，和戏剧相去更远。在《子仪》篇中，有音乐（奏镛）、舞蹈（舞、戆）、舞台（东奇之外）、歌曲（歌、和歌）、代言、情节，反而更接近戏剧的表演形式。

从先秦时期的资料来看，更多的表现为双方直接对唱。目前所见，最早的资料是《尚书·益稷》中的帝舜和皋陶之歌：

> 夔曰："于！予击石拊石，百兽率舞。"庶尹允谐，帝庸作歌。曰："敕天之命，惟时惟几。"乃歌曰："股肱喜哉！元首起哉！百工熙哉！"皋陶拜手稽首颺言曰："念哉！率作兴事，慎乃宪，钦哉！屡省乃成，钦哉！"乃赓载歌曰："元首明哉，股肱良哉，庶事康哉！"又歌曰："元首丛脞哉，股肱惰哉，万事堕哉！"③

夔敲击着石磬，奏其音乐，群兽跳起舞蹈④，百官显得和睦团结。帝舜看到此场景，高兴地作歌道："敬奉上天的命令，时时刻刻谨慎小心。"又作歌唱道："大臣内心若欢喜，国王事业会兴起，百官也就会和熙。"皋陶在劝诫帝舜之后，也接着作歌道："君王如果英明，臣下就会贤良，那么万事就会安康。"又接着作了一首："君王如果过于重视微不足道的小事，臣下就会懒惰，那么万事就会隳败。"从文中可以看出，皋陶

---

①　闻一多：《九歌古歌舞剧悬解》，收入《神话与诗》，天津古籍出版社，2008年版；孙常叙：《〈楚辞·九歌〉十一章的整体关系——〈楚辞九歌通体系解·事解〉之一》，《社会科学战线》1978年创刊号。

②　周贻白：《中国戏剧论集》，中国戏剧出版社，1960年版，第3页。

③　阮元校刻：《十三经注疏·毛诗正义》，第144页。

④　此处的"百兽率舞"我们怀疑应该是指各地方部落氏族，百兽是各部落的图腾符号，所以"百兽率舞"相当于现在说的各民族团结之舞。

所唱的两首歌只是相对帝舜的后一首歌,是对后一首歌内容的扩展与发挥。此处也有音乐、舞蹈、故事等,与上面秦穆公和随会的和唱不同,不再为代言体。

《尚书·益稷》的内容比较直接,歌唱者将要表达的思想直接阐述出来;而到了清华简《子仪》篇中,则显得委婉曲折,余韵悠长。同时,相较于《益稷》中的质素淳朴,《子仪》篇的文辞也变得雍容和雅,"迟迟""委委""霏霏""滔滔""依依""淏淏"六组叠字的使用,为此歌增加了韵律之美。《益稷》虽是记录帝舜时的内容,但去除语词后多以三言为主,处于二言向四言过渡之中,据此情况看,歌谣的形成时间恐怕至迟在殷末周初;《子仪》篇记录内容为秦晋崤之战后七年(前621)的事情。从《益稷》到《子仪》,反映出和唱内容由直接向委婉、由质朴向雍雅转变的趋势。比较《左传》中的和唱,这种趋势更加明显,《隐公元年》记载郑庄公赶走共叔段之后,将素来不喜欢他的亲生母亲武姜幽禁到城颍的地道之中,并说到"老死不相往来"。后来郑庄公因思念母亲,又后悔自己的行为,但放不下面子,不好意思直接去接武姜回来。颍考叔知道后,对其进行了劝说,郑庄公听从了他的话,去迎接武姜:

> 公入而赋:"大隧之中,其乐也融融!"姜出而赋:"大隧之外,其乐也洩洩。"遂为母子如初。①

班固说"不歌而诵谓之赋",但"赋"和"歌"关系密切,此处"中""融"并为冬部,"外""洩"并为月部,大概属于"歌赋"的范畴,我们也可以将其视作对歌②。服虔曰:"入言公,出言姜,明俱出入互相见。"③是说郑

---

① 阮元校刻:《十三经注疏·春秋左传正义》,中华书局,2008年版,第1716—1717页。

② 刘向《荀子叙录》说:"孙卿遗春申君书,刺楚国,因为歌赋以遗春申君。""歌赋"连用,盖是可歌之赋。《诗经·大雅·烝民》"吉甫作诵"郑玄笺:"吉甫作此工歌之诵。"《楚辞·招魂》"同心赋些"王逸注:"赋,诵也。"可见很多赋本身即是歌,只是用唱的方式表现出来才叫歌,用朗诵的方式表现出来则叫赋。

③ 阮元校刻:《十三经注疏·春秋左传正义》,第1717页。

庄公一边往里走一边唱,武姜一边往外出一边唱。"融融""洩洩"均是和谐快乐的意思。当时的场景是郑庄公往地道里走,唱道:"地道里面啊,快乐和谐。"武姜则对唱道:"地道外面啊,快乐和谐。"两人未相见之前,地道外的郑庄公是痛苦的,地道内的武姜也是痛苦的;两人矛盾化解之后,内心中的痛苦都得到缓解,"大隧之中""大隧之外"并不能影响到二人的心情。此处不是说"大隧之中""大隧之外"是快乐的,而是说两人的内心是快乐的,也是一种婉转的表现方式。《宣公二年》关于宋国华元的一件事更能说明当时对歌之时不讲求直抒胸臆:

> 宋城,华元为植,巡功。城者讴曰:"睅其目,皤其腹,弃甲而复。于思于思,弃甲复来。"使其骖乘谓之曰:"牛则有皮,犀兕尚多,弃甲则那?"役人曰:"从其有皮,丹漆若何?"华元曰:"去之,夫其口众我寡。"①

宋郑棘之战,宋国大败,华元逃归。宋国修建城池,华元是负责人,筑城的宋人对华元心存不满,因此作歌讽刺他。睅,眼睛突出貌。皤,肚子大。于思,形容胡须多而长。意思是说:"那个眼睛鼓鼓、肚子大大的人,丢盔弃甲回来了。那个满脸胡子的人,丢盔弃甲回来了。"华元派他的骖乘反击说:"牛还有皮,犀兕也有很多,丢弃了盔甲又怎么样呢?"宋人又唱道:"即使有皮,那么涂抹的红漆从哪里得到?"华元的反击是说宋国还有很多制作盔甲的材料,即使丢盔弃甲也无所谓,把华元高傲的性格和战败后不以为意的特点表现得淋漓尽致。而宋人从难寻的红漆出发,来说明即使能制作盔甲,但也是不完整的。表面上仍从盔甲的制作出发,深层次上却是对华元失败的讽刺。

此歌中宋人没有直接说丢盔弃甲的是华元,而是通过华元身体的特征来指代他。这种表现手法在春秋时期非常盛行,如《左传·襄公四年》鲁国臧纥率兵侵邾失败,鲁人讽刺说:"臧之狐裘,败我于狐骀。我

---

① 阮元校刻:《十三经注疏·春秋左传正义》,第 1866 页。

君小子,朱儒是使。朱儒!朱儒!使我败于邾。"①用"狐裘""朱儒"代指臧纥。又如《襄公十七年》记载宋国皇国父为太宰,为宋平公筑台,妨于农时,子罕请止之,平公不许。于是筑城者唱道:"泽门之皙,实兴我役。泽门之黔,实慰我心。"②用"皙(皮肤白)"来代指皇国父,用"黔(皮肤黑)"来代指子罕。从末句"夫其口众我寡"来看,宋人所唱虽只有一首,但演唱者却是筑城众人,说明这次对唱为一对多的形式。还有一点需要注意,即对歌押同韵的问题。在骖乘的唱与宋人的和中,"皮""多""那""何"四字并属歌部。

二、作歌的分章

清华简《子仪》篇在随会与秦穆公对歌之后,又有一段专门对子仪唱的歌:

> 乃命陞(昇)鎜(琴)诃(歌)于子义(仪),楚乐和之曰:"鸟飞可(兮)亶(憺)永,余可(何)赠以邊(就)之。远人可(何)丽,佰(宿)君又鬵(寻)言(焉),余隹(谁)思(使)于告之。亞(强)弓可缦(挽),亓(其)鼕(绝)也,赠追而猪(集)之,莫逞(往)可=(兮何)以寘(寘)言(焉)。余愚(畏)亓(其)或(式)而不訏(信),亓(其)余隹(谁)思(使)于胁之。昔之禣(腊)可(兮)余不与,今兹之禣(腊)余或不与,饮(夺)之練(绩)可(兮)而勯(奋)之。织纤之不成,虐(吾)可(何)以祭稷。"③

这段也是代言体,虽然是昇琴所唱,但表达的却是秦穆公的思想。原整理者的解释过于简略,我们首先对其内容做一下分析。亶,整理者

① 阮元校刻:《十三经注疏·春秋左传正义》,第1934页。
② 阮元校刻:《十三经注疏·春秋左传正义》,第1964页。
③ 李学勤主编:《清华大学藏战国竹简(陆)》,第128页。

以为读作"憎",速度快之意。永,《尔雅·释诂》:"永,远也。"①就,追及。远人,指子仪。丽,依靠。"宿"字当从上读,"丽宿"谓子仪居住在秦国。嚣,整理者读为"寻",解释为"物长",不可通。"嚣"当读作"覃",上博简《孔子诗论》载《诗经·葛覃》之"覃"书作"鼬",《淮南子·天文》"火上荨",高诱注:"'荨'读'葛覃'之'覃'。"②《尔雅·释言》"流,覃也",释文:"覃,本又作'燂'。"③是"覃"古多书作从"寻"之字。覃者,深也。"君又覃焉",谓子仪不太说话。籤,读为"绝",是。绝,极也,《诗经·小雅·正月》"终踰绝险"④,绝险谓极险。此句当读为"强弓兮挽其绝也",言将强弓拉到最大。翟,当读作"缉"或"辑"或"戢",并有聚敛之义,此处引申为捉住。"莫逞"一句当读作"莫往兮,可以置焉",谓子仪尚在秦国,有什么话还是可以对他说。"式而不信",谓其言虽合于法式但却没人相信。胁,当读为"协",合也。腊,祭祀。或,当读为"又"。绩,谓织布。勐(奋),疑当读为"刜",《礼记·月令》"鸣鸠拂其羽"之"拂"⑤,《淮南子·时则》作"奋"⑥,"刜""拂"并从"弗"得声。《左传·昭公二十六年》"苑子刜林雍,断其足",孔颖达疏:"刜,字从刀,谓以刀击也。"⑦此处是用刀砍之义。大体意思是:鸟儿渐飞渐远,我有什么样的箭才能将其射下?远人虽然在我这里居住,但他不发一言,我将派遣谁去以表明心志?强弓如果全部拉开,飞远的鸟儿也可以射下。远人还没有离去,我要快点和他说话。我的话句句合于真理,但我还是害怕他不会相信,我将派遣谁去让他与我的想法相合?以前的祭祀我没有能够参与,现在的祭祀我也没有能够参与。有人夺走我织的布,并将其砍作数段;如果没有新织的布,我将拿什么去祭祀后稷?

秦穆公希求通过子仪与楚国结盟以共同对抗晋国,但在这首歌中,

① 阮元校刻:《十三经注疏·尔雅注疏》,中华书局,2008 年版,第 2570 页。
② 国学整理社:《诸子集成(七)·淮南子》,中华书局,1996 年版,第 36 页。
③ 陆德明:《经典释文》,上海古籍出版社,2012 年版,第 622 页。
④ 阮元校刻:《十三经注疏·毛诗正义》,第 443 页。
⑤ 阮元校刻:《十三经注疏·礼记正义》,中华书局,2008 年版,第 1363 页。
⑥ 国学整理社:《诸子集成(七)·淮南子》,第 72 页。
⑦ 阮元校刻:《十三经注疏·春秋左传正义》,第 2113 页。

自始至终却没有表达出自己的真实意图。自"可以置言"之前用比兴的手法表达秦穆公有话想对子仪说,自"余畏其式"以下则表达自己的话是绝对真诚的,但害怕得不到信任。自"昔之腊兮"以下,表面上说自己不能参加祭祀,其实却是表达秦国战败之后自己的窘迫境况。整首歌辞气卑微,将秦穆公惶恐不安的心态淋漓尽致地表现出来,同时也希望博得子仪的同情,为秦楚结盟作铺垫。

这首歌是伴有音乐的,从"楚乐和之"来看,在演唱过程中配有楚乐。值得注意的是,根据歌的内容,应该是分章演唱,而不是一唱到底。我们先将其分段:

> 鸟飞兮懵永,余何缯以就之?
>
> 远人兮丽宿,君又覃言,余谁使于告之?
>
> 强弓兮挽其绝也,缯追而缉之。莫往兮,可以置焉。
>
> 余畏其式而不信,其余谁使于胁之?
>
> 昔之腊兮余不与,今兹之腊余又不与,夺之绩兮而刺之。织纴之不成,吾何以祭稷?

这种分章作歌的形式大概有两个原因,一是因为歌曲的内容不一贯,需要表达数层意思,所以章解也就分为数层。二是这种配乐的歌,还要与音乐的形式相匹合,乐曲一终,歌曲为一节。《史记·吕太后本纪》记载梁王刘恢的爱姬被吕产女儿杀死。刘恢为了纪念爱姬,就自作"歌诗四章,令乐人歌之"①,当是属于第一种,根据内容划分。

本首歌曲的押韵并不统一。比如此文的韵脚,首章"永"为阳部,"就"为觉部;次章"宿""告"为觉部,"覃"为侵部;三章"绝"为月部,"缉"为缉部,"置"为职部;四章"信"为真部,"胁"为叶部;五章"与"为鱼部,"刺"为物部,"稷"为职部。除了次章"宿""告"之外,皆不押韵。我们认为,此种现象和临时作歌有一定关系,因为是即时创作,时间仓促,作歌者没有时间深入考虑韵脚。但作为歌曲,如果韵脚散乱,

---

① 司马迁:《史记》,中华书局,2012年版,第86页。

会在演唱过程中给人一种滞碍的感觉。所以这种临时作歌,往往会将韵脚转移到语气词上。就像现在很多现场作歌,往往不押韵,但都在末尾加上"啊""呀""哩"等语词,以达到韵律的和谐。本歌"之"为之部,"置""稷"为职部,之、职合韵。相同的形式还见于《史记·滑稽列传》的优孟之歌:

> 山居耕田苦,难以得食。起而为吏,身贪鄙者余财。不顾耻辱,身死家室富。又恐受赇枉法,为奸触大罪,身死而家灭。贪吏安可为也!
>
> 念为廉吏,奉法守职,竟死不敢为非。廉吏安可为也!
>
> 楚相孙叔敖持廉至死,方今妻子穷困负薪而食。不足为也![①]

此处分为三章,首章"食""富"为职部,"财"为之部,"灭"为月部;次章"职"为职部,"非"为微部;三章"死"为脂部,"食"为职部。押韵也比较随意,最后均通过歌部的"为"字来统一韵律。

对歌中也有这种押语词的形态,如《左传·哀公十三年》载:"吴申叔仪乞粮于公孙有山氏,曰:'佩玉繠兮,余无所系之。旨酒一盛兮,余与褐之父睨之。'对曰:'梁则无矣,粗则有之。'"[②]虽然没有说是歌,但从形式及《左传》语法判断,此处也应是歌。"系"为锡部,"睨"为支部,"有"为之部,三字不同韵,应该是通过"之"字调节韵律。

前面提到代言体的对歌对戏剧产生有一定影响,其实这种一首歌吟咏一件事分数章的形式也可以向戏剧转变。假设有那么一首歌,分为数章,押着同样的韵脚,后来这首歌根据分章被拆成数段,虽然演唱者还是同一人,但描述的时间、环境却发生了改变。比如《吴越春秋》记载伍子胥逃奔过程中,逃到长江,想要渔父帮其渡江:

> 渔父欲渡之,适会旁有人窥之,因而歌曰:"日月昭昭乎侵已

---

① 司马迁:《史记》,第 728 页。
② 阮元校刻:《十三经注疏·春秋左传正义》,第 2172 页。

驰，与子期乎芦之漪。"子胥即止芦之漪。渔父又歌曰："日已夕兮，予心忧悲；月已驰兮，何不渡为？事寖急兮，当奈何？"子胥入船。渔父知其意也，乃渡之千浔之津。①

在此文中，"驰""漪""为""何"并为歌部，"悲"为微部，歌微合韵。我们可以推测，早期这是一首分两章的歌曲，作于同时，写渔父救伍子胥之事。后来有人编写伍子胥的故事，将这首歌拆成两部分，根据不同的内容模拟不同的环境。又如《战国策·齐策四》载冯谖至孟尝君门下为门客：

> 居有顷，倚柱弹其剑，歌曰："长铗归来乎！食无鱼。"左右以告。孟尝君曰："食之，比门下之客。"居有顷，复弹其铗，歌曰："长铗归来乎！出无车。"左右皆笑之，以告，孟尝君曰："为之驾，比门下之车客。"于是乘其车，揭其剑，过其友曰："孟尝君客我。"后有顷，复弹其剑铗，歌曰："长铗归来乎！无以为家。"左右皆恶之，以为贪而不知足。②

在这段记载中，冯谖一共唱了三首歌，"乎""鱼""车""家"并为鱼部，以此论之，这三首歌原本的形式为分三章的一首歌。后来三章被拆成三部分，根据具体情境作了补充，从而演绎为一个完整的故事。之所以如此认为，我们很难想象，一个人在不同的时间所作的歌曲，不仅在内容上完全相承继，即使在韵脚上也完全重合。这种在原有资料基础上的再加工，一旦被滑稽俳优所采用，通过表演来演绎故事的情节，那么就和后世的戏曲非常接近了。

---

① 赵晔原著，张觉译注：《吴越春秋全译》，贵州人民出版社，1994 年版，第74 页。

② 王守谦、喻芳葵等译注：《战国策全译》，贵州人民出版社，1996 年版，第296 页。

三、余　　论

清华简《子仪》篇不仅具有考古学、文字学、史学上的价值,在艺术学上也显得尤为重要。但它的价值远不止于此,还有继续深挖的必要。例如临时作歌和隐语的关系问题。隐语的一大特征就是不直接陈述己意,而是通过比喻的方式表达出来。这种表达方式和春秋战国时期的临时作歌有着密切的关系,首先两种都不是直抒胸臆,其次隐语也具有歌谣的性质,比如《韩非子·喻老》篇中右司马与楚庄王的对话①、《列女传·楚处庄侄》中楚处庄侄与顷襄王的对话②,都是用韵语写成。只是相较于现场作歌,隐语的表达更加隐晦。或许现场作歌渐渐发展,内容更加晦涩,最后演变为隐语。除此之外,《子仪》篇中所作歌曲韵脚、句式的不统一,相较于现在我们所见到先秦诗歌韵脚、句式基本一致的特点,可以推知,诗歌在产生之后是经过后人不断整理、加工的。总之,《子仪》篇的出现,为我们研究先秦时期的艺术提供了可靠的资料,值得我们继续作深入的探讨和研究。

■ 作者简介

魏代富(1985—　　),山东师范大学文学院讲师,主要从事先秦两汉文学、文献的整理与研究。

---

① 国学整理社:《诸子集成(四)·韩非子集解》,中华书局,1996 年版,第123 页。

② 王照圆:《列女传补注》,华东师范大学出版社,2012 年版,第 271 页。

《大学》：大人之学和常人之学

郗文倩

（福建师范大学文学院　福建福州　350000）

内容提要　《大学》选自《小戴礼记》，所论有关大人之学、圣人之学，是相对于小学而言的。而《大学》又从个人的道德和学识修养讲起，所以，它教育的对象又不止于圣王，也可以说是常人之学。《大学》为人的成长提供了一个指导框架，即"三纲领"和"八条目"，指出目的，也列出具体实现的步骤。《大学》在中国传统思想中有着崇高地位，现今仍有很大的价值，本文即对此进行讨论。

关键词　《大学》　三纲领　八条目

《大学》和《中庸》原本都是《小戴礼记》里的篇目，前者旧说为曾子所作，后者认为是曾子的学生、孔子之孙子思所作。北宋时，著名理学家程颢、程颐兄弟俩把这两篇文章从《礼记》中抽出来，倍加推崇，到南宋时，朱熹将《大学》《中庸》与《论语》《孟子》合编，加以注解，作《四书章句》。这四书，加上此前的五部经典即《诗》《书》《礼》《易》《春秋》，构成"四书五经"。这些书在中国传统文化中地位非常高，因为从宋代开始，读书人要想求取功名，一定要熟读四书五经，才能通过科举考试，就好像如今的必考书目一样。

四书中，《大学》为首，朱熹将此篇文章分经一章、传十章，据说是根据二程的意思："经一章，盖孔子之言，而曾子述之；其传十章，则曾子之意而门人记之也。"这里是说，《大学》篇中，"经"是孔子的话，由曾子记

243

录下来；"传"是曾子解释"经"的话，由曾子的学生记录下来。如果是这样，那我们也可以说，《大学》是听课笔记，或者说是学习心得。

在古代，"大学"是大人之学、圣人之学，是相对于小学而言的。古人八岁入小学，学习洒扫应对进退这些基本礼仪，学习礼乐射御书数等基础知识，目的是培养做事的正确态度和基本的行为规范，所谓"童蒙养正"。古话常说：三岁看大，七岁看老，又说"少成若天性"，就是说童子时候养成的一些习惯，就如同天性一样。这个阶段也读经典，但只求读，不求甚解，老师教童子读书，往往利用的就是他们天赋的记忆力。聪明的，每天背三五百字，差一些的背几十个字，先把书背熟了，其他以后再说。等大一些，智慧开了，就要开始了解这些文字背后的道理，并且要学着触类旁通，进入更高级的学习阶段。所以古人十五岁入"太学"，类似于我们的大学，对经典进行更深入的了解探讨，学习其中有关伦理、政治、哲学等修己治人的学问。

在要进一步学习的这些经典里，《大学》是什么地位？朱熹说，是"为学纲目"，是"修身治人底规模"。一个人的成长过程，好像盖房子，读《大学》，等于打好房子的间架，以便将来把其他内容填补进去。因为这本书讲的是如何立身处世，如何进德修业。无论一个人做什么，修己治人都是基础。《大学》指出了全局的规模、前进的方向，也列出具体步骤。

那么，《大学》究竟提供了怎样的框架呢？简单说，就是"三纲领"和"八条目"，"三纲领"即三个基本原则，"八条目"是实现"三纲领"的八个具体步骤。这些内容，主要就集中在"经"的部分，我们主要谈谈这部分。

三纲领：明德 新民 至善

《大学》开篇首句就是所谓"三纲领"：

> 大学之道，在明明德，在亲（新）民，在止于至善。

这句话意思是说：人本就有天赋的光明美善的德行，即"明德"，但人世以后，"明德"常被气禀所拘、人欲所蔽，昏昏然不能彰显，这就需要经过大学的教育，重新去发现"明德"、发扬"明德"，然后再推己及人，引导人们革除旧染的恶习，革除各种不良的习俗，以达到最完美的道德境界。朱熹云："新者，革其旧者之谓也，言自明其明德，又当推以及人，使之亦有以去其旧染之污也。止者，必至于是而不迁之意。至善，则事理当然之极也。"

儒家关注人的精神成长，所讨论的话题，核心也是关于道德修养的。一提道德修养，很多人就有些抵触，觉得都是用一些伦理教条、清规戒律来束缚心灵，是压抑自我、摧残个性的。其实《大学》以及早期的儒家，从来都强调自觉，"明明德"就是主张自我觉悟，发扬自我固有的善性良知，自我更新，自我反省，最终达到理想的人格状态。这些主张出现在两千多年前，还是神秘主义信仰的时代，是很难得的。

德国哲学家雅斯贝尔斯曾提出过一个很著名的命题——"轴心时代"。他在1949年出版的《历史的起源与目标》中说，公元前800至公元前200年之间，尤其是公元前600至前300年间（大约即春秋战国这一段百家争鸣时期），是人类文明的"轴心时代"，即人类精神文明的重大突破时期。"轴心时代"发生的地区大概是在北纬25度至35度区间，其间的各个文明此时都出现了伟大的精神导师。古希腊有苏格拉底、柏拉图、亚里士多德，以色列有犹太教的先知们，古印度有佛陀释迦牟尼，而中国有孔子、老子……他们提出的思想原则塑造了不同的文化传统，也一直影响着人类的生活。虽然中国、印度、中东和希腊之间有千山万水的阻隔，但它们在轴心时代的文化却有一个共同的特征，即都发生了"终极关怀的觉醒"。换句话说，在此之前，人们认为是神灵主宰一切，但到了这时，人们开始用理智、道德来面对这个世界，强调个人的自觉、反省和修养，同时也产生了宗教，这是一种对原始文化的超越和突破。

比如苏格拉底，比孔子晚一百多年，他一生从未写作，也无授课经验，大部分时间都是在雅典的广场上不停地询问市民，警醒世人："切莫记挂肉体和财富，千万要修炼灵魂和美德。"古希腊的哲学家们甚至认为，美德也是一种知识，不仅要认识，还要掌握，因为这是和幸福紧紧联系在一起的。

中国在轴心时代同样如此,对世界的解释日渐理性化,各种怪力乱神的渲染逐渐淡出。当时的很多思想家开始强调德行,强调个人修养,强调道德的自觉,也就在这个过程中,诞生了儒家。此时的政治思考也趋于理性,并和道德相关联。天虽然还是神秘的主宰,但出现了不少预言和卜筮受到抵制或轻忽的事例,同时,"筮"与"德"何者优先的问题也突显出来。很多开明之士认为,人事如何,最终取决于当事人的德行、自我约束、自觉修养,德行好,就得天道,反之,占卜没用,讨好神灵也没用。这种对政治伦理的思考倾向于以人的方式而非神的方式来看待人类社会秩序,强调人的主动权。而在此之前,比如商代,人们更多地匍匐在神灵的脚下,至于天的意志怎样,我们只能占卜,小心叩问。

那个时期所诞生的宗教比如佛教,也同样强调自觉。佛家认为,你要想到达极乐世界,修成正果,最终还是取决于个人的修行和"觉悟","觉悟"这个词本来自佛教,意思是指对世间种种现象的透彻了解,不被迷惑,开启真智。佛典云:"觉察名觉,如人觉贼;觉悟名觉,如人睡寤。"没有觉悟,蒙昧如睡梦中,一旦觉悟,就好像是突然被惊醒了。佛教里有很多清规戒律,都是外在的形式,假如内心没有自觉,不能觉悟,也修不成正果。其实不光佛教,很多宗教也都强调个人的反省觉悟,比如晚一些的基督教,认为每个人都有原罪,要不断通过反省忏悔、践行良善,死后才能抵达天堂。

但儒家不是宗教,因为宗教认为,还有一个超越现实的神灵主宰世界,而儒家则强调,一个人的命运如何,一个人最终成为什么样的人,都是要在现实社会中完成的。因此,儒家关注现世,且认为人生来不是愚钝的,也不是有恶的,而是先天就有一个聪慧、良善的秉性。只是这个秉性,常常被现实中一些污浊的东西所蒙蔽、所污染。我们这一生,就应当不断通过反省,通过各种途径,修身养性,找到那个良善的初心,培养呵护良知,完善自己。比如孟子就说,人都有四心——"恻隐之心""羞恶之心""辞让之心""是非之心",只是有时被蒙蔽了,或者被抛弃了,放羊一样,四散各处,所以要"求其放心",把它们一一找回来。

今天看来,这"四心"其实都是后天的,是社会性的,尤其是恻隐之心，说的是人性的善。人性善恶现在也难以定论，但儒家却认定这种良善，努力呵护、唤醒良知良能，以防止人性的沉沦。希望通过终身的修行，达到"至善"的境界。从这个角度看，儒家虽不是宗教，却有着宗教般的虔诚和执着。

前几年，腾讯网上有个视频节目，"挑"起这样一个话题："你是否愿意把手机借给流浪汉，让他在节日里给家人道声平安？"街头采访时，多数受访者都很干脆："当然愿意"。但接下来，当两个"流浪汉"真的在街头徘徊，焦急地找人借手机时，多数被请求的人都慌不择路地躲开。那些说"当然愿意"的人都去哪了？"当然愿意"的善良难道只是虚伪表白？其实路人大多只是无法判断，求助者到底是真遇到难处，还是别有企图，于是心有顾忌。

这个节目就有点像儒家的寓言。良知就藏在人们心里，只是各种外在因素，让我们多了很多"顾忌"，对善的信任、对善的发掘也就越来越难。比如现代媒体传播方式就很容易让我们形成刻板印象，带有成见。新闻传播有句话：狗咬人不是新闻，人咬狗才是新闻。令人讶异的、出离常规的"非常之事"容易引起关注，报道出来，选择性的信息披露，效应放大，遂影响人们的认知和行为，一则"扶人被讹"的新闻被传播开来，就会有各种风险提示，形成刻板印象，路人面对类似事件时，第一反应可能都会是先躲开。

因此，"明明德"也是在强调人要努力不被成见、偏见所蒙蔽，保持是非的判断力，保持良善和良知，苟日新，日日新，又日新，最终才能达到至善的境界。

八条目：格物致知、诚意正心、修身齐家、治国平天下

确立了以上目标，如何实现，《大学》讲了八个步骤：

古之欲明明德于天下者，先治其国；欲治其国者，先齐其家；欲

247

> 齐其家者，先修其身；欲修其身者，先正其心；欲正其心者，先诚其意；欲诚其意者，先致其知；致知在格物。

格物、致知、诚意、正心、修身、齐家、治国、平天下。这就是"八条目"。其中，修身是根本，前四项是修身的前提，后三项是修身的目的。《大学》认为，"修身"的前提是"格物致知"，即明白事物的道理，然后对于善恶与吉凶的因果关系才能有所认识，促使自己除去被利欲熏染的习气，恢复固有的善性，从而趋向于至善。而既然已经认识到"至善"是人生的目标，就要通过"诚意"和"正心"的修养功夫，追求道德、才智上的自我完善。德才兼备后，方可再进一步，齐家、治国、平天下，为济世安民的大事业打下基础。

现在一般认为，"格物致知"是强调知识修养的范围，但事实上，在古人眼里，知识修养和德行修养并没有严格分别，很大程度上，二者是融合为一的，"格物致知"，我们一般解释为：通过观察体会外在的各种事物获得知识、提高认识。但如何"格物"？怎样"致知"，古人有自己独特的理解，也体现出中国文化特色。

古人讲：人心之灵，莫不有知；天下之物，莫不有理。意思是，人之心灵都具有灵敏的特征，故都具有认识世界的能力。而宇宙自然间的一切事物，也无不包含着规律，可以通过探寻获得。因此，中国自先秦时期就非常推崇"博物"，强调通过观察外物，以获得渊博知识，春秋时期晋国子产和鲁国孔子都是出了名的"博物君子"。但值得注意的是，古人在观察自然万物时，更多将重心放在观察事物对人事的"作用"方面，认为"物性"与"人性"同为"天地之性"，彼此非但不相违碍，人甚至可以直接取法自然万物。大自然的种种物象也是人精神情感的一部分，"万物一体"，"道无不在"。这种"格物"的方法与西方将自然看作观察研究的客体，视角是不一样的。

比如孔子就认为天地自然包含着无言之教，人要学会观察自然万物，认识自然万物，向其讨学问，获得砥砺人心的力量。《论语·阳货》载子曰："天何言哉？四时行焉，百物生焉，天何言哉？"《论语》记载子曰："岁寒然后知松柏之后凋也。""子在川上曰：逝者如斯夫，不舍昼夜。"这样的话被记录下来,显然是孔子有所感慨,而不是仅仅是对松树等自然物性的白描,故反映出孔子观察自然的态度:岁寒时尽,草木尽凋,唯有松柏傲霜挺立。此小者可以激发意志,大者可见穷且益坚的操守;年月不居,如川流之往,观此或生迟暮伤逝之心,或生勉励进学之意。自然之物,无言静默,却又寓意无穷。

中国传统生活依赖自然,也讲究取法自然。大自然已有一套运转良好的机制,模仿就好了,于是,日出而作,日落而息,按照二十四节气劳作,春播夏种秋收冬藏。这是一种以自然作为参照和依托的生活方式,也直接影响着人们的思维方式。于是,"格"自然之物以获得启发,明白道理,就成为古人观察自然的习惯,而其视角也更多落在如何做人做事等方面。

比如,《周礼·大宗伯》叙及诸侯朝聘天子及彼此聘问所执"挚"礼:

卿执羔,大夫执雁,士执雉,庶人执鹜,工商执鸡。

为什么要送这些礼物? 东汉郑玄解释说:"羔,小羊,取其群而不失其类;雁,取其候时而行;雉,取其守介而死,不失其节;鹜,取其不飞迁;鸡,取其守时而动。"意思是,这些动物身上都可以看到德行,所以可以取法,作为礼仪象征。羊合群,群而不党;雁明智,候时而行;雉鸡倔强,不肯轻易俯就,耿介有气节。《世说新语》载吴帝孙休好射雉,常常晨去夕反,君臣劝谏说:"此为小物,何足甚耽!"休曰:"虽为小物,耿介过人,朕所以好之。"李白《设辟邪伎鼓吹雉子斑曲辞》:"乍向草中耿介死,不求黄金笼下生。"均取此义。鹜,大约为今之鸭,其性本分,不轻易飞迁,象征庶人安土重迁;鸡则守时刻而动,具有守信的品德。这些,都是将自然之物的生物习性伦理化了。

这种观察事物的思维以及观念,周代就开始萌芽,汉代经学家对此加以进一步的解释,郑玄这里也是承袭旧说。比如有关"卿用羔,大夫用雁",早在西汉,董仲舒《春秋繁露》就有更为明确的解释:

雁乃有类于长者,长者在民上,必施然有先后之随,必俨然有

> 行列之治，故大夫以为贽。羔有角而不任，设备而不用，类好仁者；
> 执之不鸣，杀之不谛，类死义者；羔食于其母，必跪而受之，类知礼
> 者。故羊之为言犹祥与！故卿以为贽。

按照董仲舒的说法，雁飞止有序，故知长幼尊卑，为明礼；羊有角却不主动攻击，即为仁；被杀时不声嘶力竭，即为死义；跪乳而食，即为孝。本为生物学意义上的行为特点，都被经学家解释为道德伦理的象征。同样，汉代《白虎通义·婚嫁》解释"雁"何以作为婚礼之"贽"也用了同样的观察方式：

> 取其随时南北，不失其节，明不夺女子之时也。又取飞成行、
> 止成列也，明嫁娶之礼，长幼有序，不相逾越也。

再如《韩诗外传》借田饶之口赞赏鸡的文、武、仁、勇、信五德：

> 头戴冠者文也；足搏距者武也；敌在前敢斗者勇也；见食相呼
> 者仁也；守夜不失时者信也。

可见，古人"格物致知"，有特定的思维方式，以及解释的惯性。

　　观察外物全都着眼于伦理道德，将自然生物习性看作是道德品行，这一点在今人看来，就是典型的比附，有些牵强附会。所以，道家一派就讽刺儒家，说你们什么都挂上伦理道德，哪有那么多联系。如果按照这种思维，我们也可以说盗亦有道，也有仁义礼智信五德："夫妄意室中之藏，圣也；入先，勇也；出后，义也；知可否，知也；分均，仁也。五者不备，而能成大盗者，天下未之有也。"（《庄子·外篇·箧第十》）

　　虽如此，但我们仍然要意识到，儒家恰恰是用这种独特的"格物致知"的方式，建立了一整套对伦理规范的形象化解说，在教化世人、构建社会秩序方面发挥了非常重要的作用，至今还有影响。

　　今天，假如我们还用这种方式来"格物"、来"致知"显然是不行了，但假若将"格物致知"看作一种思维方式，强调通过广泛的观察思考探

究以获得真知，就仍然是很有价值的。因为在任何情况下，我们都要通过观察外物，探究各种社会现象、自然现象以获得知识、经验、规律，获得智慧和进步。所以，"五四"以来，西学引进，人们就用"格致"指代物理、化学等自然科学，也妥帖。

"格物致知"重在"格"，就是带着问题探究，而恰恰在这一点，很多人，乃至我们的整个教育，都存在欠缺。我们的教育强调背诵记忆有余，而强调思考探究不足。我们崇尚有形的知识和技能，以为把这些握在手里、记在脑子里就是有文化素养的表现，所以，我们推崇考试，推崇各种考级，甚至书法也要考级，教育中的死记硬背更是难以改变的痼疾。其实，知识仅仅是代表一个时期人们对某一事物或现象的基本认识。因此，知识会变得陈旧，此时是常识，彼时可能是错误，记住的某些知识可能很快就变成无用的陈旧的谬误。拥有知识的意义在于要帮助你认识世界，如果你不能运用这些知识去分析、判断，去发现知识与知识、现象与现象之间的关系，那也没有太大意义。更何况，人的生命有限，本就不可能占有无限的知识，但假若我们懂得思考，习惯思考探究，有限的知识也能连接并激发出更多的智慧。此外，现如今学科化分越发细密，虽有利于相关问题的深入，但也很容易蠡测管窥，导致认识上的缺陷。前两年清华大学一位城市规划专家提出的以考试方式获得北京户口资格、法律领域推出的所谓的"常回家看看法"，都引起舆论哗然和各种调侃，根子也都在此。

再说"诚意正心"。

"诚意正心"是强调意念真诚，不自欺，以此端正心思。古人讲"修辞立诚"，孟子说："反身而诚，乐莫大焉。"都强调"诚"对"成人"的重要性，今天看，同样如此，"诚意"是修身的基本要求，否则无以成人，更谈不上做一个社会人。对于"诚意正心"，《大学》中有明晰的解释：

> 所谓诚其意者，毋自欺也。如恶恶臭，如好好色，此之谓自谦。故君子必慎其独也。

意念真诚，不自欺，心意明朗，这就如同人厌恶恶臭避之唯恐不及、见女色欣喜而欲得之一样，本来都应该是自然而然的。如果心好之而口不言，就是自欺，就是不诚。文中接着列举小人的行为作反衬：

> 小人闲居为不善，无所不至。见君子而后厌然，掩其不善，而著其善。人之视己，如见其肺肝然，则何益矣。此谓诚于中，形于外。

小人独处时做了不好的事情，见到君子，内心有愧，底气不足，就躲躲藏藏加以掩饰，但事实上，反躬自视就如同看透肝肺一样，如此，有什么好处呢？有什么意念在内，一定会显露出来。在此基础上，《大学》特别提出君子"慎独"的观念：

> 故君子必慎独也。曾子曰："十目所视，十手所指，其严乎。"富润屋，德润身，心广体胖。故君子必诚其意。

慎独，就是独处的时候也十分谨慎，真诚面对自己，做什么或不做什么，内心自有衡量和约束的标准，独处时，也如同有"十目所视，十手所指"，时刻保持敬畏。这样的一种做人做事的态度是可以美化自身的，就如同财富可以装饰房屋，慎独的品格可以修养身心，可使心胸宽广，身体舒泰。

《大学》明确提出的"慎独"观念是极具现代意义的，因为，它也是现代公民意识中最重要的一环。

中国传统社会是熟人社会，讲人伦。"沦，伦也，水文相次有伦理也。"（《释名》）它的社会关系是讲究以"自己"为中心，如石子投入水中，一圈一圈推出去，愈推愈远，也愈推愈薄。故中国社会特别强调差等。《礼记》"十伦"：鬼神、君臣、父子、贵贱、亲疏、爵赏、夫妇、政事、长幼、上下，都是有差等的次序，费孝通《乡土中国》把这种社会结构称作"差序结构"，社会关系是逐渐从一个人一个人推出去的，社会范围是私人联系所构成的网络，因此，我们传统社会里所有的社会道德也大都只在私人联系中发生意义。换句话说，传统社会中，决定人们行为的，常常不是内心的准则，而是周围人的目光和评价。

比如，有人就分析，中国人常有两张道德面孔，一张面对熟人，一张面对陌生人。这两张面孔反差巨大：面对熟人时，我们善解人意，尊老爱幼，言语温和，愿意忍让，甚至牺牲小我。如果从这张面孔看，中国人绝对是世界上最有道德感的民族。可惜，在面对陌生人时，我们的道德面孔常常就变了。我们开始变得自私，爱占各种便宜，排队加塞，开车乱并线，随地吐痰乱扔垃圾，情绪急躁，永远显得不耐烦。这样的两面性，和现代公民意识是格格不入的。

现代社会的重要标志是，每一位公民都是独立的个体，有独立的人格尊严，有不可侵犯的权利，也有必须尽到的义务。而懂得维护自己的权利，也就意味着，要同时懂得尊重别人的权利，不能因为亲疏贵贱而随意转换标准。如此推而广之，就是社会公德、职业道德、家庭道德。所以，慎独，就是自我约束、道德自律。

总之，《大学》认为，修身有两个大的方面，即完成上面的"格物致知""诚意正心"，懂得学习、观察、思考、判断，拥有信念、良知，能够道德自律，如此，一个人才能称得上是一个完整健康的人，也才能成为一个合格的社会人，才能扮演好社会所赋予你的各个角色，齐家治国平天下。这也是教育的目的。

通观上述纲领和条目，很明显，《大学》原本讲的是大人之学、内圣外王之学，是有特定的教育对象的。在古代，普天之下莫非王土，率土之滨莫非王臣。假如天子能够严格要求自己，自明其"明德"，并以身作则推及天下之民，反省自新，天下就能达到至善的境界。"为人君止于仁；为人臣止于敬；为人子止于孝；为人父止于慈；与国人交止于信。"所以，这个理论体系，就建立了整个儒学的框架，在中国传统思想中获得了崇高的地位。

从另一方面看，《大学》所讲的大人之学又是从个人的道德和学识修养起步的，所以，它教育的对象又不止于圣王。格物致知是获得知识、提高认知能力的方式，正心诚意是个人修养身心的起点，更何况，修身齐家是人们普遍的职责和义务，治国平天下也可以是一国之人乃至于天下人的共同愿望。所以，《大学》不仅仅是大人之学，也是常人之学,是人人需要的,这也是《大学》至今被人们关注的原因。地位无论高低,职业无论尊卑,年龄无论大小,都可以不断修身、努力进取,成为德才兼备的"大人"。用今天的话说,就是通过学习修养,人人都可以成为有知识、有判断力,同时又有德行和良知的人,达到人生修行的"至善"境界。

■ **作者简介**

郗文倩(1971—　),福建师范大学文学院教授,博士生导师,主要从事先秦两汉文学及文体学研究。在《文学遗产》《文史哲》《文艺研究》《文艺理论研究》等刊物上发表学术论文多篇,出版专著《古代礼俗中的文体与文学》(人民出版社 2015 年)、《中国古代文体功能研究》(上海三联书店 2010 年)等。近些年来主持国家社科基金、中国博士后科学基金特别资助等各类科研项目多项。同时致力于传统文化和文学的普及教育工作。

《庄子》中"圣人"平议

来森华

（湘潭大学文学与新闻学院　湖南湘潭　411105）

内容提要　《庄子》中的人格符号颇杂，应将"圣人"置于具体文本语境中进行定位。圣人与其他人格的关系，主要有别而无等次、别而有等次圣人居后、别而有等次圣人处前、异名同实等。《庄子》中的圣人又有正、反两副面孔，正面的圣人在遵循自然之道的基础上注重安身乐命、保持道和德的原朴状态、保持民性和物性的本真等，而反面的圣人往往劳形怵心或者舞弄仁义礼乐。《庄子》中将自然应接仁义礼事而不强为者誉为圣人。

关键词　《庄子》　人格符号　圣人定位　正面圣人　反面圣人

圣人作为一种理想人格，于道德、智慧、政治诸方面无不闪耀人性之光，圣人文化亦可谓中国文化最为突出的特质之一。先秦时期，不同社会阶层或知识群体基于不同动机对于"圣人"多有自觉或不自觉的言说，主要体现在王者颁令、君臣问对、大臣进谏、行人出使、策士游说、诸子立论等方面，其中尤以诸子立论为甚。先秦诸子典籍中言圣之处，又数《庄子》最为复杂，主要表现有二：一方面，基于道家传统，《庄子》中圣人并非唯一的理想人格符号，又有至人、神人、真人等称，且常常同时出现；另一方面，《庄子》中对于圣人褒贬不一，即出现了正、反两面的圣人。笔者认为，要想对《庄子》中的"圣人"有全面公允的认识，应将其还原到具体的文本与语境，而非彼此刻意系联，一概而论。

一、圣人的定位

关于圣人与道家所名其他理想人格之关系，历来聚讼最广者系出《逍遥游》。该篇言及"游"的最高境界，其云："若夫乘天地之正，而御六气之辩，以游无穷者，彼且恶乎待哉！故曰：至人无己，神人无功，圣人无名。"①就至人、神人、圣人三者的关系而言，综合历代学者看法主要有三种观点：第一种认为异名同实，即三者同属一个级别甚至说没有区别，主此说者有向秀、郭象、支遁、成玄英等，如成玄英疏云："至言其体，神言其用，圣言其名，故就体语至，就用语神，就名语圣，其实一也。诣于灵极，故谓之至；阴阳不测，故谓之神；正名百物，故谓之圣也。一人之上，其有此三，欲显功用名殊，故有三人之别。此三人者，则是前文乘天地之正、御六气之辩人也。"②第二种认为三者之间存在层级递减关系，即圣人具备的素养或境界低于神人与至人，持此说最为典型者数宋人罗勉道，其在《南华真经循本》言曰："大而化之谓圣，圣而不可测之谓神，至者神之极。三等亦自有浅深。"③现当代学者不论疏解还是论述亦多不出其右，各站一边，不再一一赘述。近来也有学者通过细读文本而认为三者有别但不存在层级关系，如王景琳、徐匋即言："'至人''神人''圣人'这三种人，就其逍遥游的意义与境界而言，是相同的，但在具体的象征意义上，却代表着三种不同的人生层面，或者说是代表了三种不同类型的人要达到逍遥游而必须经过的三种不同的途径。"④

相较而言，笔者较为认可第三种观点，因为王、徐之文以文本结构

---

① 本文所引《庄子》原文均出自郭庆藩集释，王孝鱼点校：《庄子集释》，《新编诸子集成》本，中华书局，1996 年。以下引文在文中标明篇目或使用夹注形式，不再一一出注。

② 成玄英：《庄子注疏》，曹础基、黄兰发点校，中华书局，2011 年版，第 12 页。

③ 罗勉道：《南华真经循本》，中华书局，2016 年版，第 11 页。

④ 王景琳、徐匋：《〈庄子·逍遥游〉中的"圣人无名"》，《文史知识》2014 年第 6 期，第 93 页。

为切入点,在庄子提出"至人无己""神人无功""圣人无名"为"逍遥游"的最高境界后紧接着又倒过去分别以故事形式对三种人从不同的路径达到此种境界进行例证阐述,其中即用大家耳熟能详的"尧让天下于许由"的故事来阐解何谓"圣人无名"。用不同的故事分别阐发不同人生层面的"逍遥游"境界,可见三者并不完全是同一回事,但在此处也看不出三者存在等次之差。

《庄子》中圣人与其他体道之理想人格的关系,亦有如《逍遥游》中"至人""神人""圣人"别而不分等者,如《知北游》即言:"圣人者,原天地之美而达万物之理。是故至人无为,大圣不作,观于天地之谓也。"此处的至人与大圣明显是并列关系而不存在等次之分。

至于前人认为三者境界不一、等次有差,主要是因为《庄子》中的理想人格境界习惯上多以"真人""至人""大人""全人""神人""天人"等称之,且与圣人时有层次之分。《大宗师》中的"真人"形象即为"若然者,其心志,其容寂,其颡頯;凄然似秋,暖然似春,喜怒通四时,与物有宜而莫知其极"。《刻意》亦云:"故素也者,谓其无所与杂也;纯也者,谓其不亏其神也。能体纯素,谓之真人。"言及至人,如《人间世》载孔子对颜回之言:"古之至人,先存诸己,而后存诸人。"《齐物论》认为至人的境界是"乘云气,骑日月,而游乎四海之外,死生无变于己,而况利害之端乎"。《外物》亦载庄子驳难惠子言有云:"唯至人乃能游于世而不僻,顺人而不失己。"据《德充符》所载,鲁哀公将孔子所言称为"至人之言",可见其亦将孔子视为至人。另外,《天道》载老子语士成绮之言有云:"通乎道,合乎德,退仁义,宾礼乐,至人之心有所定矣。"《天运》亦载老子答孔子言曰:"古之至人,假道于仁,托宿于义,以游逍遥之虚,食于苟简之田,立于不贷之圃。逍遥,无为也;苟简,易养也;不贷,无出也。古者谓是采真之游。"以上两处是言至人重在体道而不应单纯地重视仁义礼乐。《庄子》中数言至人,兹不多举。

于"真人""至人"之外,《庄子》中又常称"大人",如《知北游》载黄帝答知之言有云:"今已为物也,欲复归根,不亦难乎!其易也,其唯大人乎!"以此阐释无为的道理。《徐无鬼》亦有言曰:"是故生无爵,死无谥,实不聚,名不立,此之谓大人。"是言大人不在乎生前身后功名利益诸事。《则阳》篇记载有魏莹欲派人刺杀报复违约的田侯牟，众人闻后多有不耻，经过与戴晋人一番交谈，魏莹在惠子面前夸赞戴晋人为"大人"，其言曰："客，大人也，圣人不足以当之。"此处的圣人明显与大人有浅深之别。与之相类似的是，《庚桑楚》载言云："圣人工乎天而拙乎人。夫工乎天而俍乎人者，唯全人能之。"此处又用"全人"来指代一种高乎"圣人"的人格境界。再者，《天下》篇中对"天人""神人""至人""圣人""君子"等有所区分，其言："不离于宗，谓之天人；不离于精，谓之神人；不离于真，谓之至人。以天为宗，以德为本，以道为门，兆于变化，谓之圣人。以仁为恩，以义为理，以礼为行，以乐为和，薰然慈仁，谓之君子。"很明显，此处提及的各种人格境界存在层级高低之别。《外物》篇载曰："圣人之所以骇天下，神人未尝过而问焉；贤人之所以骇世，圣人未尝过而问焉；君子所以骇国，贤人未尝过而问焉；小人所以合时，君子未尝过而问焉。"此处的境界次序由高及低为：神人→圣人→贤人→君子→小人。以上各处，圣人之级别并非处于最高级。

另外值得注意的一个现象是，《庄子》言圣人，又尝以"神圣""至圣""大圣"等并称之，由此可见《庄子》中的理想人格之称谓颇为驳杂，甚至有随语境随意称之或自由变换之迹。如《逍遥游》言"圣人无名"，前引《徐无鬼》却将"名不立"视为"大人"之境界之一，此处极有可能为《逍遥游》中持异名同实论者之口实。

还有一个方面，即通过不同人格间的对比而使"圣人"居于上位，如《大宗师》载言："故圣人之用兵也，亡国而不失人心。利泽施乎万世，不为爱人。故乐通物，非圣人也；有亲，非仁也；天时，非贤也；利害不通，非君子也；行名失己，非士也；亡身不真，非役人也。"圣人、仁者、贤人、君子、士、役人的高低层级不言而喻。再如《列御寇》亦载言有云："圣人安其所安，不安其所不安；众人安其所不安，不安其所安。""圣人以必不必，故无兵；众人以不必必之，故多兵。"又在与众人的对照中，彰显圣人顺应自然之道的高尚品格。《秋水》篇所载孔子师徒被宋人围困于匡，但是孔子奏乐不停甚为欢乐，子路不解问其缘由，孔子为其讲到渔父和猎夫之勇、烈士之勇、圣人之勇三层境界，"知穷之有命，知通之有时，临大难而不惧者，圣人之勇也"，彰显出孔子善知时命。

综上而言,立足文本具体分析讨论,《庄子》中圣人与其他人格之关系,大凡有四:一者别而无等级,一者别而有等圣人居后,一者别而有等圣人处前,一者异名同实。

二、正面的圣人

《庄子》中所塑造的正面的圣人,大体上是对《老子》相关思想的继承与发展,主要体现为遵循自然规律并在此基础上安身立命、虚静无为、尊重本性等。就遵循自然规律层面,《天地》《天道》《天运》诸篇有主题集中的论述,其中更不乏举圣人以论事明理。另在《渔父》篇所载孔子师徒与渔父的对话中,也有不少此方面的论述,如渔父对孔子有言:"礼者,世俗之所为也;真者,所以受于天也,自然不可易也。故圣人法天贵真,不拘于俗。愚者反此。"孔子听到颇为震撼,子路不解,遂问其何以对渔父如此尊敬,孔子有言:"且道者,万物之所由也,庶物失之者死,得之者生,为事逆之则败,顺之则成。故道之所在,圣人尊之。今渔父之于道,可谓有矣,吾敢不敬乎!"作为圣人应该顺应自然之道而非违逆它。

遵循自然之道,作为圣人就应该注重性命之情。《天运》篇即载黄帝答北门成之言曰:"圣也者,达于情而遂于命也。"同样,此篇记载有数则孔子师徒见老聃的故事,且主要以对话形式进行叙事,其中有一则记载孔子见到老聃,对其谈论仁义却反被教育,归去后三日不言,子贡不自量力,复而前往争辩,其中交锋的话题为"三皇五帝是否为圣",老聃听罢子贡的理由后,驳言有云:"三皇之知,上悖日月之明,下睽山川之精,中堕四时之施。其知惨于蛎虿之尾、鲜规之兽,莫得安其性命之情者,而犹自以为圣人,不可耻乎?其无耻也!"在老聃看来,不懂得安其性命之情并不配称之为圣人。《盗跖》篇假托孔子与盗跖的对话故事亦表明保持情性之重要性,其中盗跖认为尧、舜、禹、汤、文、武"皆以利惑其真而强反其情性",伯夷、叔齐等六人"皆离名轻死,不念本养寿命",最后说到:"不能说其志意,养其寿命者,皆非通道者也。"《则阳》篇亦言曰:"圣人达绸缪,周尽一体矣,而不知其然,性也。复命摇作而以天为师,人则从而命之也。"说的也是在遵循天道规律的基础上安身立命的道理。

遵循自然之道,作为圣人就应该在天地自然之间保持虚静淡然、抱朴守真。《天道》篇于此有数言论之,"圣人之静也,非曰静也善,故静也;万物无足以铙心者,故静也","圣人之心静乎! 天地之鉴也,万物之镜也","静而圣,动而王,无为也而尊,朴素而天下莫能与之争也","言以虚静,推于天地,通于万物,此之谓天乐。天乐者,圣人之心,以畜天下也",云云。《德充符》记载常季向孔子讲到鲁国有个叫王骀的人"立不教,坐不议,虚而往,实而归",并问孔子其为何人,孔子直接将其以圣人称之。《山木》篇载孔子师徒困于陈、蔡之间,孔子与颜回有论道之言,其中颜回问到"何谓人与天一邪",孔子回答道:"有人,天也;有天,亦天也。人之不能有天,性也,圣人晏然体逝而终矣!"天道规律自然存在,人不能占有它也是客观事实,作为体道的圣人就应做到平静安定。关于圣人在遵循自然规律的基础上保持恬淡的道理,《刻意》篇有一段文字论之甚为精辟,兹不避繁复俱引于下:

> 若夫不刻意而高,无仁义而修,无功名而治,无江海而闲,不道引而寿,无不忘也,无不有也,淡然无极而众美从之。此天地之道,圣人之德也。故曰,夫恬惔寂漠虚无无为,此天地之平而道德之质也。故曰,圣人休休焉则平易矣,平易则恬惔矣。平易恬惔,则忧患不能入,邪气不能袭,故其德全而神不亏。故曰,圣人之生也天行,其死也物化;静而与阴同德,动而与阳同波;不为福先,不为祸始;感而后应,迫而后动,不得已而后起。去知与故,循天之理。故无天灾,无物累,无人非,无鬼责。其生若浮,其死若休。不思虑,不豫谋。光矣而不耀,信矣而不期。其寝不梦,其觉无忧。其神纯粹,其魂不罢。虚无恬惔,乃合天德。

从这段话不难看出,圣人保持恬惔、寂漠、虚无、无为等状态是道德之核心与真谛,同时也合乎天道规律。由此可见,保持虚无恬惔的圣人之德与遵循自然规律相辅相成。

遵循天地自然之道,作为圣人就应该做到遵循万物本性,即处物而不伤物。《知北游》中所言"圣人者,原天地之美而达万物之理"即为这个道理。《天道》记载颜回问孔子他以前所言"无有所将,无有所迎"的意思,孔子应答之语有"圣人处物不伤物。不伤物者,物亦不能伤也"的表述,最后道出"至言去言,至为无为"的无为思想。另外,《大宗师》有言曰:"故圣人将游于物之所不得遁而皆存。"王弼注云:"夫圣人游于变化之途、放于日新之流,万物万化亦与之万化,化者无极亦与之无极,谁得遁之哉?夫于生为亡而于死为存,则何时而非存焉?"[1]意思是说圣人随着万物的变化形态而自由变化,而不是刻意地去干涉甚至改变。

遵循天地自然之道,作为圣人就应该无为而治,顺应民之本性。无为而治,于《庄子》中又多言"圣治"。《应帝王》记载鲁国间蕖拜见季彻并受鲁君之命向其请教治国之道,季彻有言:"大圣之治天下也,摇荡民心,使之成教易俗,举灭其贼心而皆进其独志。若性之自为,而民不知其所由然。若然者,岂兄尧、舜之教民,溟涬然弟之哉?欲同乎德而心居矣。"是言圣人治理天下应该顺乎民之本性而使其自然发展。同样在此篇中假托谆芒与苑风的寓言故事,通过对话的方式由苑风言明"圣治",其言云:"圣治乎?官施而不失其宜,拔举而不失其能,毕见其情事而行其所为,行言自为而天下化,手挠顾指,四方之民莫不俱至,此之谓圣治。"由"行言自为而天下化"可以看出此处的"圣治"依旧在强调无为而治。《知北游》亦载黄帝答知之言曰:"彼无为谓真是也,狂屈似之;我与汝终不近也。夫知者不言,言者不知,故圣人行不言之教。"在黄帝看来,像狂屈一样行无为之道才是治理天下的真谛,作为圣人就应该行不言之教而引导民众。《天地》篇记载有舜与封人讨论"圣人"的故事,其云:

> 尧观乎华。华封人曰:"嘻,圣人!请祝圣人。"
> "使圣人寿。"尧曰:"辞。"

---

① 郭庆藩:《庄子集释》,第111页。

"使圣人富。"尧曰:"辞。"

"使圣人多男子。"尧曰:"辞。"

封人曰:"寿、富、多男子,人之所欲也。女独不欲,何邪?"

尧曰:"多男子则多惧,富则多事,寿则多辱。是三者,非所以养德也,故辞。"

封人曰:"始也我以女为圣人邪,今然君子也! 天生万民,必授之职。多男子而授之职,则何惧之有! 富而使人分之,则何事之有! 夫圣人,鹑居而鷇食,鸟行而无彰;天下有道,则与物皆昌;天下无道,则修德就闲;千岁厌世,去而上迁;乘彼白云,至于帝乡;三患莫至,身常无殃;则何辱之有!"

封人去之,尧随之,曰:"请问。"

封人曰:"退已!"

尧认为长寿、多富、多子均为滋生欲念与事端的累赘,但是封人却认为只要善于处理这些问题、自然应对就不会遇到所谓的烦恼。"夫圣人,鹑居而鷇食,鸟行而无彰;天下有道,则与物皆昌;天下无道,则修德就闲。"所言也是圣人行无为之道、进退自若的思想。

《则阳》篇亦记载有彭阳与王果的对话故事,其中王果向彭阳解释"公阅休"之意时说到:"故圣人,其穷也使家人忘其贫,其达也使王公忘爵禄而化卑。其于物也,与之为娱矣;其于人也,乐物之通而保己焉;故或不言而饮人以和,与人并立而使人化。父子之宜,彼其乎归居,而一闲其所施。其于人心者若是其远也。"就圣人而言,不管接物还是待人均要使其保持自然本性,无论穷困还是腾达,均不能施其所为而使身边的人有多余私心。

三、反面的圣人

《庄子》中不仅塑造了主题集中但又主题多样的正面圣人形象作为体道的典型,同样也塑造出一些背道而驰的反面圣人。概而言之主要有两类：其一，劳形怵心者；其二，舞弄仁义礼乐而乱道德者。

《应帝王》篇记载阳子居与老聃交流"明王之治"，其云：

> 阳子居见老聃，曰："有人于此，向疾强梁，物彻疏明，学道不倦。如是者，可比明王乎？"
>
> 老聃曰："是于圣人也，胥易技系、劳形怵心者也。且也虎豹之文来田，猿狙之便、执斄之狗来藉。如是者，可比明王乎？"
>
> 阳子居蹴然曰："敢问明王之治。"
>
> 老聃曰："明王之治：功盖天下而似不自己，化贷万物而民弗恃；有莫举名，使物自喜；立乎不测，而游于无有者也。"

在老聃看来，"向疾强梁，物彻疏明，学道不倦"之人只是"胥易技系、劳形怵心"的圣人而已，并没有达到明王的境界，而真正的"明王之治"表现为无名、无己而顺应万物本性。而在《天地》篇中，亦有相似之语。面对孔子之问，老聃认为其所陈述的人格境界仅仅为"胥易技系、劳形怵心者"，连圣人都称不上，而治理天下的理想境界在于"有治在人，忘乎物，忘乎天，其名为忘己。忘己之人，是之谓入于天"。心中无己即做到了认识天道。

庄子学派对于仁义之道多不以为然，如《天运》记载孔子见到老聃后告诉其仁义之道，老聃却不以为然，认为"夫仁义憯然，乃愤吾心，乱莫大焉"，行仁义使得天下失去了应有的真朴；再如《骈拇》篇中亦认为行仁义容易损害、变易本性。而在《马蹄》《胠箧》诸篇中，对舞弄仁义礼乐以治世的圣人多有批判与责难。

《马蹄》篇即言曰：

> 夫至德之世，同与禽兽居，族与万物并，恶乎知君子小人哉！同乎无知，其德不离；同乎无欲，是谓素朴；素朴而民性得矣。及至圣人，蹩躠为仁，踶跂为义，而天下始疑矣；澶漫为乐，摘僻为礼，而天下始分矣。故纯朴不残，孰为牺尊？白玉不毁，孰为珪璋？道德不废，安取仁义？性情不离，安用礼乐？五色不乱，孰为文采？五

声不乱,孰应六律? 夫残朴以为器,工匠之罪也;毁道德以行仁义,
圣人之过也。

又曰:

> 夫赫胥氏之时,民居不知所为,行不知所之,含哺而熙,鼓腹而
> 游,民能以此矣。及至圣人,屈折礼乐以匡正天下之形,县跂仁义
> 以慰天下之心,而民乃始踶跂好知,争归于利,不可止也。此亦圣
> 人之过也。

在庄子学派看来,仁义礼乐的施行毁败了原始的道德、素朴的民性而使
得民有好知、逐利之心,而作为行为的施行者圣人难逃其咎。

在《胠箧》篇中,运用大量的例子论说世俗所谓的智者与圣人其实
是大盗的帮凶,“圣人不死,大盗不止。虽重圣人而治天下,则是重利盗
跖也”,圣人虽行仁义但大盗亦会连同仁义与圣知之道等一起窃取,所
以圣人作为天下的利器不可以明示于人。而只有攘弃仁义、掊击圣人、
绝圣弃知,天下方可太平无故,天下之德也会复归原初。

综上所言,《庄子》中的圣人定位较为复杂且明显存在正、反两面的
圣人形象,唯有置于具体的语境中方可准确分析。另一方面,鉴于思想
的相对系统性,假若为《庄子》中的圣人作一个尽可能的统一注解,恐怕
《在宥》篇中数言最为精当,其云:

> 故圣人观于天而不助,成于德而不累,出于道而不谋,会于仁
> 而不恃,薄于义而不积,应于礼而不讳,接于事而不辞,齐于法而不
> 乱,恃于民而不轻,因于物而不去。

前言庄子学派反对甚至掊击舞弄仁义礼乐的所谓圣人,而此处又将自
然应接仁义礼事者称为圣人,在这种表面看似绝对的二元对立中实际
上体现了其对圣人内涵的真正界定与体悟。真正的圣人行自然无为之
道,遵循天道自然法则,保持道和德的原朴状态,保持民性和物性的本

真,自然应对仁、义、礼、乐而非刻意舞弄或者恃其而强为。

■ **作者简介**

来森华(1986—),男,藏族,甘肃卓尼人,文学博士,湘潭大学文学与新闻学院讲师,主要从事先秦两汉文学与文化的研究。

论《逍 遥 游》

郭德茂

（广东外语外贸大学中文学院　广东广州　510420）

内容提要　本文认为《逍遥游》中的鲲鹏并不是逍遥理念的象征，庄子既批评了斥鷃受制于内，也批评了鲲鹏受制于外。文章指出作为逍遥理念的象征的，是树立于无何有之乡的那棵无用而又有大用的大树。文章梳理了《逍遥游》的思维脉络，揭示庄子追求自由的思想义理，在对比了列子、宋荣子和庄子的人生态度后，指出逍遥游其实是庄子的夫子自道，是庄子揭示的人生理想境界。

关键词　逍遥　游　小大之辨　有待无待　有用无用

一、《逍遥游》释名

我们现在是把"逍遥"看作一个词，仿佛是个联绵词，但在古人"单音节词汇"的历史条件下，逍与遥是有分别的。关于逍与遥的解释，主要三见：一、成玄英注引顾桐柏云："逍者，销也；遥者，远也。销尽有为累，远见无为理。以斯而游，故曰逍遥。"[①]二、支道林云："物物而不物于物，故逍然不我待；玄感不疾而速，故遥然靡所不为。以斯而遊天下，故曰逍遥游。"[②]三、宋代释生有云："逍者入微，遥者渐远，销者消

---

①　郭庆藩：《庄子集释·庄子序》，中华书局，2018 年版，第 8 页。
②　郭庆藩：《庄子集释·庄子序》，第 8 页。

融,遥者至远,道者从大到小,遥者由近及远,无滞无碍,自然应天之谓也。"这三种认识都有一定的道理,而合起来的"逍遥"意,正是我们今人理解的自由自在!

自由,是无滞无碍,无所依待,无外在的羁绊,可以放任我心。自在,是内心充实和喜悦的情感体验和自我肯定,足以自我安适。

说到"逍遥",前人有精彩的论辩,最重要的是郭象注言"夫小大虽殊,而放于自得之场,则物任其性,事称其能,各当其分,逍遥一也,岂容胜负于其间哉!"①郭象以"自得适性"释"逍遥",这是有见地的,但也有漏洞,并且被支道林抓住了。余嘉锡《世说新语笺疏》:"李慈铭云:案《太平广记》卷八十七引《高僧传》,遁尝在白马寺与刘系之等谈《庄子》'逍遥',遁曰:'不然,夫桀、纣以残害为性,若适性为得者,彼亦逍遥矣。'"②支道林言,如果以"自得适性"释逍遥,桀纣是够自得的,也是适合其残贼之性的,难道桀纣能称的上是"逍遥"吗?这实质是指出了"自由"的自律与他律问题。

自由不是无所顾忌的为所欲为,自由不可能脱离时空和客观矛盾对人的羁绊,但自由又用无止境的不断的进步摆脱羁绊,是合乎自然与理性的,自由更是心灵对无奈现实的有效超越。人无时不在"矛盾的牢笼"中,你解决了多少实际的矛盾,你获得的外部自由度就有多大,你就能"逍"多少;你心灵超越多少现实的羁绊,你就能"遥"多远。合起来说,解决现实矛盾,能使你外在地逍遥;心灵超越矛盾,能使你内在地逍遥! 自由是合自然合目的合理性的,是对身体的解放和对心灵的解放,从而达到自由自在。

同时,我们还要重视"游"这个概念。

许慎《说文》:"旌,旗之流也。从㫃汓声。以周切,古文游。"③许慎并没有说明"游"的本意和引申义。游的本意应该是人或动物在水中的运行,如《诗经·谷风》"就其浅矣,泳之游之"。它的引申义,可以用《庄

---

① 　郭庆藩:《庄子集释》,第1页。
② 　余嘉锡:《世说新语笺疏》,中华书局,1983年版,第221页。
③ 　许慎著、徐铉等校:《说文解字》,上海古籍出版社,2012年版,第329页。

子》中的句子来说明，比如《秋水》中的"庄子与惠子游于濠梁之上"，《养生主》"恢恢乎其于游刃必有余地矣"，这都是"游走"的意思。

游，是一种状态，在水中游泳，是克服水的阻力，使人能在水中前进。同时它还是一种态度，要顺应水，浮于水，获得在水中的自由适意。

逍遥游的游，就侧重在处世方式和态度上。我们来到这个世界，你要存在，要克服和解决很多的困难和矛盾，要经历人生这个过程。你的人生无论长短，都要经历这个过程，"走一遭"这个过程。但是你怎么经历这个过程，还有个态度问题，庄子的意见就是，你要像水中游泳那样度过自己的一生，一方面顺应水，把握水，从此岸到彼岸，一方面在这个过程中观察和体会"游"的盛景和快乐。《庄子·大宗师》中说过："夫大块载我以形，劳我以生，佚我以老，息我以死。"你怎么度过这一生，以什么样的态度度过这一生？是愁眉苦脸无可奈何地度过一生，还是把握规律、顺应自然、愉快地度过一生？常言说"愁也一天，乐也一天"，就是这个意思。要善于对待生，还要善于对待死，这也是"游"的态度问题。这个世界本来没有我，这个世界以后也没有我，我只是在这个世界"游走"一遭，我的生命只是"寄放"在这个世界的某一个阶段，我怎样经历这个过程？庄子用一个"游"字告诉我们方法和态度。当然，庄子并不是"游戏人生"的态度，不是对人生采取颓废无聊、随意浪费和糟蹋的态度，这是后面我们会看到的。

现在我们看《庄子》为什么把《逍遥游》放在第一篇。《逍遥游》就是谈人生的态度、方法和人生的理想。真实可靠的人生应该是什么样，怎样度过这一生才是理想的，理想的人生是怎样的，《逍遥游》一篇乃至"逍遥游"三个字就是庄子给我们的答案。世界是复杂的，人生是艰难的，人们的选择是多样的，但什么才是正确的选择好的选择，庄子用第一篇《逍遥游》来谈他的认知和理想。

二、斥鷃与鲲鹏

斥鷃与鲲鹏是《逍遥游》中的两个重要的形象，用来说明庄子的逍遥理念。斥鷃是谈不上逍遥的，"燕雀安知鸿鹄之志?"更何况"不知其几万里"的鲲鹏之志! 那么鲲鹏就是逍遥了? 是逍遥游的理想境界和范本吗? 斥鷃难道就没有丝毫的逍遥吗? 没有丝毫的自由自在，没有可取之处吗? 斥鷃是小，它"决起而飞，抢榆枋，时则不至而控于地而已矣"。斥鷃有斥鷃的快乐，有它一定的自由度。这自由度是上天赋予它的禀赋和能力，是它固有的尺度。它就是斥鷃，你怎么能要求它做鲲鹏? 鲲鹏有鲲鹏先天的禀赋和能力，不是斥鷃可以达到的。比之于现实，我若是一个普通的人、一般的人，我做好自己的事，过好自己的生活，有对生活甜酸苦辣的丰富感受，获得我应有的快乐和幸福，有什么不对? 有什么不好? 难道你有理由要求我做圣人、做皇帝、做伟人? 你没有理由要求，我也做不到，而且不想做! 鲲鹏是大，那是你的大，是你鲲鹏应该的大! 和我斥鷃何干? 在这个意义上郭象说得很对:"夫小大虽殊，而放于自得之场，则物任其性，事称其能，各当其分，逍遥一也，岂容胜负于其间哉!"斥鷃任其性，能自得，这也就拥有了一定意义上的逍遥! 但是斥鷃毕竟是"小"，心胸狭窄，认识不到鲲鹏的"大"，还要嘲笑鲲鹏，这就是斥鷃的不对了。它指着"九万里而图南"的鲲鹏讥笑说:"奚以之九万里而南为?"你为什么要飞那么远，飞九万里，累不累呀! 你为什么要往南飞呢? 又笑话鲲鹏曰:"彼且奚适也? 我腾跃而上，不过数仞而下，翱翔蓬蒿之间，此亦飞之至也，而彼且奚适也?"你要往哪儿飞呢? 我窜起来，飞上去，没有多高就落下来。我在蒿草之间飞，也挺好的，也感受到飞翔的最大快乐了，你干嘛要飞那么远? 累不累呀? 你要往哪儿飞?

那么斥鷃错的原因是什么呢? 它错在受制于内，受制于思想的渺小，认识不到逍遥的大境界。它生为小斥鷃，先天之"小"加上后天之"乏"，它的生活场景和思想修养使它难以超越"渺小和狭隘"，正如庄子《逍遥游》中类比评价的那样，是"朝菌不知晦朔，蟪蛄不知春秋"。亦如《庄子·秋水》所说:"井蛙不可以语于海者，拘于虚也; 夏虫不可以语于冰者，笃于时也; 曲士不可以语于道者，束于教也。"斥鷃内困于心，本质上也是一种"有待"，而且是受制于内心的难以逾越的有待。渺小的心灵和思想使得斥鷃无法理解鲲鹏——这真是受制于内呀！

再看鲲鹏。鲲鹏很大，"鲲之大，不知其几千里也。"它天生的能力很强，"怒而飞，其翼若垂天之云，是鸟也，海运则将徙于南冥"。它奋起而飞，翅膀像挂在天边的云彩。这鸟啊，它要乘着大海的潮汐飞到南海去。它飞的高，看的也远，它看见地面上"野马也，尘埃也，生物之以息相吹也"。大地上雾气飘动，万物如尘埃，随雾气浮游。物与物之间相互呼吸，相互摩擦。它看苍穹之上下，"天之苍苍，其正色邪？其远而无所至极邪？其视下亦如是则已矣"。蓝天啊，它真是蓝色的吗？遥远啊，它真的无边无际吗？天在上，地在下，怎么从上下左右看它们都是一样的呢？鲲鹏真是飞得高远啊！可是鲲鹏就是自由？就是逍遥游吗？也不是。

鲲鹏受制于外。你看，它必须要等到"海运"才能迁徙到南冥。它必须要依赖大风才能"抟扶摇而上者九万里"，它必须"去以六月息者也"，也就是说要等到六月海的潮信起飞，飞六个月到南冥了才能休息。"风之积也不厚，则其负大翼也无力。"如果风不大，就根本托不起它的大翅膀，它就根本无法飞起来。这显然也不是逍遥游。鲲鹏受到种种限制，并不自由。它是受制于外，受制于外在条件的羁绊。鲲鹏虽然游的远，到了南冥，但还没有到"无何有之乡"，没有能游于物外。

斥鷃与鲲鹏相比较，就是"小大之辨"，它们都有缺点，都没有达到"逍遥游"的境界，都是有所待，有所困。鲲鹏亦为"营生"所累，而"失适于体外"，它不得不"之九万里而南"，而斥鷃有矜伐之心，"在近而笑远"。关于矜伐之心，《尚书·大禹谟》曰："汝惟不矜，天下莫与汝争能；汝惟不伐，天下莫与汝争功。"孔安国传："自贤曰矜，自功曰伐。"孔颖达疏："矜与伐俱是夸义。"矜伐即恃才夸功，自傲自大。鲲鹏失之于外，而斥鷃失之于内，均未达逍遥之境。逍遥并不是"有欲当其所足"，并不是一时一事欲念的简单满足，如饥者一饱，渴者一饮。逍遥是大境界，是"至足"之境，完善之境，"物物而不物于物"，既不羁于外，也不滞于内，玄感不为，应会万有，从容自如，游于无穷。斥鷃需要解放思想，鲲鹏需要解放身体。

三、列子和宋荣子

前面说了小大之辨，斥鷃失之于内，而鲲鹏失之于外。小大之辨的深处，进一步就是有待与无待之辨，即需要有所依赖还是能够摆脱主客观的依赖。斥鷃于外无所待然而困之于内，鲲鹏于内无所困然而依待于外。庄子于斥鷃和鲲鹏双贬双非明矣。看来，斥鷃也好，鲲鹏也好，都是庄子设喻的浅层次，并不是他的理想之境，不是他逍遥含义的至境。

鸟有斥鷃和鲲鹏，人有列子和宋荣子。在《逍遥游》中，列子"御风而行，泠然善也"，可谓轻妙之至。但他也就这样了，他必须"旬有五日而后反"，也只能飞十五天就要落回到地面上。列子"彼于致福者，未数数然也，此虽免乎行，犹有所待者也"。列子并没有小家子气地急于求福，但他还没有达到至境，他还没有达到"自由"，他还有所依待。再看宋荣子，他超越了"知效一官，行比一乡，德合一君，而征一国者"，对那样的人，知识和智慧符合为一官效力的标准，行为和合乎一乡人的要求，品德也符合国君的期望，能力能为一国所用，"宋荣子犹然笑之"。那些智力足以服务于某官，被他认可，或者行为是一乡里最优秀的，受到乡人的赞誉，或者道德合乎国君的要求，并且能被一国人所征用，所信服，这又算得了什么呢？宋荣子的境界比这还高，他已经达到了"举世誉之而不加劝，举世非之而不加沮，定乎内外之分，辩乎荣辱之境"。做到这一步很不错了，所有的人都称赞，也不更加来劲，以为就真的做得对，做得好；所有的人都批评都反对，也不因此就沮丧抬不起头来，以为自己做错了，做得不好。能知己知彼，知道自己要做什么人，同时知道别人希望自己做什么人，能够辨别什么才是真正的荣与辱，这已经很不错了，可是他也就是这样了，"斯已矣，彼其于世，未数数然也。虽然，犹有未树也"。宋荣子他还有没认识到的，还有没达到的。他还没有抵达"逍遥"之境。

庄子就这样在"小大之辨"之后更加鲜明地提出了"有待无待之辨"

的问题。我认为列子有点像斥鷃，宋荣子有点像鲲鹏。列子满足于御风的轻盈，宋荣子满足于内心的高贵。但是他们两个都依然有所依待，"犹有所待，犹有未树"，仍未达到"逍遥游"的自由至境。列子的外在能力不错，能达到"御风而行，泠然善也"，可他的内在精神不够，有待于提高自己的精神境界。宋荣子的思想境界不低，但依然超脱不开他所在的环境，他虽然能定乎内外，辨乎荣辱，但他依然以那些人的视野为参照点，以自己的观点为制高点，并未抵达天地精神的"自由之境"。宋荣子需要彻底超脱对外在环境的依赖，让思想冲破牢笼。在《庄子》一书中，我们可以看到列子后来听了庄子的话，回到家中，饲养猪如对待人，待妻子也非常尊重和友善，其境界在三年之后有了很大的提高。宋荣子是贤人，我们不知道他的思想境界是不是也有所提高，不知他是否达到了逍遥至境。当然，这两个人物都是庄子拿来设喻，用以说明"逍遥游"的道理的。庄子给他二人指出的道路是："若夫乘天地之正，而御六气之辩，以游无穷者，彼且恶乎待哉？"至此庄子又将其逍遥之说翻上新台阶。庄子指出要用道的眼光来看问题，而不能仅仅停留在人的眼光上（针对宋荣子）；要驾驭恒久的自然之气，而不是小风小气流（针对列子）。合而言之，庄子认为要超越自己，不要只想着自己，还要超越所谓的成功，最后是超越那一点虚名，这样才能真正达到逍遥至境。

四、尧把天下让给许由

尧觉得许由是贤良的人，因此要把天下让给许由，也就是要把权力交给许由。尧说："您的光明如同日月，如果说我也有光明，那不过是如同火把。您对于天下来说，如同普降天下的霖雨，如果说我也能润泽事物，那也不过是一个小池塘。如果天下交给您，天下一定能安定，何必要我这能力远不如您的人来主持呢？我知道自己有很多欠缺，所以请您接受天下，由您来掌管。"

许由回答说："您治理天下，天下已经治理得很不错了，很安定了，老百姓也都接受您。那么干嘛要我代替您呢？我难道是为了名声吗？

为了这君主的好名声吗？在名实关系中，名不过是宾，实才是主，您是让我处于宾，而并不是处于主呀。我处于宾，处于客位，可是就好比鹪鹩在树林中筑巢，不过只用一棵树的一个枝头就足够了，鼹鼠在河中，满河的水，也不过是要喝饱自己的小肚皮而已。我要天下做什么呢？古人说主持祭祀的尸祝不会看没人杀猪宰牛就自己去搞得满手血腥。算了吧，我不能接受您把天下交给我。"

这段话已经交代了隐士之所以归隐的根本原因。许由是尧时著名的隐士。隐士首先必须是士，是有知识有能力的人，其次是他不做官，隐于民间。他为什么不做官，隐于民间呢？后代的隐士归隐有多种原因，多为不满政治，但许由不做官，似在追求自由逍遥。如果天下安定，你已经做得很好了，何必要我出山呢？如果天下混乱，不安定，你岂不是把这麻烦事交给我吗？若是前者，我是为了好名声来做官吗？若是后者，我自找麻烦能逍遥吗？我怎能为了"名"而使自己不得逍遥呢？所以许由不肯出山。

五、至人无己，神人无功，圣人无名

"至人无己，神人无功，圣人无名。"是《逍遥游》中的一个关键句、警句。至人、神人、圣人，是不同的等次吗？他们有什么不同吗？关于这个问题，我赞成成玄英的说法，他认为"至言其体，神言其用，圣言其名，其实一也"。也就是说，"无己"谈的是根本；"无功"谈的是作用；"无名"谈的是声誉。那么"至人""神人""圣人"谈的是一回事，并不是说三种不同的人。我还赞成郭庆藩的解释，"不立功名，不以己与，故为独绝"。他还说"此庄子自为说法"。意思是说，这是庄子的夫子自道，他自己说自己。

那么我还能说什么呢？我能补充的是，要真正达到逍遥，一是不自以为是，不被私心障蔽，此为无己。二是顺应自然，不贪占天功，不刻意妄为，此为无功。三是去除最后一点虚名，与道周流，此为无名。如果做到了这些，便能实现真正的逍遥游。

六、不属于逍遥的几种似是而非的状态

尧要把天下让给许由，上面已经说了，许由为了自由逍遥而拒绝了。设使许由接受了，他将"德合一君而征一国"，他将被外物所累、被自己的职务所累、被追求业绩成功所累、被名声所累，"一世蕲乎乱，孰弊弊焉以天下为事！"人的心思都在希望大乱和大治之间，谁能在如此混乱之中伤透脑筋而把这副重担扛在自己肩上？哪还有什么自由逍遥可谈？所以许由拒绝了，并且是用决不"越俎代庖"的理由。但是许由还是"有己"呀，并非"无己"，他虽然不追求成功，但是还是考虑了"名"，并非达到了"无名"。我认为庄子对许由有赞赏，但也有批评指责，许由并没有达到庄子的自然、自由且逍遥的理想高度。

还有几种情况，看起来自由适意，但其实似是而非。它们或物非所用，南辕北辙；或自以为聪明，离逍遥差得更远。这都足资教训，使人引以为戒。

"章甫适越"：章甫是华丽美观的帽子，宋国人把它拿到南方的越国去卖，可是越国人"断发纹身"，根本不戴帽子，那帽子自然派不上用场。这表明，自由不仅要考虑主观意愿，也要考虑客观条件。

"不龟手之药"：另一个宋国人，他有家传的冬天使手不皲裂的药膏秘方，因为他家世代都以给别人漂洗衣裳为生。有个客人，愿意出一百金买这秘方。这家人想，我们春夏秋冬给人洗衣裳，要多久才能挣到这一百金？现在片刻之间就可以得到，于是就卖给了他。这家人后来用完了这钱，还是寒冬腊月里要在河水中给人洗衣裳；而那位客人把这秘方献给吴国国君，吴国在冬季与越国水战，靠这"不龟手之药"，使战士不冻伤获得大胜，那位客人因此而封侯。你看，一种药，有人用它得以封侯，有人免不了寒冬腊月洗衣的艰辛。这就是自由与能否正确运用外物的关系了。

"狸狌跳梁"：灵巧聪明的狸猫，弓着身子匍匐在那里等待小鸟老鼠之类。他很得意，"东西跳梁，不避高下"，结果被猎人下的夹子打中，

"中于机辟,死于网罟"。自命不凡,得意忘形,不知危险,不计后果,也并非逍遥。

"犀牛捕鼠":犀牛是庞然大物,"其大若垂天之云",他能对付大的,狮子老虎它都能对付,可是如果让他捉老鼠,它就一筹莫展了。"此能为大,而不能执鼠",这表明万物都有一定的局限性,而逍遥则是要发挥自己的优长。

不了解这些道理,那就是"犹有蓬之心",就会像燕雀一样在蓬草中打转转,也就是"曲士不可以语道",乡曲之士不可能明白大道理,他就很难理解逍遥游的真正含义。

七、藐姑射神人

《逍遥游》中写了"藐姑射神人"。故事是这样的:庄子虚拟了两位高人的对话。肩吾对连叔说:"我是从楚狂接舆那里听来的,这楚国的狂人接舆说话大家都知道,大而无当,顾头不顾尾。他说的话让我震惊,什么天上的河汉无边无际,又有鸿沟作为分界,和我们地上的情况完全不一样。"连叔问:"那他都说了些什么?"于是肩吾讲了接舆所说的"藐姑射神人"。说那藐姑射山上有神人居住,他的皮肤如冰雪般莹洁,柔媚可爱得像个处女。他不食五谷,吸风饮露,能乘着云气,骑着飞龙,在四海内外自由飞翔。他的精神专注集中,能使万物不生病患而且五谷丰登。肩吾接着说:"我觉得这是狂人接舆的诳言,是不真实的。"没想到连叔说:"是有这样的人。如果是盲人,他看不见锦绣文章,不能说天下无锦绣之美。如果是聋子,他听不见钟鼓之声,不能说天下没有黄钟大吕。人的形体会是这样,难道人的精神和智慧不会出现同样的问题吗?人的精神和智慧也会产生盲点。这个藐姑射神人的话,说的就是现在的你,其为人,其道德,包裹万物,认为大家都扰扰攘攘地忙于治乱,谁肯慌乱无章地去操劳?这种神人,外物伤害不到他,天下大涝也淹不到他,天下大旱也热不到他。他无为而无不为,天下自然大治。他处理事情的头绪之余,就是那尘垢秕糠,也能制作出尧舜这样的人,他怎么可能被外物羁绊呢?"这就是"藐姑射神人"的故事。

中国土生土长的宗教——道教,对这段故事最感兴趣。他们主张长生不老,得道成仙,"藐姑射神人"成为他们的追求目标。所以在道教那里,《庄子》这部书被称为《南华经》,而庄子也被奉为仅次于"太上老君"老子的"南华真人"。

其实这是一个寓言故事,具有一定的思想意义。由于当时的认知条件,正如古代神话的产生,庄子想象有这样的"神人",有它的必然性和客观意义。此为其一。"藐姑射神人"是一种理想,也表达了庄子希望摆脱"有待",进入"无待"的自由逍遥状态,表达他"无为而无不为"的社会治理观念。此为其二。更重要的是,庄子通过寓言故事,提醒大家认识到我们认知的有限性,不要自以为是,不要以为我们自己是全知全能的。"瞽者无以与乎文章之观,聋者无以与乎钟鼓之声。岂唯形骸有聋瞽哉? 夫知亦有之。"由于认识的有限性,对于我们无法认识的,可以存疑,也应保持警觉和敬畏。这大概是处理这一类事物的最佳选择了。此为其三。这就是"藐姑射神人"给我们的应有启示。

八、一棵大树,无用而有大用

逍遥游的象征,前面已经说了,斥鷃和鲲鹏都不是逍遥游的象征,那么,《逍遥游》一文中有没有作为逍遥的象征物呢? 有没有可以称得上是逍遥游的理想的事物呢? 有的! 那就是那棵树立在"无何有之乡"的"无用而又有大用"的大树。

故事是这样展开的:惠子对庄子说,魏王给他赠送了一颗大葫芦的种子,惠子种下后结出了一个巨大的葫芦。可这葫芦太大了,用它装水吧,它皮儿薄,不如缸,用不成。把它剖开做水瓢吧,那么大,怎么用? 这葫芦并不是不大,也不是不好,可它实在是大而无当,没有用处呀! 惠子准备砸烂这无用的大葫芦。庄子批评惠子只善于用小(名家探讨名实关系),不善于用大(道家研究天地大道),庄子给惠子出主意,可以把它做成船,放浪于江湖。庄子的原话是:"今子有五担之瓠,何不虑以为大樽而浮乎江湖,而忧其瓠落无所容?"

惠子又对庄子说,他家有一棵大树,是樗,也就是大椿树,它的树干和根部非常粗大,匠人认为没有用处。它的小枝条又弯弯曲曲,也没有用处。这树立在道路上,匠人看都不看,所以才一直存在着;可它实在没有什么用处,是棵"散木"。庄子给他出主意说,你有这样一棵大树,担心它没有用处,这同样是因为你没有发现它的妙处,没有用得恰到好处。你应该把它种在遥远的自然造化大道上,你和朋友们可以徜徉其侧,逍遥树下,想睡就睡,想站就站,让它成为你的乐园。没有人侵害它,它也不被人所役使,自由自在,还哪里有什么人间的困苦呢?庄子的原话是:"今子有大树,患其无用,何不树之于无何有之乡,广漠之野,彷徨乎无为其侧,逍遥乎寝卧其下,不夭斤斧,物无害者,无所可用,安所困苦哉?"

这棵"大树",是庄子的主动选择。它虽然也受到条件的限制,是一棵树而不能成为其他,但是如果正确地对待,用的恰当,它无用而能成就大用,非但自己无忧无患,处之泰然,还能与道周流,造福人类。

这棵大树以八千岁为春,八千岁为秋,他看惯春风秋雨,人间沧桑。他看到多少有用的树被人砍伐了,去为活人建房屋,为死人做棺材;他看到多少没用的小树被人砍伐了,去烧火或者做小器具。它终于把自己修炼成一棵大树,一棵无用而又有大用的大树。匠人不顾,君子不器,它自由逍遥地树立在追求真理的路途上,让人们修养生息,获取力量去继续追求。这是一棵智慧的树,是一棵伟大的树,是逍遥游的理想之树!

这棵树,其实就是庄子自喻,是庄子追求和达到的精神境界。庄子是漆园吏,他看护着这精神之树,他把自己修炼成这样一棵树。前面也说过,比之于人,列子如斥鷃,宋荣子如大鹏,那么这里,庄子就是这棵樗,这棵高大的"散木",庄子用自己的行为和思想诠释了什么叫做"逍遥游"。这棵树是逍遥游的象征,而庄子,就是逍遥游的标本或者说是范式。

庄子困顿织屦,槁项黄馘,但他思想冲破了牢笼,达到了自由。他的朋友上至王侯,如惠施就做过多年魏国的宰相,下至隐士工匠农夫。

庄子只是很短暂地做过一个小小的"漆园吏",他蔑视王侯,笑傲江湖,不为世用而与道周流,给我们留下了宝贵的精神遗产。庄子就是那棵"无用而又有大用"的大椿树,庄子是"逍遥游"理想的建立者和实践者,庄子用自己的思想和行为诠释了人世间的"逍遥游"。

九、结　　论

《逍遥游》里有三个形象,对应于三种人。

一是大鹏鸟,它不是逍遥的象征。它"受制于外",不能自由自在地飞翔。它必须要等待、依凭六月的大风,才能飞起来。必须"抟扶摇而上",如果风不大,"则其负大翼也无力",它就无法起飞,无法飞到南海去。对应于这大鹏的是宋荣子。宋荣子做的很不错了,"举世誉之而不加劝,举世非之而不加沮,定乎内外之分,辩乎荣辱之境",全世界的人称赞他,他也不因此而沾沾自喜,更加来劲;全世界的人批评他,他也不因此沮丧,就认为自己错了。你能做到吗? 可是就这样,宋荣子也还不是逍遥游! 他是为人所用,受制于人,受制于外,受制于名,"犹有未树也"。

二是斥鴳小鸟,它也不是逍遥游的象征。它"受制于内",受制于自己的狭小心胸。斥鴳的可爱和可贵在于:天生我为小鸟,我按小鸟的尺度找到属于我的快乐就够了。你怎么能要求天生我为小鸟、小草的禀赋,却要我做什么鲲鹏或者大树呢? 但是斥鴳错在讥笑大鹏鸟。它受制于内,受制于自己胸怀的狭小,却笑话大鹏要飞九万里而南为。它甚至瞪着小眼睛说:"你要飞那么远,那么远,你累不累啊!"这就是斥鴳的不对了。对应于斥鴳的是列子。列子可以御风而行,多么轻松自在呀!"泠然善也!"然而他也只能"旬有五日而后返"。他受制于自己的内心,受制于自己的思想境界。后来他得到教导,于是"饲猪如饲人",尊重万物,有了很大进步。

三是大樗,它根深叶茂,不能为活人做房梁或者为死者做棺材,在别人看来无用,所以它能够存活。庄子把它植在广袤的原野上,植在

"无何有之乡"。它上承日月光华,沐浴雨露,长得蓬蓬勃勃。它给过往的人们遮阳避雨,让人们休整歇息,好攒足了精神继续前进。这真是无用之大用啊!对应于大樗的是庄子。庄子让思想冲破牢笼,无远弗届。精神独立,思想自由,别人害不了他,认为他无用;而他却自由自在,以自由思想启迪大众。这是大用!庄子就像那棵蓬蓬勃勃的大树!那么这棵大樗树和庄子是什么关系呢?这棵"散木"《庄子》一书中多次讲到,它在其他篇章里可以是大椿树,可以是大漆树,而庄子做过"漆园吏",这棵漆树或者说樗树,就是庄子的象征,庄子思想的象征,就是逍遥游、自由的象征。

"逍遥游"的内在理路可以作如下演示:斥鷃(受制于内)——大鹏(受制于外)——大樗(自由逍遥);列子(受制于内)——宋荣子(受制于外)——庄子(自由逍遥)。大樗是逍遥游的象征,庄子是逍遥游的范式。连接点是漆树和漆园吏。庄子通过"小大之辨"(无己)、"有待无待之辨"(无功)、"有用无用之辨"(无名),完整地论述了他的"逍遥游"思想。

■ 作者简介

郭德茂(1955—),甘肃庄浪人,复旦大学文学博士,广东外语外贸大学中文学院教授,主要从事中国古代文学和古代文学批评史研究。

《中庸》大义

周奉真

（甘肃省文化厅　甘肃兰州　730030）

内容提要　《中庸》是儒家重要的经典著作,也是其理论的渊薮。本文从《中庸》本身对"中庸"的定义"执其两端,用其中于民"入手,阐发了中庸之道的"极高明"之处。文章讨论了儒学、理学及人生社会的一系列重要问题,如命、性、教、道、慎独、情、中和、忠恕、鬼神、五达道、三达德、知行、治国九经、择善固执、诚、尊德、天道、人道等,对于现代人的心身发展、协调人际关系等有着重要的启示。

关键词　中庸　和谐　慎独

极高明而道中庸

《中庸》是儒家重要的经典著作,也是其理论的渊薮。尤其是宋以后,《中庸》成为儒学家、特别是理学家研读的重点,理学许多概念命题皆出自《中庸》。在那个时代占学术主流地位的儒家信守《中庸》信条,用《中庸》的方法论思考社会人生,去处理问题,评判是非,可见《中庸》对中华文明的形成有着多么深远的影响。

对于《中庸》的作者,一般都认为是子思(前483—前402)之作。司马迁曾说子思作《中庸》,据《史记·孔子世家》记载,孔子之孙名孔伋,字子思。《韩非子·显学》说,孔子去世后,儒家分为八派,子思和孟子是其中一派,从《中庸》和《孟子》的基本观点来看,大体上是相同的,所以有思孟学派的说法。早在西汉时已有人专门注释了《中庸》,但影响甚微。唐代韩愈重视《大学》《中庸》,揭示道统,始引人注目。及宋,范仲淹让张载读《中庸》,程颐、程颢阐发《中庸》,尤其是朱熹作《中庸章句》,与《大学》《论语》《孟子》合为"四书",并悉数为之作集注,后成为各级学校的教材、士子求取功名利禄的阶梯,影响中国政治、思想、文化达七百年之久。

朱熹对《中庸》下的定义是:"中者,不偏不倚、无过不及之名。庸,平常也。"①这个定义多被后世误解,一般人认为中庸之道就是平易近人,不标新立异,折中调和,不走极端,民间所谓的"不骑马,不骑牛,骑上毛驴最自由"。与"折中主义""圆滑"划上了等号,成了贬义词。"必也正名乎。"我们今天重新挖掘《中庸》的时代价值,首先要对"中庸"含义再作清楚的梳理。

《中庸》里说:"执其两端,用其中于民。"这是对"中庸"最早的定义。任何事物,都有两个极端,在这两个极端的中间地带我们都称之为"中"。"中",不是动词折中,而是个名词,两个极端的中间部分而谓之"中"。比如"真善美"是好的极端,而"假恶丑"是坏的极端,中庸要求人不去做两头的极端,而是要求做中间一段,即中道。善恶对立不能不明辨,但事物的客观性往往表现为:纵使一个大圣人也不能说他是完全的善,即使一个大恶人也不能说他是百分之百的恶,人人都在善恶两个极端的中间,只有介乎善恶之间的中间地带才是真实的存在,人们修德向善的地方正在于此,而非两个极端,这正是"中庸之道"的正确意义。孔子是中国人心目中的大圣人,他也说:"吾十五而志于学,三十而立,四十而不惑,五十而知天命,六十而耳顺,七十而从心所欲不逾矩。"(《论语·为政》)可见圣人的一生也并不是百分之百都是至善的。我们说这个世界上有善有恶,但不能说这个世界上有至善至恶。耶稣教、佛教似乎都看重两个极端,偏在高明处,而中国人却偏在中庸处,故此有"极高明而道中庸"之说。

---

① 朱熹:《四书章句集注》,中华书局 2012 年版,第 17 页。

《中庸》说:"君子之道,辟如行远必自迩,辟如登高必自卑。""夫妇之不肖,可以能行焉。及其至也,虽圣人亦有所不能焉。"此处的君子之道正是中庸之道。此处明确说,愚蠢不肖的夫妇和大圣大贤都能循此道修德。中庸之道里有愚不肖,也有大圣贤。人在社会上职业有高低,但人的品格无高低。低职位的人能尽职,那便是高,能尽到十分的高,那便是圣人;相反,高职位的不能尽职,那就是低下,十分不称职,如果行为龌龊,反不能与低职位的人比。"道不远人",中国人的中庸之道,人人都能做,当下就能做,而且做好了当下就能满足,有成就感。然而"虽天地之大,人犹有所憾",惟其如此,对"道"的追求永无止境,永不能满足,就是一辈子、一千年,那一个"道"永远在前方,"时中"时新,永远是一道亮丽的风景,召唤我们一直向前,永远追求。

中庸之道"执其两端,用其中于民",讨论了儒学及人生社会的一系列重要问题,如命、性、教、道、慎独、情、中和、忠恕、鬼神、五达道、三达德、知行、治国九经、择善固执、诚、尊德、天道、人道等等,这里面的核心是慎独自修、忠恕宽容、至诚尽性,包含着丰富的辩证法。《中庸》思想体现了事物自身的内在规律,反映在人的思维方式、行为方式等方面,对于现代人的心身发展、人际关系的协调等仍然有不可替代的价值,因此对中庸思想的现代解读有着重要的现实意义。

今天,现代人在"物质主义"的潮流下,急功近利,追求表面的、外在的东西已成为一种常态。单向度的追求,往往使人的思维方式趋于简单粗浅。对成功、富贵、权力等,总是期望达到顶峰,人人都不如我才好。而对空虚、失败、贫困等,则唯恐降临到自己身上。这样,处高位者永远不满足,处于低位者又怨天尤人,对社会怨恨不已。只知追求物质,而对精神世界无暇安排的现代人,无论是所谓的成功者还是失败者都焦躁不宁。位高而暂时占上者担心难以守成,很快会急转直下;而位低者欲速则不达,结果无论成功也好,失败也罢,一直都处在失意与不安之中。

导致这种不良局面的原因正是许多人缺乏在"中庸"定义指导下的"内求诸己"的修养,缺乏"己所不欲,勿施于人"的"忠恕"之道,缺乏"至诚""中和"的做事原则。如果这个社会都能按照"中庸"的原则规范自身,如果每个人都能先做到修己正身,都能心平气和,这样就可以实现人与自然、人与社会及个人心身的和谐,从而使天下无事。

慎独——阻止人生陷入深渊的屏障

> 天命之谓性,率性之谓道,修道之谓教。道也者,不可须臾离也,可离非道也。是故君子戒慎乎其所不睹,恐惧乎其所不闻。莫见乎隐,莫显乎微,故君子慎其独也。喜怒哀乐之未发,谓之中;发而皆中节谓之和;中也者,天下之大本也;和也者,天下之达道也。致中和,天地位焉,万物育焉。

《中庸》一开始就说:"天命之谓性,率性之谓道,修道之谓教。"言简意赅地揭示了中庸之道的"精髓"是人一生要自我教育,自我修养。"天命之谓性"是指人的自然禀赋是天性。"率性之谓道"是说人们顺着自然本性行事就是道,"修道之谓教"是说自我教育就是按照道的原则去进行修养。中庸之道教育人们自觉地进行自我修养、自我监督、自我教育、自我完善,把自己培养成为一个让人尊敬的人,最终达到至善、至仁、至诚、至道、至德、至圣、合内外之道的理想人物,共创"天地位焉,万物育焉"的"太平和合"境界。

自我教育贯穿于人的一生之中,人们一刻也离不开自我教育。要将自我教育贯穿于人生的全部过程,就需要有一种强有力的自我约束、自我监督的精神。"自我"之不易、之可贵,就在于自己的行动是个体的、自觉的、独立的,不是在别人的强力约束和硬性要求下完成的。中庸把这种精神就叫做"慎独"。慎独,关键是个"独"字,独指的是在别人看不见、听不到的地方,它不仅仅体现在空间上,更重要的是指向人的心灵。只要心中有道德,脑海里有纪律,手脚就有了束缚,把独处当作在光天化日之下,自己心里的想法都可大白于天下,就能做到慎独。

坚持慎独,其用无穷,其功无穷。古往今来,那些达到慎独境界的人为我们自我教育、自我修养做出了榜样,也成就了他们的事业。东汉杨震慎独,拒收别人送来的礼物,留下了"天知,地知,你知,我知"的"四知"箴言。三国时刘备的"勿以恶小而为之,勿以善小而不为";元代许衡的不食无主之梨,"梨虽无主,我心有主";曾国藩的"日课四条"包括慎独、主敬、求仁、习劳,他说慎独则心安,主敬则身强。以上种种,无一不是慎独自律、道德完善的体现。慎独是一种人生境界,慎独是一种修养,慎独是一种自我的挑战。

慎独的最高境界是孔子说的"从心所欲不逾矩",那是道德修养达到一定程度后的境界,依着自己的心愿做事都不会犯错误、违规矩。慎独虽然是古人提出来的,但并没有因为时代的变迁而失去现实意义,在今天依然是悬挂在我们心头的警钟,是阻止我们陷入困境深渊的屏障,是提升我们自身修养走向人格完善的熔炉。

凡事要有自己的立场

> 仲尼曰:"君子中庸,小人反中庸。君子之中庸也,君子而时中;小人之反中庸也,小人而无忌惮也。"

中庸作为修行进德的思想方法,有它内在规律和原则,一个人只有遵循这些规律和原则,才有可能随时随处合于中庸的要求,反之如果做事随心所欲、肆无忌惮,那只能是事与愿违,走上反中庸的道路。这就要求我们做人行事要有自己独立的思考和原则。

孔子在《论语》里说:"众恶之,必察焉;众好之,必察焉。"这是教我们在遇到事以后,不能人云亦云,不能随便认同别人的观点,而是要站稳自己的人生立场,着眼于事实,经过自己大脑的独立思考,以自己的理性进行判断,这样得出的结论才会"时中"。由于每个人的人生阅历及价值观的不同,对于事物常常产生不同的态度和判断,对别人正确的观点评判,我们应予以肯定支持,反之,就不能随声附和了,有一句话,叫作:"君子成人之美,不成人之恶"。

生活中总有一种人,"脑子不走字",跟着舆论谣言跑,还"鹦鹉学舌"，四处传播。宋朝释道原在《景德传灯录》里有这样一则记载："有行者问：'有人问佛答佛，问法答法，唤作一字法门，不知是否？'师曰：'如鹦鹉学人语，话自语不得，为无智能故。'"法师的话是说，有人像鹦鹉一样，自己没有主见，别人说什么就跟着也说什么，呆头呆脑，照本宣科，看似流畅，实际全无自己的主见。这种人没有智慧却表现得自以为是，岂不可笑？

一个人要修正自身，不仅仅要做到不人云亦云那么简单，在那些关乎个人品德和价值观的方面更不能随便附和。魏晋时著名的"竹林七贤"中发生过一则引人注目的事件：山涛和嵇康、阮籍本来情投意合，后来山涛投靠了司马氏政权，成为邪恶政权的帮凶。嵇康一气之下写下了著名的《与山巨源绝交书》，对司马氏的黑暗统治予以痛击，也为自己错误地结识了山涛这样的朋友而感到后悔。这是一个做人的道德准则问题，从一定意义上讲，这比不随声附和别人的言论更为重要。

坚守是一种信仰

子曰："中庸其至矣乎！民鲜能久矣！"

中庸之道是一种美德，这是许多人都认同的，但对于一般人来说很难终生持久坚守，"不能期月守也"。正如毛泽东同志所说："一个人做点好事并不难，难的是一辈子做好事，不做坏事。"坚守中庸、做好事为何难以持久？

世事百端，人人在其中选择自己想做的事，也在选择做事的方式方法，这选择的出发点各有不同：有人是因为兴趣，有人是为利益目标，有人则是因信念和信仰。出于生存等最基本的诉求，去做事，并选择某种方式方法的，大概在人海中要占大多数。在这些人中一时一地存"善念""做好事"易，但如果长期这样做，并没有获得自己的预期回报，就会动摇他们的初衷。当"好人没有好报"，用中庸的思想行事并没有满足他们的预期利益时，他们就会怀疑自己的做法，否定、放弃自己的初衷。

要之，是得失感左右了大多数人的心灵。

古代的圣贤，以及真正有信仰的人都会将得失看得很淡，他们看重的是个人的修养、人生的追求，所谓"风物长宜放眼量"，不患得患失于眼前的一时一事。他们知道，这世上许多事，越想得到就越不容易得到，越害怕失去就越容易失去。"这山望着那山高"是无济于事的，不断地改变想法，难免"望山跑死马"，终究一事无成。中庸的处世思想告诉我们处世心态要平和，不能偏激，对于认定的好事、善事要坚持去做。

五代时期有个冯道，生逢乱世，皇帝像走马灯似的换个不停。但每个朝代、每个皇帝上台都用他，所以他官历后唐、后晋、后汉、后周四朝，期间还向辽太宗称臣，做过五朝宰相，历仕十帝。后世史学家出于忠君观念，对他出仕多朝，效忠十个皇帝多有批评。但是我们想一想，为什么世事如棋，朝代翻新，但每个新皇登位都要用他去做宰相？这说明除了他确实有才干外，绝对不是一个奸恶小人。史载，他一贯秉持经世济民、提携贤良的本愿，坚守自己的信念不变。在五代时期即"当世之士无贤愚，皆仰道为元老，而喜为之称誉"。他有《天道》一诗颇能说明他坚持中庸，一直追求善，坦然面对得失的人生态度：

> 穷达皆由命，何劳发叹声。
> 但知行好事，莫要问前程。
> 冬去冰须泮，春来草自生，
> 请君观此理，天道甚分明。

"塞翁失马，焉知非福"，他的坚守，除了在当时护持了百姓，维护士林外，还赢得了时人的赞许，也引起了后人的无穷思考。可见不计得失，未见得就无得。

人们常说：谋事在人，成事在天。这是一种坦然，只要自己紧守自己的人生信念，努力过了，得失就不那么重要。人活一世，即使得到的东西再多，死的时候也带不进坟墓。有一种"得之吾幸，失之吾命"的超然态度，人就会活得平和轻松，也就能放眼长远，修养自身，做到"中和"，自然能博得别人及社会的尊重，为人间添一份祥和。

做事要把握好分寸

子曰:"道之不行也,我知之矣,知者过之,愚者不及也;道之不明也,我知之矣,贤者过之,不肖者不及也。人莫不饮食也,鲜能知味也。"

子曰:"道其不行矣夫!"

孔子十分感慨中庸之道难以推行,他分析其中的原因说,聪明的人做过了头,愚笨的人又做不到,"过"和"不及"都不是最好的效果,所以达不到中庸之道。

孔子对中庸之道难行的分析,对于我们今天为人处事很具有启发意义:做事要把握好分寸。

《中庸》说"喜怒哀乐之未发,谓之中;发而皆中节,谓之和"。这是说喜怒哀乐没有表现出来的时候叫"中",表现出来又能合乎礼节叫和。比如说,在别人赞美你的时候,不要沾沾自喜,而应一笑而过;当别人批评你时,态度要像平常一样自然,做到不怒,"有则改之,无则加勉"。这就是"中和"的境界。

我们常常能听到人物评价中出现的悖论:一个人的优点,往往又是自己的缺点。有人问可否不出现这种悖论,让优点成为纯粹的优点?我思考的结果是:能。当一个人把自己的优点不要过分当作长处,去与别人在这方面短处作比较,去炫耀,去自夸,去卖弄时,他的优点就是永远是不附带缺点的优点。

为人处世忌骄傲自满,忌恃才傲物,忌居功自傲,当然也忌得意忘形。也许有人会说,我有才,我有功,就不能得意一下吗?我想,得意一下还是可以的,也能被圣人的"忠恕"之道所原谅,但不能过分得意。有一句俗话叫"小人得志,穷人当官",想必大家都明白这是骂人的话,小人得志就趾高气扬,得意忘形,一阔就变脸,那是个小丑形象。所以还有句话叫"得不得意,失不失志"。"得不得意"是说你有了才能,做出了成绩,在别人称赞你时，不要显得志得意满。"满招损，谦受益"，任何事情做过头，都会得不偿失，产生负面效应。要遵循中庸之道，无过无不及，恰当且合乎礼节地表达，这样处理人际关系就免去了许多不必要的麻烦。

我们知道诗歌成就居于"初唐四杰"之首的王勃，六岁即能写文章，十六岁时应试及第，授职朝散郎，年少而才华横溢，名满天下。因此之故，唐高宗的几个儿子都争相礼聘，要网罗他入王府。唐高宗授意，王勃到沛王李贤的府第，充当谋士和指导读书的角色。当时宫中盛行斗鸡，沛王李贤也加入其中，每次都能斗过别的鸡，惟独打不过英王李显那只公鸡。为了讨好沛王，王勃就写一篇《檄英王鸡》的游戏文章，当场吟诵。才子文章，自然动人视听，大家夸赞，王勃也得意洋洋。谁知此事传至高宗耳中，龙颜大怒，说用这样庄重的文体竟写如此无聊的文章，且明为檄鸡，实在搬弄二王间的是非，实在可恶。于是高宗下令，免除王勃官职，逐出王府。

后来王勃在文章中发牢骚说："时运不齐，命途多舛。"实际上不是他命运不好，而是他自己没有把握好处事的分寸。有才华并得到大家的赞赏、社会的认同，理应是一件很好的事，但他太得意于自己的才华，恃才卖弄，犯了忌讳，遭到谪贬，实在可惜。有个成语叫"天道忌才"，实际上忌才者非"天道"，实乃"人道"。才高八斗，处处夸炫，自然树大招风，招人嫉妒，心胸狭窄的小人就会设法构陷，招致灾祸。

所以为人处事要懂得物极必反的道理，事业有所成功，心中可得意，但表面不要忘形，要表现得"中节"、合规矩，给人以有成就不倨傲之感，自然不树"敌"，人与人之间就会更加和谐。

隐恶扬善

子曰："舜其大知也与！舜好问而好察迩言，隐恶而扬善，执其两端，用其中于民，其斯以为舜乎！"

子思转述孔子所举的例子：远古时期的帝王舜谦虚而不耻下问，

即使是群众最通俗的话他也仔细审察,善于隐藏人们的罪恶而发扬人们的善行。他度量人们在认识上过分和不及的两端,使用中间的标准来要求人们。

这段话在《中庸》里的分量很重,有几层重要思想:首先是关于"中庸"的定义,"执其两端,用其中于民",明确地厘清了人们对"中庸"的误解;"好察迩言"是"执其两端,用其中于民"的前提基础,就是总结归纳老百姓符合中庸之道的言行,再让老百姓去实践,就是"从群众中来,到群众中去"。这些重要思想我们在别的章节申说,这里主要说"隐恶扬善"。

古人见面时常用左手抱右拳行"拱手礼",这不仅因为古人讲究以自谦方式表达对他人的敬意,还因为他们认为左手为善,右手为恶,以此寓意"隐恶扬善"。恶是不好的、令人厌恶的行径,但也分层次,一种是大恶,要受法律制裁;另一种是小恶,即人的缺点。现代人或许不理解为什么要隐恶扬善,为什么不对坏人大加批判、大加挞伐。其实,古人奉行"隐恶"并非把"恶"隐藏起来不治"恶",而是在按照法律条文治"恶"的同时少让民众见其"恶",不宜大肆渲染恶人的恶行和人性极端丑陋的一面。他们认为让广大民众多见"恶",则将见怪不怪,习惯成自然,会消磨掉人天性中对恶的羞耻感、憎恶感。提倡扬善,是让民众多见顺应人类自然本性的善行,视善行为自然,正本清源,使社会风气归于淳朴。所谓"君子隐恶扬善,使天下之人物,共包涵于化育之中,以善济善,而天下之善扬,以善化恶,而天下之恶亦隐"。至于小恶,则指别人的缺点。古人认为看到其他人不好不光彩的地方,看到人家的缺点缺陷,不要拿出来宣扬,要替他掩藏几分,这样就可以成就别人,古人认为这样能为自己和子孙积累福泽。

曾国藩曾有一句名言,"扬善于公堂,规过于私室"。意思是批评别人,最好在私人的密室里进行;表扬别人最好在公众场合进行。为什么要这样呢?当众批评一个人,那个人会觉得你不给他面子,痛恨你,产生破罐子破摔的心理。而当众表扬一个人,那个人会觉得你给他面子,对你不但心存感激,以后还会继续发扬受到表扬的某种美德。古人有"人前教子,人后教妻"的说法。所以对家人尤其要遵循这个原则。1923 年与弗雷德里克·格兰特·班廷因为共同发现了胰岛素,而获得诺贝尔生理学或医学奖的苏格兰医生麦克劳德,在上小学生时就顽皮,凡事总喜欢寻根究底,不找出答案誓不罢休。有一次在上完动物课后,他突发奇想,想看看狗的内脏位置,于是便和几个小伙伴偷偷地套住一只狗,将其宰杀后,把内脏一个一个割离,仔细观察。而被宰杀狗的主人正是麦克劳德的校长。这位校长发现自己心爱的狗被自己的学生杀后,没有公开的批评和处罚,他看到了小男孩的可贵之处,私下采用了一种非常别样的处罚办法:罚麦克劳德画一幅骨骼图和一幅血液循环图。当麦克劳德经过仔细地观察,认真地绘制后,校长大加褒扬。这既达到了惩戒的目的,又尊重了孩子的探究精神,着实让麦克劳德深受影响,恰如其分的教育成就了一个顽皮的孩子,造就了一个大师。

生活中总有那么一种人,无事生非,喜欢窥探别人的隐私,谈论别人的隐私,搬弄是非,挑拨离间,看到很让人讨厌。常言道:来说是非者,便是是非人。这关键还在于自己的修养,自己对是非抱什么态度,是不是自己也卷了进去还不自觉呢?万一有人向我们打听某人的作为,我们应本着"隐恶扬善"的态度相告,因为一个喜欢揭发人家短处的人,他自己的为人一定也有问题,所以在旁人看来也只不过是"以五十步笑百步"而已。况且"己所不欲,勿施于人",既然不喜欢人家说你的坏话,那你又为什么要在他人面前搬弄是非呢?每个人都有自己的一些习惯,有些习惯不一定为别人所接受,一个善于处世的人,应该本着尊重别人个性习惯的原则去适应化解,而不是讨厌;不能接受别人说明自己也有许多不好的习惯,应学会推人及己的方法。

让人感叹的是,现在的互联网时代,许多人在网上不善于"隐恶扬善",却热衷于"隐善扬恶",他们对社会中的"善"视而不见,对"恶"却情有独钟,一有"风吹草动"就大肆宣扬,甚至"添油加醋",以扬"恶"为乐。还有一些人动辄强调"知情权",一些媒体为吸引眼球和制造看点,对一些"恶"或谈不上是"恶"的事件爆炒,只展现"恶"的一面,而忽略"善"的一面。相比于人与人之间对"恶"的传导,媒体的传播面更广、教化作用更大,危害不容低估。一个负责任的媒体,应该懂得如何"隐恶扬善"、趋利避害。因为媒体要担当社会责任,既要保证公众的知情权,又要促进社会健康和谐发展。

功成·名遂·身退

子曰:"人皆曰予知,驱而纳诸罟擭陷阱之中,而莫之知辟也。人皆曰予知,择乎中庸而不能期月守也。"

孔子很感慨人们不懂得中庸之道,不懂得适可而止的重要性,贪图功名利禄无休无止,还自以为聪明。被利欲驱使,像禽兽般地进入捕网、木笼、陷阱之中,却不知道如何逃避。

适可而止、激流勇退,是中庸之道教给我们的一种人生的大智慧。我国古代有许多能人却不明白其中的道理,招致杀身之祸,如汉之韩信、清之年羹尧,他们都有旷世之才,却不明白"功高盖主""伴君如伴虎"的道理,最后进退失据,落得个身首异处,让后人不胜唏嘘。

《老子》说:"功成名遂身退,天之道。"讲明了物极必反的原理,什么事都要有度,不要过分。极力要做得最好,往往难以达致目标。这是一个极其明白的道理,"狡兔死,走狗烹;飞鸟尽,良弓藏"。人人都以为是公理,可历史上有些貌似有大智慧的人就是不明白,其中最出名的要数韩信了。韩信确实是一位军事奇才,刘邦也算慧眼识人,不拘一格拜这位末路英雄为大将军。韩信最终不负刘邦的拜托,逼得项羽垓下自刎,为汉家夺取江山。但韩信功劳太大了,刘邦怕他恃功谋反。当时韩信手下有个谋士叫蒯通,他已觉察出刘邦对韩信的不信任,就劝韩信早日离开刘邦,自立门户,否则后果不堪设想,可是韩信听了却无动于衷。由于对韩信不信任,刘邦正式登上皇位后,就开始动作了。先是将韩信从王降为侯,后来吕后又以韩信装病不愿随刘邦一同征讨谋反的陈豨为由,深文周纳,罗织罪状称陈豨的谋反是出于韩信的指使,不等韩信申辩,就下令处死。一代名将就是这样因为不识进退冤屈而死。与韩信遭遇相反的是他跟刘邦打天下的同事张良。

张良是"运筹帷幄之中,决胜千里之外"的汉初三杰之一,也是为刘邦的汉家江山立下了汗马功劳的人,他深谙道家"功成,名遂,身退,天之道"的精髓,对功名的态度就与韩信大不同。先是刘邦论功行赏,令张良自择齐国三万户为食邑,张良辞让,谦逊地请封最初与刘邦相遇的留地(今江苏沛县东南微山岛西南),刘邦同意了,故称张良为留侯。张良辞封的理由是:他在韩国灭亡、张家败落后沦为布衣,布衣得封万户、位列侯,应该满足。看到汉朝政权日益巩固,国家大事有人筹划,自己"为韩报仇强秦"的政治目的和"封万户、位列侯"的个人目标亦已达到,一生的宿愿基本满足。再加上病魔缠身,体弱多疾,又目睹彭越、韩信等有功之臣的悲惨结局,联想范蠡、文种兴越后的或逃或死,惧怕既得利益复失,更害怕韩信等人的命运落到自己身上,张良乃摒弃人间万事,专心修道养精,崇信黄老之学,静居行气,欲轻身成仙,最后竟不知所终。

韩信、张良都是人杰,但其高下还是有分别的。在与人交往接触的时候要以史为鉴,只有懂得功成身退,对于那些名利就全当作镜花水月、浮云尘烟,用大度的心态去做好每一件事,即使是一再退让,也胜过像禽兽般落入捕网、木笼、陷阱之中。

不要轻易怀疑别人

子曰:"回之为人也,择乎中庸,得一善,则拳拳服膺而弗失之矣。"

选择了中庸之道,理解了其中的好处,就要牢牢地记在心里,践行下去,更不能怀疑它的美善,使之半途而废。

生活中常有一种人,对自己实践过的成功经验,交往过的好人,还是不信赖,经常起疑心,去怀疑别人。正像《菜根谭》里说的:"疑人者,人未必皆诈,己则先诈也。"自己先不诚实了,才起心思怀疑别人的诚实。中庸之道告诉我们,做人要"诚信"立身,对人对事不能"以小人之心,度君子之腹"。对所谓的"害人之心不可有,防人之心不可无"中的"防"也要做到"中",不可过分。

曹操是中国历史上一个具有雄才大略的政治家,同时又是一位卓有造诣的文学家,但他在国人心目中一直都不是什么正面形象。这与正史上记载他生性多疑猜忌、狡诈残忍有很大关系。《三国演义》虽是小说家之言,但记叙他"杀吕伯奢一家"的故事,体现其狡诈残忍就令人瞠目结舌。曹操行刺董卓未遂与陈宫一起逃奔谯郡,投宿其父故人吕伯奢处。吕称家中无酒自去沽酒。吕家人磨刀杀猪准备款待曹操,而曹却误以为是要谋害他,"遂与陈宫拔剑直入,不问男女,皆杀之,一连杀死八口"。后又"砍伯奢于驴下"。宫曰:"知而故杀,大不义也。"操曰:"宁教我负天下人,休教天下人负我。"读到这里,我们几乎可以看到一个杀气腾腾的曹操立在我们眼前,他那一不做,二不休,无毒不丈夫的奸雄本性暴露无遗。"宁教我负天下人,休教天下人负我",何其深刻地揭露了曹操残忍、狠毒、多疑的性格特点。

诚信,是最可倚恃的做人根本。一个人能欺骗一个人,不能欺骗所有的人;能欺骗一时,不能欺骗万代。人际关系不可能仅靠欺瞒去取悦别人,而是要求你用真诚对待别人。只有如此,你在与人的交往中才能得到别人友好、和善的回馈。

物 极 必 反

> 子曰:"天下国家可均也,爵禄可辞也,白刃可蹈也,中庸不可
> 能也。"

孔子说:世界上有许多不容易做到的事,但人们却做到了。比如,治理天下国家不简单,但却能治理好;权力和俸禄是美事,很多人趋之若鹜,而有的人却能够辞让;面对锋利的刀刃,有人就可以不退缩,敢于践踏而过,但做到中庸却不容易。孔子为此而疑惑,为什么会出现这种情况?"贤者过之,不肖者不及也。""不肖"即能力差的人做不到,我们姑且不说,关键是那些自以为聪明、能力强的人,用力用智过头了,反而达不到中庸。中庸,是来自于众人的,大众都能践行的,并非专给那些

293

治国的能人、见利禄不动心的高人、敢踩白刀子的猛人设计。所以我们还是要深刻理解中庸"适中"的神髓,凡事不做过头,须懂得物极必反的道理。

北宋哲宗时的大臣张商英,深谙禅道,他曾说过这样的话:"事不可做尽,势不可用尽,话不可说尽,福不可享尽。凡事不尽处,则意味深长。"即强调做任何事都不能过头。中庸作为中华文化的重要特点已深深地融入了中华民族的性格之中,时常影响着人们的言行。现实生活中,我们也常会听到人们这样说:"你做事太极端了!""怎么能这么绝对呢?""你也太过分了!"等等,这些话表明中庸的观念已深入人心。

老一辈革命家陈毅特别喜欢《尚书》中"满招损,谦受益"这句话,视其为座右铭,他集句说:"满招损,谦受益。莫伸手。终日乾乾,自强不息。"一个人对于名利富贵的态度应该如此,该是你得的就是你的,如果"行险以侥幸",就是得到了,也会欲壑难填,还想再"侥幸"得到更多。殊不知物极必反,有可能有朝一日就会让你变得一无所有。

事物的发展和人生的起伏有着同样的规律,都是经常变化的。为人处世,如果能看到这种规律,能清醒地的道理,能处处收敛一点,像老子说的那样,"去甚,去奢,去泰",适中对于当下和日后都有好处。那些看起来耀眼不变的东西,谁能保证它维持长久呢?祸在福中藏。当你跃上巅峰的时候,就该想一想退路了。若不然,巅峰之上,再进一步,那里只有难以立足的白云了。还是宋人王留耕说得好:"留有余不尽之巧以还造化,留有余不尽之禄以还朝廷,留有余不尽之财以还百姓,留有余不尽之福以还子孙。"

君子和而不流

子路问强。子曰:"南方之强与?北方之强与?抑而强与?宽柔以教,不报无道,南方之强也,君子居之。衽金革,死而不厌,北方之强也,而强者居之。故君子和而不流,强哉矫!中立而不倚,强哉矫!国有道,不变塞焉,强哉矫!国无道,至死不变,强哉矫!"

一个人怎么样才算得上强大？这也是个许多人感兴趣的话题。子路就此请教他的老师，孔子说了几种强大的表现，其中很为重要的一种强大是：君子能与人和睦相处而不同流合污。类似的话在《论语》里也有表述："君子和而不同，小人同而不和。"

在先秦时代，"和"是一个非常重要的概念，它是指一种有差别的、多样的统一，因而有别于"同"。比如烹调，必须使酸、甜、苦、辣、咸调和在一起，达到五味俱全，才能算是上等佳肴；比如音乐，必须将宫、商、角、徵、羽配合在一起，达到五音共鸣，才能算是上等美乐。反之，如果好咸者一味放盐，好酸者拼命倒醋，爱宫者排斥商、角，喜商者不用羽、徵，其后果便不难设想了。因此，早于孔子的晏婴就曾说过："若以水济水，谁能食之？若琴瑟专一，谁能听之？"（《左传·昭公二十年》）正是在这种思想的基础上，孔子将"和"与"同"的差别引入到人际关系的思考之中，于是便向子路陈说了他的观点。

所谓"和而不流"或"和而不同"，是指君子在人际交往中能够与他人保持一种和谐友善的关系，但在对具体问题的看法上却不必苟同于对方；所谓"同而不和"则是指小人习惯于在对问题的看法上迎合别人的心理、附和别人的言论，但在内心深处却并不抱有和谐友善的态度。

北宋时司马光、王安石同样受到了宋神宗的赏识。这时，由于官吏过多，俸禄颇高，整个国家的财政已经入不敷出，出于对国家财政的考虑，宋神宗大胆起用一直以来在地方上享有盛誉的王安石为参知政事，让他主管变革事宜。王安石对旧有制度进行大刀阔斧的改革，出台了青苗法，规定在每年青黄不接之时由政府贷款给农民，让他们购买种子，待秋后丰收再行偿还。可是这制度一出台，立即受到司马光等人的强烈反对。司马光认为王安石急功近利的改革方式会贻害百姓，比如青苗法，必然会给地方官吏带来更大的腐败空间，他们会借机不断提高贷款利息，从而进一步加重农民的负担（后来的结果也被司马光不幸言中）。当时曾有人劝司马光弹劾王安石，然而却被一口回绝了，他说王安石这种做法他虽然不同意，但王没有任何个人私心私利，为什么要弹劾？就在二人政见不同，王安石大权在握时，皇帝询问王安石对司马光的看法，王安石却大加赞赏，称司马光为"国之栋梁"，对他的人品给予了很高的评价。因为皇帝信任，王安石的改革事业如日中天，司马光选择了退让回家，用了近二十年光阴，写出了皇皇巨著《资治通鉴》。风水轮流转，多年后，因反对的人太多，王安石被免去宰相之职，退居江宁。神宗皇帝驾崩之后，十岁的哲宗即位，由太后垂帘，时年六十六岁的司马光被召回朝廷出任宰相，开始大刀阔斧地起用旧臣，恢复原有制度。这时许多言官向皇帝告状，认为国事如此不堪是王安石之罪。而司马光却恳切地说，王安石为国家事业疾恶如仇，胸怀坦荡，有古君子之风。皇帝听完司马光对王安石的评价，表示卿等皆君子也！

在日常生活中，人们对某一问题持有不同的看法，这本是极为正常的。真正的朋友应该通过交换意见、沟通思想而求得共识，即使暂时统一不了思想也不会伤了和气，可以让时间来检验谁的意见更为正确。因此，真正的君子之交并不寻求时时处处保持一致，相反，容忍对方独立的见解，也并不去隐瞒自己的不同观点，才算得上赤诚相见、肝胆相照。但是，那些蝇营狗苟的小人却不是这样，他们或是隐瞒自己的思想，或是根本就没有自己的思想，只知道人云亦云、见风使舵，更有甚者，便是党同伐异：凡是"朋友"的意见或利益，即使是错的、不正当的也要加以捍卫；凡是"敌人"的观点，即使是对的也要加以反对。这样一来，人与人之间就划出了不同的圈子，形成了不同的帮派。真正的"公允""公平""正义"则荡然无存了。

据《宋史·张俊传》载：南宋初，金兵压境，秦桧主和，岳飞主战，金兵元帅宗弼照会秦桧："先杀岳飞，再谈和议。"秦桧想杀岳飞，但孤掌难鸣，于是选中了张俊作为同谋。当时宋兵有三路大军与金兵对峙，分别由张俊、韩世忠、岳飞统帅，时称"三大将"。而张俊资历最老，岳飞军容最盛，张俊对岳飞非常嫉妒。秦桧看出了张俊这种小人心态，所以与他一拍即合达成肮脏交易：由张俊首先诬告岳飞谋反，帮助秦桧陷害岳飞；岳飞死，岳飞军划归张俊，再逼迫韩世忠交出军权，由张俊统帅全军。这两个小人最终都达到了个人目的，然而不久就翻脸为仇，因为张俊不过是秦桧利用的工具，秦桧不能容忍张俊手握全军兵权威胁自己，于是就鼓动死党江邈向皇帝上书说张俊掌握全国兵权，"他日变生，祸不可测"。张俊恐惧，只好交出军权，回家养老去了。

秦桧、张俊就是典型的小人"同而不和"。小人之交就是出于一时一事的共同利益,出于需要,抱团取暖,合谋干坏事,等到共同的目的达到后,轻则如同路人,重则反目成仇,又相互为各自的私利争斗去了。

在有些人看来,孤立的个体是很容易吃亏和受到伤害的,如果不加入某个帮派、不挤进某个圈子,就缺乏必要的安全感。殊不知,这种安全感的获得却是以牺牲独立的人格和尊严为代价,以损害社会的公平正义为代价。当一个人连真实的思想都不敢表达,连自己的见解都无权保持的话,这个人活着又有什么意义呢? 当一个"山头""团伙"为自己小团体利益结党营私时,那社会的公平还能存在吗? 这种"同而不和"的小人行径,如果渗透到的学术领域,便会把学术之争变成了门户之见,将学术之争演变为利益之争。如果渗透到政治官场,必然是党同伐异,纷争迭起,公平消解,秩序紊乱。"小人同而不和"的根源,就在一个"利"字上。正如欧阳修《朋党论》所指出的那样:"君子与君子以同道为朋,小人与小人以同利为朋。"又清人申居郧《西岩赘语》曰:"君子论是非,小人计利害。"

与小人不同,真正的君子并不十分注重人际往来中的利益纠葛,但在大是大非面前却勇于坚持立场;真正的君子并不十分计较人际往来中的恩怨,而能在正视不同意见的基础上求同存异。因此,这样的人即便会有些这样或那样的缺点,也至少能保持思想的自由和人格的独立。

锲而不舍,金石可镂

> 子曰:"素隐行怪,后世有述焉,吾弗为之矣。君子遵道而行,半途而废,吾弗能已矣。君子依乎中庸,遁世不见知而不悔,唯圣者能之。"

孔子说:"真正的圣人遵循中庸之道,即使一生默默无闻,不被人知道也不后悔。"孔子的意思是说,找到了正确的道路,认准了的事,不能做到一半就停下来,而应该坚持不懈再做下去。正如荀子在《劝学》里说的:"骐骥一跃,不能十步;驽马十驾,功在不舍。锲而舍之,朽木不折;锲而不舍,金石可镂。"

　　一个人确立自己的理想并不难,难的是坚持,没有"不达目标绝不罢休"的恒心和毅力,便会半途而废。一个有志气的人,在面对挫折和困难时,应该有"路漫漫其修远兮,吾将上下而求索"的耐心,有"鞠躬尽瘁,死而后已"的精神追求。春秋战国时期,吴王夫差带兵打败了越王勾践。勾践带着妻子和大夫范蠡到吴国伺候吴王,放牛牧羊服劳役。三年后,勾践获释回国,他立志发愤图强,准备复仇。他怕自己贪图舒适的生活,消磨了报仇的志气,晚上就枕着兵器,睡在稻草堆上,他还在房子里挂上一只苦胆,每天早上起来后就尝尝苦胆。他亲自到田里与农夫一起干活,妻子也纺线织布。勾践的这些举动感动了越国上下官民,经过十年的艰苦奋斗,越国终于兵精粮足,转弱为强。

　　而吴王夫差盲目争霸,丝毫不考虑民生疾苦。他还听信伯嚭的坏话,杀了忠臣伍子胥。这时的吴国,貌似强大,实际上已经开始走下坡路了。公元前473年,勾践亲自带兵,一举灭了吴国,吴王夫差求和不成,拔剑自杀。清代著名文学家蒲松林,有感于越王勾践锲而不舍,最终成功的史实,写了一副对联:

> 有志者事竟成,破釜沉舟,百二秦关终属楚,
> 苦心人天不负,卧薪尝胆,三千越甲可吞吴。

　　一个人的成功之路绝对不会风清日丽、一帆风顺,而是充满着挫折和磨难。当我们面对失败时,绝不能自暴自弃,始终要有再试一次的勇气,也许再试一次,你就会听到成功的脚步声。民国时著名革命家黄兴说:"天下没有难事,只有坚忍二字才是成功的要诀。"正是凭着这种坚忍的精神,使他在辛亥革命中立下了不世之功,流芳千古。

　　一个人活在世上,怕的不是挫折失败,而是怕没有坚韧不拔的毅力和精神,在挫折面前放弃理想信念,一蹶不振。

天 外 有 天

君子之道费而隐。夫妇之愚,可以与知焉,及其至也,虽圣人亦有所不知焉。夫妇之不肖,可以能行焉;及其至也,虽圣人亦有所不能焉。天地之大也,人犹有所憾。故君子语大,天下莫能载焉;语小,天下莫能破焉。《诗》云:"鸢飞戾天,鱼跃于渊。"言其上下察也。君子之道,造端乎夫妇,及其至也,察乎天地。

中庸之道的用途广大,但却精微玄奥。这其中浅近的道理,普通男女也能明白,也可以学习践行;而最精妙深奥的道理,即便是圣人也有弄不清、做不到的地方。这就是说,世间的万事万物既简单又复杂深奥,穷物究理永无止境,以天地之大,人们对它还有不满足的地方,所以即便是圣人也有不知不能的地方。这些道理告诉我们,天外有天,人外有人,明白这个道理的人,永远不要自以为是、自矜其能、自表其功。

老子在《道德经》里说,依仗自己有一定才能而骄傲自满、自大自夸的人,就像水满溢流,还不知适可而止;锋芒毕露的人,将会受到别人的排斥,这就像刀磨的太锋利,就容易折断。满堂的金玉,没有人能守的住,有钱有势而骄横,必定给自己留下苦果。从历史和现实看,自我夸耀、骄傲自满的人,有的是小聪明,没有真能耐;有的是有能力,但没大智慧,自己惹麻烦,遭人忌恨,甚至引来杀身之祸。刘邦对韩信有知遇之恩,按说,韩信被重用,屡建奇功,名扬天下,应该感恩刘邦给他以用"用武之地"才对。可当刘邦问韩信:将军看我能带多少兵马?韩信说,陛下最多能带十万兵。刘邦又问:那你能带多少兵马呢?韩信却说:我和大王不同,带兵多多益善。试想一下,这二人的对话,除了让我们感觉到韩信自夸骄人外,又让刘邦多么没有面子,多么难堪,怎么又能不耿耿于怀呢?就算你真有大功,有才能,说话也要注意对方的感受呀!所以后来韩信被吕后所杀,不能善终,还是与他这一致命缺点有关的。与此相反的是郭子仪的作为。

　　唐朝郭之仪是平定安史之乱的大功臣,其事迹已为人所熟知,但不为人所关注的是这位声名赫赫的大将军为人处事的小心翼翼。公元761年,郭之仪进封汾阳郡王,因此郭家住进了金碧辉煌的王府,但让人不解的是,堂堂汾阳王府却是每天门户大开,任人出入,不闻不问,与其他守护森严的宅第大不同。郭之仪的儿子觉得父亲身为王爷,这样不威严,会遭人嘲笑。郭之仪却说:你们根本不理解我的用心。我现在家里有一千人、五百匹马为我报务,由国家供给,可以说位极人臣,恩宠备至了,但谁又能在这时保证没有人暗算我郭家呢?如果我门禁森严,有人与我有宿怨,说我在家里心怀不测,对朝廷怀有二心,那我就百口莫辩了。现在我门户洞开,什么别有用心的人诋毁我郭家也找不到过硬的借口了。郭之仪的几个儿子听到父亲的一席话,都佩服不已。

　　了解中国历史的人都知道,历朝历代的权臣,多数没有好下场,而郭之仪却历经玄、肃、代、德四朝,身居要职六十年,"权倾天下而朝不忌,功盖一代而主不疑",几经沉浮,但无大风波,建元二年(781年)六月十日,郭子仪以八十五岁的高龄辞世。德宗沉痛悲悼,废朝五日,下诏书高度评价和追念他,这不能不归功于他"居安思危""留有余地"的大智慧。

　　说到了大人物,其实说我们普通人也是一样的。平常在与人交往时,也要把握分寸,尽量让自己言行举止做到"适中",恰到好处,千万不要过分表现、夸耀自己,否则就会遇到意想不到的麻烦和灾祸。

学会宽容人

　　子曰:"道不远人,人之为道而远人,不可以为道。《诗》云:'伐柯伐柯,其则不远。'执柯以伐柯,睨而视之,犹以为远。故君子以人治人,改而止。忠恕违道不远,施诸己而不愿,亦勿施于人。君子之道四,丘未能一焉:所求乎子,以事父,未能也;所求乎臣,以事君,未能也;所求乎弟,以事兄,未能也;所求乎朋友,先施之,未能也。庸德之行,庸言之谨,有所不足,不敢不勉,有余不敢尽。言顾行，行顾言，君子胡不慥慥尔！"

"忠恕"是儒家伦理范畴的核心内容，是"仁""爱人"的具体运用，是儒家处理人际关系的基本原则之一。什么是忠？什么是恕？孔子说："吾道一以贯之。"曾子解释说："夫子之道，忠恕而已矣。"所谓忠、恕是孔子待人的基本原则，是一个问题的两个方面。

"忠"是从积极的方面说，也就是孔子在《雍也》篇里所说的："己欲立而立人，己欲达而达人。"自己想有所作为，也尽心尽力地让别人有所作为，自己想飞黄腾达，也尽心尽力地让别人飞黄腾达。这其实也就是人们通常所理解的待人忠心的意思。恕是从消极的方面说，也就是孔子在《卫灵公》篇里回答子贡"有一言而可以终身行之者乎？"的问题时所说的："其恕乎！己所不欲，勿施于人。"自己不愿意的事，不要强加给别人。忠恕之道就是人们常说的，将心比心，推己及人。所谓人心都是肉长的，自己想这样，也要想到人家也想这样；自己不想这样，要想到人家也不想这样。

成人之美，善待别人，无疑在今天依然是人类高尚的品德。然而"金无足赤，人无完人"，在纷繁复杂的社会生活，在人与人相处、交流、合作、共事中，因为成长背景、性情特点、学识修养的不同，难免会发生误会，矛盾冲突，进而会相互伤害。当别人不能善待自己，特别是受到别人的伤害时，我们该怎么办呢？是以眼还眼，以牙还牙，还是宽恕为怀？这正是见"忠恕"功夫的时候，也正是体现我们修养、胸怀之处。

春秋战国时，齐襄公被杀后，公子小白和公子纠为争夺王位而战。鲍叔牙助小白，管仲助纠。双方交战中，管仲曾用箭射中了小白衣带上的钩子，小白险遭不测。后来小白做了齐国国君，即齐桓公。齐桓公执政后，任命鲍叔牙为相国。鲍叔牙心胸宽广，坚持把管仲推荐给齐桓公。齐桓公也是宽容大度之人，不记射钩私仇，重用管仲为相国。管仲担任相国后，协助桓公在经济、内政、军事方面进行改革，数年之间，齐成为春秋前期中原经济最发达的强国，齐桓公也成就了"九合诸侯，一匡天下"的霸业。连孔子都说，如果没有管仲，恐怕我们也要披散着头发，衣襟向左开，被异族统治了。齐桓公对管仲的宽容，不仅仅是一种个人美德，还因此而成就了大业，改变了历史，连孔夫子都赞叹不已。

在生活中我们难免与人发生摩擦和矛盾，其实这些并不可怕，可怕的是我们常常不愿去化解它，而是让摩擦和矛盾不断升级，使事情发展到不可收拾的地步。宽容别人，绝不是软弱。

曼德拉，是南非一位黑人政治领袖，他因为领导黑人反对白人种族隔离的政策而入狱，白人统治者把他关在荒凉的大西洋罗本岛上十八年。当时曼德拉年事已高，看管他的三个看守并不友好，总是寻找各种理由虐待他。谁也没有想到，1991 年曼德拉出狱当选总统以后，他在就职典礼上的一个举动震惊了整个世界。

总统就职仪式开始后，曼德拉起身致辞，欢迎来宾。他依次介绍了来自世界各国的政要，然后他说，能接待这么多尊贵的客人，他深感荣幸，但他最高兴的是，当初罗本岛监狱看守他的三名狱警也到场。随即他邀请他们起身，并把三人介绍给大家。

曼德拉的博大胸襟和宽容精神，令那些残酷虐待了他二十七年的白人汗颜，也让所有到场的人肃然起敬。看着年迈的曼德拉缓缓站起，恭敬地向三个曾看押他的看守致敬，在场的所有来宾以至整个世界，都静下来了。后来，曼德拉向朋友们解释说，自己年轻时性子很急，脾气暴躁，正是狱中生活使他学会了控制情绪，因此才活了下来。牢狱岁月给了他时间与激励，也使他学会了如何处理自己遭遇的痛苦。他说，感恩与宽容常常源自痛苦与磨难，必须通过极强的毅力来训练。获释当天，他的心情非常平静。他说："当我迈出监狱大门时，我已经清楚，自己若不能将悲痛与怨恨留在身后，那么我其实仍在狱中。"

与别人为善，就是与自己为善；与别人过不去就是与自己过不去。只有宽容地看待人生，体谅他人，才可以让自己的人生轻松、自在，才能生活在欢乐与友爱之中，心中才能少一份懊悔和沮丧，才能在心底打磨出一个坚强的自我。

值得注意的是，宽恕有前提的。今天我们的社会，有两条无形的线，一条是以法律为核心的制度线，它是保底的，另外一条是以伦理为核心的道德线，它是提升的。如果说什么样的事情打破了底线，伤害了其他公民的权利，甚至危及到我们的生命，那就要诉诸法律。在法律线之上，能用道德去解决的，能让我们说服自己心灵的这部分，才属于我们的恕道。也就是说，恕道不是无边的，我们千万不要以为恕道能够到达法律线之下。所以，在可控的空间之内，我们的心可以去宽容。

世上无如人欲险

> 君子素其位而行，不愿乎其外。素富贵，行乎富贵；素贫贱，行乎贫贱；素夷狄，行乎夷狄；素患难行乎患难，君子无入而不自得焉。在上位，不陵下，在下位，不援上，正己而不求于人，则无怨。上不怨天，下不尤人。故君子居易以俟命。小人行险以徼幸。子曰："射有似乎君子，失诸正鹄，反求诸其身……"

"十年浮海一身轻，乍睹梨涡倍有情。世上无如人欲险，几人到此误平生。"这是理学家朱熹的一首诗，是有来历的。当年朱熹的一位同僚因事被贬谪到穷乡僻壤，受此打击，发心修行，断欲、戒淫自是题中之义。也许如老子所说"不见可欲，使民心不乱"，倒也清静自在。这般十年后，时来运转，得以北归。老同事们为他接风，醇酒佳肴，更有美女侍酒。这位同僚大概官运又起，心情已是大变，"修炼"了十年心性，在酒席上赋诗盛赞一个美女。理学家最注重修静功夫，讲究定力，朱熹目睹了自己的同僚修定十年，还会见色不自持，感慨人欲的可怕，因有此诗。

从生命科学角度而言，欲望伴随人的一生。人类绵延生息不绝，源于欲望的驱动，所以"人生而有欲"是正常的。不过，对欲望要讲方寸、讲量度、讲理智、讲理性。所以，《中庸》说：君子要安守本分，做自己现在应该做的事，不妄生非分之想。在富贵的地位就做富贵地位上的事，在贫贱的地位就做贫贱地位上该做的事，处在边远地区就做在边远地区应做的事，处在患难之中，就做在患难中应该做的事，君子在什么环境下都能安然自得，不为欲望所困扰。

贪得无厌的常常是那些不安分守己、自以为聪明的人，他们其实是鲜廉寡耻的人，做了欲望的奴隶，永远没有满足的时候，放任欲望任意扩张、膨胀、肆虐，欲望变成了私欲、贪欲、邪欲，最终"欲炽则身亡"。所以《孟子·尽心章句下》说："养心莫善于寡欲。"

有一个扫地和尚的故事。说的是一座县城里，有一位老和尚，每天天蒙蒙亮的时候，就开始扫地，从寺院到寺外，从大街扫到城外，一直扫出离城十几里。天天如此，月月如此，年年如此。小城里的年轻人，从小就看见这个老和尚在扫地。那些做了爷爷的，从小也看见这个老和尚在扫地。老和尚虽然很老很老了，就像一株古老的松树，不见它再抽枝发芽，可也不再见衰老。有一天老和尚坐在蒲团上，安然圆寂了，可小城里的人谁也不知道他活了多少岁。过了若干年，一位长者走过城外的一座小桥，见桥石上刻着字，字迹大都磨损，老者仔细辨认，才知道石上刻着的正是那位老和尚的传记。根据老和尚遗留的度牒记载推算，他享年一百三十七岁。

据说军阀孙传芳部队有一位将军在这小城扎营时，突然起意要放下屠刀，恳请老和尚收他为佛门弟子。这位将军丢下他的兵丁，拿着扫把，跟在老和尚的身后扫地。老和尚心中自是了然，向他唱了一首偈：

扫地扫地扫心地，
心地不扫空扫地。
人人都把心地扫，
世上无处不净地。

现代人也许会讥笑这位老和尚除了扫地、扫地，还是扫地，生活太平淡，太清苦，太寂寞，太没戏。其实这位老和尚就是在这平淡中，给小城扫出了一片净土，为自己扫出了心中清净，扫出了一百三十七岁高寿，谁能说这平淡不是人生智慧的提炼？这个故事就说明了平淡对人心清静至关重要。

老子曰："罪莫大于可欲，祸莫大于不知足，咎莫大于欲得。"在《史记·范雎蔡泽列传》中，范雎说："吾闻欲而不知止，失其所以欲；有而不知足，失其所以有。"这些金玉良言已为古往今来无数的事实所证实，所以在现实生活中，我们不要计较从对方那里得到什么，如果真是理应得到的,也要适可而止,见好就收。如果贪求过多,就会没有好下场。

千里之行,始于足下

> 君子之道,辟如行远必自迩,辟如登高必自卑。《诗》曰:"妻子
> 好合,如鼓瑟琴。兄弟既翕,和乐且耽。宜尔室家,乐尔妻帑。"子
> 曰:"父母其顺矣乎!"

《中庸》说:君子实行中庸之道,就像走远路一样,一定要从近处起步。譬如登高,必定从低处开始。这个道理与老子说的是一致的:"合抱之木,生于毫末;九层之台,起于累土;千里之行,始于足下。"人应该有远大的理想和抱负,但事情的成功,理想的实现多是从细微之处开始的。如果一味冒进,想一蹴而就,那就会走向反面,"欲速则不达"。为人办事,只有踏踏实实,认准方向、朝着理想,从小处做起,一步一步地积累着,走下去,才有可能达到目标。

东汉有一名叫陈蕃的少年,居室凌乱肮脏。他父亲朋友薛勤来访,问他为何不打扫干净屋子迎客。陈蕃回答说:"大丈夫处世,当扫除天下,安事一屋?"可是一屋不扫,又何以扫天下呢? 仔细分析,陈蕃不扫屋无非是不屑小事。胸怀大志固然可贵,但不从小事做起,无法做成大事。凡事总是由小至大,正所谓集腋成裘,必须按一定的步骤程序去做。所以《中庸》引用《诗经》里的话说"妻子好合,如鼓瑟琴。兄弟既翕,和乐且耽。宜尔室家,乐尔妻帑",意思就是说先与自己的妻子琴瑟和谐,兄弟尽皆相聚,和乐而深情,安排好你的家庭,使你的妻子儿女和睦愉快,让自己的父母顺心,再进一步向中庸的高境界行进。试想,一个不愿打扫房子的人,当他着手办一件大事时,必然是好高骛远,不可能有好的结果。没有一个成功者是因为自己的天才聪明一蹴而就的,只有那些不怕困难、百折不挠的人,历经艰难与失败,才能一步一步达到目标。

据《列子·汤问》记载:甘蝇是古代一位神射手,箭无虚发,拉开弓,鸟兽就应声落下倒地。甘蝇的一个弟子名叫飞卫,去向甘蝇学习箭

法,但他射箭的技巧又很快超过了甘蝇。有个名叫纪昌的人,已娶妻生子,蹉跎了少年岁月,慕飞卫箭法就去学习,他很想尽快学成,希望飞卫很快把全部本领教给他。飞卫说:"你先要学会看东西不眨眼睛,然后我们再谈射箭。"纪昌回到家里,仰卧在他妻子的织布机下,用眼睛注视着织布机上的梭子练习不眨眼睛。几年之后,即使锥子尖刺在他的眼眶上,他也不眨一下眼睛。于是纪昌匆匆赶去,把自己的练习情况告诉了飞卫,心想这次总可以学习射箭了。谁知飞卫却说:"这还不够啊,还要学会视物才行。要练到看极小的物体如大东西一样清晰,看细微的东西如显著的物体一样容易,然后再来告诉我。"纪昌闻言,回家用牛尾毛系住一只小虫子,悬挂在窗口,面向虫子远远地看着它,十天之后,看虫子渐渐大了;几年之后,虫子在他眼里有车轮那么大,看寻常物件都像山丘一样大。纪昌便用燕地的牛角装饰的弓,用北方出产的篷竹作为箭杆,射那只悬挂在窗口的虫子,穿透了虫子的内脏,牛尾毛却没有断。纪昌又把自己练习的情况告诉了飞卫,飞卫高兴地说道:"你已经掌握了射箭的诀窍了!"

纪昌学射坚韧不拔、循序渐进,终于掌握了射箭的最高本领。说明最高超的技艺也要从基础开始练习,最高深的道德修养也要从日常生活开始积累,坚持不懈,锲而不舍,才能有收获。天下又有哪一件做成功了的事不是这样的呢?

关于"鬼神"

> 子曰:"鬼神之为德,其盛矣乎!视之而弗见,听之而弗闻,体物而不可遗,使天下之人齐明盛服,以承祭祀。洋洋乎!如在其上,如在其左右。《诗》曰:'神之格思,不可度思,矧可射思!'夫微之显,诚之不可掩如此夫。"

在《中庸》的这一章里,为了论证中庸之道是无所不在、真实无妄、不可须臾离开的存在,直接借用鬼神的作用与祭祀的效应来说明。鬼神无形无状,但是它所产生的作用却强大无比,在万物中无所不在。人们在祭祀时,会感觉鬼神的存在。其目的则在提醒生者"神的来临,不可猜测,人怎能懈怠呢?"然后,隐微的将会显扬,一如真诚的意念与力量是无法压制的。换言之,人若能够"诚",则可以感通鬼神。

这就涉及儒家、孔子的鬼神观,以及鬼神对中国文化生活的影响。

儒家尊奉的天道,居高临下,俯视着世间的万事万物。虽王权也只能屈居其下。《论语·八佾》篇载王孙贾问孔子曰:"与其媚于奥,宁媚于灶?"这句话的背景是,孔子和学生到达卫国之后,当时卫国分为宫廷派和大臣派两个派系。宫廷派的代表是卫灵公的夫人南子,是个美女,虽地位尊贵,但生性淫荡,有艳名,许多人批评她私生活不检点,给国君戴"绿帽子"。大臣派是以王孙贾、弥子瑕为代表,弥子瑕与卫灵公关系密切。因为孔子的名声加上他学生中有许多人才,如子路、子贡等人,这两派人都想拉拢孔子扩充自己的势力,当时王孙贾就对孔子说上前面那句话:"与其讨好尊贵的奥神,不如讨好有用的灶神。"意思是南子虽然是宫廷里的夫人,相当于奥神,摆在房间西南角尊贵的位置,但没有实权;灶神,就是厨房,如同掌管各个部门的大臣,有很多实际的权力。对于王孙贾的这番话,孔子掷地有声地回敬了他八个字:"获罪于天,无所祷也。"意思是,得罪了天,没有地方可以祷告,讨好谁都没用。由此可见,孔子心目中"天"至高无上,它穿透了王权政治。所以至此,儒者便挣脱开一切的权力羁绊,达到至高无上的精神境界。

对待鬼神,孔子是谨慎的,采取的是敬而远之的态度,但他不怀疑鬼神的存在。孔子对大禹没有任何批评,而第一项理由就是禹"菲饮食而致孝乎鬼神"(《泰伯》)。在此,显而易见的是,鬼神是指祖先。其次,孔子批评某些人是"非其鬼而祭之,谄也",显然不怀疑鬼神的存在。"敬鬼神而远之",既然对鬼神要"敬",不疑其存在。至于"子不语:怪、力、乱、神"(《述而》)一语,则是强调孔子不谈论这四项题材。他不谈论的,并不代表"不存在"的,而是代表不合常态或者不易作合理说明的。其谨慎表现还在于:孔子每于斋戒之时,必明衣、变食、迁坐。当祭之时,孔子或有事而没能参与,而请他人代祭,便深觉不得"如在"之诚。故虽已祭,而心缺然,如未曾祭。遂发感叹曰:"吾不与祭,如不祭。"对于祭祀时的僭礼行为,孔子的态度更是坚决反对的。

其实中国的传统文化都具有很强的实用主义,儒家的鬼神观也是如此,它的指向就是通过对鬼神畏敬而达到对万事万物的诚,"合鬼与神,教之至也",依此可以推行教化,让百姓"畏服",遵守某些行为规范,借以安定人间秩序。

也许正是这种敬神而不媚神,加之以孝悌为本的仁爱之心,儒学因此成为中国文化的主流,生生不息,绵绵不绝。北宋大儒张载曾发出"为天地立心,为生民立命,为往圣继绝学,为万世开太平"的誓言。这就是儒生,他们勇敢地挑起了这副沉甸甸的重担,胸怀宽广,朝着漫长而充满坎坷的入世之路,义无反顾地走下去。而这一切的动力都源于儒者的仁爱之心,为了这个信念,儒者甘愿尽力到生命的最后一刻。历史的书页上,儒生们留下了斑斑血迹,有写下"人生自古谁无死,留取丹心照汗青"的文天祥,有拒绝为朱棣起草即位诏书而被灭十族的方孝孺等等。他们没有因为时间的流逝而湮没,而是在中国史上刻下了浓重的一笔。

天生我材必有用

> 子曰:"舜其大孝也与!德为圣人,尊为天子,富有四海之内,宗庙飨之,子孙保之。故大德必得其位,必得其禄。必得其名,必得其寿。故天之生物,必因其材而笃焉。故栽者培之,倾者覆之。《诗》曰:'嘉乐君子,宪宪令德,宜民宜人,受禄于天,保佑命之,自天申之。'故大德者必受命。"

读《中庸》常感动于圣人为了教化众生,真是"无所不用其极"。《中庸》深谙"道不远人"的道理,明白世俗人们对权利、名位、财富、福禄、长寿等都有倾慕之心,所以,他要求你只要遵德而行,做好人,行好事,凡事不走偏锋,不走极端,循正道而求功名,名利爵禄都是可以得到的,并举舜这个典型作例证。

舜遇到了可怕的家族环境,父亲不喜欢他,弟弟要害他,但舜没有因此而放弃孝行和友爱。由于他道德高尚被大众看作圣人,尊为天子,富有四海,传说还活了一百一十岁,所以有大德的人必然能得到应得的地位、财富、名声、寿数。对"大德必得其位"这个结论,后人多有怀疑,他们举孔子为例,这个有大德的人并没有获得高的地位。就在这几年,一位四处述圣,声名籍甚的学者,也表示了同样的怀疑。

我私下以为这个怀疑是把所谓的"位"看得太狭隘、太现实了。在时下一些人心目中,所谓的"位",就是官位,就是各个级别的某"长",余不及也。且有无"位",就看当下,看今生是否有一官半职。"位"的意义果真如此吗?

孔子生逢乱世春秋,他的政治思想主张的确不被当时为政者认同,没有救得了时局,且"累累如丧家之犬"。但我们该知道孔子的儒家学说,自西汉武帝始,成为中华文化的主流,几千年来被历朝历代奉为思想正朔,教化天下,敦正人伦,育人无数,救世救人,我们今天还能说孔子在人心目中没有地位吗?再说几千年来华夏大地建有难以计数的孔庙、文庙,代代香火,代代祭祀,有的王朝还尊封孔子为"文宣王",皇帝亲自行三跪九叩之大礼,我们不能说孔子在人间没有崇高的地位吧!我们对"名利"的看法应当是"计利应计天下利,求名当求万世名"。

所以,《中庸》在这一章里鼓励我们,要奉行中庸,修德做好事,必定有好报。上天生养了万物,必定根据它们的资质而厚待他们。能成材的就得到培育,自甘堕落的就遭到淘汰。作为芸芸众生的一员,我们一定要自信"天生我材必有用",自信修身进德,"居易以俟命",总有一天会成为有用之才,担当起治国平天下的重任。

人来到这世界上,都会有自己独特之处,都有存在的价值,就像天下任何东西都有用处一样。尤其在面对挫折困难时,人更需要树立"天生我材必有用"的自信心,要自信每个人在世界上都是独一无二的,别人无法取代的。史蒂芬·霍金,是一位人生的斗士,一位科学界的泰山北斗,然而他却遭遇了命运的摧残。上天让他失去了常人所具备的运动能力,他只能被固定在一个轮椅上,仅凭着几只可以活动的手指敲击键盘来表达自己的思想。有一次在新闻发布会上,有位女记者提出了一个无比尖锐的问题,她问:"霍金先生,难道你不为被固定在一个轮椅上而感到悲哀吗?"霍金用他的手指在键盘上敲出这样的一些字"我没有悲哀,我却很庆幸,因为上帝把我固定在这个轮椅上,却给了我足以想象世界万物,足以激发人生斗志的能力,其实,上帝是公平的"。因为他坚信着"天生我材必有用",凭借着自己的智慧与艰辛的努力,写出了著名的《时间简史》,推动了科学的飞速发展,为世界做出了贡献,他也被称为与牛顿和爱因斯坦并列的世界三大科学家之一,他的成就足以让世人景仰。

司马光在他的巨著《资治通鉴》中说:"才者,德之资也;德者,才之帅也。"在司马光看来,仅有才是不够的,德行同样重要。德行常常也是自信的源泉,德才互济,德行在一定条件下可以发挥才能所不及的作用。

金末元初,天下大乱。公元1232年,蒙古兵的铁蹄踏入河南新郑,二十四岁的许衡跟随众人逃难,盛夏行路时因天气炎热,口渴难耐,路边正好有一棵梨树,路人纷纷去摘梨吃,惟独许衡静坐树下不动。有人不解地问:"何不摘梨解渴?"许衡答曰:"不是自己的梨,岂能乱摘!"那人笑其迂腐:"世道这么乱,梨树哪有主人!"许衡正色道:"梨虽无主,难道我们的心也无主了吗?"这个故事并非杜撰,《元史》有载。许衡自小饱读诗书,服膺儒家学说,强调"反身而诚""尊德性"等自省修养方法,有一肚子学问,加上他"不食无主之梨"操行故事流传,受人尊敬,于是他受邀赴河北大名府讲学,由于恭谨执教,求学的人很多,名声很快传播到蒙元当政者那里,忽必烈力请他入仕元朝。许衡屡辞不获,便入朝长期担任国子监祭酒,主持教育工作,承宣教化,不遗余力。最重要的是至元八年(1271年),许衡奉元世祖之命,负责培养一批蒙古贵族子弟,在他的辛勤教育下,这些不懂汉文的青年也都成为"尊师敬业"的优秀儒生,入朝做官。在许衡的推动和影响下,蒙元朝廷还实行"汉法",行儒家的仁政,深得民心。因为这一"立国规模"的确定,加上他的学生为官践行,中原广大地区社会秩序得到恢复,生产得到发展,人民生活日渐安定。许衡以他的德行和学问得到蒙元统治者的信任,成为元代儒学的继承人和传播者,使儒家思想学说在异族的统治之下,不仅未中断,还教化了异族。元代有人赞扬他说:"继往圣,开来学,功不在文公(朱熹)下。"

遵道而行,"自信人生二百年,会当击水三千里",何愁事业无成!

慎终追远,民德归厚

> 子曰:"无忧者,其惟文王乎! 以王季为父,以武王为子,父作之,子述之。武王缵大王、王季、文王之绪,壹戎衣而有天下。身不失天下之显名,尊为天子,富有四海之内。宗庙飨之,子孙保之。武王末受命,周公成文、武之德,追王大王、王季,上祀先公以天子之礼。斯礼也,达乎诸侯、大夫及士、庶人。父为大夫,子为士,葬以大夫,祭以士。父为士,子为大夫,葬以士,祭以大夫。期之丧,达乎大夫。三年之丧,达乎天子。父母之丧,无贵贱,一也。"

在这一章里,孔夫子强调丧礼:父母去世,从老百姓一直通行到天子,都要遵守服丧三年的丧制。

"三年之丧"在《论语》里引起了一段尖锐的对话。孔子有个学生叫做宰我的说:为父母守丧三年,时间未免太长了。君子三年不举行礼仪,礼仪一定会荒废;三年不演奏音乐,音乐一定会散乱。旧谷吃完,新谷也已收成;打火的燧木轮用了一次。所以守丧一年就可以了。孔子说:守丧未满三年,就吃白米饭,穿锦缎衣,你心里安不安呢? 宰我说:安。

照理说,这个质疑很难反驳。孔子毕竟是一位伟大的智者,他立刻把伦理规范的基础转移到心理情感上。孔子说:你心安,就去做吧! 君子在守丧的时候,吃美食不辨滋味,听音乐不感快乐,住家里不觉舒适,所以他不这么做。他宁可吃的简单,住的简陋,也要替父母守丧。现在既然你心安,你就去做吧! 宰我退出房间后,孔子说:宰我没有真诚的情感啊! 小孩子生下来三岁才能离开父母的怀抱,为父母守丧三年,天下人都是这么做的,宰我没有受到过父母三年怀抱的照顾吗?

为什么用"子生三年,然后免于父母之怀"这话来回答父母死了就要守丧三年的问题呢?几年前美国一份心理学杂志所发表的研究报告证实了孔子两千多前的见地是多么了不起。

有一家专门收容弃婴的医院,收容了五十名弃婴,有专人去照顾固定的吃、喝。这五十个小孩的反应都差不多,身体在成长,但目光呆滞,面无表情,了无生趣。其中只有一个小孩例外,每天总是嘻嘻哈哈,见了人就笑。医生和护士觉得很奇怪:都是弃婴,孩子们个个表情都死气沉沉,为什么他那么高兴呢?于是在房间里装上闭路电视,二十四小时观察这个小孩身上是否发生了什么特别的事。一星期下来,观察结果发现,原来每天下午下班时间,有一位到医院收垃圾、扫地的老太太,经过这个小孩时,会逗逗他,陪他玩半个小时。就是这每天半小时的差别,使这个小孩出乎其类、拔乎其萃,成为这些弃婴当中最特殊的一个。于是发现了,原来小孩需要有一个人以主体的身份去关怀他,跟他互动,他的生命力才能得到正常的展现。否则,只是饿了给他吃,渴了给他喝,而没有一个人真正去关怀他,他内在的心理就无法发展健全,只能死气沉沉地呆在那儿,不知如何与人互动。

这个研究使得美国心理学界相当震撼。在一些美国家庭里,小孩生下来,大一点之后,就放到小房间里一人睡。小孩哭,让他哭,哭累了就睡着了,久而久之小孩会变得很有独立性。但是这种独立性对人性而言,是一种伤害,事实上违背了人性自然的要求。人类与动物的差别之一,在于人类的幼儿依赖期是最长的,远超过其他动物。人类的孩子一般要在父母怀中三年,才能够稳健的独立行走。这种长期在生理上依赖父母的状况,自然在心理上发展出特殊的结构,即孩子和父母之间永远有着互相关怀的心理情感。相反,在最初成长的过程中,若是缺少了父母的特殊关怀,这种遗憾一生都无法弥补。

从生理需求到心理情感,最后才出现所谓"三年之丧"的伦理规范。也就是说,"子生三年,然后免于父母之怀"是孔子对人性的深入观察。"三年之丧"是配合我们内心情感需要的外在表达形式。我们在成长过程中,身体上受到父母照顾,心理上对父母有长期依赖,所以父母过世,守丧三年,才能使我们心安。

因此,儒家讲求的伦理规范,并非由外在的压力而来,而是内在心理情感的适当表达。中国对待死者有一句体现中华民族生命文化的话叫"慎终追远,民德归厚"。所谓"慎终",就是要求人们重视对去世亲人的丧葬之事,"追远"就是在丧葬和祭祖的过程中缅怀先人的德行。追忆先人的德行应该至少有两重意义:一是修炼自己的道德素养的人伦品格,增强家庭和家族的凝聚力,以更好地面对人生之路;二是用三年时间,让人专注地思考生命的价值和意义,懂得生命的神圣性和宝贵性,培养高尚的人文精神和道德人格,去珍爱自己的生命,然后尊重别人的生命,承担我们作为一个人应该承担的公民责任、家庭责任和社会责任。对待去世的亲人有这种态度,并且明白守丧三年的这两重意义,自然就"民德归厚"了。

为了实现"慎终追无,民德归厚"的教化目标,古代在三年服丧期内对官员和百姓还有更具体的要求:子女按礼持丧三年,其间不得行婚嫁之事,不预吉庆之典,在持丧期间夫妻要分开,吃、住、睡都在父母的坟旁,停止一切娱乐和应酬。这不但是孝道的教育,更是人性之善的维护。父母对我们的恩情是最重最大的,如果我们连父母的恩情都忘了,还指望爱别人、爱社会、爱国家,那怎么可能?

任官者须离职三年,称"丁忧",用三年时间"移忠尽孝"。官员"丁忧"制从西汉始,此后历代均有规定,且品官丁忧,若匿而不报,一经查出,将受到惩处。但朝廷根据需要,有急务要办,不许在职官员丁忧守制,称"夺情",或有的守制未满,而应朝廷之召出来应职者,称"起复"。"夺情"则另有规定,须皇帝与朝廷重臣共议而定。历史上关于"夺情"最有名的例子是张居正。万历五年,张居正的父亲去世了,这时正值张居正的各项改革事业刚刚铺开,他当然不愿意离职。恰逢小皇帝这时也对他倚重得不得了,两边一拍即合,夺情!但是明代的舆论力量非常强大,无数官员上书谴责张首辅的不孝行为,结果小皇帝生气了,当众痛打反对者的屁股,有人甚至被打成残疾。

这件事的结果是复杂的。对于张居正,夺情一事让他愈发自我膨胀,开始了从贤相到权臣的转变。对于万历,长大以后觉得自己被张老师骗了,拿夺情做文章,将死去的张居正抄家夺爵、子孙流放。而对于大明朝来说,由于万历记恨张居正,导致初见成效的张氏改革人亡政息。史家尝言"明实亡于万历",追根溯源,张居正在权力与孝道之间的迷惘,竟成了引发明末大风暴的蝴蝶翅膀。

所谓"孝",是人类真情最基本的一种表现,所谓"礼",是一种大家都遵守的社会规范。外在的礼仪、礼节、礼貌只是个表现形式,它的前提在于内心真诚的情感。若没有真情实感,外面也不用去做那些形式了,一切只会沦为教条,这才是儒家真正的思想。两千多年一路下来,一直到清末,很多人都说儒家礼教吃人,好像学了儒家之后,就被那种三纲五常给限定死了,好好的人生就被约束得没什么乐趣了。事实上,儒家对于中国传统所规定的"礼"提供了哲学说明。这个说明是合乎经验、合乎理性的,使我们活在世上有原有本,有内在的情感,也有外在表达的形式。两者配合,内外相得,才能构成和谐的人生与社会。今天,虽然在许多地方农村已经没有了严格的丧制,官员也没有了"丁忧"的规定,但一个真正对父母有感情,对中国传统文化有体认感的人,还是要在内心真诚地怀念父母,不耽于逸乐,所谓"心丧三年",以纪念逝世的父母。

为孝之要——继承遗志

子曰:"武王、周公,其达孝矣乎!夫孝者,善继人之志,善述人之事者也。春秋修其祖庙,陈其宗器,设其裳衣,荐其时食。宗庙之礼,所以序昭穆也。序爵,所以辨贵贱也。序事,所以辨贤也。旅酬下为上,所以逮贱也。燕毛,所以序齿也。践其位,行其礼,奏其乐,敬其所尊,爱其所亲,事死如事生,事亡如事存,孝之至也。郊社之礼,所以事上帝也。宗庙之礼,所以祀乎其先也。明乎郊社之礼、禘尝之义,治国其如示诸掌乎!"

按常人理解,孝就是感恩与尊敬。父母生我养我,我才能在这个世界上存在、成长。这是天大的恩情,令我时时铭感,言谈举止中自然而然地对父母又爱又敬,满足父母的所欲所求。然而孝的真意却并不仅限于使父母衣食无忧、心情愉悦，更为重要的恰恰即是继承先祖之志，成就其事业，完成其使命。

最幸福的人生往往是找到最能实现自己价值的路，并不断走下去。而这条路必然是上天依据每个人的禀赋不同赋予每个人的使命。每一个平凡但又未失人性之高尚的人都会去寻找并尽其一生地走好这条路。这条神圣的路可能荆棘密布，长途漫漫。故身为人子，最大的孝莫过于"善继人之志，善述人之事"。《中庸》在这一章里说的周武王对文王之孝就属此类。

文王姬昌抱憾去世，没有灭掉商纣，没有完全拯救万民于水火之中。他的儿子武王姬发继承了王位，也继承了遗愿，日夜思考怎样灭掉商纣，实现统一，使天下百姓安居乐业。他的想法和其父文王如出一辙，他也同他的父亲一样重用姜子牙。他继续以姜子牙为师，周公旦为辅，召公、毕公等人为主要助手，顺应天意，继续文王未尽的事业，积极做灭商的准备。在准备充分之后，武王出兵潼关，联合各方诸侯国，挥师向东，与商军在牧野展开激战，也就是历史上有名的"牧野之战"，打败商朝的军队，殷纣王在鹿台自焚，史称"武王灭商"，建立了中国历史上最长的一个朝代——周朝。周武王顺应天命，继承父愿，把握了孝道的实质，顺应了历史的潮流，使社会迈进了一大步。

所以孔子在《论语》里也讲："父在观其志，父没观其行。三年无改于父之道，可谓孝矣。"父亲在世的时候，作一个孝子，就要禀承父亲的意思，自己不能作主，他所做的事情，都是他父亲吩咐他做的。父亲不在世，可以独当一面作主了。这个时候就看他的行为。父亲死了以后，孝子要守丧三年，在这个三年之内，父亲在世的时候办的事情，以及家里一切的规矩，都不能改变，这样便可以说是个孝子了。为什么父亲去世"三年无改于父之道"呢？父母在世的时候，他所办的事情，他有他的道理。比如说，父亲家里的书房里面，怎么样的摆设，什么书放在哪里，这个在三年之内不要变更，保存原来父母在世的那一切，表示对于父母一种思念。然而"三年无改于父之道"，这个"道"总得是有道理的"道"，或者是不善不恶的。

然而中庸之道的孝，要求我们从自己天生的爱戴父母的心出发，同

315

时考虑到各种行为的后果,全面权衡利弊,采取最合适的方法,并不是越顺从越好,也不是包办父母的一切事务就算作是孝。如果父母在世,做的事情不好,不是善行,别说是父母已经去世了,就是父母在世的时候,作一个孝子,也应该劝告父母要改,这叫作谏。谏就是下对上,子女对于父母,臣子对于国君,都叫谏。所以这里讲"无改于父之道",是继承父母善的这一方面。

春秋时候,晋国的大夫魏武子有一位没有生下子女的爱妾。魏武子生病的时候嘱咐自己的儿子魏颗:"我死之后,你一定记着,把她嫁出去,别让她在咱家受苦了。"可是不久,魏武子病重,又对儿子说:"我死之后,一定要记着把她杀了给我殉葬啊!"说完就死了。可是魏颗并没有把父亲的爱妾殉葬,而是把她嫁了出去。魏颗说:"老人病重的时候,神智昏迷不清,那时候的命令是乱命,不符合道理。我所根据的,是父亲在清醒时候给我的命令。"后来,秦桓公出兵伐晋,晋军和秦兵在晋地辅氏(今陕西大荔县)交战,魏颗与秦将杜回相遇,二人厮杀在一起,不分胜负。正在千钧一发之际,一位老人把地上的杂草打成结,绊倒了杜回,使这位秦国大力士站立不稳,摔倒在地,当场被魏颗所俘。魏颗在这次战役中大败秦师,受到了国君的赏赐。当天夜里,魏颗在梦中见到那位白天为他结绳绊倒杜回的老人,老人说,我就是那个宠妾的父亲。你让她改嫁,而非陪葬。我今天这样做是为了报答你的大恩大德啊!这就是成语"结草衔环"中"结草"的典故。在《中庸》看来,魏颗不从乱命,执行了父亲合乎情理的命令,拒绝了父亲不合情理的要求,才是真正的大孝。

《中庸》说:"夫孝者,善继人之志,善述人之事者也。"这里关键在一个"善"字。父母想当艺术家,是不是子女也要去当一个艺术家才算是孝呢?父母有着辉煌的经历,是不是子女逢人便说自己的父母如何如何才算是孝呢?显然不是。善于继承父母的志向,说的是要继承父母追求目标、努力前进的精神,抛弃父母性格中的缺点、弱点,发扬父母的长处、优点;善于祖述父母的事迹,说的是要记住先辈创业的艰难,体会父母养育自己的艰辛,教育下一代人理解先人的奋斗历程。中庸之道就是这样,反对任何形式的"一根筋",反对简单处理问题。孝是人类天

316

生的情感,具有无可争议的正当性。即使是在这样的问题上,中庸之道也提醒我们,注意方式方法,多考虑别人的感受,多考虑说话做事的后果,不走极端,不意气用事,结合具体情况选择最佳办法。

仁,就是爱人

哀公问政。子曰:"文武之政,布在方策。其人存,则其政举;其人亡,则其政息。人道敏政,地道敏树。夫政也者,蒲卢也。故为政在人,取人以身,修身以道,修道以仁。仁者,人也,亲亲为大;义者,宜也,尊贤为大。亲亲之杀,尊贤之等,礼所生也。在下位不获乎上,民不可得而治矣。故君子不可以不修身。思修身,不可以不事亲;思事亲,不可以不知人;思知人,不可以不知天。"

仁是个会意字,从人,从二。意思是两个人在一起,两个人愿意走在一起,表明相互之间都有亲近的要求。因此仁的本义就是两个人亲近友爱。"仁"是儒家学说的核心,对中华文化和社会的发展产生了重大影响。内容包涵甚广,核心是爱人。因此《中庸》在这一章里对"仁"的意义进一步阐发:能够与人相互亲爱的人,才是人。

人类社会,是群体的社会,人类诞生在大地上,作为宇宙中特殊的部分,人类从自然界中摄取营养,要在生活的实践中不断思考,不断探索,寻求生存的方法。因此,人类的存在便不仅是自然的了,这其中有了主观因素的参与,由自然而然地活着,变成了为了逃避危险而活着,为了求得安全而活着。因此群体便成了人类生存的保障,并由此而产生了群体意识,再由此而产生了国家组织。国家的发展壮大,是人民生活的保障。统治者只有"仁",爱人民,施仁政,保护人民,让人民安居乐业,国家才能发展壮大。若是压迫剥削掠夺人民,人民就会四散逃离或者揭竿起义,最终会使国家崩溃灭亡。所以,作为一个统治者,爱人民,保护人民,是最基本的要求。下面这则故事则能帮助我们理解什么是"仁"。

　　孔子的学生子路、子贡、颜回三个人陪同孔子出游,一同来到了鲁国边境的农山下,这是一大片肥沃的土地,却没有人耕种,长满了野草。由于鲁国的国势衰弱,常常遭到强大的齐国、楚国等国的侵扰,农山下的这块土地正好是鲁国与齐、楚等国的边境,齐国和楚国可以从这里入侵,进入鲁国。孔子看着肥沃的土地却因地处交界处而荒芜,感到十分惋惜,他叹了一口气说:"你们三个人就前面这块荒地谈谈各自的想法,让我来听听。"子路是一名武将,老师的话刚刚落音,他就迫不及待地回答道:"我愿担当起保卫鲁国的责任,敌人的军队若从这里入侵,我就穿上威武的军装杀得敌人望风而逃。我再乘胜扩大鲁国的疆土,使鲁国强大起来。"孔子没有任何表情,只是淡淡地说:"真是一名勇将。"接着子贡说道:"这块土地是一个很好的战场,齐、楚等国的军队会在这里摆开阵势进攻鲁国,鲁国的军队也将摆开阵势在这里迎战,战鼓已经擂响,军队互相对峙,在战争一触即发的时候,我穿上外交家的白色礼服,在齐楚的阵营前游说,坦陈利害,使他们不战而退,只有我这样才能挽救鲁国。"孔子仍然平静地评论说:"真是一个口才雄辩的外交家。"最后轮到颜回了,他却退到一旁不语。孔子再三鼓励后,他才说:"我希望鲁国有一个贤明的国君,让我辅佐他,实行教化,宣扬礼仪,倡导良好的社会风气,使鲁国强盛起来,与邻国和睦相处,不劳民伤财地建筑防御敌人的城池,把刀剑化为农具,让牛马在这片肥沃的土地上自由劳作。永远没有战争,各家的男人也不会因战争而别离妻室儿女,子路的勇再也无用武之地,子贡雄辩的口才再也无处施展,因为那时天下已经太平。"孔子听得呆了,早已沉醉于颜回描绘的美景中,非常感动,过了片刻他才严肃地称赞说:"这是多么美好的前景、多么崇高的道德理想啊!"在这个故事里,孔子认为,只有颜回最准确地理解了儒家的理论,这就是"仁",爱人。不发生战争,不进行杀戮,让人民安居乐业。

　　一个人要做到爱人,首先要爱自己的亲人,如果连自己的亲人都不能亲爱,怎么会去亲爱别人呢? 其次要尊重贤能的人。但是,亲爱自己的亲人也要有所约束,孔子反对任人唯亲,爱自己的亲人,原本无可厚非,但并不是说就要任命他担任领导职务。领导和管理人民必须要有一定的才能和知识,若是没有这方面的才能和知识,就不能任人唯亲。

再就是,爱自己的亲人,也要看这个人的人品怎么样,若是一个坏得不能再坏的人,一个无可救药的人,怎么又能去重用他呢?

搞任人唯亲、排斥异己、拉帮结派的最大危害是毁整个单位,甚至整个国家。用人导向是最根本的导向,吏治腐败是最大的腐败。当"不跑不送,原地不动;又跑又送,提拔重用"成为常态,自然会有人行贿买官;当"不进圈子原地稍息,进了圈子跑步前进"成为惯例,自然会有人挖空心思地拉小山头、搞小圈子;当"背靠大树好乘凉,跟对人胜于跟组织"成为现实,自然会有人随波逐流地搞人身依附。正如古人所说:"用得好人,为善者皆劝;误用恶人,不善者竞进。"

交 友 要 慎

> 天下之达道五,所以行之者三。曰:君臣也,父子也,夫妇也,昆弟也,朋友之交也。五者,天下之达道也。知、仁、勇,三者天下之达德也,所以行之者一也。或生而知之,或学而知之,或困而知之,及其知之,一也。或安而行之,或利而行之,或勉强而行之,及其成功,一也。子曰:"好学近乎知,力行近乎仁,知耻近乎勇。知斯三者,则知所以修身;知所以修身,则知所以治人;知所以治人,则知所以治天下国家矣。"

《中庸》里说:天下的通达的道路有五种,能够行动的原则有三条。也就是说,无论我们做什么事情,都离不开这五种人际关系,要工作,就有上下级关系;要生活就有长辈、晚辈关系,夫妻关系,兄弟关系;要想在这个社会里与人交往,就要有朋友关系。所有这些关系,都能将人牢牢地联系上。而要处理好这些关系,就要有知人、爱人、勇敢三种本领。这三种本领说到底就是需要知人,尤其是交友历来为人所重。北朝颜之推在他著名的《颜氏家训·慕贤》中说:人在少年时期,思想情操尚未定型,受到与他亲近的朋友熏陶感染,言谈举止,即使并不是有意向对方学习,也会潜移默化,自然而然地相似起来,何况操行技能等明显容易学习的方面呢？所以，和好人在一起，好像进入种满芝和兰等香草的屋子，时间长了自己就会变得芳香起来；和坏人在一起，就像进入出售咸鱼的店铺，时间长了自己也会发出腥臭。墨子曾对被染上颜色的素丝发出感叹，说的是就是这个道理啊。德才兼备的人对于结交朋友必定很谨慎啊！所以交朋友时一定要了解你交往的人是一个什么样的人，比如他的民族、习惯、性格、生活规律、学问知识等，如果能深入地了解对方，则就能够适应他、理解他、帮助他；如果不了解对方，又缺乏沟通和交流，那么双方必然也会产生误解，而较多的误解积累起来，就会产生怨仇，爆发矛盾。

人以类聚，物以群分。一个道德品格高尚的人，他的朋友也多是品德高尚的人；一个阴险狡诈的人，他的朋友也多是与他沆瀣一气。所以看一个人能否做自己的朋友，孔子说要："视其所以，观其所由，察其所安"，看看他身边都是些什么人。

丁用晦的《芝田录》记载了这么一个关于交友的故事：唐代官吏吕元膺在做东都（今洛阳）留守时，经常和门客在一起下棋。有一天正与一位儒生对弈，这时下属送来许多公文要他马上审批，正当吕元膺执笔批阅公文时，儒生以为吕元膺此时精力全在公文上，顾不上棋局，就趁机偷偷地换了一枚棋子。这样一来，局势顿时大变，那个儒生就可以稳操胜券了。其实吕元膺已经瞧见了，而儒生却未觉察。吕元膺也不当即拆穿，就打着哈哈结束了这盘棋。结果到了第二天，吕元膺突然把儒生调离，府内外的人不明就里，而儒生对于为何调离自己也是一头雾水。吕元膺还赠送给儒生一匹绸子。十多年过去了，吕元膺一直闭口不谈这件事。直到他病危前夕，才语重心长地对围在病床边上的儿孙们说："结交朋友，你们一定要精心选择。"接着他将为何调离儒生的原因说了出来。并说："当日一个棋子，也不值得深究，但此人的心术不正。我要是当场予以揭穿，恐怕他忧虑畏惧，假如一直不说，又怕你们丧失了知道此事的机会。"吕元膺在临终前告诉子侄们这件事，是想让他们知道，要学会从细微之处观察、认识一个人的品行。虽然儒生只是偷偷换了一个棋子，算不得什么大事，但是连下棋这样的小事都要要手段，反映出了他的人品和心术，假如和这种人交上朋友，将会祸患无穷。

说罢,他坦然地闭上双眼,溘然长逝。

所以,择友是人际交往中一个非常重要的环节。明人洪应明在他的名著《菜根谭》里说:"教弟子,如养闺女,最要严出入,谨交游。若一接近匪人,是清净田中种下了不干净的种子,便终身难植嘉禾矣。"应该结交什么样的朋友,孔子说:"益者三友,损者三友。友直,友谅,友多闻,益矣。友便辟,友善柔,友便佞,损矣。"(《论语·季氏》)这是说有益的朋友有三种,有害的朋友有三种。结交正直的朋友,诚信的朋友,知识广博的朋友,是有益的。结交谄媚逢迎的人,结交表面奉承而背后诽谤人的人,结交善于花言巧语的人,是有害的。这在今天仍然是交友之道,可为我们提供有益的借鉴。

治国平天下的路径

> 凡为天下国家有九经,曰:修身也,尊贤也,亲亲也,敬大臣也,体群臣也,子庶民也,来百工也,柔远人也,怀诸侯也。修身则道立,尊贤则不惑,亲亲则诸父昆弟不怨,敬大臣则不眩,体群臣则士之报礼重,子庶民则百姓劝,来百工则财用足,柔远人则四方归之,怀诸侯则天下畏之。

> 齐明盛服,非礼不动,所以修身也。去谗远色,贱货而贵德,所以劝贤也。尊其位,重其禄,同其好恶,所以劝亲亲也。官盛任使,所以劝大臣也。忠信重禄,所以劝士也。时使薄敛,所以劝百姓也。日省月试,既廪称事,所以劝百工也。送往迎来,嘉善而矜不能,所以柔远人也。继绝世,举废国,治乱持危。朝聘以时,厚往而薄来,所以怀诸侯也。

《中庸》里这长长的一部分说的全都是治国之道。一个这么大的国家该如何治理?说起来那是千头万绪。如果是门外汉,面对这一切根本就不知道如何下手。不要说国家了,就是一方的领导干部,如何料理好自己手上的事务,都是一门大学问。实际上,这一切在《中庸》里面都可以找到相应的答案：大凡治理国家需要遵循九条基本原则，作为一个领导者，要修身，要尊贤，要亲亲，要敬大臣，要体群臣，要子庶民，要来百工，要柔远人，要怀诸侯。这九条真是缺一不可。为什么？《中庸》里接着阐述其中的道理，只有修身才能够明确践行为人之道、为君之道、为臣之道，使社会的公理正道得以践行。只有尊贤，才能"集众思，广忠益"，把贤才有真知灼见的好点子、好思想、好经验集中起来予以参考、选择并推广，才能使自己不受迷惑。只有对自己亲近的家人、朋友、同事、上下级、左邻右舍等等真诚热情，才能有良好的人际关系。只有尊敬大臣，就会有得力的人给你出谋划策，你才能遇事心头不犯迷糊。只有多体恤下属，对下级要多加关爱，下属才会感恩，恪尽职守，尽心尽力地认真工作。如果能真正把老百姓当作自己的儿女一样来对待，那么老百姓们肯定会在各自的岗位上兢兢业业，安守本分，勤奋做事。反之，上位者如果残暴不仁，那么老百姓就会懈怠，甚至踏上铤而走险的反抗道路。只要各行各业的专业人才多了，那么各行各业都会兴盛，国家的税收就更有保障，甚至能大大地提高，国家的财用才不易匮乏。只有采取安抚政策，周边的少数民族才可能感恩归顺，只有将中央政权的威信立起来，政治格局稳定，从天子、诸侯、卿大夫、到最底层的普通老百姓才会对这个社会结构怀有归属感，对这个"大一统"的政治理念怀有敬畏感，就不敢轻举妄动了。

从上述的程序来看，"凡为天下国家有九经"，其理路非常清晰，正是因为中国在这两千多年里，基本上都遵循着这一套思想。即使发展到了今天，不管是政治体制改革，还是经济体制改革，这一套思想仍然是中国政治哲学的出发点。

反之，如果哪个朝代违背了这些思想，国家就会出现动乱。我们看唐朝的例子。"安史之乱"以后，皇帝的地位一落千丈，各地节度使纷纷坐大自立，对王命视若无睹，于是出现了"王命不出京畿"的怪现象。天子的号令、中央的文件，在河朔三镇，就如同废纸一般，没有人会买账了。东汉末年也是如此。汉灵帝驾崩后，汉少帝刘辩即位，大将军何进想剪除太监以增强自己的势力，结果反被太监假传圣旨给杀了。之后袁绍又率军杀进洛阳，部分太监挟持着汉少帝仓皇逃出洛阳，其他太监则被袁绍杀得一干二净。没过多久,西凉董卓率领大军接管了京城,后改立少帝之弟刘协,是为献帝。然后各路诸侯又纷纷起义,并推袁绍为盟主讨伐董卓,因各路诸侯心怀鬼胎,义军失败。但过了几年,董卓为王允、吕布所杀,而二人又被董卓部下李傕、郭汜所逐。汉献帝趁乱与大臣们逃出长安,但被李、郭二人所追捕,中途幸而被曹操接至许昌。从此,曹操便开始挟天子以令诸侯。总之,天子在那时早已经失去了威信,各路诸侯豪杰乘势而起,纷纷坐大,整个国家失去了通行的政令,社会变得更加动荡不安。

因此,"天下畏之"之说,必须建立在对中央政府及地方对秩序的尊崇上。如果这个秩序、这个平衡一旦被破坏,那么国家肯定会变得不可收拾。了解中国历史上那些兴亡治乱的岁月,就会明白中央政府如无权威,大一统被破坏,天下必大乱、人民必遭殃的道理。所以不受外人的蛊惑,坚持自己的道路自信与制度自信,就不是一家一姓的私利,维护中央的权威,就是维护人民大众的利益!

做事,要有切合实际的计划

> 凡为天下国家有九经,所以行之者一也。凡事豫则立,不豫则废。言前定则不跆,事前定则不困,行前定则不疚,道前定则不穷。

这一节是说,治理天下国家有九条原则,但实行这些原则的方法只有一个,那就是要有切合实际的预备计划。任何事情,事先有预备就会成功,没有预备就会失败。高明的人,首先是一个高瞻远瞩,能够准确预见事物未来发展的人。预见力需要多方面的素养,但根本还是以事物发展的实际为基础,正如美国有位学者说"预测未来最可靠的方法就是立足现实"。

一个没有计划的人一生是很难成功的,有人说:"没有计划,就是正在计划失败。"春秋时期的存亡之争,就充分见证了谋略与预见的重要。史载,吴国大臣伍子胥不仅骁勇善战,而且还有卓越的政治远见,如果吴王夫差能够听取伍子胥"联齐抗越"的谋略与计划,那历史就该改写了。

越王勾践在存亡之际采纳了委曲求全的策略,假意投降,以图后起,而吴王听信小人,准备放勾践一马。伍子胥听到后,认为万万不可,他说争霸中原与灭吴比较,后者更重要,但夫差不听,率兵打败了齐国。正当满朝文武举杯庆贺时,唯独伍子胥忧心忡忡,他预见到吴国最终要被越国灭掉。伍子胥异调独弹,本已为刚愎自用的吴王所不喜,加之夫差听信小人谗言,以"私通齐国""阻挠抗齐"之罪,逼伍子胥自杀。临死前伍子胥说:把我的眼睛取下来放在吴国的东门上,我要亲眼看见越国打进东门来灭吴。十年之后,伍子胥的预言应验,夫差兵败自杀。

吴王夫差以身亡国灭验证了伍子胥"灭越""联齐抗越"主张的正确性,伍子胥的预见和夫差的悲剧告诉我们:对未来预测的准确程度,取决于对运动规律的认识和计划的筹备。没有科学的预见力,就不可能在处世办事中取得成功,有了预见而没有设定相应的计划,也常常是失败的原因。军事谋略家孙子对预见有这样的论述:"夫未战而庙算胜者,得算多也;未战而庙算不胜者,得算少也。多算胜,少算不胜,而况于无算乎?"(《孙子兵法·计篇》)其实科学的预见力,不仅仅表现在战争上,就现实社会来讲,大到治国,小到一个人做每一件事,预见的正确与否,直接影响着事情发展的进程。如果没有良好的切合实际的计划,那要想取得成功是不可能的。人的一生,不可能做对每一件事,但你可以做对重要的事。而做成重要的事,关键在正确的预见和严密的计划。正如俗话所说:"计划是行动之父。"

金针度去从君用

诚者,天之道也;诚之者,人之道也。诚者不勉而中,不思而得,从容中道,圣人也。诚之者,择善而固执之者也。博学之,审问之,慎思之,明辨之,笃行之。有弗学,学之弗能弗措也;有弗问,问之弗知弗措也;有弗思,思之弗得弗措也;有弗辨,辨之弗明弗措也;有弗行,行之弗笃弗措也。人一能之己百之,人十能之己千之。
果能此道矣,虽愚必明,虽柔必强。

一个真诚的人,就要在选择好善的目标后,执着地学习践行。学习
践行是分层次阶段、循序渐进的,那就是:"博学之,审问之,慎思之,明辨
之,笃行之。""博学之"是说为学首先要广泛的猎取,培养充沛而旺盛的
好奇心。"博"还意味着博大和宽容。唯有博大和宽容,才能兼容并包,
使为学具有开放胸襟,真正做到"海纳百川,有容乃大"。因此博学乃为
学的第一阶段。"审问之"为第二阶段,有所不明就要追问到底,要对所
学加以怀疑。问过以后还要通过自己的思想活动来仔细考察、分析,是
为"慎思"。"明辨"为第四阶段,学是越辨越明的,不辨,则所谓"博学"就
会鱼龙混杂,真伪难辨,良莠不分。"笃行"是为学的最后阶段,就是既然
学有所得,就要努力践行,使所学最终有所落实,做到"知行合一"。

古人有云:"鸳鸯绣出从君看,不把金针度与人。"明代科学家、数学
教育家徐光启反其意而出之:"金针度去从君用,未把鸳鸯绣与人。"他
强调的是培养学生的思辨能力、治学能力。在大众对中国的教育制度、
方法困惑不满之际,真是"众里寻他千百度,蓦然回首,那人却在灯火阑
珊处"。《中庸》的"博学之,审问之,慎思之,明辨之,笃行之",如辉光闪
耀,遗惠千年。它不仅含着"金针度人"这一教育思想,更富含着如何
"金针度人"的教育策略。它是中国古代教育智慧的结晶。再三揣摩玩
味,我感觉它恰如一座富矿,取之无尽,用之不竭。

思考是为学的核心力。孔子有云:"学而不思则罔,思而不学则
殆。"中国古代教育思想相当重视学思结合。宋代大学问家朱熹说:"学
便是读,读了又思,思了又读,自然有意。若读而不思,必不知其意味;
思而不读,纵使晓得,终是飘飖不安。一似倩得人来守屋相似,不是自
家人,终不属自家使唤。若读得熟而又思得精,自然心与理一,永远不
忘。""博学之,审问之,慎思之,明辨之,笃行之"这五层意思,有三层都
在强调思考及其过程方法。思考之重要自不待说,关键是如何启发、锻
炼思考能力呢? 学起于思,思起于疑。质疑问难是思维活动的发动机,
"学贵有疑,小疑则小进,大疑则大进,无疑则无进"。"审问"的首要价

值可作如是观。"慎思"则是"审问"的必然指向,有惑而不求解,"其为惑也,终不解矣"。"明辨"则是"慎思"方法论的核心,读书明理也是我国传统教育的一大价值取向。明理而修身,修身而齐家,齐家而治国平天下,一以贯之。

学以致用是为学的终极目标。孔子说:"知及之,仁不能守之,虽得之,必失之。"陆游诗云:"纸上得来终觉浅,绝知此事要躬行。""笃行",不仅要身体力行,还得忠贞不渝、踏踏实实、一心一意、坚持不懈地践行。只有目标明确、意志坚定的人,才能真正做到"笃行"。老子云:"上士闻道,勤而行之。"以博学、审问、慎思、明辨、笃行为学问之道,方能学有所依、学有所成、学有所用,也才可以将可造之材真正塑造成民族社会的可用之才。

真正的聪明人是诚实的

自诚明,谓之性;自明诚,谓之教。诚则明矣,明则诚矣。

对于《中庸》里所讲的道理,因为自己的诚实而后明白,这叫作天性;这就是说先相信这些道理是对的,然后再在生活实践和生产实践中逐一验证,弄明白其中的道理,这是人的本性。由自己明白了《中庸》的道理而后诚实地遵行,这是人为的教育。所以,诚实就能明白道理,明白道理就能诚实,这就是相辅相成的道理。

诚实是明理之要,也是做人做事之要。诚实的人,心地坦荡,一身正气。而那些虚伪的人,靠小聪明骗人的人,可以得逞一时,却不可以得意一世。一旦谎言被揭穿,就十分狼狈,无处可遁了。在《太平广记》里有这样一则笑话,讽刺那些没有真才实学而靠小聪明混世的人。故事说:有个人想在县令那里谋个差事,为了讨好县令以求录用,就从外围先打听县令喜欢什么。县里的差役说:我们老爷平时最喜读《公羊传》。这人心里有底了,就进去求见。县令问:你平时读书吗? 都读过些什么书? 来人说:平生只喜读《公羊传》。县令一听,这还是位知音,于是就试探着问：你读《公羊传》，那么你知道是谁杀了陈他吗？这个人想了好久，才支支吾吾地说：大人，我实在没有杀过陈他。

县令听他这么一说，就知道他没读过《公羊传》，是来这里耍小聪明，投其所好谋差的，就故意开玩笑说：你没有杀陈他，那你说是谁杀的？来人一听吓坏了，光着脚就从县衙跑了出来。那些衙役问他为什么这么狼狈。他说，我去见县令，他就问我杀人的事，以后我再也不敢见人了，等天下大赦时再出来吧。

这个故事以谎言被人识破而结束，但它给我们留下了思考的余地。很明显，不管你掩饰的手段有多高明，编造的谎言有多美丽，总有水落石出的一天，真相也必然为世人所知，从此你就不会有市场了。三十年前，我与一个退休的县委书记成为忘年交，他对我说，他工作了一辈子，年轻时什么也不懂，就知道老老实实工作，看到别人手段高明，左右逢源，如鱼得水，十分羡慕，就试图去学。可是工作了几十年，学了一辈了，转了一圈，人老了，又回到了原地，觉得诚实做人，踏实工作是最可靠、最高明的。的确，自以为聪明的人，把别人都当成了傻子，可你周围的人谁又是傻子呢？你要那点小聪明，别人心里明镜似的，只是不关痛痒，懒得去揭穿你，其实这时候自以为聪明的人才是真正的傻子。再说，耍小聪明，耍心眼儿，不仅很难得逞，对自己的内耗也特别大。人的精力都是有限的，把心思全用到耍心眼上了，哪有时间提高能力充实自己，自己没能力又怎么能把事情做成功？这种人不是傻子又是什么？

诚实、厚道、认真、踏实、努力，做自己的事，但同时也知道为别人着想，这样的人谁不信任他，谁不愿和他合作呢？这样成功的机会自然就多了。

天人合一的含义

唯天下至诚，为能尽其性；能尽其性，则能尽人之性；能尽人之性，则能尽物之性；能尽物之性，则可以赞天地之化育；可以赞天地之化育，则可以与天地参矣。

《中庸》说：知道了人性，就要尽性。真诚的人能把自己的善发挥到极处，用善的态度去关怀人，也会让别人把善性发挥到极致。能充分发挥别人的本性，就能关照万物，使万物得其所，尽其性。这样人类就可以帮助天地化育万物，使自己与天并列为三。这里讲明了中国人的最高信仰所在，即人"可以赞天地之化育"，"与天地参"，即鼎足而三。

我们知道天地有一项工作，就是化育万物，人类也是万物之一。但中国人认为人不只是被化育，也能帮助天地化育，这一信仰也只有中国有。世界上几大宗教，如耶稣教、伊斯兰教、佛教，他们之信仰，都认为有两个世界之存在，一个是人所在的现实世界，一个是灵魂、精神、天堂的彼岸世界。而在中国人讲只有一个世界，又不是全唯物的。中国人也相信有天，但将"天地"连在一起，类似于现代科技中的"自然"，这一自然也全不同于科学所谓之自然，天地这一"自然"，有物性，也有神性，唯物唯心是一体的。所以《中庸》说："天命之谓性，率性之谓道。"人与万物都有性，此禀性来自于天，天就在人与万物中，人与万物率性而行便是道。这实际上就是"人神合一"，大家常常耳熟能详的"天人合一"。

通常人们讲天人合一主要是从哲学上讲，大都从《孟子》的"尽其心者，知其性也；知其性，则知天矣"（《尽心》）讲起，而忽略中庸之道的天人合一，更忽视了天人合一的真实含义。天人合一的真实含义是合一于至诚、至善，由"致中和，天地位焉，万物育焉"而"与天地参"，这才是真正意义上的天人合一。这主要表现在以下几个方面：

天道和人道的合一。天道就是诚，人道就是追求诚。这就是原天以启人，尽人以合天。也就是要求人道与天道相吻合。《中庸》说："诚者，天之道也。诚之者，人之道也。"中庸之道的天道与人道合一为两种类型：一是圣人的天人合一，二是贤人的天人合一。圣人的天人合一是本能的天人合一。贤人的天人合一是通过学习而达到的天人合一。应该说，还有凡人的天人合一。《中庸》说："或生而知之，或学而知之，或困而知之，及其知之，一也。"可以说，生而知之的是圣人，学而知之的是贤人，困而知之的是凡人。不论是圣人、贤人，还是凡人，都能达到至诚、至善的天人合一境界。惟困而不学者不能致天人合一之境界也。

天道与人道合一的目的就是要将天性与人性合一。天性是至善、至诚、至仁、至真的，那人性也应该是至善、至诚、至仁、至真的。只有使人性达到了那至善、至诚、至仁、至真的境地，才能称得上真正意义上的天人合一，才能通晓天地化育万物的道理，才能达到中庸之道。

中庸之道的天人合一还表现在理性与情感的合一。喜怒哀乐是人的自然属性，是情感的表现。为了追求与天道、天性合一的至诚、至善、至仁、至真的人性，需要对情感加以约束和限制，所以《中庸》说："喜怒哀乐之未发谓之中，发而皆中节谓之和。"只有"致中和"才能天人合一（"天地位焉，万物育焉"）。

中庸之道的天人合一还包括了鬼神与人合一。《中庸》第二十九章："故君子之道，本诸身，征诸庶民，考诸三王而不谬，建诸天地而不悖，质诸鬼神而无疑。"质证于鬼神而没有疑问，说明中庸之道的天人合一中的天包括鬼神。在中国人的观念中，神与物、神与人是共生共存的，可知可见的是物和人，不可知不可见的是神和鬼。天是大神，河岳山川、土地、社稷，无不有神，且有等级，这些天地之间的神都是化育了人的，所以人感恩而崇祀之。比神降一级的叫作鬼，也分等级，鬼之最高级者为神。我们的祖先、父母去世后，虽无功于社会，但于我们有功，我们应敬之与神同，别人称之为鬼，反之，对别人亦然。并非"人死如灯灭"，至少逝去的父母还存在于子女心目中。许多人信奉"阴间""阳间"之说，认为人死之后到了"阴间"，活人在"阳间"。与之相应的说法是，阴阳两界如同白天与黑夜，还是同一个世界。所有人死后并不是到另一个世界去了，而是依然和我们活着的人在一个世界，那便是死者的精神。

中庸之道的天人合一还包括外内合一。《中庸》第二十五章揭示了外内合一，外与内皆合于诚。所以中庸之道的天人合一，正合一于诚。这种外内合一又可以视为品德意识与品德行为的合一，或者说成己与成物的合一，知与行的合一。

以上就是中国文化的最高信仰"天人合一"几重含义。我们之所以申说中国人的文化信仰，因为在中国人心目中，世界只有一个直贯古今的世界，在这个世界之外别无第二个世界，中国最终的文化理想不在天堂地狱,也不在清静寂灭世界,还是在目前这个现实世界上实现"世界大同""天下太平"。

如何让人相信你的诚信?

其次致曲,曲能有诚,诚则形,形则著,著则明,明则动,动则变,变则化。唯天下至诚为能化。

《中庸》说那些致力于某一善业的普通人,也能养成诚信品质。有了诚信的人则会表现出来,表现出来就会日益显著。"诚"与"信"是一个整体,只有"诚",才能使人"信"。"信"于外,就是人与人实际交往中最"诚"的表达。

真诚待人、恪守信用,是赢得人心、提高亲和力的道德前提。只有做到了诚信,才能得到别人更多的帮助和支持,也才能获得更多的成功机会。《史记·留侯世家》记载:张良年轻时,曾计划要刺杀暴君秦始皇,失败后,为躲避官府通缉,潜藏在下邳。有一天,张良闲游到一座桥上,遇见一位穿褐衣的老翁,那老翁见张良走近,便故意将鞋坠落桥下,让张良去捡。张良很不高兴,等张良把鞋捡上来,老翁又让他帮忙穿上,于是,张良跪着帮老翁穿上了鞋。老翁没客气,笑眯眯地离开了。临走时留下了一句话:"小子可教矣! 五天后黎明时分在这里等我。"张良按老翁的指示,五天后天刚亮,他就来到桥上,不料老翁已早呆在那里,见了张良便怒斥道:"跟老人约会迟到,岂有此理? 过五天再早些见我。"说完就离去了。又过五天后,鸡刚打鸣,张良便匆匆地赶到了桥上,可是不知怎么的,他还是比老翁来得晚,老翁这回更不高兴了,重复了一遍上回说的,就拂袖而去。这下张良可点急了,又过了五天,他索性觉也不睡了,在午夜之前便来到桥上等着。一会儿老翁来了,见着他便点头称是,并从袖中拿出一本书,很神秘地说:"你读了这本王者之书,就可以做帝王的老师了,十年之后,兵事将起,再过十三年,你到济北,可以与我重逢,谷城山下的那块黄石,便是我的化身。"说完飘扬而去。天一亮,张良打开书一看,原来是《太公兵法》,张良特别高兴。后来张良认真研读黄石老翁授的那部兵法书,真的当上了汉高祖刘邦的高级参谋。

这个故事告诉我们,一个诚信的人,连神仙都能感动。只要有一颗诚心,在不被别人信任时,要做到不灰心、不气馁,一次不成有第二次,两次不成有第三次,直到使别人信任为止。荀子强调,即是普通的言谈也要做到诚实可信,即是一般的举止行为也要恪守诚信,不效法别人的欺骗行径,不自以为是,像这样的人就可以称上诚信的人了。"诚信"不只是对自己而言,对别人更应该如此,"诚于心"是"信于外"的前提条件,所以只有做到"诚信",不做违背自己良心的事,不说违背自己良心的话,才能做到对他人"诚信",他人才会待你以"诚信"。所谓"诚可格天"、诚可感人,说的就是这个道理。

至 诚 如 神

> 至诚之道,可以前知。国家将兴,必有祯祥;国家将亡,必有妖孽。见乎蓍龟,动乎四体。祸福将至,善必先知之;不善必先知之。故至诚如神。

《中庸》说:"至诚之道,可以前知。"就是说最诚信的人可以预先知道国家的兴亡、祸福。达到至诚至信的人,就像受了神仙指示。这并不是迷信的、唯心的,而是唯物的。真正神通就是一念至诚。至诚是什么境界呢?不思而得,喜怒哀乐未发之谓中,到这个境界就可以通神、前知。那么怎么前知呢?《中庸》说:"国家将兴,必有祯祥;国家将亡,必有妖孽。"他说,天地间任何事情是有预兆的:一个国家或者一个家庭、一个人要兴旺的时候,就有不同的祥瑞气象;国家要亡、家庭要衰落的时候,必定出现怪事。

"祸福无门,唯人自招。善恶之报,如影随形。"预知祸福都是有道理的。这就是说,只要认识到天的本性、地的本性、大自然的本性、人类的本性,我们就能洞察一切事物的发展变化,就能知道一切事物的规律,就能根据事物的发展变化的规律而预先知道其发展变化的方向。所以知道一切事物的根本也就如同神示了。

大家都熟知《韩非子》里讲"扁鹊见蔡桓公"的故事:扁鹊进见蔡桓公,在桓公面前站着看了一会儿,扁鹊说:"您的肌肤纹理间有些小病,不医治恐怕会加重。"桓公说:"我没有病。"扁鹊离开后,桓公说:"医生喜欢给没有病的人治病来以来证明自己的功劳。"过了十天,扁鹊又进见桓侯,说:"您的病在肌肉里,不及时医治将会更加严重。"桓公不理睬。扁鹊离开后,桓侯又不高兴。又过了十天,扁鹊又进见桓侯,说:"您的病在肠胃里了,不及时治疗将要更加严重。"桓公又没有理睬。扁鹊离开后,桓公又不高兴。又过了十天,扁鹊远远的看见桓公就转身跑了。桓公特意派人问他,扁鹊说:"小病在皮肤纹理间,用热水焐和药物敷就可以治好;病在肌肉和皮肤里面,用针灸可以治好;病在肠胃里,用火剂汤可以治好;病在骨髓里,那是掌管性命的神的事情了,(医生)是没有办法医治的。现在病在骨髓里面,我因此不再请求为他治病了。"又过了五天,桓侯身体疼痛,派人寻找扁鹊,扁鹊已经逃到秦国了。于是桓侯就病死了。

这则故事后人多从不能盲目相信自己、不能讳疾忌医的角度阐发道理。这当然没有错,但同时我们看到了一个精通医理、如同神人的医生形象。他一看病人就能像透视镜一样,从表相入眼,洞见五脏六腑。试想扁鹊如神的医术从何而来?可以断言,他对医生一业抱有至诚之心,悲悯病家,专心敬业,虚心向人求教,精读医书,临床细心认真观察病人,对医术精益求精,对医家"望、闻、问、切"四法烂熟于胸,以至于连后"三法"都省了,一望便知病人的病在哪里。如果换一个无良医生,他整天谋算着如何从病人身上赚钱,想着如何开大处方,如何与药商勾结谋到好处,怎么可能有过硬的医术呢?更别说医术通神了。

这与老子在《道德经》开篇就讲的"无名天地之始;有名万物之母。故常无,欲以观其妙;常有,欲以观其徼。此两者,同出而异名,同谓之玄。玄之又玄,众妙之门"是一个道理。无,用以称述天和地的最开始状态;有,则是用以称述万物的来源。所以,平常的无,应该从最开始状态观察其微妙的情况；平常的有，应该从万物的来源处观察其错综复杂、微绕不明的情况。所以，不论谈"无"还是谈"有"，都要归结到幽远而深厚的最原始的过去，这是了解一切、理解一切的总门径。这就要追溯到万物的本性。只有追溯到这个本性，我们才能懂得万物、懂得天和地、懂得人类自己，就可以前知。

以诚心换诚心

> 诚者自成也，而道自道也。诚者物之终始，不诚无物。是故君子诚之为贵。诚者非自成己而已也，所以成物也。成己，仁也；成物，知也。性之德也，合外内之道也，故时措之宜也。

儒家强调道德的自我觉醒，人要真诚，自觉的行道。但仅有此还不够，真诚不仅仅要成为自己内在的品质，还要外化到他人和一切事物当中去，自己真诚了，影响感召他人也真诚了，真诚无处不在，这个世界就美好了。

《菜根谭》说："文章做到极处，无有他奇，只是恰好；人品做到极处，无有他异，只是本然。"一个人的思想、品格、言行都发自内心，由衷而释然，"诚"也当如此。"诚"是个人的人格表现，是感动他人的魅力。有诚心者，说话诚实，做事诚实，没有什么可以隐瞒的，没有什么不可告人的东西，内心至诚总能使他人信服。真正的真诚可以消除隔阂，可以化干戈为玉帛，促进人际关系向和谐的方向发展。所谓"精诚所至，金石为开"。

公元225年诸葛亮决定亲自率军平定南中叛乱，他听到孟获为当地人所信服，便想通过生擒迫使他归顺，从而达到收服南中民心的目的。五月，大军渡过泸水，与孟获军战，成功俘虏孟获，诸葛亮带他到营阵观赏，问他觉得蜀军如何，孟获回答他："向者不知虚实，故败。今蒙赐观看营阵，若只如此，即定易胜耳。"诸葛亮的心意在北方，又知道南人叛乱问题严重，便用攻心的策略，将他放走再战。诸葛亮对孟获七擒七纵后,仍要继续放他走。孟获及其他土著首领终于对诸葛亮彻底信服了,不肯离去,孟获说:"公,天威也,南人不复反矣。"于是带领蜀汉大军到滇池,与诸葛亮盟誓,蜀军成功平定南中。孟获后来迁为御史中丞。此后南中再没有发生过大规模叛乱。

诸葛亮对孟获七擒七纵的故事,告诉人们的核心思想是,诚心能打动人,能使人心悦诚服,能彻底地化解长期积累的矛盾。可见,能以诚待人的人,也必定能换来他人的诚心。清末名臣曾国藩说:"吾辈总以诚心求之,虚心处之。心诚则志专而气足,千磨百折,而不改其常度,终有顺理成章之一日。心虚则不动客气,不挟私见,终可为人共亮。"所以《中庸》说"诚者自成",坦诚的人必然会有成就,或得到诚心人的帮助,或以自己的诚心去感化别人,使之也成为一个诚实的人。

只有真诚才能成就自己

故至诚无息。不息则久,久则征;征则悠远,悠远则博厚,博厚则高明。博厚,所以载物也;高明,所以覆物也;悠久,所以成物也。博厚配地,高明配天,悠久无疆。如此者,不见而章,不动而变,无为而成。

天地之道,可壹言而尽也。其为物不贰,则其生物不测。天地之道:博也,厚也,高也,明也,悠也,久也。今夫天,斯昭昭之多,及其无穷也,日月星辰系焉,万物覆焉。今夫地,一撮土之多,及其广厚,载华岳而不重,振河海而不泄,万物载焉。今夫山,一拳石之多,及其广大,草木生之,禽兽居之,宝藏兴焉。今夫水,一勺之多,及其不测,鼋鼍、蛟龙、鱼鳖生焉,货财殖焉。

《诗》曰:"惟天之命,於穆不已!"盖曰天之所以为天也。"於乎不显,文王之德之纯!"盖曰文王之所以为文也,纯亦不已。

子思追述周文王,乃是因为他当时所处的春秋时代太过于混乱,各诸侯国的统治者太过于残暴和贪婪,比起商纣王来说,有过之而无不及。因此他将周文王相比于天和地也不为过。同时也说明，人们对善、美、诚的追求从来没有停止过。所以，诚信就是本来如此，只有本来如此的才是诚信的。

西魏太统初年，韩褒任北雍州刺史。北山常有盗贼。韩褒暗地里查访，知道是豪门大族所为，却对他们多加礼遇，说："我是读书人，怎么懂查究盗贼？仰仗各位与我共同分忧。"于是把那些在祸患乡里的年轻人召集起来，负责照管地界，有盗掠发生而不能抓获的，以故意放纵论处。那些被任命的人全都惊惶恐惧，自首认罪，列出同伙姓名和藏身之地。韩褒于是贴出文告说："做盗贼的人赶快来自首，可以免罪。过了这个月不自首的，一旦捉拿到，要暴尸示众，没收财产，妻子儿女没官，用来赏给先前自首的人。"十来天之间，所有盗贼都来自首了。韩褒取来簿册核对，没有差错，就宽宥了他们的罪行，允许他们自新，从此盗贼不敢作乱。

韩褒用自己的真诚，最终让盗贼不再为盗，重新做人。真诚可以感动人心，如果没有被感动，那就说明真诚的还不够。真诚是一个人最大的也是最值得珍视的资本。人际关系的好坏，取决于"真诚"与否。"成己，仁也；成物，知也。""仁"和"智"是人和事物共有的"本性"，所做到了真待人真诚，用真诚成就别人，就能使得我们的人生不同凡响。

在上位不可以骄人

大哉！圣人之道洋洋乎！发育万物，峻极于天。优优大哉！礼仪三百，威仪三千。待其人然后行。故曰：苟不至德，至道不凝焉。故君子尊德性而道问学，致广大而尽精微，极高明而道中庸。温故而知新，敦厚以崇礼。是故居上不骄，为下不倍。国有道，其言足以兴；国无道，其默足以容。《诗》曰："既明且哲，以保其身。"其此之谓与！

《中庸》在这一章里提出了一个处理人际关系的重要态度，即"为上不骄,为下不倍"。意思就是一个人居于上位不傲视下级,处在下位的人就不会背叛上级。一些学者在诠释《中庸》这一章时,将"倍"字训为通"背",为背弃、背叛义。与"背"是古今字。《说文》:"倍,反也。"背叛、反叛就是"倍"的本义。

一个团体能否长足地发展,成员之间、上下级之间能否友好融洽相处,团结一致、齐心协力地努力工作起着决定性作用。尤其是在上位的人,如果居高自傲,看不起在下位的人,甚至凌辱下级,非常不可取。这样导致的直接恶果就可能是下级反抗,闹得不可收拾,影响大局。所以《史记·魏世家》中有言:"诸侯而骄人则失其国,大夫而骄人则失其家。"

居上位而不骄并非易事,曾国藩在同治二年七月二十一日给他的弟弟曾国荃的信中说:"弟于吾劝诫之信,每不肯虚心体验,动辄辩论,此最不可。吾辈居此高位,万目所瞻。凡督抚是己非人,自满自足者,千人一律。君子大过人处,只在虚心而已。不特吾之言当细心寻绎,凡外间有逆耳之言,皆当平心考究一番。逆耳之言随时随事皆有,如说弟必克金陵便是顺耳,说金陵恐非沅甫所能克便是逆耳。故古人以居上位而不骄为极难。"曾国藩为什么如此不厌其烦地对他弟弟讲"为上不骄"道理呢?饱读诗书的他深知为上骄人的严重后果——那就是为下者对你的背叛。

《三国演义》虽是小说家言,但张飞鞭打士卒而丧命的故事足以警示我们。张飞"鞭打士卒"的坏毛病不知道从什么时候开始的,为什么常常无缘无故地鞭打部下,那就是典型的"为上骄人",甚至把下级不当人看,其后果就是下面的人不会拥护你。当年长坂坡危急时刻,张飞喊了一句"跟我来",我们看到的追随者只有二十余人。就是这二十余人作为疑兵,让张飞喝退了曹操二十万之众。勉强应付过去了,但张飞的人格魅力和群众基础却可见一斑。作为上级和兄长的刘备对于张飞鞭打士卒的毛病曾经不止一次提醒和劝诫,对此,张飞嘴上答应,就是不执行。心里没有下级,脑中没有群众,哪里能记得住这样的教诲。在后来的征战中,张飞始终没有改掉这个坏毛病,如此,他的群众威信就每况愈下,个人命运也越来越危险了。后来因为替关羽报仇,强行命手下去完成不可能完成的任务,于是,手下范强、张达知道完不成任务,轻则遭鞭打,重则会丧命,还不如先取了张飞的性命,再投靠敌人,于是一不做二不休,乘酒醉杀了张飞。一代名将,就这样横死,令人叹息。纵观张飞被杀的教训,与其说是性格使然,倒不如说是缺乏人本观念,高高在上,把人不当人看。试想,这样的干部又怎么能得到老百姓的拥护和爱戴呢。所以同事之间、上下级之间的交往言行都要适当,团结同事,搞好上下级关系,关键在于个人的品德修养,与人为善。

刚愎自用,取败之道

> 子曰:"愚而好自用,贱而好自专,生乎今之世,反古之道。如此者,灾及其身者也。"非天子,不议礼,不制度,不考文。今天下车同轨,书同文,行同伦。虽有其位,苟无其德,不敢作礼乐焉;虽有其德,苟无其位,亦不敢作礼乐焉。子曰:"吾说夏礼,杞不足征也。吾学殷礼,有宋存焉;吾学周礼,今用之,吾从周。"

孔子曰:"愚而好自用,贱而好自专,生乎今之世,反古之道。如此者,灾及其身者也。"许多学者对此解释是:有的人没有智慧,没有知识,没有文化,甚至于很笨,但他却喜欢自作聪明,而且刚愎自用,不愿意听周围人的意见;有的人地位很卑贱,本身没有什么地位,但又特别喜欢发号施令,喜欢私底下称王称霸,生在今天这个时代,却在返回去用古代的治国路线,像这样的人灾祸就要降临到他身上了。联系上下文,可以看出,能自用、自专,想"议礼""制度""考文"的都不是身份卑贱的人,而是些有野心的诸侯。"愚而好自用,贱而好自专"是"互文",同义复说,"愚"和"贱"都是没有大智慧,见识短浅的意思。用此意而解释,就一通百通了。

人生在世,都不甘平凡,总想有点作为,这当然没有错。然而一个人想成就自己的事业,实现自己的理想,除了有一定的个人才能外,还要培养个人各方面的素质,比如凡遇大事,能虚心听取别人的意见,尤其要"尊贤",听取贤人的意见,虚心纳谏,万万不可刚愎自用,独断专行,那是取败之道。

三国时发生过著名的官渡之战,其中主角之一的袁绍就是个"愚而好自用,贱而好自专"的人。应该说在三国那个乱世,袁绍也算个重要角色,但他的声名地位多来自先世的余荫,并非自己的打拼。袁绍,字本初,出身名门望族,祖先"四世三公"。曾为反董卓联军的盟主,并先后占冀、青、并、幽四州。如此一个强悍的人物,风头一时无二。但在那个乱世出英雄的时代,袁绍却算不上真英雄。曹操看人的眼光的确很毒,他评价当时势力最强大的袁绍"色厉胆薄,好谋无断;干大事而惜身,见小利而忘命",曹操跟刘备说"天下英雄,唯使君与操耳",没有把袁绍放在眼里,是很有道理的。

袁绍在其势头最好的时候,显然有些得意忘形了,才会在官渡之战中遗憾败北,让曾经辉煌的往事只如飘渺的云烟。分析其失败的原因,不难看出,其刚愎自用,听不进意见,下不了决心,分不清主次,可以算得上是很重要的原因。官渡之战前,曾有谋士建议以逸待劳,他不听;曾有谋士提醒骄兵必败,也未引起他的重视;在曹操东击刘备时,有人建议奇袭之,袁居然因孩子有病而不听,白白坐失良机。当然其失败的原因还有内外不团结:在外,门下的谋士们虽然众多,但是却是互相嫉妒、互相谋害,形不成合力,不能齐心协力共事袁绍;在内,废长子而立幼子,引起家庭内部的不团结。如此内外交困,再加上对关键命脉粮草重视不够,以及一直以来的刚愎自用,安得不败呢?

其实不仅《演义》中的袁绍让人扼腕长叹,现实中的袁绍们也让人感叹唏嘘。现代袁绍们依靠其显赫背景,在前期的确做的风生水起,但由于逐步发展壮大后没有静下心来学会保持谦逊,变得越来越自负,越来越听不进意见,最终往往栽在一个看上去很美的陷阱里。

如何取信于民

王天下有三重焉,其寡过矣乎!上焉者,虽善无征,无征不信,不信民弗从；下焉者，虽善不尊，不尊不信，不信民弗从。

故君子之道，本诸身，征诸庶民，考诸三王而不缪，建诸天地而不悖，质诸鬼神而无疑，百世以俟圣人而不惑。质诸鬼神而无疑，知天也；百世以俟圣人而不惑，知人也。是故君子动而世为天下道，行而世为天下法，言而世为天下则。远之则有望，近之则不厌。

《诗》曰："在彼无恶，在此无射。庶几夙夜，以永终誉！"君子未有不如此而蚤有誉于天下者也。

成为君王统治天下要做好三件事，即"议礼、制度、考文"，但做好这三件事也不一定能取得老百姓的信任。从上层来说，你的制度虽好，但无法证明；无法证明就不能得到信任，不能得到信任人民就不会服从。从下层来说，像孔子这样在下位的人，虽然有美好的品德，但没有尊贵的地位。没有地位，就不能使人民信任服从。这与《论语·颜渊》中所载的孔子的话是同一道理。孔子说："足食，足兵，民信之矣。"经济社会安定，人民丰衣足食，安居乐业；国防力量充足和老百姓对统治者抱有信任：细究这些问题的重要性，老百姓的信任才最为关键。只有统治者与人民之间相亲相爱，才能建立互相信任的关系。而统治者与人民互相信任的关系建立起来，才会有力量，生产力也才能得到发展，国家也才能强大。可见人民的信任对国家的建立和政权的巩固是多么的重要。

如何才能取得老百姓的信任呢？那就要统治者先从自身出发，修道德、讲诚信、善待老百姓。老百姓感觉自己确实得到了善待，才会信任统治者，自己也就跟着向善了。的确，领导者的品德、作为，是取得下属信任的最重要的学问。"以力服人者，非心服也，力不赡也；以德服人者，中心悦而诚服也。"（《孟子》）一个高明的领导者不能只依赖有力的手腕，甚至暴力来征服人心，而是以自己的德行来对待人、感召人，这才能使下属信任，心服口服。说话守信，行为适中，待人以宽，律己以严，这些符合"中庸"的行为，是树立领导者威信的"不二法门"。

能够以诚信待人，才能获得他人的信任。领导者立信于上，下属才能遵行于下；领导者示信于人，才能得到人才和人心。

朱元璋起兵攻破采石矶后,大军直指陈兆先军营,俘获了大量士兵和物资,而朱元璋并没有如项羽那样坑杀降兵。他从中挑选了数百名精兵,直接留在身边。这些士兵很惶恐,朱元璋了解他们的心情后,便动脑筋想:如何取得这些士兵的信任呢? 于是当天晚上,就让这些士兵进入营区站岗放哨,自己卸下盔甲入睡,而且把自己原来的护卫调走,只留下冯国用一个人服侍。这些降兵见朱元璋如此信任他们,也就决定死心塌地的跟随他。在攻打集庆城时,冯国用就率领这几百名士兵,冲锋陷阵,在蒋山一举歼灭了元军,朱元璋乘胜集结各路人马,攻下了南京城。所以一个卓越的领导只要取得了别人的信任,就能指挥人,就能让人卖命。

孟子说:"君之视臣如手足,则臣视君为腹心。"领导者对下属的信任与重用,也是领导取信于大众的重要方面。春秋时期魏文侯用乐羊伐中山的故事,更值得玩味和深思。中山国君姬窟无道,魏文侯想派兵讨伐中山国。派谁担任伐中山的主将? 魏文侯有点拿不定主意。大臣翟璜推荐了安邑人乐羊,但遭到群臣的反对,原因乐羊的儿子乐舒在中山国做官,担心乐羊会徇私情。最终,魏文侯还是采纳了翟璜的建议,派乐羊为主将,西门豹为先锋,率领大军,一路浩浩荡荡,破关斩将,用了两年多的时间,攻克了中山的许多城池,魏国的远征军团团围住了中山的都城。中山的国君姬窟叫乐舒给他父亲写了一封信,请求乐羊暂缓进攻。乐羊同意暂缓攻城一个月。过了一个月,乐舒又写了一封信。就这样,乐舒写了三封信,乐羊围城三个月,一直没有攻城。于是,魏国的百官纷纷上书魏文侯,以乐羊三次缓攻为据,证明乐羊假公济私。更有甚者,攻击乐羊通敌卖国,将要联合中山,攻打魏国。魏文侯接到这些群臣的上书,全放到了一个羊皮匣里,居然装了满满一匣。

再说乐羊接到乐舒第四封信之后,不再同意缓攻,而是立即发动总攻。姬窟一看乐舒写信不管用了,又想了一招。他派人将乐舒五花大绑,吊在城墙外面,这样魏军攻城乐舒必死。他想以此逼迫乐羊停止攻城。乐舒吊在城头,直喊救命。乐羊大骂道:"不肖之子,为官上不能出谋划策,使君主有战胜之功;下不能审时度势,使君主决计求和。现在竟敢如含乳小儿,哀号求怜悯吗?"遂下令猛攻。这时,中山大夫公孙焦向姬窟献计说:"可以烹乐舒制成肉羹,派使者给乐羊送去,乐羊必定肝肠寸断,心胆俱裂,方寸大乱。我们趁机出击,可解中山之围。"于是姬窟照此办理。肉羹送达乐羊,乐羊神色淡定,从容吃完一碗肉羹,对使者说:"回去告诉姬窟,我已经准备好大锅和柴禾,城破之日,必烹姬窟为肉羹。"公孙焦没有想到,心胆俱裂,方寸大乱的不是乐羊,而是听到使者回报后的姬窟。乐羊成功攻破中山后,居功至伟,难免洋洋得意。一天,魏文侯召见乐羊,让他看了满满一皮匣的大臣们的奏本。乐羊方知,若无魏文侯信任之专,哪有自己讨伐中山的丰功伟绩。

一个好的领导必须是民众信任的领导,而只要有品德、有诚心,取得民众信任的途径何止于千条。

万物并育而不相害

> 仲尼祖述尧舜,宪章文武,上律天时,下袭水土。辟如天地之无不持载,无不覆帱,辟如四时之错行,如日月之代明。万物并育而不相害,道并行而不相悖。小德川流,大德敦化,此天地之这所以为大也。

孔子是"中庸之道"的典范,这是子思又一次追述他的德行。用"万物并育而不相害,道并行而不相悖。"来比喻孔子的博大包容,用"小德川流,大德敦化"来形容万物的多样性和统一性。万物一起发育生长而不互相妨害,事理并行发展而不互相背离,小德就如江河长流,大德敦厚化育万物。这就是天和地之所以伟大的原因啊!一个人能做到这样,也就如同天和地一样伟大了。

人们常常感叹中华文化博大精深、源远流长。那么是什么维系了中华文化体系的一脉相承?个中原因很多,但包容性无疑是最根本的原因。具体说来,中国文化的包容性可从两个视角来看。

在个体道德实践层面,中国人倡导"中庸"的人生智慧,孔子曾盛赞中庸对社会实践生活的意义,认为"中庸"是生活中至高无上的道德。

在儒家看来，不偏不倚是"中"的核心，而追求实践"中"，那其中蕴含着多少"包容开放"的品质，这些品质在中华历史长河中演绎了许多发人深思的故事、美谈。清朝康熙年间，桐城人张英官至文华殿大学士兼礼部尚书。邻居是桐城另一大户叶家，主人是张英同朝供职的叶侍郎，两家的家属因邻近，为院墙发生纠纷。张老夫人修书送张英，让他利用权力压服叶家让路。张英见信深感忧虑，回复老夫人曰："千里家书只为墙，让人三尺又何妨？万里长城今犹在，不见当年秦始皇。"于是，张老夫人令家丁后退三尺筑墙。叶府很受感动，命家人也把院墙后移三尺。从此，张、叶两府相互包容，消除隔阂，成通家之谊。六尺巷传奇至今犹在，佳话永传。

在社会生活层面，中国人也强调文化的多元包容开放。中华文化不仅发生是多元的，学术思想也是多元的。"中华文化"是多元一体的文化，所谓"一体"，不是单指汉族，而是指整个"中华民族"。南北朝时期人才鼎盛，可以看到多民族竞争并立的局面。唐朝与东西南北各族的交流交往非常频繁，和中亚文化互动密切。唐朝所以出现盛世局面，主要在于它的开放与包容。胡人也可以到长安为官，大唐和日本的关系也很热络。因此"中华"是个包容的概念，"中华文化"的最大特点在于它的包容性。

儒释道三家，儒家在汉代地位抬升，直至唐宋元明清，一直占据主流。另外老子、庄子的思想同样对中国文化有重要影响，他们的思想倾向于"自然化"，出发点和归宿都本诸自然，这与孔孟思想有很大的不同。如果讲孔、孟是社会化的思想，面对和解决的是人与人的关系，而老、庄所面对和解决的主要是人和自然的关系，主张人和自然是一体的，弃绝任何有目的的刻意人为，而以委顺自然、崇尚自然为旨归。除了孔、孟代表的儒家、老庄代表的道家，之后还产生本土宗教"道教"，从域外传来了佛教。在中国文化里面，除佛教、道教之外，儒家也一向被称为"儒教"。需要解释的是，"儒教"的"教"，不是宗教的意思，而是教化的教。古代的官员，一般都负责一方的教化。有一种说法，叫"三教合一"，这是说儒、释、道三家，并非有你无我、互相排斥、水火不容，而是互补共生的关系。在此，可以看出儒家思想的包容性。由于儒家思想的包容,"中华文化"滋生出另一个特点,就是"不排外",即使偏远地区和比较闭塞的地区,那里的民众也不排外,对异风异俗,能够采取一种尊重和欣赏的态度。

讲到"中华文化"的特征,还有一点,就是中华文化的平和,它不具有侵略性。汉朝时候国力强盛,仍把一位美丽的才女王昭君送到了北方塞外。唐代正值盛世,把一位身份高贵的文成公主嫁到了吐蕃。汉唐两朝都是在最强大的时候用和亲的方式与周边民族建立、敦睦友好的关系。

要了解今天的中国和未来的中国,需要了解历史的中国。实际上,今天的世界同样是多元存在的世界,不可能有哪一个国家拥有一统全世界的能力。我们需要的是,承认文化的差别,保护、尊重、包容文化的多样性。

学习践行中庸

> 唯天下至圣为能聪明睿知,足以有临也;宽裕温柔,足以有容也;发强刚毅,足以有执也;齐庄中正,足以有敬也;文理密察,足以有别也。溥博渊泉,而时出之。溥博如天,渊泉如渊。见而民莫不敬,言而民莫不信,行而民莫不说。是以声名洋溢乎中国,施及蛮貊。舟车所至,人力所通,天之所覆,地之所载,日月所照,霜露所队,凡有血气者,莫不尊亲,故曰配天。

子思对圣人定出的标准,是唯有度量宽宏、知识充足、温文儒雅、柔和待人,才有足以容纳万物的胸怀,才有统治和管理的能力。所以,在漫长的求得生存的过程中,只有少数人因为思索的较多而被尊为人民的领袖。正因为有了他们不断的思考与努力,才促进了整个人类的进步与发展。所以,学习圣人的中庸之道,与人和谐相处,是每个人的责任和义务。

孔子认为人在处理与别人的关系时会出现两种不到位的倾向,即过分，或不到位，这是违背中庸之道的。中庸的处世思想是"适中""适时"，恰到好处。只有恰到好处才能奠定良好的人际基础。虽然每个人在社会中的角色和地位不同，但每个人都需要得到尊重，都需要维护自己的面子。如果不尊重他人，他人又怎么会尊重你呢？如果你看不到这一点，在与人交往中"看人下菜碟"，对那些有身份的人物礼遇有加，而对那些"小人物"态度冷淡，这样你能不能"巴结"上前者先不说，但后者自然会受到伤害，也有可能因此而受恶评，众叛亲离。

有一则传说，说苏东坡有一天到山里去游玩，进了一座观，打算歇歇脚。管事者冲苏东坡说："坐。"又对身边的小道士说："茶。"可跟苏东坡一搭上话，就吃了一惊，感觉这人有学问，马上让到客房，说："请坐。"然后又叫："敬茶。"后来得知是大名鼎鼎的苏学士，赶紧起来："请上座！"又喊："敬香茶！"临别他请给苏东坡留个对子，就写了：

坐，请坐，请上坐；茶，敬茶，敬香茶。

人类所有的伦理道德、言行举止都要向"中道"看齐，使之无过无不及，像道士这样趋炎附势，是不符合中庸思想的，不仅给人留下了恶劣的印象，还落得自讨没趣。

有个日本人叫松下幸之助，写了篇文章《关于中庸之道》，他说中庸之道的真谛是"不为拘泥，不为偏激，寻求适度、适当"，中庸之道"不是模棱两可，而是真理之道，中正之道"。他呼吁"但愿真正的中庸之道能普遍实践于社会生活中"。一个日本人都能有此认识，何况我们中华民族呢？

诚实可以打动人

唯天下至诚，为能经纶天下之大经，立天下之大本，知天地之化育。夫焉有所倚？肫肫其仁！渊渊其渊！浩浩其天！苟不固聪明圣知达天德者，其孰能知之？

　　诚实是人天生的本性,也是自我修养的最高境界,将诚实恰到好处地表达出来,那是一件莫大的善事,即使没有圣人那么规范、周密,能"经纶天下之大经,立天下之大本,知天地之化育,"那也离"至诚"不远了,也做到了无愧于天地,这还到哪里去找傍依呢? 这就是说,人活在世上,依照天地的本性诚实地工作生活,就不必去依赖什么。

　　诚实不仅是与人融洽相处所必要的态度,也是每个社会成员应该遵守的重要法则。用诚实可以感召人,可以解决矛盾,可以赢得别人的信任,取得意想不到的效果。北宋著名词人、政治家晏殊在十三四岁的时候,就以博学多才出了名。后来,他被地方官作为"神童"推荐给朝廷,让他去面见皇上。

　　事情巧得很。当晏殊赶到京城时,正赶上科举会试。参加会试的都是各地选拔上来的名列前茅的才子。晏殊是作为"神童"选来见皇帝的,被特许与他们一同考试,参加考试的有一千多人。有的是连考多年、两鬓斑白的老学者,有的是风华正茂的青年书生,年龄最小的就是晏殊,他还不满十四岁。当考题发下来之后,晏殊认真一看,简直不相信自己的眼睛。考试题目自己曾经作过,当时写的这篇文章还受到好几位名师的称赞。这时候,晏殊又想起老师曾讲过的话:做学问必须老实,如果对自己放松要求,那只能害了自己。想到这里,他决定把实话讲出来,要求主考官给自己另出一个题目。可是,考场上的规矩太严了,晏殊几次想说话,都被监考人制止了。迫不得已,晏殊只好以那篇文章为基础,又做了些修改加工。写好之后,交了卷。

　　后来,十几位成绩最好的考生被召到皇宫大殿上,将接受皇帝的复试。晏殊也是其中之一。在对晏殊复试时,皇帝高兴地对他说:"你的文章,我亲自看过了,没想到你小小年纪,竟有这样好的学问。"不料晏殊却跪下来,连忙自称有罪。接着,他把考试的经过讲了一遍,并且要求皇上另出一个题目,当堂重考。晏殊说完后,大殿上鸦雀无声。过了片刻,皇帝突然大笑起来,说道:"真看不出,你这孩子不仅学问好,还这样诚实。好吧,我就成全你吧。"当下,皇帝与大臣们一商议,就出了一个难度更大的题目,让晏殊当堂作文。晏殊很快把文章写好交了上去。大家一看,交口称赞。皇帝十分高兴,还吩咐人给晏殊安排一个官职,先让他锻炼一下,希望他日后成为国家的栋梁之材。

中华民族一直都崇尚诚实这一美德,诚实作为一个无形的规则,在维持现实社会秩序、协调人际关系中发挥着越来越重要的作用。翻译家傅雷先生说:"一个人只要真诚,总能打动别人的。"

为人不做亏心事

《诗》曰:"衣锦尚絅。"恶其文之著也。故君子之道,暗然而日章;小人之道,的然而日亡。君子之道,淡而不厌,简而文,温而理,知远之近,知风之自,知微之显,可与入德矣。

《诗》云:"潜虽伏矣,亦孔之昭!"故君子内省不疚,无恶于志。君子所不可及者,其唯人之所不见乎?

《诗》云:"相在尔室,尚不愧于屋漏。"故君子不动而敬,不言而信。

《诗》曰:"奏假无言,时靡有争。"是故君子不赏而民劝,不怒而民威于鈇钺。

《诗》曰:"不显惟德! 百辟其刑之。"是故君子笃恭而天下平。

《诗》云:"予怀明德,不大声以色。"子曰:"声色之于以化民。末也。"

《诗》曰:"德辖如毛。"毛犹有伦。"上天之载,无声无臭。"至矣!

《中庸》的最后一章,子思仍在谈唯天下之至诚,才能通达天的规律,举了《诗经》中的一些话,以证明这种思想由来已久。其中引用了《诗经·小雅·正月》:"潜虽伏矣,亦孔之炤。"是说那潜藏的鱼虽然隐伏着,但亦明显地被人所见。正如人们的思想、志向都是在自己的内心潜藏着的,虽然是隐伏的,但却会在人们的言谈举止中表现出来,所以君子审视自己内心而不愧疚。所以君子难以企及的地方,大概正在于人们根本无法看到的地方。这个观点同于《孟子》说的"仰不愧于天,俯不怍于人"，即做人要光明磊落，做事心安理得。

清末名臣曾国藩说："人无一内省之事，则天君泰然，此心常快足宽平，是做人第一自强之道，第一寻乐之方，守身之先务也。"这话说出了《孟子》的精义。为了不做对不起人的事，在做事前就应该审视自己的良心，看它是不是缺失了。在做事的过程中时刻以良心监督自己，做完事之后，又用自己的良心对事情的后果进行评价和反省。

清朝乾隆年间叶存仁任河南巡抚，做了三十余年的官，要离任致仕了，手下部属执意送行话别，但送行的船迟迟不发，叶存仁好生纳闷，等明月高挂，来了一叶小舟，原来是部属临别赠礼，故意等至夜里避人耳目。叶存仁当即写诗一首：

月白风清夜半时，
扁舟相送故迟迟。
感君情重还君赠，
不畏人知畏己知。

为什么叶存仁说"不畏人知畏己知"呢？他有着强烈的荣辱观，能够用正确的言行来维护自己的德性，衡量自己的言行，不做有损于自己名誉、形象的事。

正如俗话所说的"为人不做亏心事，半夜不怕鬼敲门"，利用别人不知道而欺瞒别人，是为人所不齿的事情。光明磊落，思想境界高，背后不做有愧于人有愧于己的事，这才是君子。相反，心理阴暗，喜欢在背后捣鬼，做些见不得人的勾当，就是小人。在人与人的交往和共事中，世界观、人生观、价值观的不同，成了君子与小人的分水岭。

■ 作者简介

周奉真（1962— ），甘肃环县人，现供职于甘肃省文化厅，西北师范大学国学研究中心兼职研究员，主要从事中国传统文化研究。

《先秦文学与文化》征稿启事

　　《先秦文学与文化》是甘肃省先秦文学与文化研究中心、国家重点（培育）学科"西北师范大学中国古代文学"主办、赵逵夫教授主编的学术辑刊，目前每年出版一辑。本刊以"探究先秦学术、弘扬民族精神"为宗旨，刊载先秦文、史、哲、考古及语言等各领域的学术论文，文求原创，不限字数，不尚空谈。

　　文章包括题目、作者姓名、单位、内容摘要、关键词、正文、注释几部分，注释采用脚注形式（格式参考《文学遗产》）。文末附作者简介及详细通讯地址、电话和电子邮箱。

　　文稿请用 A4 纸横排打印，并发送电子文稿至编辑部邮箱。来稿一经发表，即赠样刊 2 册。欢迎广大学者惠赐大作！

　　来稿请寄：

　　甘肃省兰州市西北师范大学文学院先秦文学与文化研究中心

　　邮编：730070

　　电子邮箱：gansuxianqin@163.com